U0007825

BEST
嚴選

奇幻基地出版

刺客後傳2

經典紀念版

The Tawny Man Trilogy 2

黃金弄臣・上冊

Golden Fool

羅蘋・荷布 著
麥全 譯

Robin Hobb

BEST 嚴選

緣起

在繁花似錦的奇幻文學花園裡，你或許還在門外徘徊，不知該如何抉擇進入的途徑；也或許你已經置身其中，卻因種類繁多，或曾經讀過不合口味的作品，而卻步、遲疑。

BEST嚴選，正如其名，我們期許能透過奇幻基地對奇幻文學的瞭解，以及對讀者的理解，站在出版者與讀者的雙重角度，為您精選好作家與好作品。

他們是名家，您不可不讀：幻想文學裡的巨擘，領域裡的耀眼新星。

它們最暢銷，您怎可錯過：銷售量驚人的大作，排行榜上的常勝軍。

這些是經典，您務必一讀：百聞不如一見的作品，極具代表的佳作。

奇幻嚴選，嚴選奇幻。請相信我們的眼光，跟隨我們的腳步，文學的盛宴、幻想世界的冒險，就要展開。

excellent bestseller classic

讓想像飛翔

人活在眞實與想像之間。

眞實有具象的一切：工作、學習、親人、朋友……想像則無所不能：可能存在、也可能發生，但更可能永遠不實現、也不可能發生。想像塡補了眞實的不足，可能也引領了眞實的未來方向，更彌補了人類眞實的痛苦，形成一個可以寄託的空間。

奇幻文學是人類諸多想像的一部分，和許多的創作類型一樣，自成一個流派、各自吸引一群讀者，形成一個以想像爲主軸，與眞實相去甚遠的虛擬世界。

在西方，這個閱讀（創作）類型是成熟的，從中古的騎士、古堡、魔怪，到演化成科幻……等不同特性的分支類型。本身就有足夠的閱讀人口，不斷形成創作的動力。

有時候也會因爲某些事件、作品，一下子使奇幻文學成爲大眾關注的焦點，像《哈利波特》、《魔戒》等作品，不但擴張了奇幻文學的版圖，也給奇幻文學帶來新的生命。

在華文世界裡，沒有西方式的奇幻文學，或者說沒有出版機構，有計畫大規模地引進西方式的奇幻作品。但是我們逃不過穿透力強大的奇幻話題，《哈利波

特》、《魔戒》都是例證。可是中國有他自己的奇幻傳統，從《鏡花緣》、《東周列國演義》、《西遊記》，到近代的武俠，其想像與虛擬的特質，其實是東西相互輝映的。

我們可以確定，奇幻文學已在中國社會萌芽，雖然人口可能不夠多，雖然讀者的理解可能像瞎子摸象一般，人人不同，人人只得其中一小部分，但做為一個出版工作者，我們要說：是時候了！應該下定決心，在閱讀花園中，撒下奇幻的種子，並許願長期耕種、呵護。

「奇幻基地」出版團隊是在這樣的心情與承諾下成立的。以基地爲名，意義深遠。這是奇幻讀者永遠的家，這是意義之一，家是不會關門的，永遠等待奇幻讀者的遊子們，隨時回來，補充知識、停留、分享。當然也是所有奇幻作者、工作者的家，長期陪伴奇幻文學前進。

不擇類型、不論主流與支流、不論傳統或現代、不論西方或中國本土，這種寬容的出版涵蓋面，則是基地的第二項意義。讀者可以想像，未來奇幻基地的出版園地，繁花似錦、眾聲喧譁。

從原點出發，奇幻基地是城邦出版團隊的新許願，讓想像飛翔，在眞實之外，有一個讀者可以寄託的世界，有興趣的，大家一起來！

奇幻基地發行人　何飛鵬

For RUTH AND
HER LOYAL STRIPERS,
ALEXANDER AND
CRUSADES

謹獻給
茹絲與她的忠實夥伴，
亞歷山大
及
好朋友們

黃金弄臣

目錄

上冊

瞻遠家族家系表

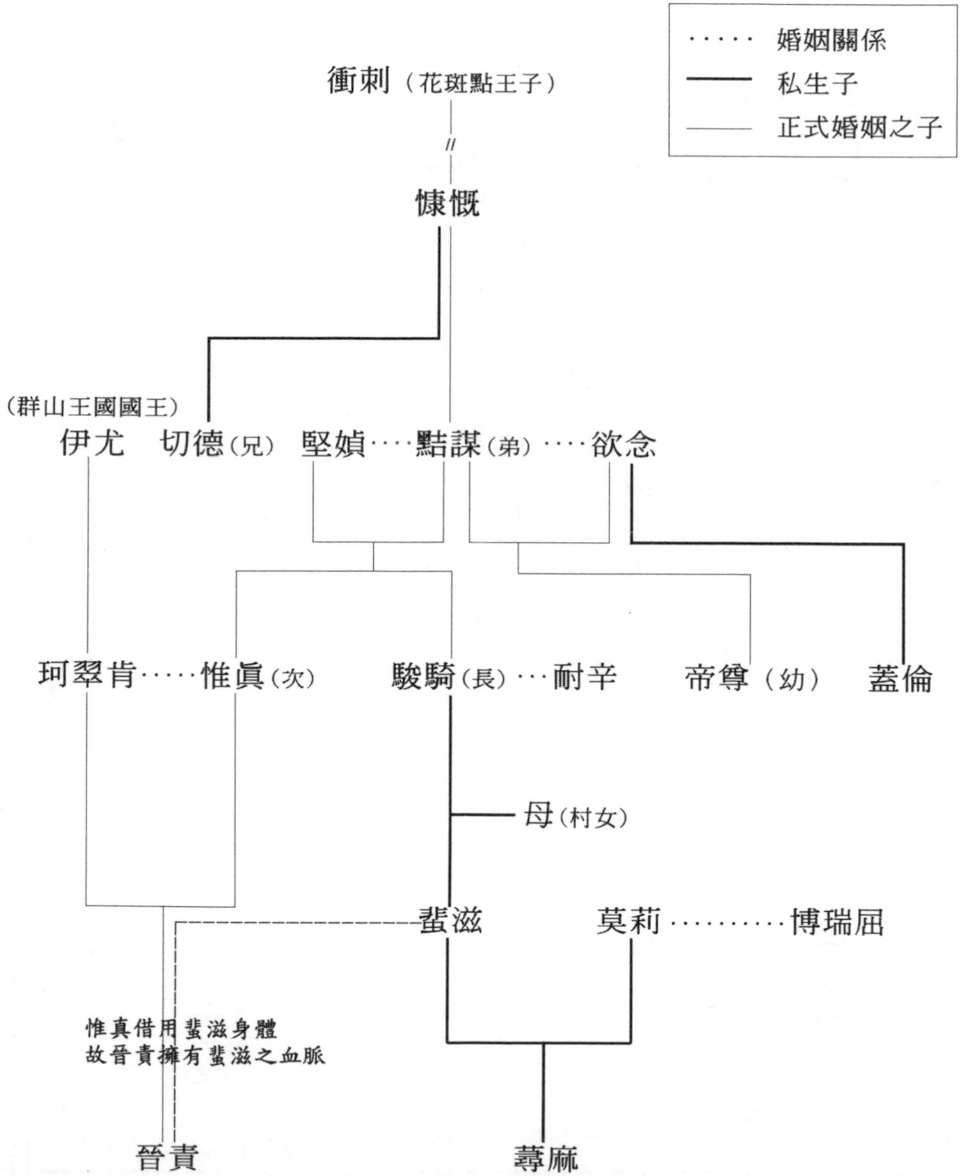

······ 婚姻關係
—— 私生子
—— 正式婚姻之子

衡刺（花斑點王子）
//
慷慨

（群山王國國王）
伊尤　切德（兄）　堅媜····黠謀（弟）····欲念

珂翠肯·····惟真（次）　駿騎（長）···耐辛　帝尊（幼）　蓋倫

母（村女）

蜚滋　莫莉··········博瑞屈

惟真借用蜚滋身體
故晉責擁有蜚滋之血脈

晉責　蕁麻

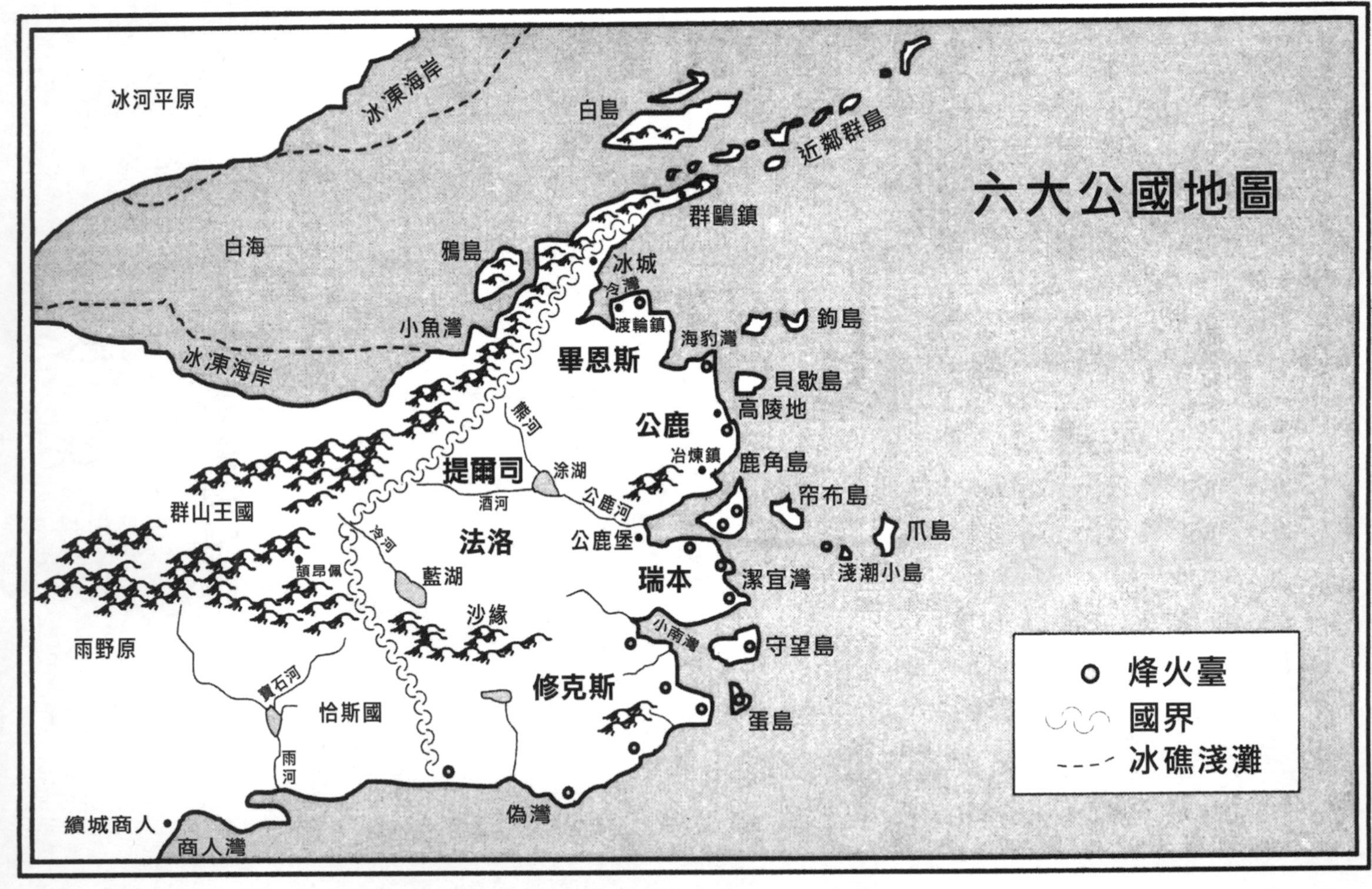
六大公國地圖
冰河平原
冰凍海岸
白島
近鄰群島
白海
群鷗鎮
鴉島
冰城
冷灣
小魚灣
渡輪鎮
鉤島
海豹灣
冰凍海岸
畢恩斯
貝歆島
高陵地
熊河
公鹿
冶煉鎮
鹿角島
提爾司
涂湖
酒河
公鹿河
帘布島
群山王國
爪島
法洛
公鹿堡
冷河
頡昂佩
藍湖
瑞本
潔宜灣
淺潮小島
沙緣
雨野原
小南灣
守望島
寶石河
修克斯
烽火臺
恰斯國
國界
蛋島
雨河
冰礁淺灘
繽城商人
偽灣
商人灣

傷痕仍在

喪失牽繫伴侶的痛苦，很難跟沒有原智的人解釋得清楚。那些把動物伴侶的死，說成是「不過是死了隻狗罷了」的人，是永遠也無法體會這種心情的。較有同情心者，就說這跟心愛的寵物死掉了一樣痛苦。但即使是那些說「這一定就像喪子或喪妻那麼痛苦」的人，也只不過說到這傷痛的其中一面而已。喪失了與自己心意相通的伴侶，那種感覺，就像是自己的肢體突然被鋸掉了一半，比起喪失了同伴或是心愛之人的痛苦，更深刻得多。我的眼睛矇矓了；食欲也因爲入口的食物嚐不出滋味而減退；心靈則變得更加麻木遲滯——

我於多年前開始寫的手稿，最後以憤怒地橫掃墨漬、亂戳鵝毛筆作結。至今我仍記得，我寫著寫著，在發現自己筆下，竟突然從撰寫歷史大事，偏轉爲描述自己切身劇痛的那一剎那，氣得拿卷軸往牆壁上一砸，又丟在地上用腳踩。唯一的奇蹟是，我竟然沒有直接將卷軸扔進火裡，而只是將之踢到一旁。不曉得是誰好心將這個殘破的卷軸收到我的卷軸架上；大概是阿憨心不在焉地依序收拾房間時順道收的吧。我自己當然不覺得這個卷軸有什麼值得留存之處。

我筆下的文字往往都有這個毛病。我試寫六大公國歷史的次數，多得難以勝數，但是十之八九都以自己的私人歷史收尾。原先寫的是藥草的論述，寫著寫著便講起精技引起的不適的種種療法；原本是對於白色先知的研究報告，後來便盡皆描述白色先知與其催化劑之間的關係。我不知道自己是否因為過於自負，所以最後思緒總是繞著自己的人生打轉，抑或這只是我想要把自己的人生解釋給自己聽的一點微薄寒酸的努力。年歲更迭，轉眼已過一、二十年，而我還是每晚都坐在桌前提筆寫作。直到如今，我仍在設法理解我是什麼樣的人；而如今我仍會鼓勵自己：「下次我會寫得更好。」然而這種每次都認為會有「下次」的心態，實在太過自負，也太無法超脫人性了。

然而我失去夜眼的時候，卻連這一點也做不到。失去夜眼之後，我從未鼓勵自己一定會再牽繫，或認為我有了下一個牽繫伴侶會更好。這種想法不啻是在背叛夜眼。對我而言，夜眼的死實在是刻骨銘心。夜眼走了，我受傷極重，但自己卻渾然不知。我就像是那種明明腿被鋸斷了，卻仍抱怨傷腿很癢的人；而抱怨腿癢，可以使自己無暇思及從今以後，自己得跳著過一生的這個可怕現實。同樣地，我在夜眼走後立刻陷入哀悼，而這哀悼則使我蒙蔽，無法窺見自己受傷的全貌。我心裡困惑，以為我的痛苦與失伴乃是同一件事，然而事實上，痛苦乃是失伴的表面症狀，而失伴也是痛苦的表面症狀。

怪的是，這適巧也促成了我第二次的心性成熟；人生的第一次心性成熟，使我從少年長為成人，而這一次，則使我慢慢了解到自己是孤單一人。環境促使我必須再度投身於公鹿堡宮廷裡的種種密謀之中。我有弄臣與切德為友；眼前還可能會與鄉野女巫吉娜締結為眞正的朋友；我的養子幸運一頭栽入學徒生涯與青春戀愛之中，而且兩邊都不算順利；年輕的晉責王子，在將要與外島貴主訂婚的前夕，找上我當他的導師——他不只希望我教他精技與原智，還希望我能夠導引他度過凶險湍流，安穩地從少年過渡為成人。關心我的人很多；我眞心鍾愛的人也不少。但即使如此，我仍感覺自己比以往更加孤單。

最怪的是，我慢慢領悟到我之所以孤獨，是我自找的。夜眼是無可取代的；相處了這麼多年，我已經因爲牠而變得很不同了。夜眼不是半個我；而應該說，唯有夜眼與我同在的時候，我們才是完整的。就連幸運加入我們的生命時，我們也是一起將這孩子當作是我們的責任。狼與我一起決定如何養育幸運；因爲牠與我是搭檔的夥伴。如今夜眼走了，我感覺到我永遠也無法再跟別的動物，或是跟任何人這麼親密。

我年紀還輕的時候，不時與耐辛夫人作伴，所以常常聽到耐辛夫人與她的女伴蕾細直言無隱地對宮裡的男子品頭論足。耐辛夫人與蕾細都認爲，不管是男子或女子，只要是過了三十歲未曾婚嫁，大概就注定一輩子單身了。耐辛夫人在閒聊到某個灰白頭髮的爵爺突然開始追求年輕女子的時候，總會篤定地宣布道：「性子都定了，恐怕難改囉。也許那爵爺因爲春天而換了心情，但是那女孩子過不了多久就會發現，那男人的人生中，根本沒有多餘的地方可以容納伴侶。畢竟那男人長久以來，一直都是按照自己的意思過日子呀。」

而我也慢慢地以耐辛夫人的看法來看待我自己。我常常感覺寂寞。我知道我的原智感應會向外探求同伴；不過我的原智探索感覺上卻像是純粹的反射動作，就像截肢之後的抽搐。無論是什麼人或什麼動物，都無法彌補夜眼走後，我心裡的巨大裂痕。

在我們回公鹿堡的路上，有個難得的片刻可以跟弄臣說話，我就這樣跟弄臣說了。那天晚上我們在回程的路邊紮營；我把弄臣、晉責王子與王后的女獵人月桂丟下，一個人走開。夜很冷，糧食又有限，所以他們瑟縮在火邊取暖。與王子牽繫在一起的貓剛死了不久，所以王子沉默不與人言；而我若是待在他附近，就好像是以才被火焰燙傷的手，再度去接近火焰，一下子便會引得自己的痛楚更加銳利。所以我藉口說要去找柴火，就把他們丟下了。

冬日已經降臨；近日的夜晚比之前更加漆黑，也更加寒冷。這個黑暗的世界毫無色彩，而且離了火光之後，我什麼也看不見，只能像地鼠般摸索乾柴。最後我放棄了，乾脆在溪邊的石頭上坐下來，等著眼睛適應黑暗；不過，孤單地坐在石頭上，寒意襲來，使我逐漸失去尋找柴火的野心，最後更是心灰意冷，動都不想動。我枯坐在石頭上怔怔地望著，聽著流水聲，任由夜色把我的心思染得陰鬱沉悶。

弄臣靜靜地穿過黑暗來到我身邊。他坐在我身邊的地上，不說一句話；過了好一陣子，他伸手放在我肩上，說道：「眞希望我能想出什麼辦法，讓你不要悲悼得這麼傷心。」

這話說了等於沒說，而且弄臣似乎也感覺到了，因爲之後他又沉默不語。大概是因爲夜眼的亡魂在斥責我，說我怎麼可以對我們的好友如此乖戾粗魯，所以過了一會兒，我開始摸索著要講什麼話，以便重新把弄臣與我之間的橋樑搭起來。「這就好像頭上挨了一刀似的，弄臣；儘管時間久了自然會痊癒，但是直到這傷口自己好起來之前，就算是以最誠心的祝願也無法使它好得快一點。況且，就算眞有辦法緩解傷痛，就算能用藥草或是喝酒讓心裡變得麻木，我也不願這樣做。夜眼去世就是最慘的事了，怎麼做也不可能好起來。我頂多也只能期望自己能夠習於孤單。」

雖然我盡量講得緩和，但是這番話聽起來還是很刺耳；更糟的是，這番話不但刺耳，還有自憐自艾的味道。我的好友實在是太厚愛我了，才沒有將這話當作是我故意給他難堪，他只是慢慢地站了起來。「那我就如你所願了。我想你是故意要孤獨地悲悼夜眼，而如果這是你自己的選擇，那麼我也會尊重你。」他停頓了一下，嘆了口氣。「此刻我心裡有些體會。我曉得你現在很難過，我來找你，不是爲了要讓你好起來，而是爲了要讓你知道，透過你我之間的連繫，我也感受得到你的痛苦。這恐怕多少有點自私——我是指我想要讓你知道我的感受的這一點。然而，大家一起分擔沉重的責任，既可讓肩上的擔子輕一點，也可讓彼此之間更形密切；這樣一來，就不必讓誰單獨挑起重擔了。」

我感覺得出弄臣的話很有智慧，值得深思，但我的內心已經疲倦且殘破到一點也不想咀嚼他的智慧結晶了。我只說了句：「我再過一會就回火邊去。」而弄臣一聽就知道我在下逐客令。他將手從我肩上抽回來，便離去了。

直到日後我慢慢反省弄臣說的話，才總算了解其中的深意。原來孤獨是我自己選擇的；孤獨並非夜眼死後不可避免的結果，甚至也不是我仔細思考之後所做的決定。是我自己決定擁抱孤寂，且苦苦追求痛楚；而這也不是我這輩子第一次選擇這種路徑。

我謹愼地處置這個思緒，因爲這個思緒銳利到足以使我送命。沒人強迫放逐我，而是我自己選擇了要孤單地與幸運在荒僻處相依爲命。然而箇中最矛盾之處在於，孤獨的生活，卻正是我長久以來的夢想。年輕的時候，我再三主張，我眞正想過的生活，是一切都由我自己做決定，無須顧慮我的出身與地位所須擔負的「責任」。直到命運讓我夢想成眞，我才領悟到必須爲這樣的生活付出多麼高的代價。我是可以將自己對別人的責任丟在一旁，過我自己喜愛的生活，但條件是我也必須斷絕與他人的一切關係。不可能兩全其美。要想成爲家庭或任何社群的一分子，就必須對那個家庭與社群負起責任和義務，並甘願爲群體的規矩所限。我已經長久離群索居，然而如今我領悟到那是我自己的選擇。是我自己決定要斷絕我對家庭的責任，也接受了隨之而來的孤獨，做爲我如此選擇的代價。以前的我總是一口咬定，我之所以孤單，都是因爲命運的安排；然而即使現在我竭力說服自己，說我只不過是順著命運替我安排的、無法逃脫的途徑一路走下去罷了，但我在當下畢竟是有所選擇的——而想必當年也是如此。

就算你認清了你的孤寂乃肇因於自己的選擇，也無法頓時治好你的寂寥心情；但至少這可以讓你看出，孤寂並非不可避免，而且你的選擇也不是無法逆轉的。

花斑幫

花斑幫總是宣稱，他們唯一的目的是要解放六大公國境內的原智者，讓他們免於被處決的厄運；然而這個說法不但是謊言，也是高明的騙局。花斑幫要的是權力；他們的意圖，是要將六大公國的原智者團結起來，並藉由這股力量來奪取王國的控制權，好讓他們自己的人馬爬上高位。花斑幫宣稱，自從駿騎王子遜位之後，所有繼任的國王均非正統；畢竟駿騎王子怎可能因為有了蜚滋駿騎．瞻遠這個非婚生的私生子，就無法繼任王位？「忠心的皇家私生子」死而復活，以襄助惟眞國王追尋眞龍的種種超乎常理的故事，在民間大爲盛行，幾乎把這個「皇家私生子」提升至近乎神祇的地位。因爲這個理由，花斑幫也被稱之爲「皇家私生子宗派」。

花斑幫意欲利用這個可笑的論述，使他們推翻瞻遠王室並推舉他們自己人繼位的行動多一點正當性。爲了達成這個目的，花斑幫開始以高明的手法強迫原智者成爲他們的黨羽，而如果原智者拒絕，便威脅要將他們的身分暴露出來。這個伎倆說不定是從紅船之戰時的外島領袖科伯．羅貝那兒得來的靈感，因爲據說羅貝之所以能招徠廣大的信徒，不是因爲眾望所歸，而是因爲眾人生怕自己如果不順從羅貝，那麼家人與故里都會遭到不測。

花斑幫所用的伎倆很簡單；有原智淵源的家族，要不就選擇加入花斑幫，否則就抖露祕密，弄得人盡皆知，最後難逃一死。花斑幫非常狡詐；一開始的時候，他們往往先攻擊世族大家的外圍，例如先抖露出某個僕人或是某個比較沒那麼富裕的遠房親戚有原智，同時警告這個世族大家的族長，如果不與花斑幫合作，那麼這個世族大家免不了會有同樣的下場。

眞正想要使自己的親族免於被人處決之下場的人，是不會這樣做的。這分明就是一個無情的小幫派，由於一心要奪權，所以必先征服自己人的作法。

——羅威爾所著之《花斑幫之陰謀》

崗哨的人換班了。由於風雨很大，所以哨兵換班的鈴聲與口令聲幾乎不可聞，但我還是聽到了。夜已經正式結束，新一天的黎明就要到來，然而我卻仍坐在吉娜的小屋裡，等著幸運返家。吉娜與我一起坐在溫暖舒適的火爐邊，她的外甥女不久之前回來了，與我們聊了一陣，之後便進房睡覺。吉娜與我添了一根又一根柴火，閒聊著無關緊要的事情，以此來打發時間。這個鄉野女巫的小屋很溫馨，她待我又和氣，所以此時我只想靜靜地坐在原地，而等著我那小子回來，反倒成爲我賴著不想走的藉口了。

我們隨意地閒聊著。方才吉娜問到我這一趟任務是否順利；我答稱其實是我家主人要出門，我只是隨行而已。爲避免吉娜覺得我傲慢無禮，我補充說道，黃金大人這趟出門，爲的是要搜羅稀奇的鳥羽，然後就開始大談黑瑪的事情。我知道吉娜對我的馬其實並不是眞的很感興趣，但她還是笑容可掬地聽我說下去。我倆之間的小空間，充斥著這些雖沒多大意義，但卻很親切的言語。

事實上，我們出門的眞正目的跟羽毛無關，我也不是隨行，而是肩負重任。花斑幫的人先是對晉責王子友善有加，然後便將王子擄走；黃金大人與我一起將王子從花斑幫手中救了回來，神不知鬼不覺地送回公鹿堡，而且將所有貴族都蒙在鼓裡。今晚，六大公國的貴族要盡情歡宴，而明天他們則要正式見證晉責王子與外島的「貴主」——也就是艾莉安娜——的訂婚大典。對外界而言，一切皆如常進行。

知道內幕，曉得王子與我付出了多大代價，才讓這一切天衣無縫地依照常軌運作下去的人，屈指可數。王子的原智貓為了王子而犧牲了生命，而我也失去了我的狼。夜眼已經與我相伴近二十年；牠是半個我，而且我的心靈，有一半寄存在牠身上。如今牠走了；牠一走，使我的人生起了深遠的變化，彷彿霎時間，房間裡的燈火通通被吹熄。在我的感覺裡，夜眼的逝去是實實在在的東西，是我除了悲悼失狼之外，必須扛起在背上的重擔。不過我知道我會活下去；可是在失狼的煎熬之中知道自己會活下去，反而是最大的痛苦。

我懸崖勒馬，不讓自己一頭栽進無盡的自憐自艾之中。喪伴的不是只有我一人。雖然王子與貓牽繫的時間，比起夜眼與我牽繫的時間短得多，但我知道他承受了椎心之痛。人與動物之間的原智牽繫是很複雜的，因此牽繫關係的斷絕不能小覷；不過那少年卻隱忍著自己的悲悼之情，堅定地配合儀式的進行，盡到他應有的責任——比較起來，至少明天我不必與準未婚妻訂婚。自從我們昨天下午一回到公鹿堡，王子便一頭栽入他的既定行程之中；昨天晚上他參加了歡迎未來新娘的儀典，今晚他則必須微笑、進餐、談話、接受各方的祝福、跳舞，並顯出他對這個婚姻頗有好感的模樣，雖然這婚姻其實是命運的安排與母親的敕令所定下的。我想到那鮮明的亮光、喧鬧的樂聲與宏亮的笑語，就覺得他的境遇可憐，不禁搖了搖頭。

「你為什麼搖頭？是想到什麼啦，湯姆・獾毛？」

吉娜的講話聲打斷了我的思緒，我這才領悟到方才沉默得太久了。我吸了一口氣，順口胡謅道：「妳看這風雨是不是毫無止息的跡象？我是可憐那些今晚不得不出門去的人。今晚我不必出去淋得一頭雨，眞是幸運啊。」

「噢，說到幸運，我也很慶幸我今晚有伴呢。」吉娜說著，對我一笑。

「我也是。」我有點不自在地補了一句。

對我而言，與一名活潑可親的女子共度寧靜的夜晚，還眞是新奇的體驗。吉娜的貓蜷在我的大腿上睡得打呼，吉娜的手邊則不斷編織。溫馨舒適的火光映著她紅褐色的捲髮，以及臉上和前臂上的雀斑。她的臉很漂亮，雖不是十分美麗，卻平靜且和善。我們聊了一整晚，從她泡茶的藥草，談到為何有些海上漂流而來的浮木會燒出各色的火焰來，然後又談到我們自己。我發現她其實比我眞正的年齡小了六歲，而且她聽到我聲稱自己四十二歲的時候，顯露出驚訝的模樣。我替自己扮演的湯姆・獾毛這個角色安排為四十二歲，而這歲數比我眞正的年紀大了七歲。吉娜說，我的年紀應該跟她差不多才對，我聽了很開心；不過說眞的，吉娜與我都不甚注意我們到底講了什麼話。我們坐在火邊靜靜地聊天，可是這箇中自有一股耐人尋味的小小張力；吉娜與我之間彷彿有一根好奇的琴弦，一經撥動，便嗡嗡作響。

我與黃金大人出門之前，曾與吉娜共度一下午，而那天吉娜給了我一吻。那一吻並無言語伴隨，也沒有愛的誓言或是浪漫的讚嘆；就是一個吻，如此而已，後來還因為她的外甥女從市場回來而被打斷。眼下吉娜與我都不知道如何才能回到滋生出無限親密感的那一刻。就我而言，我不確定自己是不是眞的期待與吉娜共享甜蜜時光。我還沒準備好要接受第二個吻，至於第二個吻可能帶來的種種情懷，就更不用說了。不過我還是想待在這裡，與她一起坐在火爐前。這個念頭好像有些矛盾，而且說不定我心中眞的很矛盾。我並不想面對溫存過後不免會產生的種種後遺症，然而在我為牽繫伴侶哀悼之際，有吉娜陪伴仍給我幾許安慰。

不過我之所以造訪此處，並不是爲了吉娜，而是爲了探訪幸運，也就是我的養子。幸運才剛到公鹿堡城不久，到了之後便住在吉娜這裡。我想問問幸運，拜在木匠晉達司門下當學徒的情況如何；此外，雖然我感到難以啓齒，但仍必須將夜眼的死訊告訴他，畢竟這孩子可以說是狼跟我兩個一起養大的。然而，雖然我避著不想跟幸運講這個消息，但我卻也希望事情眞會像弄臣說的那樣，只要我跟幸運講了之後，心裡的重負就多多少少減輕。我想請幸運分擔我的悲悼，而不去管這個行爲有多麼自私。過去七年來，幸運與我，還有狼，一起相依爲命。如果說我心裡仍有所屬的話，那麼我的歸屬就是這個孩子了。而我有需要感覺一下我歸屬於這孩子的現實。

「再來點茶？」吉娜招呼道。

我不想再喝茶了。我們已經喝了三壺茶，而且屋外的廁所我已去了兩次。不過吉娜招呼我喝茶是爲了要讓我知道，無論現在多晚或多早，她都歡迎我留下來。所以我還是答道：「麻煩了。」而吉娜便把毛線放在一旁，再度從大水桶裡舀出新鮮的水，注入燒水壺裡，然後將燒水壺掛在掛勾上，推到火堆正上方。外頭的風雨兀自肆虐不止，此時門上響起了異於風雨的聲音。是幸運在敲門。「吉娜？」幸運口齒不清地叫道。「妳還醒著嗎？」

「醒著呢。」吉娜答道。她安頓好燒水壺，一邊轉身朝門口走去，一邊說道：「而且幸好我還醒著，要不然你就得待在草棚裡，跟你的小馬睡一晚了。我來啦。」

吉娜拉開門閂時，我站了起來，並輕輕地將我大腿上的貓放了下去。

蠢材，貓睡得正香哪。茴香溜到地上，並不忘大加抱怨；不過那大公貓實在太眷戀溫暖，所以沒怎麼抗議，連回頭瞪我一眼都沒有，就跳上吉娜的椅子，繼續蜷起來睡覺了。

幸運推開門的時候，一股強風順勢將大雨吹進屋裡。「咻。快把門閂好，年輕人。」吉娜在幸運踉蹌地走進門時說道。他乖乖地關好門，上了門閂，站在門口滴水。

「外頭風大雨又大呢。」幸運對吉娜說道。從幸運那癡癡的笑容看來，他一定是醉了，不過他眼睛發亮，那可不是酒意所造成；那是癡情與迷戀，錯不了的，就像雨水從他那直直的頭髮上淌下來，流過他的臉一樣地明白。他過了好一會兒才領悟到我站在屋裡望著他，然後他叫道：「湯姆！湯姆，你終於回來了。」幸運一反常態，誇張地以酒醉之人的狂放之姿張開了手臂，於是我大笑著踏上前去，接受他那溼答答的擁抱。

「別把吉娜的地板滴溼了！」我指責道。

「不該滴溼。呃，我是說，我不會把地板滴溼。」幸運宣布道，然後便將他的溼外套脫下來，掛在門邊的掛鉤上，並把他的羊毛帽也脫下來，一併掛在鉤子上滴水。他想要站著脫靴子，但是一個踉蹌，倒臥在地，這才把靴子脫了下來；他伸長了手，把靴子靠在門邊所掛的溼外套下面，然後才一臉幸福地笑著坐起來，對我說道：「湯姆，我認識了一個女孩子。」

「是嗎？從你身上的味道聞起來，我看你是認識了酒瓶呢。」

「噢，是啊。」幸運毫不害臊地坦承道。「酒瓶我也認識了。不過，我們得乾杯恭祝王子身體健康。還要祝福王子的未婚妻身體健康。還要祝福他們永浴愛河。還要祝他們生很多小孩。而且也要祝我們天天快樂。」幸運咧嘴傻笑道。「她說她愛我。而且還喜歡我的眼睛耶。」

「嗯，那很好啊。」幸運的眼睛一眼是藍色、一眼是棕色，這輩子他不曉得碰過多少人，一看到他那不同色的眼睛，就斷定那是惡魔的徵兆了；那女孩子既然覺得幸運的眼睛很迷人，想必他一定心花怒放。

我突然想到，現在不是以我的悲悼來加重他的負擔的時候。我溫柔但堅決地說道：「兒子，我看你該去睡了。你師傅不會期望你明天早早就到嗎？」

看他臉上的表情，彷彿我甩了他一巴掌似的，他的笑容突然消失。「噢。是啊，那倒是眞的。他會指望我早點到。老晉達司期望他的學徒要比他的技工早到，而他的技工又比晉達司更早到。」他定了定神，慢慢地站起來。「湯姆，學徒生活跟我原來想的，差了十萬八千里。我成天做的就是掃地、扛木板、把風乾的木柴轉個方向，以及把工具磨利、清乾淨、上油；然後再掃地，把亮光油磨進做好的成品裡。但是我去了這麼多天，連一件工具也沒使用過。他們總是說：『好好觀察這是怎麼做的，孩子。』或是『把我剛才跟你講的重新說一遍。』以及『我不是叫你拿這個。把這個拿回去放好，並把細紋的櫻桃木拿來。動作要快一點。』還有，湯姆，他們還替我取了難聽的綽號。他們叫我鄉巴佬，還叫我蠢蛋。」

「晉達司的每一個學徒都被他取了綽號，幸運。」吉娜那平靜的聲音使人寬慰，但是在幸運與我講話的當下，有個第三者插進來，還是滿怪的。「大家都知道晉達司有這個癖好。有些晉達司的學徒還在自己開業之後，把師傅奚落他的綽號拿來當作商標呢；如今你若要買『呆頭鵝餐桌』的話，可得花不少錢。」吉娜已經走回她的椅子邊；她拿起了毛線，但沒坐下來，因爲茴香仍占著她的椅子。

幸運的話令我十分失望，但是我努力維持臉上的表情，不讓他看出來。我本來期望幸運會跟我說，他熱愛學徒的生活，而且很感激我想盡辦法讓他拜晉達司爲師。我本以爲，送幸運去當學徒，是我唯一做對了的事情。「這個嘛，我不是警告你了嗎，當學徒是很苦的。」我擠出這句話來。

「我是有吃苦的準備呀，湯姆，眞的。叫我整天鋸木頭、磨合對齊、削形狀，我也不會叫一聲苦。但是我可沒想到當學徒會枯燥到要人命。掃地、磨光、拿東西……到這裡來學這些事情，我還不如留在家裡算了。」

世間少有比少年人無心的言語更鋒利的東西；幸運對我們舊日的生活竟如此鄙夷，使我無言以對。

接著幸運抬起頭，以責備的口氣對我說道：「你前一陣子到哪裡去了，怎麼去了那麼久？你不曉得我需要你嗎？」他瞇著眼睛打量我，又問道：「你的頭髮是怎麼回事？」

「我把頭髮割掉了。」我一邊答道，一邊忍不住伸手摸著為了悲悼狼而割掉的參差不齊的頭髮。突然之間，我覺得自己除了這句話之外，別的都不該多說。幸運還年輕，而年輕人看事情時往往什麼都不想，只想到這事情對自己有何影響，這我清楚得很。可是我就這樣一句話交代過去，反而使幸運警覺到我有事瞞著他。

他的目光在我臉上梭巡。「到底怎麼了？」幸運追問道。

我吸了一口氣。這下子瞞不過去了。「夜眼死了。」我平靜地說道。

「可是……是我哪裡做錯了嗎？湯姆，雖然夜眼跑掉了，但我有四處找牠，真的不騙你，不信你問吉娜——」

「不是你的錯。夜眼尾隨我而去，而且也找到我了。沒有其他原因，只是牠年紀大了，所以丟下我走了。」雖然我努力壓抑激動的情緒，但是講話的時候，聲音仍有點哽咽。

那少年一聽到夜眼的死不是他的錯，臉上的表情一下子便放鬆不少，然而他的表情卻像是朝我心頭射了一箭；難道對幸運而言，他自己「無疚」，竟比夜眼之死更重要嗎？不過當幸運說「我無法相信夜眼已經死了」的時候，我突然了解剛才他為何會有那樣的反應。幸運說他不相信夜眼已死，這話的確是事實；他大概要過一、兩天，甚至好幾天，才會真正體會到老狼是永遠也不會回來了。夜眼再也不會匍伏在他腳邊，伴著他在壁爐邊烤火，再也不會頂著他的手，要幸運搔搔牠的耳朵，也不會再跟他一起去

獵兔子了。我的眼裡湧出了淚水。

「你會好起來的，只是需要時間而已。」我沙啞地開導他。

「希望如此。」他沉重地答道。

「去睡吧。現在上床，你還可以睡上一兩個小時，然後就非得起床不可了。」

「是啊。」他應和道。「我看我最好是趁現在睡一下。」他上前一步，對我說道：「湯姆，我眞的很遺憾。」並有些不自然地擁抱著我——這一抱，使我先前因爲他的反應而起的心痛難過消失了大半。接著他抬起頭來望著我，急切地問道：「你今天晚上會過來吧？我得跟你講講話。我有重要的事情要跟你說。」

「我今晚會過來。如果吉娜不介意的話。」我一邊望著幸運身後的吉娜，一邊放開仍摟著我的幸運。

「吉娜一點也不介意。」吉娜要我大可放心，然而我只想從她的口氣裡尋到一絲額外的溫情。

「好，那麼就晚上見了。等你酒醒了我們再談。現在快去睡吧，孩子。」我撥撥幸運的溼頭髮。他喃喃地道了晚安，便走向他的臥房，於是突然我又單獨跟吉娜在一起了。一室沉靜，唯一僅有壁爐裡的一根柴火燒得小了之後崩塌下來所發出的輕微聲音。「那麼，我得走了。謝謝妳讓我待在這裡等幸運回來。」

吉娜把手上的毛線放下來。「隨時歡迎你來，湯姆．獾毛。」

我的斗篷掛在門邊的掛鉤上。我將斗篷拿下來披在肩上；吉娜突然出現在我身前，幫我把斗篷繫緊，又把兜帽拉起來，蓋住我豎立的短髮，接著她一邊笑著，一邊拉著我兜帽的左右兩邊，使我不得不低下頭來貼近她。「晚安。」吉娜呢喃道，並抬起了下巴。我兩手扶在她肩膀上，吻了她。我是想吻她沒錯，但是我卻不曉得我是否允許自己吻她。這樣的親吻，除了會吻出麻煩與後遺症之外，還能有什麼別的結果？

不知她是否發現了我的裹足不前？我倆的嘴分開時，吉娜搖了搖頭，用她的雙手包住我的手。「你擔心太多了，湯姆‧獾毛。」她拉起我一手，舉到唇邊，在我掌心親了一下。「有的事情很單純，沒你想的那麼複雜。」

我覺得很尷尬，但我還是勉強說道：「果眞如此，那是再甜美也不過了。」

「瞧你的嘴甜得像什麼似的。」她的話讓我心頭一暖，不過她接著便說道：「但是光講好話，是管不住幸運到處亂跑的。你再不把那年輕人管緊一點，替他定幾條規矩，恐怕他就迷失了。鄉下的孩子進城之後，有很多人都學壞了。」

「我自己的孩子，我自己知道。」我有點氣惱地說道。

「也許你對幸運知之甚詳，但我擔心的是，如今他大了，你還了解他的個性嗎？」我聽了皺起眉頭，吉娜看了大笑，並補了一句：「你這板著臉的樣子，留著在你跟幸運講話的時候用吧。晚安，湯姆。明天見囉。」

「晚安，吉娜。」

吉娜放開了我，站在門口目送我走遠。我回頭望著，一個女人站在一室溫暖的暈黃光線裡望著我，風吹起了她的捲髮，將捲髮打在她圓圓的臉上；她對我揮揮手，我也對她揮揮手，然後她關上了門。我嘆了口氣，把斗篷拉得更緊一點。下雨的高峰已經過去，此時風雨褪爲躲在街角伏擊路人的疾風。從城裡的景況看來，這疾風已經與處處點綴著的節慶裝飾瘋狂地大玩一場了；如今滿地都是吹落的花環，而飄揚的錦旗也被刮成破布。通常酒店外會點著火炬以招徠客人，但是到了此時，火炬不是燒完，就是被收了進去。大多數的酒店與客棧都關門過夜了。所有正經的人家都已經睡了一大覺，就連不大正經的傢伙也大多都睡了一覺。我匆匆地走過冰冷陰暗的街道，但靠的不是視力，而是自己的方向感。等到我離開這個位於懸崖邊的城市，從森林裡蜿蜒而上，往公鹿堡而去時，路上還會更暗；不過這條路是我自小就熟的。我的腿自會領我回家。

我離開公鹿堡城邊緣那幾間稀疏的房子之後，便察覺到後面有人；而且我走快，他們就快，我走慢，他們就慢，所以我知道他們不是湊巧碰上的路人，而是在跟蹤我。他們顯然不急著追上，要等到郊外僻靜處才會現身；從這點來看，他們一定不安好心。由於鄉下人的習慣使然，我離開公鹿堡的時候並未攜帶武器，只帶了小刀——小刀只是平時會用上的小工具，尋常男子誰不隨身帶一把小刀？——但是除此之外，我就兩手空空了。我那把刀鞘破舊、執勤時用的醜劍，現在還掛在我那間小房間的牆壁上。我告訴自己，那些人很可能不過是普通的強盜，想找容易的獵物下手；他們一定是以為我喝醉了酒，又沒發現他們，而且只要我一還擊，他們就會逃之夭夭。

這個念頭並沒有使我覺得比較輕鬆；因爲我一點也不想跟他們打起來。我厭惡衝突，而且已經極度厭倦，不過我看他們八成毫不在乎我心裡有什麼感受。於是我原地站定，轉過身去面對跟蹤我的那些人，並且拔出小刀，蹲起馬步，以便因應。

然而四下一片寂靜，只有風吹過橫跨在大路上那些枝幹的呼嘯聲，並多少聽到遠處的海浪打在懸崖上的聲音。我傾聽著有沒有人在樹叢中移動的窸窣聲，或是鞋子輕輕拖過路面的聲音，但是卻毫無動靜。我不耐煩了起來。「給我出來！」我對著夜色吼道。「要錢沒有，刀子倒是有一把，而且我的刀子可不長眼睛。給我出來，讓我們把事情解決了！」

我說完話之後，周遭還是沒人回話，也沒有聲響；感覺上，我對著夜色大吼的行爲好像有點傻。然而就在我幾乎認定是自己多疑，其實根本沒有人跟蹤的時候，突然有個什麼東西從我腳上爬過去；那是個小動物，柔軟且敏捷，大概是老鼠、黃鼠狼之類，或者是松鼠也說不定。不過那絕不是野生的，因爲那東西擦身而過的時候，還在我腳上咬了一口。這一咬使我一下子緊繃起來，並且跳了開。接著我便聽到我右手邊傳來悶笑的聲音。然而就在我轉身朝右，想要看清那樹林的朦朧影子裡躲著什麼人的時候，我左手邊有人開口講話了，這個講話聲比右手邊的笑聲還近。

「你的狼呢，湯姆．獾毛？」

那人的口氣既是嘲笑，又是示威。我身後的路上傳來較大型動物的爪子在碎石路上摩擦的聲音，可能是狗吧；但是我一轉過去，那動物便蹦躍回去，隱入黑暗之中。於是我又轉向悶笑聲的方向。我心裡想道，至少有三個人，兩隻牽繫動物。眼前我只能考量如果立刻廝殺起來會如何，其他的便無法顧及了；至於爲何會在此時此刻遇上、他們有什麼奸計，只能以後再想。我調匀氣息，等待他們出手，並且專心注意黑暗中的一切動靜；我突然對夜眼備加思念，不只思念夜眼比我更靈敏的感知，也思念狼幫我顧全了身後狀況的安全感——但是我且將這渴望拋在一旁。這一次我聽到那隻小動物朝我跑過來的聲音；我朝那小動物踢了一腳，腳勁下得很重，不過卻只是輕輕地從牠身邊擦過去，然後那小東西又跑了。

「下一次一定要牠死！」我對著黑夜發出狠話，但卻只聽到嘲諷我的笑聲。我再也捺不住性子，扯起喉嚨，氣憤地大叫道：「你們要幹什麼？快退開，別來煩我！」

他們卻不回答，只是任由我那幼稚的問題與請求被大風颳去。接下來是一陣恐怖的沉寂，更襯托出我孤身一人的處境。

「你的狼呢，湯姆．獾毛？」又有人叫道，這次是名女子強忍著笑，以唱歌般的聲調講出這句話。

「你想不想念你的狼呀，叛賊？」

原本我心中恐懼的感受大於一切，但是聽了這話，卻突然氣得七竅生煙；好，我就站在這裡，殺得他們屍橫遍野。原本我緊張得緊握刀柄，但此時我閒適地把刀子握在手裡，站穩了腳步，隨時準備對他們還以顏色。他們一定會突然從四面八方出手，動物應該會攻擊我下盤，人則攻擊我上半身。我沒別的武器，只有一把刀子，所以我非得等到他們欺近了才能還擊。如果我拔腿就跑，他們一定會追上我，這點我清楚得很；所以最好還是原地不動，迫使他們靠上來，然後我就把他們全都殺光。

我眞的不曉得我在原地站了多久，這種隨時要迅速反應的準備，會使得時間彷彿靜止不動，或者流得像風一樣地迅速。我聽到一隻晨鳥的鳴聲，又聽到另外一隻鳥出聲回應，不過我還是繼續等待。天空開始濛濛亮的時候，我深深地吸了一口氣，四下張望，仔細看著樹林間的陰影，但是什麼人也沒看到。周遭唯一的動靜是一群小鳥振翅而飛，並且在離枝時，窸窣地抖落了一地的水珠。埋伏的人已經走了；路石溼溼地，由此可判定咬了我一口的那隻小動物並未留下什麼痕跡。差點從我身後撲上來的那隻較大的動物，則在石子路邊緣的泥地上留下單一個腳印；是一隻小狗。一切僅留下這樣的線索。

我轉身繼續走回公鹿堡，邊走邊發抖，但不是因爲害怕而發抖，而是因爲緊繃的感覺鬆懈下來之後，心中升起一股強烈的怒火。

他們找上我爲的是什麼？爲的是要嚇我；他們要我察覺到他們，還要讓我知道他們已經曉得我是誰、我的巢穴在哪裡。唔，他們已經達成目的，而且效果奇佳。我強迫自己釐清思路，並且冷靜地分析他們對我的威脅到底有多大。然後我把思考的圈子擴及自己之外。他們知道吉娜的事情嗎？他們是從吉娜家一路跟蹤我出來嗎？果眞如此，那麼他們是否也知道我兒子的事情？

我開始咒罵自己愚蠢且粗心。我怎會以爲花斑幫的人會放過我？花斑幫知道黃金大人住在公鹿堡，也知道黃金大人的侍僕湯姆·獾毛有原智；他們還知道湯姆·獾毛砍斷了路德威的手臂，又把他們押作人質的晉責王子給搶走。花斑幫是一定會想辦法報仇的；他們只需要偷偷貼出公告，指出我在施展人人鄙夷的原智，我就會因此而被民眾吊死、分屍、放火燒掉。難道我以為公鹿堡城或是公鹿堡這種首善之區就不會發生這種事？快別癡心妄想了吧。

我早該想到這種事情是免不了的。我曾一度在公鹿堡的政治圈與密謀中打轉，而且對於權力所吸引來的一切詭計與覬覦毫無招架之力。我苦澀地想道，應該說是，我老早就知道這種事情是免不了的了。就是因為深諳此理，所以這十五年來，我才會遠離公鹿堡，若不是切德懇求我把晉責王子救回來，我是不可能回來的。這個冰冷的現實使我打了個冷顫。眼前我只有兩條路好走；一者是像我以前那樣，剪斷所有的人際關係，逃之夭夭，否則就是重新周遊於瞻遠宮廷裡絕對少不了的陰謀狡詐。如果留下來的話，我得再度以刺客的角度來思考，隨時計算自己所冒的風險與受到的威脅，以及這些風險和威脅會使我周遭的人受到什麼影響。

我強迫自己更縝密地深思。我勢必得再度成為刺客，而不只是採用刺客的思路而已。如果我再度碰上威脅到王子殿下，或威脅到我的人，我必須有立即出手的準備，因為他們既然知道湯姆·獾毛擁有原智、牽繫動物已死，並且以此要脅，就表示他們一定也知道晉責王子也具有野獸魔法的感應。他們靠著這一點掌握王子，而他們不但會利用這個把柄，將不順服他們的原智者送上死路，還要以此做為奪權的手段。我對他們的處境多少有點同情，雖說我這一點心意於事無補。我這輩子因為有原智的污點而吃了很多苦頭，所以我當然不想看到任何人因為有原智這個沉重負擔而受累；要不是因為花斑幫嚴重威脅到王子，我說不定還會跟他們站在同一陣線。

我帶著一肚子怒氣走到公鹿堡大門口。這裡有個守衛室，守衛室裡傳來男子的講話聲與士兵吃飯時

此起彼落的餐具碰撞聲；一名年約二十歲的青年，一手拿著夾乳酪的麵包，另一手端著啤酒，倚靠在守衛室的門口。那滿嘴食物的青年瞄了我一眼，然後便點頭示意我進去；但是我停下腳步，因爲憤怒而變得很激動。

「你知道我是誰嗎？」我對那守衛怒聲問道。

他吃了一驚，朝我仔細地打量了一番；他顯然是怕自己冒犯到哪個無足輕重的貴族，不過他一看到我的衣服就放了心。

「你是堡裡的僕人，不是嗎？」

「誰的僕人？」我追問道。我眞是笨哪，竟然用這爛方式讓人注意到我，不過我氣得停不下嘴來。那幾個人是不是昨晚一路從堡裡跟著我出來的？該不會他們現在已經進了城堡了吧？會不會哪個粗心大意的守衛隨便放了人進來，而導致王子喪命？這些都有可能呀。

「唔……我不知道！」那孩子氣急敗壞地叫道，連嘴裡的食物碎渣都噴了出來。他站挺起來，不過他還是得抬頭才能瞪著我。「我怎麼會知道那麼多？我何必管那麼多？」

「你這個可惡的蠢蛋，你看守著公鹿堡的大門，你當然應該知道。王后殿下與王子殿下若要安全無虞，得靠你機警敏銳地把外敵拒於門外。這就是你守門的目的，不是嗎？」

「這個嘛，我——」那少年氣得很，又辯不過我，乾脆轉頭朝守衛室裡叫道：「柯士斌！你能不能來一下？」

柯士斌是個高個子，而且年紀比較大；他的舉止透露出他擅使劍術，而花白鬍子上的眼睛則相當銳利。「你們有什麼問題？」柯士斌朝我們兩人問道；他的口氣倒不是在警告我們，反而是要我們放心，他一定會秉公處理我們的糾紛。

那哨兵一邊拿著啤酒杯朝我揮著，一邊說道：「他因爲我不知道他是誰的僕人而跟我鬧起來。」

「什麼？」

「我是黃金大人的僕人。」我澄清道。「大門口的哨兵似乎隨便放人出入，所以我很擔心。我來公鹿堡已經兩個多星期，期間從未有人盤問過我；這好像不太對勁。我十幾年前在堡裡待過，那時的哨兵查得可嚴了。當時——」

「當時是因爲時勢所需。」柯士斌打斷了我的話。「因爲有紅船之戰的關係。但現在是承平時期啊，先生，而且因爲王子的訂婚大典，所以堡裡跟城裡住滿了外島人，以及其他公國來的貴族，你總不能期望我們記住所有人的樣貌吧。」

我吞了一口口水，心裡恨不得剛才自己什麼都沒問，但既然都問了，也只能順勢講到底了。「不用多，只要出一個小差錯，王子就性命不保。」

「是啊，也不用多，只要出一個小差錯，就可能會得罪外島的貴族。王后親自下了命令給我，她要我們殷勤有禮。她可不要我們疑神疑鬼、事事追究。不過我倒很樂意給你開個先例。」柯士斌笑咪咪的笑臉，沖淡了他言詞裡的嚴峻之意；不過我質疑了他的判斷力，他的確不太高興。

我對柯士斌點頭示意。我這一盤棋全走錯了；我應該拿這些話去跟切德說，看看切德能不能教這些守衛機伶一點。「我懂了。」我退讓道。「其實我剛才不過是有點納悶，如此而已。」

「唔，下次你騎著那匹高大的黑色牝馬經過這裡的時候，別忘了，你不用講太多，只需要稍微提個頭，我們就會把道理講給你聽了。還有，既然你都問這麼多了，我且問問，你叫什麼名字？」

「湯姆・獾毛。黃金大人的僕人。」

「啊，是他的僕人啊。」他會意地笑了一笑。「而且你還兼任保鑣，對不對？是啦，我最近還聽到

一些故事呢。黃金大人的故事可多了，遠不止於此。但我倒沒想到他選的人是你這樣的人。」他用古怪的表情看我，彷彿認爲我應該會辯駁兩句才是，但是我噤聲不言，因爲我根本連他在暗指何事都不知道。過了一會兒，他聳了聳肩，說道：「唔。一個連住在公鹿堡都還要找個保鑣的外國人，怎麼能信。嗯，你去吧，湯姆．獾毛，現在我們認識你了，希望你會因此而晚上睡得好一點。」

所以他們就讓我進公鹿堡了。我慢慢踱開崗哨，心裡只覺得自己很笨，且對此感到生氣。我一定得跟珂翠肯談一談，並使她體會到，花斑幫對皆責而言仍是很大的威脅。不過我不禁想到，未來這幾天，王后可能連撥個空與我見面的時間都沒有。訂婚大典就是今晚，王后一定滿腦子想的都是她與外島的協商吧。

廚房裡早已忙了半天。衆女僕與小廝正在準備一排排的茶壺與粥盅。聞到這個味道，我肚子都餓了起來。我進了廚房，在淺盤裡堆了一山的燻火腿和新鮮的麵包捲，又用碟子裝了奶油與草莓果醬，放到大托盤上。我看到一籃從堡裡的果園摘來的梨子，便選了幾個硬一點的帶走。我正要離開廚房的時候，一名捧著一籃花的花園侍女對我招呼道：「你是黃金大人的人？」我點了點頭，於是她揮手示意我別走，好讓她把一大束新採的鮮花與一個白色蓓蕾紮成的袖珍花束放在我的托盤上。「這是給大人的。」那侍女丟下這句頗爲多餘的話，然後便趕緊去忙別的事情了。

我上樓來到黃金大人的房門前，敲了敲門，然後便進去了。通往他臥室的門是關著的，不過我還沒把餐盤餐具擺好，他便盛裝地從臥室裡走出來了。他那亮閃閃的頭髮平整地往後梳，在後頸處用藍色的絲帶綁住；他的藍外套掛在手臂上，身上穿的是胸口飾著大量蓬鬆蕾絲的純白襯衫，腳上是比外套的顏色更深一點的藍色緊身褲；這些衣飾，再加上他那金黃的頭髮與琥珀色的眼睛，令人想起夏日的藍天、白雲與豔陽。「你可終於了解到由於職責所繫，所以你必須早起了；這眞是令人欣慰哪，湯姆．獾毛。

此外，若是你對於服飾的品味也能覺醒，那就更完美了。」

我畢恭畢敬地行了個禮，隨後幫他拉出椅子；接著我輕聲且悠閒地，以朋友而非僕人的角色說道：「其實我爲了等幸運，這一晚根本連床都沒沾到，因爲幸運直到快天亮才回來。而我回來的路上，碰上幾個花斑子，所以又多耽擱了一會兒。」

他臉上的笑容一下子不見了。他不但不就坐，反而以他冰冷的手抓住我手腕。「你受傷了嗎？」他急切地問道。

「我沒事。」我要弄臣放心，並做手勢要他就坐。他不情不願地坐了下來。我移到他身側的桌邊，將盤子上的蓋布拉開。「他們的用意不在傷我。只是要讓我知道他們曉得我的名字，知道我住堡裡，還知道我有原智。而且也知道我的狼已經死了。」

我必須強迫自己，才能把最後那幾個字說出來。感覺上，好像只要我不用大聲說出來，這件事情就比較容易忍受似的。我把那個袖珍花束遞給他，然後喃喃地說道：「我把這些花擱在你床頭上。」

「多謝。」弄臣以跟我一樣瘖啞的聲音答道。

我發現弄臣臥室裡有個花瓶。原來連照顧花園的女僕，都比我更熟知黃金大人的雅趣啊。我用他洗臉盆裡的水裝到花瓶裡，然後把花束插好，放在他床邊的小桌上。我回到起居室的時候，他已經穿上了藍外套，並將袖珍花束別在衣襟上。

「我得盡快與切德一談。」我一邊爲他倒茶，一邊說道。「可是我又不能大搖大擺地走到他的門口去敲敲門。」

他舉起茶杯，啜了一口。「你何不循著密道去他房間找他？」

我無奈地對黃金大人做了個鬼臉。「切德那隻老狐狸，你是知道的。他的祕密只有他一人知道，絕

對不會隨便走漏，以免有人在他不備的時候監視他的舉動。是了，密道是一定會通到他房裡，只是我不知道怎麼走罷了。切德昨晚待到很晚嗎？」

黃金大人皺起眉頭。「我睏得走回房來睡覺時，切德還在翩翩起舞呢。就老人家而言，切德打算要好好享樂一番的時候，可眞是有用不完的精力哪。不過我會派個侍童送信給他，邀請他今天下午與我一同騎馬出遊。這夠快了吧？」他察覺到我語氣憂心忡忡，但沒有多問；這點我很是感激。

「這就很好了。」我答道。「再說，反正他最快也得到下午時，人才會清醒。」我甩了甩頭，彷彿此舉就能讓我的思緒安定下來。「我突然想到好多事情；需要注意的事情實在太多了。花斑幫的人既然知道我的事情，那麼他們一定也知道王子的底細。」

「那些人之中，有你認得的嗎？他們都是路德威那一幫人嗎？」

「當時天色很黑，而且他們又離我很遠。有一名女子與一名男子開口說過話，不過我敢說他們至少有三個人，而且其中一人的牽繫伴侶是狗，而另外一人的牽繫伴侶是小小的、毛茸茸的動物，老鼠、黃鼠狼或是松鼠之類。」我吸了一口氣。「所以城堡大門的守衛一定得警覺一點。而王子則一定時時刻刻都必須有人陪著；切德自己不是說過了嗎，最好是找個『孔武有力的家教老師』陪著他。我也必須跟切德商量一下，如果我有急事要找他，要怎麼跟他聯絡。還有，堡裡必須派人巡邏，每日捕鼠，尤其是王子的房間要加強檢查。」

他吸了一口氣要回應，然後又咬住嘴唇，不讓自己說出話來；最後還是忍不住說道：「恐怕我得還多提一件事情讓你傷腦筋。昨晚晋責王子遞給我一張紙條，問你什麼時候要開始為他上精技課。」

「他把這事寫在紙上？」

一看到黃金大人無奈地點了點頭，我心頭大為恐慌。王子很想念我，這我是知道的；王子與我之間以精技的脈絡牽繫，所以他的這份心思，我是一定感應得到。我已經豎立起精技牆，以免那個年輕人察覺到我心裡在想什麼，不過此舉可能有點多餘，因爲他的精技並不熟練。我好幾次感覺到他正以軟弱無力的精技感應呼喚我，但是我並未理會；我原本認爲適合教他精技的時機，以後自然會出現，不過王子殿下顯然沒什麼耐心。「唉，那孩子太大意了。有的事情是絕對不能形諸文字的，而且——」

我突然說不下去了。而且我一定是一下子變得面無血色，因爲黃金大人突然站了起來，瞬間變成我的老朋友弄臣的神色態度，要我坐在他的椅子上。「你沒事吧，蜚滋？是不是你的癲癇要發作了？」

我全身失了力氣，並跌坐在他的椅子裡。一想起自己行徑之愚蠢，我的頭就開始天旋地轉；而且我幾乎喘不過氣來坦承自己的愚行。「弄臣。我那些卷軸，還有我寫下來的那些東西。切德急著找我，所以我也沒仔細收拾就趕著來了。我叮嚀幸運出門前要鎖好門窗，但是幸運不可能把我的東西藏起來，只會把我書房的門關緊。要是花斑幫的人精明到把幸運跟我聯想在一起的話……」

我不讓自己再想下去。弄臣一聽便知，不用我贅言。他在驚訝之餘，眼睛睜得大大地；畢竟我粗心大意地形諸文字的一切，弄臣都讀過了。我不僅以紙筆道出了自己的身分，也道出了許多最好別見光的瞻遠家族祕史。而且我還在那些該死的卷軸上載明了我所有的人身弱點：莫莉，我那不可復得的愛人；以及蕁麻，我那非婚生的親生女兒。我怎麼會笨到把這些事情通通寫出來？我怎麼可以爲了貪圖將這些事情寫下來後所能獲得的片刻安慰，而把這些人、事、物通通抖出來？祕密這東西，如果不是緊緊地鎖在人的腦海裡，就難保會有什麼風險了。我早該把那些卷軸給燒了。

「弄臣，拜託你代我去見切德。我一定得回那裡一趟，而且馬上就得出發。」

弄臣憂心忡忡地把手放在我肩上。「蜚滋。要是那些東西已經沒了，那麼你現在去也已經太遲。何況若是湯姆．獾毛立刻便快馬加鞭地奔回去，那麼你只會啓人疑竇，並引來追兵；說不定還反倒讓花斑幫直接得知你的密件放在何處。他們既威脅過你，就一定認定你會嚇得逃跑，並安排人看住公鹿堡的各個出口。所以，你要鎮靜一點。說不定你的恐懼全是多餘的。他們要把幸運跟你聯想在一起已經很難，更別說要把你跟那孩子的舊居聯想在一起。你千萬別莽撞；先去見切德，把你擔心的事情告訴他；然後跟晉責王子談一談。今晚就是晉責的訂婚大典了；那年輕人看似神態自若，但那只是一層薄薄的偽裝，一不小心就會拆穿。所以你還是去看看他，讓他的心思定一定比較好。」接著他停頓了一下，推算道：「說不定我們可以派別的人去——」

「不。」我堅定地打斷了他的話。「一定得我自己去。有的東西我要帶走，其他的要就地摧毀。」我心裡突然想起弄臣浮刻在我餐桌上的那隻衝刺的公鹿。湯姆．獾毛的桌面，竟以瞻遠家族的蜚滋駿騎的紋章來做裝飾。現在就連這一點小事也使我覺得芒刺在背了。那餐桌一定得燒掉，我心裡打定了主意。絕對不能留下些許線索，以免別人得知我曾在那小屋裡住過。就連種植藥草的花圃，也透漏出太多玄機。我眞是太粗心了，這下子我不啻於門戶洞開了；小屋裡的一景一物，都明白道出我的祕密，我怎麼沒有多加防範呢？

弄臣拍拍我的肩膀。「你先吃點東西吧。」弄臣提議道。「然後洗把臉，換件衣服。別莽撞。只要我們小心行事，這一關一定會熬過去的，蜚滋。」

「是獾毛。」我提醒道，同時奮力站了起來；現在他是主，我是僕，這個分際得好好守住才行。「請多見諒，大人；方才我一時暈眩，但現在我已經好了。打擾了您的早餐，眞是抱歉。」

弄臣對我的憐憫，在他的眼神中表露無遺；但是下一刻他便收斂定神，不發一語地歸座。我重新將他的茶杯注滿，而他則一邊用餐，一邊默默地想事情。我在房裡四處梭巡，想要找件事情讓手邊有事可忙，但是他天生愛乾淨，凡事井井有條，所以我身爲他僕人的這個角色竟找不到事情可做。我突然領悟到，弄臣把一切弄得有條不紊，正可以保護他自己的隱私；由於自律甚嚴，所以他私人的蛛絲馬跡，旁人無從得知，除非是他刻意要在別人心裡留下什麼印象。這一點，我可要好好地學一學。「大人可否容我待會告假片刻？」我問道。

他放下茶杯，想了一會兒，答道：「當然。我馬上就要走了，獾毛。你記得把餐點跟餐具收拾好，把大水罐裡的水換新，壁爐清一清，並拿些柴火上來。然後呢，我建議你照樣去跟守衛磨練打鬥的技巧。我今天下午騎馬出遊，煩你隨侍在旁，而且務必打扮得宜。」

「遵命，大人。」我平靜地應和道。接著我讓他繼續用餐，我自己則回到我那個陰暗的小房間裡。我迅速地四下打量，打定了主意：除非是與湯姆．獾毛的身分相配的東西，否則不能留在這房裡。我洗了臉，將亂翹的頭髮壓平，又換上藍色的僕人服飾。然後我收拾了一些東西，包括我所有的舊衣服和舊鞍袋、切德給我的開鎖器具和工具，以及其他幾樣從我那小屋裡帶來的東西。我在匆忙的分類搜索之中，找到一個浸了鹹海水的小口袋，裡面裝了某項物品。綁住袋口的皮條已變得乾硬無比，打不開了，所以我只得把小口袋割破；我把小口袋裡的東西抖出來，發現那一團東西原來是王子在我們那一趟倒楣的精技探險之中，從沙灘上撿起來的奇怪項鍊墜子。我將墜子塞回破爛的口袋裡，放在我那一包東西的最上面，接著將起居間通往我臥室的門關緊，觸動與牆壁化爲一體的開關，然後跨過漆黑的房間，走到對面的牆壁前；我輕輕一推，那牆壁便無聲無息地縮了進去。從高處的隙縫洩下來的朦朧日光，照亮了公鹿堡的祕密通道。我關上身後的門，開始爬上陡峭的樓梯，前往切德之塔。

切德之僕

白色先知何昆養了一隻兔子，兔子住在花園子裡，何昆一叫牠就來，而且會乖乖地在先知大腿上一連蹲伏好幾個小時，所以何昆對兔子寵愛至極。何昆的催化劑是一名女子，非常年輕，比孩子大不了多少。這女子名叫蕾妲，但是何昆喚她作「狂眼」，因爲她一眼斜視，總是往外看；她不喜歡那隻兔子，因爲每次她坐得離先知近一點，那兔子便狠狠地嚙咬她一口，以便將她趕走。有一天，兔子死了；而蕾妲在花園裡發現兔屍，便將兔子剝了皮、除去內臟，切塊下鍋煮了。先知何昆吃了燉兔肉之後，才發覺兔子不見蹤影；蕾妲則高高興興地對何昆說，先知方才已將兔子吃下肚了。先知嚴斥蕾妲，但蕾妲大剌剌地說道：「可是大師，您早就預見此情此景了。您不是在第七卷卷軸裡寫著『先知以他溫熱的血肉果腹，即便先知知道這溫熱的血肉乃是他的下場』嗎？」

——文書柯德仁所記載的白色先知何昆之軼事

我要上切德之塔，但走到一半，心頭突然領悟到自己在幹什麼。我這是在逃避，我想趕快找個洞穴躲起來，而且還暗暗希望我舊日導師此時就在塔裡，並期待切德仍會像當年指點我這個刺客學徒時那樣，告訴我該做什麼、不該做什麼。

想到這裡，我的腳步慢了下來。那種作法也許對十七歲的青年而言剛剛好，但對於三十五歲的成年男子而言，就不合時宜了。我應該發展出自己的應對方式，以便在無止境的宮廷陰謀求生存——要不然，就應該跟這一切一刀兩斷。

此處的密道有個凹入處，顯見是這裡設了窺孔，凹入處還擺了板凳。我將包袱擱在板凳上，自己也坐了下來，以便理一理思緒。純就事理而言，我到底該怎麼做最好？

把他們全殺了。

要是我認得出那些人，這倒還不失為上策，問題是我根本就不曉得他們是誰。中策就複雜多了：我除了力求自保之外，也得保護王子不受花斑幫所害。我把我對自身安全的考量擺在一旁，仔細想想王子的境況危險到什麼地步。花斑幫握有王子與我的把柄——也就是我們有原智——所以他們隨時可將王子的祕密，或是我的祕密公諸於世。六大公國的大公們可不會容許他們的君王有原智這個污點；這一來，不但珂翠肯想要與外島締結和平聯盟的希望會破滅，而且很可能會導致瞻遠王室被人推翻。不過據我看來，這種極端的作法對花斑幫沒什麼價值；因為一旦晉責失勢，那麼就算他們握有晉責的把柄也派不上用場了；更糟的是，此舉會連帶使王后黯然下台，然而珂翠肯一直在鼓勵民眾多多包容原智者。他們絕不是這個打算。他們威脅要暴露出晉責的祕密，但這威脅僅在晉責仍在繼位之列時才有用。他們並不想置晉責於死地，只想讓他屈從他們的要脅。

那又如何？他們會要求什麼？他們會要求王后嚴格執行律令，堅決禁止民眾單以某人有原智為由便將之處決嗎？他們會有更進一步的要求嗎？要是他們不藉此攬權，那就是傻子了。要是哪位大公或貴族同時亦帶有原血血統，那麼花斑幫一定會致力使他們獲得王室的青睞。我心裡想著，不知貝馨嘉母子是否來到堡裡參加訂婚大典；這倒值得好好地研究一番。貝馨嘉母子絕對都有原血血統，而且還曾經幫助花斑幫誘走王子。之前貝馨嘉母子很被動，現在他們會扮演比較主動的角色嗎？還有，花斑幫的人如何讓珂翠肯感受到他們的要脅確有其事？花斑幫會摧毀什麼人，以展現他們的力量？

答案很簡單。他們的目標一定是湯姆·獾毛。他們認爲我是棋盤上的小卒子，雖是個微不足道的僕人，卻讓他們的計畫化爲泡影，而且還砍斷了他們首領的手臂。他們昨晚現身，是因爲他們認定我在這麼一嚇之下，一定會「帶口信」給公鹿堡的當權者。然後，花斑幫的人爲了證明瞻遠家族不堪一擊，必會像犬群撲殺公鹿一般把我撂倒；而他們撂倒我，爲的是要殺雞儆猴，讓珂翠肯與晉責知道他們的厲害。

我將頭沉入雙掌之中。我最好的應對之道就是立刻逃走，然而既然已經回到公鹿堡，即使才待了這麼短短幾日，我已經不想再度棄此地而去了。我曾經以這座冰冷的石頭城堡爲家，而且儘管我並非婚生子，但瞻遠家族的確是我的至親。

我耳裡聽到低語聲，立刻坐正，然後才領悟到那是年輕女孩的講話聲，而且是透過厚厚的石牆傳到我這個隱密的監看處。我雖累卻很好奇，於是傾身靠在窺孔上，看看隔牆的房間是什麼狀況。那是間裝潢華麗的臥室；一名黑髮的女孩子背對我而立，另有一位花白頭髮的老戰士，懶洋洋地坐在火爐邊的椅子上。那老戰士臉上有些刻意爲之的疤痕：以刀割出細小的傷口，然後揉進黑灰色料，這是外島人的風俗；不過他臉上另有些疤痕顯然是激烈打鬥的結果。他的頭髮與鬍子裡都夾雜著白毛。那小女孩在他面前練習舞步，而那老戰士則拿著隨身小刀清理指甲，順便把指甲削短。

「……兩步，退一步，轉個身。」那小女孩喃喃地複誦，而她那小小的腳則隨著她嘴裡下的指令而走動。她轉了個身，繡花裙子輕輕飄揚起來；我凝神看著她的臉龐好半晌。這是那位稱號為「貴主」的艾莉安娜，也就是晉責的未婚妻。想也知道，她一定是在為今晚兩人的首度共舞預作準備。

「然後再一次，側兩步，退兩步——」

「是『退一步』，艾莉。」老人插嘴道。「然後轉個身。妳再試一次吧。」

那小女孩原地站著不動，接著快速地用母國的語言講了句話。

「艾莉安娜，多練練『種田人的方言』；妳要用他們的方言去練他們的舞，這樣才相配。」老戰士堅決執拗地說道。

「我才不管呢。」那小女孩突然鬧起脾氣來了。「他們的語言平淡乏味，而他們的舞也很無趣。」她原來兩手提著裙襬，此時她丟下裙子，交叉手臂、兩手抱胸。「什麼爛舞嘛，踏踏步、轉轉身的，簡直就跟鴿子交配前那一套抬頭、低頭、彼此交頸一樣嘛！」

「是啊，不但很像。」那老戰士和藹地說道。「而且用意也一模一樣。好啦，現在快練吧，妳是不允許出一點差錯的。妳既然能將劍招步法記得清清楚楚，那麼這舞一定難不倒妳。妳要是跳得不好，不就讓那些自大的種田人，認定我們神符群島竟送了個笨手笨腳的船奴，來匹配他們英俊的王子嗎？」

對於老戰士這番嘲諷，那小女孩假意咧嘴一笑；接著她提起裙襬，而且把裙襬拉高到會令人竊竊私語的程度，連她的光腳丫和赤裸的小腿肚都露了出來，然後狂熱地練起舞步來。「側兩步——再退一步——再轉個身——再側兩步——再退一步——再轉個身——再側兩步——」那小女孩怒氣沖沖地朗誦著，活生生把優雅的舞步變成玩笑的鬧劇。那男子咧嘴笑著看小女孩發脾氣，但是不再介入。我心裡想道，「神符群島」，這名字好熟呀；對了，這是我們所稱的外島人對於他們那羅列的島嶼的自稱。而且我見過的唯一一幅外島地圖上，的確是以符文來標示每一個從冰冷的海水中露出頭來的島嶼名稱。

「夠了！」那戰士突然斥道。

那小女孩的臉因爲趕著練舞而漲得通紅，呼吸也急促起來；不過她仍兀自跳個不停，最後那戰士突然站了起來、抱住她，這才讓她停了下來。「夠了，艾莉安娜，夠了。我看得出來，妳的確會跳這支舞，而且跳得很好；所以我們現在不練了。不過今晚妳一定要把妳的丰姿、教養與魅力都展現出來；要是讓人看出妳脾氣那麼大，那麼妳那位英俊的王子說不定會另擇溫馴的新娘。妳可不想看到那種場面吧。」話畢，那戰士將小女孩放下來，自己也回座。

「我才想看到那種場面呢。」艾莉安娜立刻回嘴道。

男子不疾不徐地答道：「才不呢，這一定是違心之論。難不成妳的背還想吃我皮帶一鞭嗎？」

「當然不是。」艾莉安娜的回答很僵；我立刻領悟到，那戰士的威脅絕對不是空言。

「不是就好。」那男子把這話當作是和解。「再說我也不愛看妳吃苦頭。可是妳是我妹妹的女兒，而且我絕對不容許我母親的家系蒙羞，妳不也是如此？」

「我不想讓母親的家系蒙羞。」那孩子挺直地站著宣布道，但她接口說下去的時候，肩膀卻在顫抖。「可是我不要嫁給那個王子。王子的母親像是白皮膚的母夜叉；而且王子會讓我一直懷孕，生出來的娃娃每個都會蒼白冰冷得像是死靈。求求你，皮奧崔，帶我回家吧。我不要住在這個又大又冷的洞穴裡，也不要那個少年跟我做那種會讓我懷娃娃的事情。我只想住在母親的矮屋裡，騎著自己的矮馬迎風而行，划著自己的小舟在沙達峽灣四處出沒，還要有自己的冰鞋，以便到冰面上捕魚；等我長大的時候，母屋裡會幫我添一張長凳，而且與我成婚的男子，深明他應在婚後與妻子母親的家人同住在一起。跟我同年紀的女孩要的就是這些，我這些願望並不奢求！那王子會像是把樹枝從藤蔓扯下來那樣，硬生生地把我從母親身邊拔走，然後我就會乾裂碎掉，風一吹就散了！」

「艾莉安娜，艾莉安娜，心愛的，妳別這樣！」那男子以戰士般的優雅站了起來；他的體態結實渾厚，是典型的外島人身材。他把那孩子抱了起來，而那孩子則把臉埋在他的肩頭上，抽抽噎噎地哭了起來；連那戰士也熱淚盈眶，只是他強忍著不讓淚水流下來。「好啦，好啦，如果我們夠精明，如果妳夠堅強又敏捷，跳起舞來像溜過水面的燕子一般地滑順，那就永遠都不會走到那個地步。永遠都不會。今晚不過是訂婚典禮罷了，小傢伙，不是結婚呀。妳以爲皮奧崔會自己回家，把妳一個人丟在這裡嗎？小笨魚兒！今晚沒人會讓妳懷寶寶，以後也不會，最快也得等上幾年哪！好吧，就算到了那時候，除非妳願意，否則這事也不會發生；這個皮奧崔給妳拍胸脯保證。妳想，我會讓這件事橫生枝節，並使我們母親的家系蒙羞嗎？今晚只不過是跳一支舞罷了。然而我們非得把這支舞跳得盡善盡美不可。」皮奧崔放下艾莉安娜，讓她以光腳站著；接著他抬起艾莉安娜的下巴，使她不得不看著他。他用滿是疤痕的手背，將她臉頰上的淚痕揩掉。「好啦，不哭了喔。來，笑一個。還有，妳要記住喔，妳第一支舞一定要跟那個英俊的王子一起跳，不過第二支舞就要留給皮奧崔。好啦，咱們來搭配看看，一起跳跳這個呆蠢的農夫舞吧。」

皮奧崔開始哼一支不成調的曲子，艾莉安娜則伸出她的小手放在皮奧崔的手裡；兩人開始隨著旋律踏出舞步。艾莉安娜跳得像是薊種子隨風飛舞的冠毛般輕盈，而皮奧崔則跳得像是士兵一般穩重。我望著那兩人翩翩起舞；那小女孩的眼睛定定地望著那男子，而那男子的眼睛則凝視著小女孩身後遠處，只有他自己能看得到的地方。

門上突然響起敲門聲，皮奧崔與艾莉安娜停下舞步。「進來。」皮奧崔叫道，於是一名手臂上掛著一件禮服的侍女走了進來。皮奧崔與艾莉安娜突然各退了一步，表情變得很僵硬。就算是一條大蟒蛇突然爬進房裡，皮奧崔與艾莉安娜也不會比此時更緊張了；不過從那侍女穿著外島人服飾來看，她應該是他們自己的人。

那女子的態度很古怪；她根本就不跟他們打招呼，遑論行禮。她拿起披在手臂上的禮服，抖了開來，讓他們二人瞧一瞧，然後說道：「今晚貴主就穿這件。」

皮奧崔上下打量著那件禮服。我從未看過那樣的衣服；那衣服明明是給成年女子穿的樣式，但卻剪裁成小孩子衣物的大小。衣服的料子是淡藍色的，領口切得很低；禮服前襟運用了大量蕾絲，又巧妙地用皺摺收緊，方便貴主裝出她現在還沒有的豐滿胸部。艾莉安娜一看到那件禮服臉就紅了起來。皮奧崔就比較直接一點；他立刻走到艾莉安娜與那件禮服中間，彷彿要藉此幫艾莉安娜把那件衣服擋在外面似的。「不。她不穿那個。」

「貴主當然要穿這件，因爲夫人希望貴主如此打扮。年輕的王子看了，一定覺得貴主魅力十足。」聽那侍女的口氣，不像是建議，倒像是命令。

「不，她不穿那個。她不到那個年紀，偏偏要裝作大人狀，這沒道理。再說，神符群島的貴主是不作這種裝束的。她若是穿那衣服，就是令我們母親的家族蒙羞。」皮奧崔突然上前一步，出手一揮，便將那件禮服打落在地。

我本以爲那個侍女會唯唯諾諾地退縮回去，或者乞求皮奧崔的寬容，但是她反而不爲所動地瞪著他；她頓了一下，說道：「夫人說：『這跟神符群島無關。這是六大公國的男子所能理解的衣裳。貴主就穿這件。』」說到這裡，那侍女又停頓了一下，彷彿在思考似的，然後補了一句：「貴主若不穿這件禮服，可能會使你們母親的家系遭到不測。」那侍女彎下腰撿起禮服，彷彿方才皮奧崔打落衣裳的行徑，不過是孩童的無理取鬧罷了。

站在皮奧崔身後的艾莉安娜發出了一聲低喊；聽起來像是很痛苦似的。皮奧崔轉過身來察看時，我也朝她瞄了一眼；此時艾莉安娜緊繃著臉，決意不露一絲痛苦的神色，但是她額頭上突然冒出大粒汗珠，而且方才潮紅的臉龐，此時變得毫無血色。

「住手！」皮奧崔低聲說道。一開始的時候，我還以爲他是在叫住那小女孩，然而皮奧崔緊接著便轉頭望向身後，可是他再度開口的時候，又不像是在跟那侍女說話。「住手！」皮奧崔再度叫道。「我們原先的決議之中，並未提及要把她打扮得像個娼妓；而且妳也別想硬趕鴨子上架。妳再不住手，我就把這女的殺了，到時候妳失去了耳目，就再也別想知道此處的時勢變化了。」皮奧崔說著便拔出繫在腰帶上的小刀，上前兩步，將刀鋒抵在那侍女的脖子上。然而那女子既未嚇得臉色蒼白，也沒怕得抖縮後退，而是文風不動地站著；她的眼睛閃爍，幾乎像是在嘲笑皮奧崔的威脅，而她根本就不回答。接著艾莉安娜突然深吸了一口氣，肩膀一下子鬆垮了下來；過了一會兒，她挺直肩膀，直直地站著，從頭到尾都沒讓眼淚掉出來。

皮奧崔一氣呵成地奪下那侍女手上的禮服，並拿刀劃了下去；他一定是把刀子磨得像是剃刀一般利，因爲那刀輕鬆地便將那禮服割成兩半。接著皮奧崔把破衣服扔在地上，狠狠地踏踩。「妳出去！」皮奧崔對那女子喝道。

「看來是非得如您所願不可了，大人。」那女子一邊喃喃說道，一邊轉身離去；然而她講的這幾個字，卻像是在譏刺皮奧崔。她行止從容，而皮奧崔則一直盯著她，盯到她離去、門也關上了，這才轉過頭去看著艾莉安娜，問道：「痛得厲害嗎，小魚兒？」

艾莉安娜抬起下巴，很快地搖了搖頭。這小女孩看來一副隨時都會暈倒的模樣，還撒這個大謊，眞是太勇敢了。

我悄悄地站了起來。我的前額因爲緊靠在牆上窺視房裡的動靜而沾滿灰塵。我不禁納悶道，這位外

島貴主不想嫁給我們王子，而且皮奧崔也不把訂婚當作是婚約這些事，切德到底知不知情？此外我也好奇，這位貴主到底是因為什麼病症所擾，那位「夫人」到底是誰，以及那侍女何以如此無禮？但在此時，我只能將這些支離破碎的消息、跟我個人的大問題擱在心中，然後揹起我的包袱，繼續爬上階梯，往切德的塔樓而去。至少這些暗中偵查的活動，使我暫時忘了自己的憂慮。

我爬上最後一層陡峭的石階，進入樓梯頂的小隔間，推開前往切德房間的小門。塔裡的遠處傳來樂聲；大概是為了今晚獻藝、所以現在勤練不已的吟遊歌者吧。一進切德的房間，迎面便是一整架葡萄酒；我屏住呼吸，悄悄地把酒架推回原位，然後將我的包袱放下來，擱在酒架邊。一名男子彎身在切德的工作台上忙東忙西，同時喃喃地唱出種種抱怨，而音樂聲也變得更響、更清楚。我無聲地走了五步，來到壁爐的角落裡；而我的手剛沾到劍柄的時候，那男子正好轉過身來看我。原來他就是我十幾天前在馬廄旁遇到的那個弱智男孩。他手裡端著托盤，托盤上堆著許多盤碗、一個搗藥臼，和一個茶杯；一看到我，在驚嚇之餘，手裡一鬆，所有的瓷器都滑到一邊去了。他慌慌張張地把托盤放在桌上。音樂聲隨即停止。

我們兩個就這樣，你既怕我、我也怕你地互瞪了好一會兒。他的眼皮半遮著眼，使他看來永遠都是睡眼惺忪的模樣；舌尖露在嘴外，貼著上唇；他那一對突出的耳朵，插在頭的左右兩側，耳朵上則蓋著一頭參差不齊的短髮。他的衣服垂掛在身上，襯衫與長褲顯然原來是個子高大的人的衣物，因為袖管與褲管末端呈鋸齒狀，不是剪短的，就是撕短的。他的個子矮矮胖胖，而且不知怎地，他那一切與眾不同之處，就是令我提心吊膽。我心裡冒出一股不祥的預兆。我知道他不至於危害我，但我就是不希望他靠近；而且從他怒目而視的眼神來看，想必他對我也有同感。

「走開！」他從喉嚨底輕輕地叫了出來。

我吸了一口氣，平靜地說道：「我是獲准進到這房間裡來的，你呢？」其實此時我已推斷這少年必定就是切德的僕人，也就是搬水、搬柴、在切德身後收拾的人；不過我卻不知道切德對這少年透露多少，所以我並未將他的名字講出來。切德那個老刺客，當然是絕對不至於粗心大意到把自己的祕密託付給弱智者的。

你，走開。沒看到我！

那少年結結實實地以精技對我大喊，那效果彷彿一棒打來，使我一下子踉蹌不穩。我敢說，要不是因爲我已經豎起精技牆，那麼我眞的會乖乖地照著他的話去做，也就是走開，並認爲自己沒看到旁人。我一邊將精技牆加得更高、更厚，同時腦海裡閃過了一個念頭：那少年之前是否曾經跟我下過這種指令？不過就算有，難道我會記得嗎？

別過來！別傷我！走開，你這臭狗子！

我感覺得到那少年再度以精技大力襲擊，不過這次我就不像之前那樣差點站不住了；然而即使如此，我也不願爲了要以精技回應他而降低精技牆。我用我的人聲說話，而雖然我竭力穩住自己，聲音還是抖得很厲害。「我不會傷害你。我從無害你之意。而且如果你希望我別過去，我就不會過去；但是我不會走開，而且我不准你以後再像剛剛那樣使勁推我了。」我試著以大人責備不懂事孩童的堅定語氣告誡他；他很可能根本就不知道剛剛自己在做什麼，而只是隨手把先前奏效過的武器拿出來一用而已。

但是他臉上卻未露出懊悔的神情，反而怒氣騰騰，當中可能還包括恐懼吧？他的眼睛原本就小，所以一瞇眼，眼睛便陷入胖胖的臉頰裡，幾乎看不見了。他張口伸舌地呆站了好一會兒，接著端起托盤，用力將托盤往桌上一撞，使勁到連托盤上的碗盤都跳起來了。「走開！」他同時以精技和人聲吼道。

「你沒看到我！」

我伸手摸索到切德的椅子，然後穩穩地坐進椅子裡。「可是我看到你了呀。」我平靜地說道。「而且我不會走開。」我叉著雙臂抱胸，並且暗暗希望他無法看出我已經被他搖得骨頭快散了。「你應該好好地做完你的工作，而且假裝你沒看到我。至於誰要走開？是你做完工作之後要走開。」

我是決計不退的了，況且我也不能退；因爲我一走，他就會看出我是怎麼來的，而如果他還不知道那條路，那麼我絕不會指路給他看。我往後靠在椅背上，並努力裝出我坐得輕鬆閒適的模樣。

他怒視了我一眼，而他打在我牆上的精技怒潮大得可怕。他的力量眞是強大，如果他未經訓練就這麼強，那麼等到他懂得如何駕馭精技之後，他的天賦會強到什麼程度呢？這個念頭眞令人心寒。我凝視著冰冷的火爐，但以眼角注視著他的舉動。可能是他的工作已經做完了，也可能是他決定不做了，反正接下來，他便端起托盤大步橫過房間，並在一個卷軸架上推了一下；那個出入口，我曾看切德用過一次。不一會兒，那少年便消逝在卷軸架之後，不過就在他即將把卷軸架推回原位的前一刻，他又再度同時以精技和人聲吼道：「你臭得像狗糞。你這人應該砍碎，然後燒掉。」

他的憤怒像是退去的潮水，縱使退去，我卻也困住了。過了好一會兒，我舉起雙手，按壓在左右的太陽穴上。加高增厚精技牆已經開始令我備感吃力，但是我還不敢把精技牆降下來。要是那少年感應得到我降低了牆，要是他決定趁此將精技指令燒灼在我心裡，那麼我將無力抵擋，就像我一時衝動地以精技指令要求晉責不得反抗我，而此後他便乖乖聽命一樣；至今他的心裡，恐怕仍印著我的精技指令。

這是我必須關注的另外一個問題。晉責現在還會受我那個精技指令的約束嗎？對此，我下了決心：我一定要找出解除精技指令的辦法。如果我不想個辦法解除那個印記，那麼精技指令將會成爲晉責與我之間的芥蒂，並阻礙我們發展出眞正的友誼。然後我開始懷疑，不知王子到底知不知道我幹了什麼好事。我告訴自己，那件事是個意外，但隨即便開始鄙視自己的謊言；那不是意外，我是在盛怒之下，把

「不得反抗」的精技指令烙在王子心裡。做出這種事情，我自己也感到羞恥，所以那個精技指令還是早早解除，這樣對他、對我都好。

我又聽到樂聲了。我想弄個清楚；一試之下，發現我的精技牆一放低，我心裡的樂聲就大聲起來；而且就算用手摀住耳朵，樂聲也絲毫不減。原來是精技音樂！我想都沒想過會有精技音樂這種事情，不過那個弱智少年卻正在散發精技音樂。我一轉開注意力之後，那精技音樂便褪為我的精技感應圈周圍時時刻刻都有的背景雜音；有些人雖有精技天賦，卻只堪足夠讓他們在緊急情況下發出精技意念，這便是我聽到的背景雜音的由來。如果我把自己的精技力專注用在背景雜音上，偶爾也可以從他們的心中找到完整的思緒，但是這些人的精技天賦尚不足以感應到我的存在，更遑論對我做出回應了。但是這個弱智少年不同；他的精技天賦像是一把熊熊烈火，而他的精技音樂，只是他那無所羈束的天賦所發出來的熱與煙而已。他對自己的音樂不加掩飾，很可能是因爲他沒想到要對自己的音樂加以掩飾，或者他根本不需要對自己的音樂加以掩飾。

我讓自己一切放鬆，僅維持住精技牆，以免精技天賦剛得到啓發的晉責得知我私下的想法。接著，精技頭痛如雷般地打進我的頭顱裡；我呻吟了一聲，把頭埋在手裡。

「蜚滋？」

我在切德碰到我肩膀的前一刻便感應到他已走到我身邊；但即使如此，我驚醒過來時仍跳了起來，而且伸出雙手，彷彿要抵擋外人來襲。

「你是哪裡不對了，孩子？」切德直接問道，他彎身打量我。「你眼裡都是血絲！你昨晚什麼時候睡覺的？」

「剛剛才睡的——我好像睡著了。」我努力擠出虛弱的微笑，伸手拂過自己的短髮，頭髮都汗溼得貼在頭顱上了。對於方才的夢魘，我只有些許殘存記憶。「我見過你的僕人了。」我顫抖地對他說道。

「阿憨啊。唔，阿憨也許不是堡裡最機伶的人，不過這正好符合我所需；他不可能洩漏機密，因爲就算他碰巧知道了什麼底細，也不曉得那就是機密要事。別談他了。黃金大人一送信給我，我就趕到這裡來了，看看能不能碰巧遇到你。公鹿堡城的花斑幫有什麼活動？」

「他信上把這些都講明了？」我不禁惱了起來。

「他沒寫這麼多，只是我嗅出了點蛛絲馬跡。你快說吧。」

「他們昨天晚上……不，是今天早上跟蹤我。他們要嚇唬我，要讓我知道他們認識我，而且隨時都可以找我麻煩。切德，先別談這個了。你知不知道你那個僕人——他叫做什麼名字？阿憨是不是？你知不知道阿憨會精技？」

「什麼精技？打破茶杯的精技嗎？」老人嗤聲道，彷彿我變了個不入流的戲法；接著他煞有介事地嘆了口氣，而且不屑地朝冰冷的火爐做了個手勢。「他每天都應該在火爐裡生個小火的，只是他總有一半的日子忘記要生火。你在說什麼呀？」

「阿憨有精技天賦，而且強得很；剛才他在這裡忙的時候，我不小心嚇到他，結果他氣得差點把我震倒。要不是我爲了把晉責擋在外面而隨時豎立精技牆，那麼阿憨必定把我腦海裡的每一個思緒都轟得一乾二淨。他跟我說：『走開』、『你沒看見我』，還有『你別傷害我』。另外，切德，你知道嗎，我看這不是他第一次使用精技，甚至連我都吃過他的虧。有一次，我在馬廄外看到好幾個男孩子在戲弄他，當時我聽到有人說：『你沒看見我』，而且清楚得像是用人聲講出來一樣，然後那些馬廄幫手便各自散去做他們自己的事情，在那之後我甚至連自己曾經在馬廄邊見過他都忘了。」

切德慢慢地沉入我的椅子裡，然後傾身過來，將我的手包在他的手裡，彷彿這一來，他就比較容易理解我方才那一番胡言亂語。當然，他也可能是想摸摸看我是不是發高燒而沖昏了頭。「你是說，阿憨有精技能力。」切德謹慎地說道。

「對。他的精技能力很生疏，也沒受過訓練，但卻威力強大，彷彿熊熊大火一般。我從未碰過像他這樣的人。」我緊閉雙眼，左右手掌使勁按壓太陽穴，看看能不能藉此把我的頭顱復合起來。「我覺得像是被人痛打了一頓。」

過了一會兒，切德粗魯地說道：「好了，你用這個看看。」

我把冰冷的溼布從切德手裡接過來，敷在眼睛上。我雖然很想問問他有沒有更強力的止痛劑，但我知道我最好死了這條心。那頑固的老人已經認定我常用的止痛藥對精技有不良影響，不利於晉責的精技課程；所以現在我再怎麼渴望精靈樹皮所帶來的紓解效果，都是白費工夫；就算切德還在公鹿堡裡的什麼地方藏了一點精靈樹皮，我也別想找到。

「那這該怎麼處置呢？」切德喃喃地說道。我提起溼布的一角瞄了他一眼。

「要處置什麼？」

「阿憨跟他的精技能力。」

「處置？你能怎麼處置？他就是有精技能力，你如何能擋得了他呢？」

切德歸回原位，說道：「我所典藏的精技古籍中提到，像他這樣與生俱來、未經教化的精技天賦，對我們而言多少是個威脅；晉責才剛開始要學精技，而阿憨可能一個不小心就擾亂了他的進展。阿憨既有這天賦，就不免在發怒時，以精技對付他人；而且看來他已經做過了。更糟的是，你說他的力量很強。有比你更強嗎？」

我無奈地擺了擺手。「這我哪知道?切德,我自己的天賦時強時弱;況且我也不曉得該怎麼衡量。不過自從蓋倫的精技小組聯合起來對付我以來,我就沒有這麼慘過。」

「嗯。」切德靠回椅背上,望著天花板細細尋思。「最謹愼的作法,就是解決他;當然手法要慈悲些,畢竟他雖威脅到我們,但這並不是他的錯。比較中庸一點的作法,是開始讓他飲用精靈樹皮茶,以使他的精技天賦變得遲滯,甚至蕩然無存;不過我看你粗心大意地喝了十幾年的精靈樹皮茶,也沒能將精技連根拔起,所以雖然精技經卷上把這種藥草寫得如何有神效,我也不全然相信。但我還是比較傾向走第三條路。這一條路較有風險,但之所以吸引我,是因爲它雖險,好處卻也很大。」

「教他?」看到切德那試探性的笑容,我忍不住抱怨道。「切德,這行不通的。我們兩個對精技的知識都不足以安全地教導晉責了,而晉責這孩子不但心境開朗,我們又對他的過往知之甚詳。可是你這個阿憨對我已有很深的敵意;而且我擔心他之所以拒我於千里之外,是因爲他不知爲何感應到我有原智。而且光是他自學的本領,就已經使我招架不住,要是我還教他更多,那怎麼得了?」

「不然你認爲我們應該殺了他嗎?還是令他的天賦受到折損?」

我不想做這種決定,我甚至不想知道是誰做了什麼決定,但是我已經深陷於瞻遠家族的密謀裡了。

「我不想去想那些事情。」我喃喃地說道。「不能乾脆把阿憨送離此處嗎?」

「今日我們隨便丟棄兵器,來日他人可能拿了這件兵器,架到我們脖子上來。」切德無情地說道。「就是因爲這個緣故,所以黠謀國王才會在多年前決定,他那個沒名分的孫子必須留在他身邊;對於阿憨,我們也是這個考量。要嘛就用他,要嘛就讓他毫無用武之地,沒有折衷的辦法。」切德朝我伸出一手,掌心朝上,並補了一句:「至於花斑幫,也是一樣的道理。」

我不知道切德講這句話,是不是意在斥責我辦事不力,但總之我被這話刺得很不舒服。我靠回椅子上，用溼布蓋住眼睛。

「你說這話，難不成是期望我早就把他們通通殺掉？不只把誘走王子的花斑子殺了，也把前來援助我們的原智長者給殺了？然後再將王后的女獵人殺了？再把貝馨嘉母子殺了？還有惜黛兒，儒雅．貝馨嘉的未婚妻，還有——」

「我知道，我知道。」切德打斷了我的話；畢竟就算我們擴大暗殺的目標，還是無法周全地保住我們的祕密。「不過話說回來，這畢竟就是我們目前的處境。他們已經展現了他們的力量有多大、行動有多迅速。你才回公鹿堡一、兩天，他們就盯上你，並嚇了你一大跳。我估量昨晚是你回來後第一次去公鹿堡城，是不是？」待我點頭，切德便接口道：「你才第一次去城裡，他們就馬上找上你了，而且還大剌剌地讓你知道他們已經在注意你。他們是刻意走這個棋步。」切德吸了一口氣，我看得出他是在反覆思量他們這樣做，到底是想要傳達什麼訊息。「他們知道王子有原智，也知道你有原智；所以他們愛什麼時候拖你們下水，就能什麼時候拖你們下水。」

「這我們已經知道了。我倒認為，他們此舉另有目的。」我吸了一口氣，理了一下思緒，並將花斑幫的人圍住我的梗概告訴切德。「現在我對這件事另有不同的看法。他們的用意是要嚇唬我，而且要我細想我該怎麼做才不至於受他們所害。我要是跟他們作對，他們就會殺了我；不然就是我得為他們所用。」這與我先前想的不太相同，但是現在回顧起來，他們的目的已經很明顯了。他們先嚇唬我，然後又放我走，讓我慢慢領悟到我是不可能殺光他們的；我不可能知道有多少人知道我的祕密。我若想求生，唯一的辦法就是為他們所用。但他們對我有何索求？「他們大概是要我監視公鹿堡的動態，要不然就是想要把我收為伏兵，以便從內部策反瞻遠王室。」

切德一下子就跟上了這個邏輯。「他們能選，我們不也能選？嗯，對。我建議你至少要警惕一段時間；不過警惕歸警惕，還是要保持開放。隨時要有他們會跟你再度聯絡的準備。你不妨聽聽他們有什麼要求，以及他們能提出什麼報酬；如果必要的話，讓他們以為你會背叛王子亦無不可。」

「你要我捨身當餌？」我坐直起來，把蒙住眼睛的溼布拿開。

切德的嘴角冒出微笑。「一點也沒錯。」他伸出手，我把溼布遞給他。接著他傾著頭，仔細地打量著我。「你這模樣糟透了。比一整個星期都喝得酩酊大醉的人還糟。你是不是痛得很厲害？」

「我還應付得來。」我咬牙說道。

切德笑笑地點了點頭。「恐怕你非得自己應付不可了。不過痛歸痛，你的頭痛卻一次比一次減輕了，是不是？那是因為你的身體自會學習如何應付疼痛；據我看來，這跟使劍的人鍛鍊自己的肌肉，好讓自己能夠忍受一連好幾個小時的練習，是一樣的道理。」

我一邊嘆了口氣，一邊傾身向前，並舉起手來揉眼睛。「我還以為你會說，既是私生子，就得學著忍痛。」

「唔，管他是什麼，反正我很高興就是了。」切德輕快活潑地說道；這老人鐵了心，不管我怎麼自憐自艾，他都不會同情我。他站了起來。「站起來，洗把臉，蜚滋。吃點東西。讓大家看到你，別躲起來。防身的東西要帶著，但別大張旗鼓。」切德頓了一下，接著說：「我敢說，你一定還記得我的毒藥和工具收在哪裡。你需要什麼就拿去用，但是你得把單子開出來，我才好叫我的學徒去補貨。」

我並未跟切德頂嘴說我已經不是刺客了，所以我什麼都不會拿；因為我已經想到，萬一碰上敵眾我寡的場面，有一、兩種藥粉倒很好用。「我什麼時候可以見見你這個新學徒？」我悠閒地問道。

「你問過就算了。」切德面露微笑。「你什麼時候要認識我的新學徒？這恐怕不太好吧，更何況見了面，說不定你們彼此會不大自在——或者我會不大自在。蜚滋，我可得要求你在這方面行事坦蕩：你別多刺探，照樣讓這祕密留存爲我的祕密吧。你相信我，這件事你還是不管比較好。」

「說到刺探，我還有件事情要告訴你。我爬樓梯的時候，在途中休息，然後聽到人聲。我探頭一看，是那位外島貴主的房間；這事有些古怪，我想你該聽聽才好。」

切德轉過頭來看著我。「誘人，眞是誘人哪。但即使如此，你還是沒有把我的注意力完全引開。趕快立誓，蜚滋；別拿其他事情來誘我岔開心思。」

說眞的，我實在不想退讓。不想退讓，不是因爲我好奇心強；別說好奇，我就連什麼古怪的嫉妒之情也無。問題在於，我如果撒手不管此事，就違背了那老人苦心教導我的一切事理；畢竟切德總是教我要盡可能地探索周遭的動靜，因爲你永遠不曉得將來哪一個線索會派上用場。此時切德那一對綠眼睛嚴厲地盯著我，最後我只好垂下眼神；我搖著頭，但還是把話說了出來：「我保證我不會刻意探索你的新學徒是什麼身分。不過我能不能問個問題？你那個新學徒，他知道我以前的身分和作爲嗎？」

「孩子，如果不是我自己的祕密，我就不會隨便告訴別人。」

我寬心地舒了一口氣；要是堡裡有人知道我過去的身分，又躲在暗處觀察我，那我會眞的渾身不自在。不說別的，至少切德的新學徒跟我的起跑點是平等的。

「好啦。貴主的事情呢？」

所以我就一五一十地向切德報告，雖說我本以爲我再也不必這樣向切德報告了；但此時，我就像小時候那樣，把我聽到的話一字不漏地轉述給切德。說完之後，切德問我，我認爲他們說那些話有什麼涵義，我直率地答道：「那男人地位是高是低，以及在外島人允諾以貴主嫁給我們王子這件事情上他出了什麼意見，我不知道，但我看那男人並不認爲訂婚之後，這樁婚事就算是確定了，而且他還勸那小女孩別太將訂婚典禮當一回事。」

多瞧兩眼，有什麼新發現就告訴我。」

「這的確很耐人尋味。這個線索很重要，非比尋常。除此之外，那個侍女也有些古怪。你有空時再多瞧兩眼，有什麼新發現就告訴我。」

「何必非我不可？你就不能叫你的新學徒去瞧瞧？」

「你又在刺探了，而且還是故意的。不過這次我會回答。不行。我的新學徒對於城堡裡的密道不會比你熟；畢竟這種事不是學徒做得來的。就算我不將自己的祕密交給學徒去辦，做學徒的光是處理自己的事情、顧全自己的祕密，也就忙得不可開交了。不過我會派學徒去盯著那個侍女；方才你跟我講的新謎團裡，就是這個侍女最令我擔心。然而公鹿堡的密道還是你我之間的祕密。所以呢——」說到這裡，切德的嘴角彎出一抹不尋常的笑容。「——這麼說吧，你不妨看作自己現在已是箇中好手了。當然，話雖如此，但你再也不是刺客了，這點我們彼此都很明白。」

切德這句俏皮話，正刺中了我心裡的痛處；我雖知道自己悄悄滑進了舊日間諜兼刺客的角色，但我卻不願仔細考慮自己陷得有多深。我已經為王子而開了殺戒，而且還殺了好幾個人，不過那是在盛怒之下，為了自衛以及救出王子而為之。那麼，我會以「必須」為名，為了瞻遠王室而再度人神不覺地用毒藥殺人嗎？這個問題最惱人之處就是我無法回答。我勒令自己的心智去想些比較有結果的事情。

「外島貴主房裡的男人是什麼身分？我的意思是說，除了他身為貴主的舅舅之外。」

「啊。這個嘛，何必多問，你自己不是答出來了嗎？皮奧崔是貴主母親的哥哥，也就是貴主的舅舅。在外島的傳統上，舅舅比父親重要多了。外島人重視的不是父親的家系，而是母親的家系；所以女人的兄弟，在孩子們的生命中占有重要地位。在外島，丈夫必須加入妻子的氏族，而孩子們繼承的是母親的氏族標誌。」

我靜靜地點了點頭。在紅船之戰時，我曾研讀公鹿堡典藏的相關卷軸，希望藉此理出外島為何對六大公國舉戰的脈絡；我在「盧睿史號」戰艦上，與外島的戰士並肩作戰時，也曾聽他們講過家鄉的風土民情。而此時切德所言，與我的記憶是吻合的。

切德一邊思考，一邊用手指點著下巴。「當初阿肯・血刃來找我們，並提議以聯姻來鞏固彼此的聯盟時，是有外島的『首領團』為他做後盾。我接受了他們的提議，並認為阿肯・血刃身為艾莉安娜的父親，的確有權主張艾莉安娜的婚事。我當時的想法是，說不定外島人已經把昔日婚嫁的傳統拋到一旁，但如今我倒覺得，說不定艾莉安娜的家族仍依循舊習。不過若這樣說也不太對：為什麼不是由女性親屬出面代表艾莉安娜發言，並協調訂婚事宜呢？這些事情，從頭到尾都是阿肯・血刃一個人處理。從皮奧崔・黑水的行止看來，他一直以貴主的伴護兼保鑣自居，不過現在我們知道，除此之外，他還是貴主的顧問。嗯，也許我們以阿肯・血刃為重，是把力氣使錯了地方。我會安排讓皮奧崔受到更多尊重。」切德皺起眉頭，匆忙地重新組合他對於這個聯姻提議的概念。「那個侍女我有印象。我本以為她是貴主的密友，說不定是貴主的保母，或是她家的窮親戚。不過你卻看到那侍女不但與艾莉安娜作對，還與皮奧崔作對。這當中事有蹊蹺啊，蜚滋。」切德重重地嘆了一口氣，不情願地承認了自己的錯誤。「我本以為，阿肯・血刃有權主張婚事，所以我們只要跟艾莉安娜的父親談妥便可；如今看來，我真該多了解一下艾莉安娜母親家的意向。不過，如果艾莉安娜的婚事，真的是由她母親的家族所決定，那麼阿肯・血刃到底是搞不清狀況，還是甘為傀儡？他到底有沒有權力主張女兒的婚事呢？」

切德不斷思索，而他額頭上的皺紋也陷得更深。我突然領悟到，花斑幫對我的威嚇，已經變成旁枝末節的小事，而且切德希望我能自己應付。然而我到底是應該因為他對我如此信任而受寵若驚，還是因為切德把我貶為次要的棋子而難過，這點我眞無法判斷。過了一會兒，切德叫我，我這才回了神。

「唔，我想我們得努力解開這個謎團。代我跟你家主人道個歉，湯姆・獾毛；你跟他說，因為頭痛

之故，所以我下午無法與他同享騎馬出遊之樂，不過王子非常樂於接受他的邀請。晉責已經煩了我好幾天，這下子總算能讓他跟你聚一聚了。我想不用我提醒你，跟那孩子聯絡的時候要多加小心；我們可不想引人猜疑。還有，我建議你們若非到十分偏僻、可以放心暢談之處騎馬，就是騎到非常熱鬧，熱鬧到花斑幫絕不敢跟你們接觸的地方去遊玩。說句老實話，我眞不知該建議你們去哪一種比較好。」接著切德吸了口氣，然後他的口氣就變了。「蜚滋，別低估你對王子的影響力。他私下跟我談到你的時候，講了很多，他對你十分崇拜。你明白地告訴他說你是我的手下，這樣到底算不算明智，我還不很確定；不過反正你都說了。他所求於你者，並不只是精技課程而已，而是希望你對人生的各個層面，都能給他一點男人的忠告。你講話務必謹愼。你一句不留神的話，就可能會使我們那位執拗的王子踏上誰也救不了的不歸路。關於他的訂婚大典，你多說些好話，多鼓勵他甘心情願地盡到他自己應有的職責……唔，今天可能最好不要拿你顧慮的那些事情去煩他。王子在這麼重要的大日子裡，竟跟異國貴族及其保鑣騎馬出遊，不免有人不以爲然，不過那倒也罷了。」切德突然停頓了一下。「倒不是說我要規定你跟王子在一起時應如何行止。我知道你自有你的待人之道。」

「沒錯。」我答道，並盡量磨去話裡的稜角。說眞的，切德剛開始講這一長串要點與注意事項時，我眞有點氣惱；但此時我深吸了一口氣，平心靜氣地說道：「切德，正如你所言，這孩子所求於我的，是希望我給他一點男人的忠告。我既不是朝臣，也不是顧問。如果我的輔導，不爲別的，只爲了讓晉責順從六大公國的目標……」我讓自己的話尾淡去，以免脫口說出這條路是根本就走不通的。我清了清喉嚨。「我倒希望我能對晉責開誠布公。如果他問我的意見，那麼我會老實地把我的想法告訴他。不過我想你倒不必多擔心；珂翠肯已經把她兒子教得定型了，我相信晉責會謹遵母教。至於我，這個嘛，據我猜測，他要找我說話，未必是要我說他聽，反而是他說給我聽。今天我就多聽。至於我早上碰上花斑幫的事情，我看現在還用不著讓晉責知道，只要警告他，對於花斑幫的活動，不要全無防備，這樣也就夠了。畢竟花斑幫的確是一支不可小覷的勢力。說到這裡，我倒想起我還有個問題沒問。貝馨嘉母子會參加王子的訂婚大典嗎？」

「應該會吧。貝馨嘉母子都受到邀請，他們應該今天會到，只是或早或晚而已。」

我搔了搔後頸，頭痛雖然尚未消退，但似乎在慢慢轉變爲尋常的頭痛，不像是精技頭痛那樣劇烈了。「如果你能透露一點消息，我倒想知道貝馨嘉母子帶了哪些隨從，騎什麼馬，有沒有隨行的獵貓、獵鷹，甚至寵物；這些細節越詳細越好。噢，還有一件事。我看我們得弄隻黃鼠狼或捕鼠犬這種敏捷的小動物來巡視他們的房間，務必將老鼠或其他小動物驅除乾淨。我今天早上碰到的花斑子，就帶了一隻與人牽繫在一起的老鼠——當然也可能是黃鼠狼或是松鼠。像這樣的小動物，極方便在公鹿堡裡探查。」

切德似乎有點吃驚。「那就弄隻黃鼠狼吧，黃鼠狼比捕鼠犬安靜多了，而且還可以陪你在密道裡走動。」接著他偏頭問道：「你考慮找一隻黃鼠狼做爲牽繫伴侶嗎？」

聽到這個問題，我不禁瑟縮。「切德，牽繫不是這樣的。」我努力提醒自己，切德會這麼問，不是因爲他無情，而是因爲無知。「我現在的心情，就像是新寡的男人。我現在還不想跟任何動物牽繫在一起。」

「對不起，蜚滋，牽繫的事情我不大懂。你也許覺得我講的話很怪，但我絕無對夜眼不敬之意。」

我改變了話題。「唔，如果我下午要跟王子騎馬，那麼我最好去打理一下自己。還有，你我都應該深思，我們該拿你這個僕人怎麼辦。」

「我會安排機會讓我們三個人聚一聚，不過不是今天，也不是今晚。明天大概也不行。現在最該費

心的是訂婚典禮的事情，這可容不得一點錯誤。你看阿憨的事情能等一等嗎？」

我聳聳肩。「我看是非等不可。至於別的事，就祝你好運了。」我起身，拿起水盆與溼布。

「蜚滋。」切德叫我的口氣使我停住了腳步。「你知道吧，有件事情我一直沒有說得很明，不過你眞該將這幾個房間當作自己的房間來用。像你這樣的情形，多少需要有個不爲人知的去處，這我是曉得的。如果你想把這裡改一改……床位、帷幔……或者你希望這兒隨時擺點食物，還是白蘭地供應不斷什麼的……儘管讓我知道。」

切德的提議使我背脊發涼。我從未想過要將這個刺客工作室收爲己有。「不了。多謝你，但是不用了。眼前我們暫且一切照舊吧。不過我會把一些東西放在這裡：像是惟眞的劍、私人物品什麼的。」

切德點頭時，眼裡潛藏了幾分遺憾。「如果眼前你只想放放東西，那也好。」他讓了步。然後他挑剔地打量著我，不過他補上這句話時，語氣十分溫和：「我知道你仍在喪期，不過你應該讓我幫你把頭髮修剪一下，或找個人幫你修剪一下。你現在這模樣頗引人注目。」

「這我會處理。今天一定搞定。噢，還有一件事。」眞是奇怪，最急迫的事情，反而被我心裡的種種恐懼推到最後頭，我現在才想到要提起。我吸了一口氣，要在此刻承認自己的粗心錯誤，比剛才更難開口。「切德，我眞是很笨。我離開小屋的時候，本以爲我不久就會回去，所以我東西都沒收……而且有的東西還頗危險。我在卷軸上寫了自己的心情，又寫了我們喚醒龍群的歷史等等，寫得太過坦白，不能見人。我必須趕緊回去一趟，將卷軸收在安全的地方，或是乾脆燒掉。」

切德聽了，臉上越來越嚴肅。此時他長吁了一口氣。「有的事情還是別寫下得好。」切德挑明了說道；他的譴責雖然溫和，但還是刺痛我心。他凝視著牆壁，但不像是在看牆壁，而像是在看著遠方。「不過我得承認，事實的眞相能有文字記載，的確彌足珍貴；想想看，當初惟眞前往找尋古靈的時候，不用多，就算只有一、兩個確切的卷軸可用，那就不知道能省下多少白費的工夫了。所以你就去吧，孩子，去把你那些卷軸帶到這裡來好好收著。不過我勸你等個一、兩天再動身。花斑幫大概認定你會立刻拔腿就跑；所以你若現在就去，難保不會被他們的人盯上。還是讓我來幫你安排個出城的時機與方式吧。要不要我派幾個信得過的人跟你去？你放心，這些人只知道他們必須幫你，但不會知道你的身分，也不會知道你要拿什麼東西。」

我考慮了一下，搖了搖頭。「不。光是我那小屋內外，就足以讓有心人揣測到幾分實情了。我自己的祕密最好還是自已處理。不過有件事讓我心裡有些不安：我看城堡門口的守衛也太放鬆了。花斑幫四處活動、王子訂婚在即，又有外島賓客，我看守衛還是機警一點比較好。」

「的確該督促些了。唉，眞奇怪。我原本以爲只要說動你回堡裡來，我就可以把肩頭的擔子分一些給你，也讓我自己多一點老人家的清閒；結果呢，你倒像是存心要讓我多苦惱一點。別，你別用那眼光看我……其實這樣也好，古人不是說嗎，多做事，才能永保青春。不過話又說回來，這也許是年紀大了，卻又非得做事的老人所傳出來的。你去吧，蜚滋。還有，你找到這些危機已經很夠用，但願今天日落之前，你別再找到其他危機了。」

所以我便離開了，獨留切德一人坐在冷冷的火爐邊；看他的模樣，只覺得他思慮得出神，卻又不知爲何而浮現出滿足的表情。

回音

那懦弱的「原智小雜種」謀殺了黠謀國王的那一日，惟眞王儲那位出身於群山王國的王后，決定逃離原本安全的公鹿堡。於是，有孕在身的珂翠肯王后，便孤獨地遁入寒冷難耐的黑夜中。有人說，黠謀國王的弄臣唯恐自己性命不保，所以乞求王后保護，並與王后同行；不過這可能只是宮裡爲了解釋爲何弄臣當晚失蹤而傳出來的說法。珂翠肯王后靠著同情她之人的私下幫助，越過了六大公國，回到她的家鄉，也就是群山王國。王后自己勤加查訪，想要找出她的丈夫，也就是王儲惟眞的下落；王后想道，如果王儲仍活著，那麼他便是六大公國名正言順的新王，同時也是對抗紅船掠奪的最後希望。

然而王后到了群山王國卻沒有找到自己的丈夫；她聽人家說，惟眞已經離開頡昂佩，繼續前行去尋找古靈，而且惟眞離開之後，就再也沒有人聽說過他的消息。只有幾個追隨他的人回到頡昂佩，然而這些人都神智不清，有的還因爲戰鬥而受傷。王后的心沉了下去，她在故里藏匿了一段時間，卻由於旅程艱辛而小產，腹中的六大公國繼承人未能保住。據說王后因此而更堅決要尋找丈夫，因爲她若找不到惟眞國王，那麼惟眞國王的家系便到此爲止，而王位則必須傳給竊國的帝尊。王后手握著與惟眞國王出發尋找古靈時所用的同一份地圖，便在忠心耿耿的吟遊歌者，椋音．鳥囀，以及幾個僕人的陪伴下，追隨國王的腳步，深入群山王國以外的曠野中。然而那些地方禁絕人跡，所以除了山怪與鬼魅之外，王后還要面對許多險阻。不過，王后最後終於到達古靈的國度。

經過漫長的波折，王后總算抵達古靈的城堡；古靈的城堡完全以夾著銀紋的黑色石頭所建。王后在此找到了惟眞國王，並說服了古靈的龍王一起來協助六大公國。這位龍王便是當年許下誓言，要在六大公國有難時伸援的龍王，所以牠一想起往事，便單膝跪在珂翠肯王后與惟眞國王面前；最後龍王不只將惟眞國王與珂翠肯王后負在背上，還一併連忠心的吟遊歌者椋音．鳥囀也載回六大公國。惟眞國王將他的王后與椋音安全地送達公鹿堡之後，不待忠心家臣出來歡迎他，也不待讓子民知道他已返國，便再度離去。惟眞國王舉起在陽光下閃閃發光的寶劍，騎上古靈的龍王，一起騰躍入空中，迎戰紅船。

在接下來那個漫長且血腥的勝利季節之中，惟眞國王帶領著諸位古靈盟友對抗紅船。惟眞國王的子民隨時抬起頭，望見天上群龍如寶石般閃閃發光的翅膀時，便知道他們的國王正與群龍一起保衛家園。隨著惟眞國王的勢力擊敗了紅船要塞與紅船艦隊，他的忠誠公爵們也仿效國王的榜樣，聯合起來打退敵人。沒有被擊沉的少數幾艘紅船，逃離了我們的海岸，將瞻遠家族的警告傳回外島。等到我們的海岸不再遭受掠奪，和平也重回六大公國之後，惟眞國王信守他對古靈的諾言：古靈援助惟眞國王的代價，就是惟眞國王必須與古靈同住在遙遠的古靈國度裡，永遠不得回來。有人說，我們的國王在紅船之戰結束時受到致命傷，所以古靈帶走的，只是國王的身體而已；他們又說，惟眞國王的身體，就在古靈的山中城堡之巨大地穴中，躺在烏木與黃金製成的棺柩裡，因爲古靈非常尊崇這位英勇捨身爲國的奇男子。但也有人說，惟眞國王仍然活著，而且至今他仍在古靈的國度中享有上賓之禮、受到崇高的待遇，而且若六大公國再度需要惟眞國王的援助，那麼他將會再度伸援，襄助他的子民。

——文書諾勒斯所著之《惟眞・瞻遠的短暫統治》

我回到我那個黑漆漆的狹小囚室中，一關上通往密道的門之後，便將通往弄臣房間的門打開，希望藉此至少讓房間照到一點日光。然而，雖然有些日光，房裡還是昏昏暗暗，但我也別無他法了。我整理被褥，環顧這個光禿無一物的房間。看不出是什麼人住在這裡；這樣最好，最安全。什麼人都可能住在這裡。然後我轉個了諷刺的念頭：也可能根本沒人住在這裡呀。我將那把難看至極的劍繫在腰帶上，確認一下小刀還在，這才走出房間。

弄臣將一大半的早餐都留給我。食物冷了之後，就引不起食欲，不過我飢腸轆轆，也顧不得食物是冷是熱了。我吃了弄臣的早餐，然後想起他交代湯姆・獾毛的事情，所以把碗盤端回廚房；回房時，我搬了些壁爐裡燒的柴火，又提了水，把儲水罐補滿。我倒掉洗臉盆的髒水，將之洗淨，又把房裡的瑣碎雜務完成。我打開護窗板，讓新鮮空氣透進房裡來；從窗戶看出去，今天天氣不錯，只怕有點寒意就是了，所以我臨走之前，又把護窗板關起來。

從現在起到去騎馬之前，我還有幾個小時可以應用。我考慮要到公鹿堡城走一趟，但是立刻便否決了這個念頭。我想先將自己對於吉娜的感覺理一理，再去見她，此外，我也得想想爲何她會如此擔心幸運；況且花斑幫的人可能會監視我的舉動，所以我還是別冒這個險——我越是顯得對吉娜或幸運興趣缺缺，他們就越安全。

所以我就到練武場去了。兵器師父魁斯維一見面就叫出了我的名字，並問我黛樂莉的程度是否配得上我的水準。雖然我狀似開心地應了一聲，但其實被人一眼認出來，我多少有點意外；雖是好意歡迎，卻使我很不自在。我安撫自己，要確保人們永遠不會聯想到我就是十六年前住在此地的蜚滋駿騎，最好的辦法就是使人們牢固地把我跟湯姆．獾毛聯想在一起。所以我故意停下來跟魁斯維聊天，並謙虛地承認黛樂莉的程度的確遠在我之上。我請魁斯維推薦一個人跟我過招，他朝練武場上一喊，於是便有個走起路來像是身經百戰那般沉穩輕鬆的男子走過來了。

老溫鬍鬚短短的，透著斑白；腰幹也因爲年歲而變粗。我猜他約莫四十五歲，也就是比我眞正的年齡大上十歲，不過他對我而言，可眞是個難纏的對手。他的劍法與耐力都比我好，不過我也知道幾招巧妙的劍術，可以稍微彌補不足；但即使如此，我還是被他擊敗三次，不過連連得勝的老溫卻仍和藹可親、毫無驕氣地對我說，只要勤於練習，我的精力與速度都會恢復的。但是我聽了卻不覺得寬慰。身爲男人，總是認爲自己的體能保持得很好，而且老實說，我的肌肉因爲做多了農莊雜事而變得結實，而且由於常常打獵，所以身手也算敏捷。不過肌肉與劍法畢竟是兩回事，所以我勢必得重新苦練才行。我希望我再也用不著這些打鬥技巧，不過希望歸希望，我還是悶悶地下定決心，一定要天天練習。雖然天冷，但是我離開練武場的時候，襯衫都汗溼得貼在背上了。

我知道守衛營房後頭的蒸氣浴室是守衛與馬廄的人專用，但我還是朝那兒走去。我心裡想著，中午前後，蒸氣浴室裡一定沒什麼人，況且在大白天提水到房間去泡澡，這也太奇怪了，與湯姆・獾毛的身分不合。這蒸氣浴室是長長的低矮石屋；石屋是很久以前所蓋，所以石磚表面都不磨平。我在最外面的房間脫下了衣物，摺好擱在板凳上，又把吉娜送我的護身符項鍊除下，藏在襯衫裡。然後我光著身子，推開木門，走進眞正的蒸氣浴室。蒸氣浴室裡既暗又多霧氣，我的眼睛過了一會兒才適應過來；這個大房間周圍是一層比一層高的板凳，中間是燒火的石籠，而房間裡唯一的光線，就是石籠的縫隙間透出來的深紅色火光。石籠裡的柴火添得滿滿，而且果眞如我原本所料，蒸氣浴室裡空蕩蕩的，只有三個外島人，想必是護衛外島貴主而來的侍衛。他們三人聚在茫茫渺渺的蒸氣室角落裡，低聲地以尖銳的外島語言對談；他們只瞄了我一眼，便不理會我，而我也樂意讓他們享有自己的隱私。

我從水桶裡舀了水潑在熱燙的石籠上；石籠頓時冒出一陣水霧，我深深吸了一口氣。我盡量耐著熱氣，站得離蒸騰的石頭近一點，然後便感到身上的汗水從皮膚裡迸流出來；汗水流到我頸子和腹部的抓傷時特別刺痛。石籠附近有一盒粗鹽、幾個海綿，跟我小時候的情景一樣。我用粗鹽搓揉身體——這是免不了會痛的，最後用海綿擦洗掉。我快洗好澡時，木門開了，十幾個守衛一湧而入；這一隊守衛裡的老兵顯得疲憊，而新兵則又叫又鬧——新兵總是這樣，巡完一大段路之後回到家，總是特別有活力。兩個年輕人走上前在石籠裡添了些柴火，另一個年輕人則舀水潑在石頭上。霎時一室霧氣瀰漫，且充滿了此起彼落的吼叫聲。

接著兩名老人走了進來；他們走得比較慢，顯然跟方才那一批人不是同隊的。他們身上的疤痕與結實的肌肉，就是他們服役已久的鐵證。兩人抱怨著守衛室的啤酒，聊得忘我。他們跟我打了招呼，不過我僅是咕噥一聲做爲回應，便把頭轉到一邊去，然後把頭垂得低低的，以免跟他們打照面；因爲這兩人的其中一人是我自小就認識的熟人。這位名叫布雷德的老守衛，跟我是眞的很要好的朋友。我聽著布雷德流利地咒罵自己背部僵硬時，一連串地講出他常用的那些髒話。要是我能眞誠地跟他打招呼、好好聊聊天，要我做什麼都願意；然而我什麼也不能做，只能笑著聽他痛責啤酒太差，並誠心誠意地祝願他一切平安。

我偷偷地觀察我們公鹿堡的守衛會如何跟外島人相處。奇怪的是，盡量避開外島人，並對外島人投以猜忌眼光的，卻都是年輕人；至於年紀大到應該打過紅船之戰的老兵，就不會這樣大驚小怪。也許這是因爲一個人若是當兵當得夠久，打仗就變成工作，所以他們比較能體認到對方並非宿敵，而是與自己一樣同爲戰士。但不管是什麼理由，看來外島人比公鹿堡的守衛更不願彼此交往；不過也許這只是因爲戰士在身無寸鐵，又被陌生人團團圍住時，本來就會特別謹愼。繼續待在這裡觀察下去可能會很有趣，但也可能很危險。布雷德的目光十分銳利；我可不願因爲逗留太久，而引得他認出我來。

不過我正要起身離去時，卻被一名年輕守衛用肩膀撞了一下。撞這一下絕非意外，而且那人甚至根本就懶得假裝這是個意外。他以這一撞做爲藉口，大聲地喊道：「你這傢伙，走路小心點！你到底是誰呀？哪個衛隊的？」這人一頭沙色頭髮，大概是法洛公國那邊來的人，一身孔武有力狀，而且一副好滋事的年輕小伙子模樣；我估計他大約十六歲，正是苦於要在經驗老到的同儕面前證明自己的年紀。

我以容忍且不屑的目光瞪了他一眼。我對付菜鳥已是經驗老到；若是過於息事寧人，一定會引得對方立刻攻擊。但我只想盡速離開，不想再多引人注意。「你走路注意一點，年輕人。」我和氣地對他警告道。我經過他面前，他趁此從背後推我一把。我轉過身來面對他，雖有防備，但並不是挑釁；但他已經掄起拳頭，準備自衛了。我看到此景，容忍地搖了搖頭；那人身邊的同伴們竊笑起來。「算了吧，年輕人。」我警告道。

「我剛剛問了你問題。」那人劍拔弩張地叫道。

「你是問了沒錯。」我和善地應和道。「如果你記得在問我名字之前，先報上你自己的名字，那我說不定會告訴你。這是以前公鹿堡的慣例。」

他瞇起眼睛盯著我。「我是銘亮爵士侍衛團的查爾。我可不會對我自己的姓名或我所屬的衛隊感到羞愧。」

「我也不會。」我肯定地說道。「湯姆·獾毛，黃金大人的手下。黃金大人等著我回去。日安了。」

「黃金大人的僕人啊。我早該想到的。」那人不屑地嗤了一聲，然後轉過頭去，傲然地對他的同伴彰顯自己的優越。「這裡不是你來的地方。這裡是給守衛用的，可不是給傭人、侍童和『特別僕人』用的。」

「是嗎？」我嘴角彎出一抹笑容，眼睛則侮蔑地上下打量那個年輕人。「不准傭人和侍童來用。這眞讓我驚訝。」現在所有人都在看我們兩人。看來我別想避免眾人的注意了；我必須樹立我身爲湯姆·獾毛的地位。那年輕人在我的侮辱之下，漲紅了臉，接著便出拳了。

我往旁邊一靠，讓他的拳頭撲空，然後往前踏了一步。他對我的出拳早有防備，不過我沒出拳，而是狠狠地踢了他一腳。這個招式比較像是打架，與貴族的身分不配，所以那青年根本沒有料到。他倒下來的時候，我又踢了他一腳，把他肺部的空氣都踢了出來；他幾乎喘不過氣來地倒在熱得很危險的石籠邊，然後我走上前去，腳踩在他赤裸的胸膛上，把他釘緊在地。我怒視著他。「算了吧，年輕人。趁著還能看的時候趕快收手。」

他那兩個同伴走上前來，不過此時布雷德喊道：「站住！」於是那兩人便停住腳步。布雷德以手壓著後腰，走上前來。「夠了！不准在這裡鬧事。」他朝那個看起來像是他們首領的人瞪了一眼，說道：「盧夫司，把你那些小伙子管緊一點。我來這裡是要讓我的背脊舒服一些，可不是要來這裡忍受沒本事又愛誇口的菜鳥胡鬧。把那孩子弄出去。你，湯姆．獾毛，抬抬腳吧。」

布雷德雖然老了，卻仍獲得諸多士兵的尊重；但也可能正是因爲他年紀大，所以衆人對他格外尊重。我抬起腳，那少年便站了起來；他眼裡盡是懊喪與殺氣，不過他上司吼道：「查爾，你給我出去。我們今天已經受夠你了。弗萊屈、洛克，你們兩個竟笨到要爲笨蛋出頭，你們也給我出去。」

因此那三個人便懶洋洋地從我面前經過，他們走得閒閒散散，好像一點也不在乎。守衛們開始竊竊私語，不過聽起來，他們大多認定我比查爾更凶狠。爲了避免出去穿衣服的時候碰上他們，所以我又坐了下來。令我大感意外的是，我這一坐，布雷德也僵硬地走過來在我身邊坐下。他對我伸出手，我也伸出手與他交握；他的手仍是慣用劍之人那種長了繭的手。「布雷德．賀維薛克。」他嚴肅地介紹自己。「小伙子不長眼，但我看到士兵的時候可不會認錯。這個蒸氣浴室歡迎你來使用；你別理會那小子的胡說八道。他是新來的；盧夫司是因爲看他母親面子才收他，這一點他到現在還不願承認。」

「湯姆．獾毛。」我答道。「剛才眞多謝你了。我看得出他是想藉此在同伴面前逞威風，不過我想不出他爲什麼要找上我。我並不想跟那孩子起衝突。」

「這是再明白也不過的了，而且你不想跟他打，是那孩子走運，這一點也很明白。至於爲什麼嘛，唔，他年紀輕，又聽多了市井閒話。怎麼能拿流言來評斷人呢？眞是。你是這裡出身的人嗎，湯姆．獾毛？」

我哈哈笑了兩聲。「應該算是公鹿堡這一帶的人吧。」

他指著我喉嚨上的抓痕，問道：「那這是怎麼來的？」

「母貓抓的呀。」我聽見自己說道，而布雷德則把這當作是淫穢的隱語而大笑起來。於是那老守衛與我便閒聊起來。我望著他那張縫過的臉，點頭、微笑地聽著老人閒聊。我看不出他有絲毫認出我的跡

象，就連像是布雷德這樣的老朋友，也認不出瞻遠家族的蜚滋駿騎，我是應該覺得放心才對；然而我心中卻湧出一股沉鬱的感覺。對布雷德而言，我眞的那麼容易忘記、那麼毫無特徵嗎？我發現我難以用心地聽他在講什麼，而且當我終於告退並離開他身邊時，我幾乎鬆了一口氣，因爲我差點就臣服於那一股非理性的衝動，想要讓他知道我是誰，跟他講某個字或某句話，讓他一聽便想起昔日的我。那是少年的衝動，想要被人當作是重要人物的飢渴感，而這種飢渴感，與年輕的查爾之所以百般挑釁我的衝動非常類似。

我離開蒸氣浴室，走到沖洗室，將皮膚上殘存的鹽屑沖掉，並以毛巾擦乾；之後我回到第一個房間，穿好衣服，走了出去；我覺得身體清爽，但是心裡卻很沉重，抬頭看了看太陽，差不多是黃金大人下午要騎馬出遊的時間了。我朝馬廄走去，但是我才剛踏進馬廄，就碰上一名馬廄幫手將黑瑪、麥爾妲和一匹我沒見過的灰色閹馬牽了出來。三匹馬的馬毛都刷得發亮，馬鞍也上好了。我對那人解釋我是黃金大人的人，但是他疑惑地打量著我，最後是一名女子出聲幫我解了圍。「嗨，獾毛？今天你跟黃金大人和我們王子去騎馬嗎？」

「是呀，我眞是好運呢，月桂小姐。」我對王后的女獵人招呼道。她身穿草綠色束腰外衣和獵人的綁腿，但是她的身形使得這一身打扮別有風味。她的頭髮綁得非常不女性化，但是說也奇怪，這卻使她更有女人味。那馬廄幫手突然對我頷首爲禮，並讓我從他手中接過這三匹馬的馬韁。那人走遠之後，月桂對我笑笑，並靜靜地問道：「我們的王子近來如何呀？」

「一定很健康，月桂小姐。」我以眼神道歉說我其實並不知情，但是她好像根本就沒注意到我小心翼翼地講這幾個字有什麼古怪。她的眼神瞄著吉娜送我的護符；吉娜運用她身爲鄉野女巫的魔法，幫我做了這個護符，它的功效是要讓人們待我友善一點。月桂的微笑越來越溫馨。我狀似悠閒地把領口拉高，將護符遮掩起來。

月桂望向他處，等到她又轉回頭來看我的時候，聲調就轉爲獵人對僕人的正式口氣了。「唔。希望你們今天騎得愉快，也煩請你代我向黃金大人問好。」

「那是當然，月桂小姐。也祝您日安。」月桂離去的時候，我對自己抱怨這個我須與不得放下的僕人角色；我是很想多跟她說兩句話，但是馬廄的正中央實在不是私下聊天的好地方。

我將馬領到大廳的正門口，開始等人。

左等右等，就是不見人來。

王子的閹馬似乎老早習於要等很久，但是麥爾妲明白地顯示不耐，而黑瑪更是以輕拉牠的馬轡，到不斷地大力拉扯馬轡等各種伎倆來測試我的耐心。如果我想把黑瑪馴服爲好坐騎的話，一定得多花時間跟牠相處。我一邊納悶上哪兒找這麼多時間，又咒罵自己時間運用得不夠好，但接著我便把這念頭斥爲無稽。僕人的時間乃屬於家主人所有，所以我必須裝作時時刻刻聽命行事才是。就在我開始覺得冷，也開始覺得煩的時候，附近起了一股騷動，使我警覺地立正站好，並裝出服從的臉色。

過了一會兒，王子與黃金大人都出來了，旁邊圍了一大圈要送行的跟賴著不走的人，不過這群人裡面，既沒有王子的未婚妻，也沒有別的外島人；至於這算不算奇怪，我就不知道了。這其中有不少年輕女子，其中一個還失望地噘著嘴；不用說，她一定是希望王子邀她一同騎馬出遊。王子的好幾名男伴也露出不悅的神情。晉責似乎神情愉快，不過從他的眼神和嘴角的線條看來，他是費勁裝出這種臉色的。儒雅·貝馨嘉也在場，他站在那一群愛慕者的邊緣。切德說儒雅應該會於今日抵達。儒雅陰鬱地朝我瞄了一眼；我察覺到他努力要站得離王子近一點，可是又不要離黃金大人太近。儒雅出現在此處，使我打從背脊底升起一股厭煩與恐懼。他會丟開這些道別的擾攘，直接站出來對衆人宣布我以前曾與王子騎馬同行過嗎？他是不是花斑幫的密探，還是他果眞如他一直以來所宣稱的，的確是清白的？

就我看來，王子想要迅速離開，這是再明顯也不過了，不過即使如此，我們還是又逗留了許久，以便王子一一對送行的人道別，並保證日後再聚。這一切他都處理得優雅且高明。我突然領悟到，我之所以能感應到他對於圍在我們身邊這一群裝扮華麗的貴族男女既不耐又煩膩，乃是因為我們之間有精技的牽繫。於是我不自覺地像安撫煩躁的馬一般地對他送出鎭定與耐心的思緒。他朝我看了一眼，不過我不確定他到底有沒有感覺到我的舉動。

王子的同伴將王子的馬韁從我手中接過，並拉住那匹灰馬，以便讓王子上馬；我也拉住麥爾妲的馬韁，讓黃金大人上馬，然後在黃金大人的點頭示意之下，我這才跨上我自己的馬。接著這一大群人又再度一一道別、祝願，彷彿我們並不是隨意的下午出遊，而是要出發遠行。最後王子堅定地用腳輕碰馬腹，黃金大人跟隨上去，之後我才讓黑瑪起步。我們身後傳來此起彼落的道別聲。

雖然切德叮囑在先，但是我實在無法為我們今天下午的騎馬出遊選擇路線。王子領頭，我們跟在後面，到了公鹿堡的門口，免不了又是守衛跟王子正式敬禮，接著讓王子出堡；而我們一出了大門，晉責便開始催馬，速度快到彼此無法交談；不久王子便岔入一條少有行跡的小徑，自此他便放馬快跑。我們跟在王子身後，我察覺到黑瑪頗滿意有此機會舒展筋骨，但是我不讓牠追上去，而只肯讓牠殿後這一點，牠是不太高興的，因為牠自知以牠的實力，隨時都可以輕鬆地把麥爾妲跟那匹灰馬遠拋在後。

王子選的這條小徑通往灑滿陽光的山坡。以前這山坡上是一片森林，惟眞常常在這兒獵野鹿和雉雞；如今我們穿過開闊的牧草原，朝後頭的原野奔去時，只有羊群不情不願地踱開讓路。我們從頭到尾都不發一語。在將羊群遠遠拋在身後之後，晉責便彷彿在逃離追兵似的，催促他的灰馬盡情疾奔。等到王子終於勒馬慢下來時，黑瑪已經沒有剛才那麼焦躁了。黃金大人趁著我們這三匹馬都在走路喘氣的時候趕上前去，我則照樣落在後面，但最後王子轉過頭來，不耐煩地揮手要我上前跟他一起走。我騎著黑瑪趕上前去，王子則冷冷地招呼我道：「你到哪裡去了？你不是答應要教我的嗎？可是自從我們回到公鹿堡，我就沒見到你的人。」

我咬住嘴唇，不讓自己把話說出口，並提醒自己，他這是在以王子的姿態對僕人講話，不是以男孩的姿態對父親稟報事情。不過這一時半刻的沉默，卻彷彿比言語的斥責還要尖銳。倒不是說他露出被我罵了幾句的模樣，而是我看得出他頑固地把嘴唇繃得緊緊。我吸了一口氣，說道：「王子殿下，我們回來不過兩天。我猜想這兩天您會忙於國事，而我也趁此恢復自己日常的事務。我想，只要王子殿下願意的話，您是可以隨時召我前去的。」

「你爲什麼要這樣跟我說話？」王子氣憤地問道。「什麼王子殿下這個、王子殿下那個的！我們回來的路上，你不是這樣跟我講話的呀！我們的交情到哪裡去了？」

黃金大人很快地瞄了我一眼，我看得出他的眼神裡隱含著弄臣對我的警告，不過我不予理會。我低沉穩定地答道：「如果您把我當僕人來斥責的話，王子殿下，那麼據我推想，我應該以適合自己身分的方式來回答才是。」

「別說了！」晉責氣得反駁道，彷彿我嘲笑了他似的。不過老實說，我大概眞的讓他有此感覺。結果非常可怕：他的臉繃得緊緊，好像氣得眼淚隨時會掉下來；過了一會兒，他催馬奔向前去，我們也由著他去。黃金大人望著我，若有似無地搖了個頭，點頭示意我追上那少年。我本想呼喚王子停下馬來等我們，但轉念一想，他大概無法讓步這麼多；畢竟男孩子自尊心重，一時是勸不來的。

我讓黑瑪趕上前去跟小快步跑的灰馬並行，不過我還沒開口，晉責就先說了：「瞧我的起頭錯得多離譜。我心裡煩惱重重，而且又不順心。這兩天以來眞是恐怖……太恐怖了。就算我煩得想大叫，還是得表現得彬彬有禮，就算我恨不得逃走，也還是得裝出笑臉，接受衆人天花亂墜的讚美。每個人都認定我一定是既高興又興奮；這兩天我不知捺著性子聽了多少新婚夜的下流故事，都快噁心死了。根本沒人知道也沒人在乎我的貓死了，甚至根本沒人問起貓的事情。我滿腔心事，卻無人可以傾吐。」他的聲音突然哽咽起來，勒馬停住，並轉過頭來看著我；然後他深吸了一口氣，說道：「對不起。我跟你道歉，湯姆・獾毛。」

他講話直率，又眞誠地伸出手來跟我握手的模樣，跟惟眞實在太像了，像到我打從心底感受到，這孩子的天性的確是與惟眞一脈相傳。這使我也謙虛起來。我嚴肅地握住他伸出來的手，將他拉近些，把我的另一手放在他肩上。「現在道歉太遲了。」我正經地說道。「因爲我已經原諒你了。*」我吸了一口氣，然後放開他。「這兩日來我心裡也十分混亂，大人，所以脾氣也變差了。最近發生的事情太多，多到連我想挪點時間去看看我兒子都沒辦法。很抱歉我沒早一點去找你；要怎麼安排，才能讓我們能如常見面，卻又不至於讓別人疑心我在爲你上課，這我還沒想出來。不過你說得沒錯。課的確該上，而且拖延下去絕對百害而無一利。」

聽了我這一番話，王子變得面無表情；我感覺到他一下子與我疏遠許多，卻想不出到底是哪一句話得罪了他，直到他開口時我才恍悟。「你『兒子』？」他問道。

他那尖酸的語調令我不解。「我有個養子，名叫幸運。他現在在公鹿堡城的木工師傅那兒當學徒。」

「噢。」冒出了這麼一個字之後，他便不想再說了。但一會兒之後，他還是說道：「我之前不知道你有兒子。」

他周到有禮地把他的嫉妒之情掩飾得很好，不過我感應得出，他的內心可沒有表面上這麼愉快。我眞不知道該怎麼回應才好，所以乾脆就道出實情。「我把幸運從八、九歲帶到大，因爲這孩子的母親棄養他，而且又沒有別人肯收留他。幸運這孩子挺好的。」

「不過他不是你親生兒子。」王子指出。

我吸了一口氣，堅定地答道：「然而不管從哪一個重要的觀點來看，他都與我親生的兒子無異。」

坐在馬上的黃金大人位於王子與我談話圈的外圍；我雖想請他給點建議，卻連瞄都不敢瞄他一眼。沉默片刻之後，王子一夾馬腹，催動坐騎往前走。我任著黑瑪與那灰馬並行。我多少感覺得到弄臣慢吞吞地跟在我們後面走。就在我想著我一定得跟他講些什麼話，免得兩人之間的隔閡越來越深時，晉責衝口說道：「既然你都有自己的兒子了，那你還要有我做什麼？」

他話裡的飢渴感使我大吃一驚；不過我看他這話也把他自己嚇壞了，因爲接著他突然又催馬快跑，於是再度把我遠拋在後。我根本就不想趕上去，但不久弄臣來到我身邊，低聲說道：「去追他吧。別讓他再度關上心門。要甩掉一個人很容易；你不去追他，他便就此丟失了，就這麼簡單。這道理你應該早就懂了吧？」雖然有弄臣的苦勸，但我總覺得主要還是因爲我自己心裡不安，所以才催著黑瑪趕上去找那少年。此時他頭抬得高高的，眼睛直視前方地策馬快跑，看起來十足是個年輕男孩。我與他並轡而騎的時候，他根本不看我，不過我知道我說話的時候，他是有聽進去的。

「我要有你做什麼？那麼你要有我做什麼？友誼不見得一定是因爲彼此需要才會滋長呀，晉責。不

*譯注：這句話是蜚滋初見耐辛夫人（蜚滋的父親駿騎的正室），由於對她言行粗魯，稍後懺悔道歉時，耐辛對他說的話。這句話是駿騎常用的，後來蜚滋幾次將這句話拿來使用，也可說是在緬懷父親吧。

過我就明白地告訴你，爲什麼我的人生不能缺了你：因爲你父親與我交情匪淺，同時也因爲你是珂翠肯的兒子；不過最重要的，還是因爲你就是你，而且我們彼此的共通點實在太多，多到我不願就此把你丟下。我在對自己的力量一無所知的情況下長大，所以我不願看到你重蹈覆轍；如果我多少能幫助你，讓你免於苦難的折磨，那麼也許就某個角度而言，我不但是在幫助你，也是在幫助我自己。」

講到這裡，我突然感覺到自己無話可說。大概就像方才晉責被自己的話嚇一跳一樣，我也因我自己的思緒而受到驚嚇。有時候，眞相會像傷口上的血般汩汩湧出；然而噴湧而出的眞相，就像傷口上噴湧而出的血液一樣，令人不忍卒睹。

「多說點我父親的事情。」

也許在晉責眼中，從我剛才的話推演到多問一點他父親的事情，乃是最順理成章的，不過就我而言，這個邏輯一點也不連貫。我面臨著兩難的局面：我可以將所知的惟眞生平事蹟都告訴他，這是我虧欠他的；不過我若是說了，不就暴露了自己的身分？我已經堅定地立下決心，不讓他知道我眞正的出身了。現在不是跟他講明我就是瞻遠家族的蚩滋駿騎，也就是人稱「原智小雜種」之人的時機，更不適合跟他講明他是我身體所從出之子；惟眞如何藉由精技占據我身體數小時的事情，實在是太過複雜，不是這樣的少年一時半刻所能懂得的。說句老實話，那件事情，連我自己都不太能接受。

所以，我謹遵切德自小給我的教誨，試探地問道：「你想知道他的哪一點？」

「什麼都好。你全都說吧。」他清了清喉嚨。「大家都很少提到他。切德偶爾會談起我父親小時候的故事；我讀過關於他治國期間的官方記載，可是我父親出發探尋古靈之後的事蹟，官方歷史講得語焉不詳；我聽過許多吟遊歌者把我父親的生平編成歌吟唱，不過在他們口中，我父親成了傳奇人物，而對於我父親到底是如何拯救六大公國，每個人的唱詞互異，莫衷一是。我若是問起我父親的事情，或問在他們眼中我父親是怎樣的人，大家便沉默不語，彷彿他們根本就什麼都不知道，或者其實我父親有什麼見不得人的醜事，雖然大家心裡有數，但就是不能讓我知道？」

「你父親絕無見不得人的醜事；他是個光明磊落、令人敬佩的好人。我眞不敢相信你竟對他知道得這麼少。難道連你母親也沒跟你提起他的事情？」我無法置信地問道。

他吸了一口氣，示意馬放慢速度，緩緩踱步。黑瑪不耐地叼著馬銜、拉扯我手裡的馬轡，但是我穩住黑瑪，要牠配合王子坐騎的速度。「我母親口中，總是談她的國王如何如何，只有幾次她才談起她的丈夫如何如何。然而就算我母親提到他吧，從母親的口氣聽來，便知道她至今仍悲悼難捨，所以我很不願拿我的問題去打擾她。不過我眞的很想知道我父親的事情；我父親是什麼樣的人？他在男人眼中，是怎麼樣的人？」

「啊。」晉責這番話再度使我心裡翻騰，因爲我們兩個實在太過相像。我也曾經像他那樣，飢渴地探求我自己的父親是什麼樣的人，以及他在別的男人眼中是怎麼樣的人。我從小到大聽到的事蹟，都是說放棄王位、身居王儲的駿騎，還沒有機會眞正坐上王位，就滾下台階去了；人家都說他是個嫻熟於談判的高明政治人物；他之所以放棄王位繼承權，是因爲我的存在：這位尊貴的王子，不但在外有了私生子，而且還是跟不知名的群山女子生的；他婚後無子，使王國無後，已經使他的婚姻飽受責難，然而我這個私生子出現之後，他的婚姻更形尷尬。我對我父親所知僅有這麼多。我知道的不是他愛吃什麼菜，也不是他常不常笑；一個做兒子的，若天天跟父親生活在一起，總能大致說出父親是什麼性情、有什麼喜好習慣等等，然而這一切我全然不知。

「湯姆？」晉責催促道。

「我還在想。」我老實地答道。我努力思考，如果是我的話，我會想多聽點父親的什麼事；然而我一邊思考，一邊仍不忘掃視周遭的山坡地。此時我們循著獸徑，穿過灌木叢生的草原。我審視著山麓起始處的森林，但是看不出也感覺不出有什麼人跡。「惟眞。這個嘛，他個子高大，差不多跟我同高，不過他肩膀寬、胸膛厚實。在打仗時，他看來既像是王子，也像是士兵，而且有時我會覺得，如果可以，他寧可選擇比較活躍的生活。倒不是說他好戰，而是因為他是喜歡戶外活動、喜歡動一動、親手做點事情的人。他喜愛打獵，有隻獵犬名叫力昂；無論惟眞走到哪一個房間，力昂都緊跟著他，而且——」

「這麼說來，他有原智囉？」王子熱切地問道。

「不！」這個問題把我嚇了一跳。「他只是很喜歡他的狗，如此而已。而且——」

「那我為什麼會有原智？人家說原智是遺傳的。」

我沒什麼興致地聳了聳肩。在我看來，這孩子的思緒簡直像是大老遠地從這隻狗的身上跳到那隻狗身上的跳蚤。我努力地跟著他的邏輯走。「我猜原智就跟精技一樣吧。精技雖說是瞻遠家族特有的能力，但是漁夫之子也可能會突然展露精技潛能。為什麼有些孩童天生就有精技能力，有些孩童就沒有，這是沒人能斷定的。」

「儒雅・貝馨嘉說，原智的血統，自古就在瞻遠家族裡流傳。他說，花斑點王子的原智，說不定既來自他那出身平民的父親，也來自於他那出身王室的母親。儒雅還說，有時儘管父母雙方家系的原智血統都很淺薄，但是一經匯合之後，原智魔法就顯現出來了。就好比說，一窩小貓都很強健，但唯獨其中一隻小貓的尾巴卻是彎曲的。」

「儒雅是什麼時候跟你說這些事情的？」我嚴厲地問道。

王子納悶地朝我看了一眼，但他還是答道：「今天早上，他到了公鹿堡之後。」

「他是公開談論的？」我簡直嚇壞了，同時察覺到黃金大人催馬趕了上來。

「不，當然不是！當時是一大清早，我都還沒吃早飯呢。他親自來敲我臥室的門，焦急地懇求要跟我私下談談。」

「所以你就讓他進去了？」

晉責不發一語地瞪著我；過了一會，他才僵硬地說道：「他一直都是我的朋友啊。我的貓就是他送的，湯姆。你也知道我的貓對我而言意義有多重大。」

「我還知道人家送貓給你是什麼用意，而且你也清楚得很！王子殿下，儒雅・貝馨嘉可能是個危險的叛徒，而他以前還跟花斑幫串通，把你從堡裡誘走，甚至還要偷走你的身體！你得學得謹慎一點！」

王子在這番訓斥之下，耳根都漲紅了，不過他還是盡量以平和的語氣跟我說道：「他說他不是那樣的人。而且他沒跟花斑幫串通。你想，如果他眞的跟花斑幫串通，那麼他怎麼會跑來跟我解釋？他們母子倆都不知道……貓的事情。而且他們在送貓給我之前，根本就不曉得我有原智。噢，我可憐的貓。」

他說到最後一句，聲音突然顫抖起來，一定是想到他那喪命的原智伴侶了。

他的話裡透露出他喪貓的悲戚，同時也勾起我的喪狼之痛。我覺得自己彷彿在傷口上戳針，無情地問道：「他們既然不知情，爲什麼要配合？有人帶著一隻獵貓找上門來，叮囑他們『將這貓拿去送給王子』，這種事情難道不透著古怪？況且，他們絕口不提送貓給他們的人是誰。」

他吸了一口氣，看來是想要言詞辯駁，然而又停了下來，改口簡單地說道：「儒雅信任我，所以私下跟我道出實情；但爲避免背信，我不方便多說。」

「你還跟儒雅保證你不會說出去？」我追問道，心裡卻又擔心他的答案會使我涼了半截。我一定得知道儒雅跟他說了什麼，但是如果他跟人承諾他不會說出去，我又不能逼他講出來。

晉責臉上露出難以置信的神情。「湯姆・獾毛，貴族是不會跟王子殿下說『你得保證不能說出去』

的。這與我們的身分不合。」

「所以說，儒雅果然要您承諾不能說出去嘛。」弄臣挖苦道；這話逗得王子哈哈大笑，並且輕輕鬆鬆地將王子與我之間逐漸升高的緊張局勢一掃而空——不過我也是直到弄臣這麼做，才發現王子與我已經對立起來。說也奇怪，跟弄臣認識這麼多年，我卻直到現在才體認到他在這方面頗有天賦。

「我了解你的意思。」王子很自然地坦承道；此時我們不但三人並行，而且都納入了談話圈裡。四周唯聞達達的馬蹄聲，以及輕輕拂過大地的風聲；過了好一會兒，晉責才吸了一口氣，說道：「他是沒要求我別說出去。不過……儒雅來找我的時候非常謙卑。他跪在我腳邊求我原諒他。所以我想，就算他之前做錯了什麼事，他仍有權期望自己不要變成眾人閒言閒語的焦點。」

「我不會把儒雅的事情弄得人盡皆知，王子殿下。而且你大可以相信弄臣，這我可以替他保證。不過儒雅到底跟你說了什麼，請你務必告訴我。」

「笨蛋*？」晉責笑嘻嘻地打量著黃金大人。

黃金大人輕蔑地噴鼻息。「這是老朋友才知道的老笑話。這個玩笑已經舊得讓人笑不出來了，湯姆・獾毛。」他最後這一句是警告我的。雖然我也忍不住笑了出來，但我還是乖乖地縮頭任他指責，心裡只希望王子會接受他這個匆促的解釋。我痛罵自己粗心大意，罵得心情跌入谷底。我是不是內心有一股衝動，想要將自己真正的身分透露給王子知道？我心底升起了一股熟悉的感覺：縱然是這麼信任我的人，我卻還是不能把自己的祕密告訴他。我不是已經跟自己許諾，我永遠不要再隱瞞信任我的人了嗎？然而除此之外，我還有什麼別的選擇？此時黃金大人正設法挖掘王子的祕密，而我則得把自己的祕密嚴密地守好。

「不過如果您告訴我們的話，我保證絕不會將此事傳出去。我跟湯姆一樣，對於儒雅・貝馨嘉的忠誠深感懷疑；無論是把他看做朋友還是家臣，這人都不宜輕信。恐怕您身處險境哪，王子殿下。」

「儒雅是我的朋友。」王子宣布道，但聽他的口氣，他並不想多爭執。他竟然稚氣地將自己的判斷力奉爲圭臬，實在令我傷心。「這一點我自己清楚得很。不過……」講到這裡的時候，晉責臉上閃過一抹奇怪的表情。「他警告我要對你保持戒心，黃金大人。他對你似乎……極爲不齒。」

「我在他們家作客的時候，跟他之間起了一場小小的誤會。」黃金大人輕鬆地接口道。「我相信不久誤會就會冰釋了。」

不久誤會就會冰釋？這我頗爲懷疑，不過王子聽了這話似乎就放心了。王子想了一會，決定朝西，沿著森林的邊緣漫行。我催著黑瑪走在王子與樹林之間，以便將說不定正埋伏在樹林裡的歹徒擋下來。我盡量一邊注視著森林的動靜，一邊注意著王子。林梢停著一隻烏鴉，我不禁擔心，那烏鴉該不會是花斑幫的間諜吧？不過我告訴自己，就算是吧，我也拿那烏鴉沒辦法。王子與黃金大人似乎都沒注意到那隻鳥。王子正要開口時，那隻烏鴉嘎嘎叫著，從林梢飛走了。

晉責不情不願地說道：「貝家人遭到花斑幫的威脅。花斑幫是怎麼威脅儒雅母子的，他不肯說；他只說他們的行徑極爲可惡。那貓送到他母親那兒時，附了張簡箋，要求他母親將貓送我爲禮，並威脅若他母親不從，便要報復，但是儒雅也沒說到底他們威脅要怎麼報復。」

「這我用猜的就知道了。」我直率地說道。那烏鴉已經消失在眼界之外；但縱然如此，我卻沒有比

*譯注：弄臣原文爲fool，蜚滋以弄臣（the Fool）過去在黠謀國王時代的名字稱呼之。然而晉責只認識「黃金大人」，不認識什麼弄臣，所以僅理解了字面上的意義。

較心安。「如果儒雅母子不將貓送給你做爲禮物，他們就會把儒雅，或是他母親有原智的事情抖露出來。而且八成是以儒雅做爲要脅。」

「我想也是。」晉責坦承道。

「就算是也不足以做爲藉口。貝馨嘉夫人應當對王子善盡臣子之責。」我心裡則決心要找個辦法監視儒雅的房間；此外，我或許也該悄悄地到他房間走一趟，把他衣物等物品巡一遍。還有，不知道儒雅有沒有把他的獵貓一起帶來？

晉責直視著我，並以惟眞的坦率態度對我問道：「你能把你對君王的職責放在首位，並把自己家人的安全拋在腦後嗎？這就是我問自己的問題；如果我母親受人要脅，那麼我在不得已之下，會做出什麼事情來？我會爲了拯救母親的性命而背叛六大公國嗎？」

黃金大人以弄臣的眼神朝我瞄了一眼；看來他對這孩子很是滿意。我也朝他點了點頭，不過我有點心不在焉。晉責的話觸動了我的心思；我突然覺得自己應該要想起什麼事情，但就是想不起來。此外，我也想不出我能對晉責的問題應什麼話，所以我們三人沉默了良久。最後我說道：「小心一點，王子殿下；千萬別對儒雅．貝馨嘉這人吐露心事，也別把他當作是朋友。」

「你用不著多擔心，獾毛。我現在根本沒時間交朋友；光是盡我的職責就忙不完了。我好不容易才硬從我的行程裡擠出了一個小時，又堅持我只跟你們二人出來騎馬。他們已經跟我說了，此舉可能會使衆公爵感到不解，然而我必須贏得衆公爵的支持；他們還說，我這趟出遊，最好是多找幾位大公的兒子同行。不過我需要單獨跟你們相處。獾毛，我有一件重要事情問你。」他頓了一下，接著直率地問道：「今晚你能來參加我的訂婚典禮嗎？既然我非得把這一刻熬過去不可，所以我很希望能有個眞正的朋友在場陪我。」

這個答案我不勞多想就知道了，不過我還是盡量裝作再三考慮的模樣。「恐怕沒辦法，王子殿下，這與我的身分不符。這比我們一起騎馬出遊還怪。」

「你就不能以黃金大人的保鑣身分出席嗎？」

此時黃金大人代我插話進來了。「我若是帶著保鑣出席，就顯然我認定王子的待客之道不足以保護我了。」

王子策馬靠了上來，臉上露出頑固的表情。「我希望你到場。想個辦法嘛。」

這個命令明白得使我咬緊牙關。「我會考慮看看。」我很不自然地答道。我還不是很確定自己在公鹿堡出入不會被舊識認出來；我還想多多融入湯姆・獾毛這個角色，再去冒險跟任何可能會認出我舊日身分的人碰面。然而今晚的場合裡，必然會有許多以前跟我相熟的人。「不過我得指出，即使我在場，還是不能跟你交談；而且你也不得露出與我交好的跡象，以免別人注意到我們的關係。」

「我又不是傻瓜！」晉責反駁道；對於我這迂迴的拒絕，他的反應是近乎憤怒。「我只是希望你在場而已！雖有那麼多人在場觀禮，但我希望我自己的朋友也能置身其中，看著我爲國犧牲。」

「你這話也太誇張了。」我平靜地說道，盡量減少這話裡的侮辱味道。「別忘了，你母親、切德都在場，而且黃金大人也在場。所有人都把你的最佳利益擺在心裡。」

他朝黃金大人看一眼，臉微微地漲紅了。「你當然是我的朋友，我沒有貶低你的意思，黃金大人；我的話不夠周全，還請多見諒。至於我母親與切德，他們跟我一樣，必須把職責擺在愛之前。他們的確處處爲我著想，不過他們所著想的，主要是如何安排，才能對我將來治理國政最有利。他們把六大公國的福祉，看得跟我的福祉一樣重要。」他眼裡突然露出疲憊。「而當我跟他們意見不同的時候，他們總是說，等我以國王身分治理國家一段時間之後，就會了解到他們要我做的事情，的確是符合我的最佳利益。他們還說，長久而言，比起我選擇自己的新娘而言，國家的長治久安，會更令我感到滿足。」

我們默默地走了一陣子。最後黃金大人不情不願地開口說道：「王子殿下，恐怕太陽不會多等我們。該回公鹿堡了。」

「我知道。」晉責悶悶地答道。「我知道。」

其實話還沒說完，我就知道我這話安慰不了人，不過由於社會風俗使然，所以我不得不努力勸勸，好讓他心甘情願地面對他必須面對的責任。「娶艾莉安娜當妻子也不錯呀。艾莉安娜年紀雖小，但是長得很可愛，而且長大之後應該是個大美人。切德還說艾莉安娜是『含苞待放的王后』，而且還很高興外島人送來的新娘與你如此匹配呢。」

「噢，這話倒是絲毫不差。」晉責一邊應和著，一邊掉轉馬頭。黑瑪因為去路被那灰馬擋住，所以不高興地噴了個鼻息，而且不大願意轉彎跟著灰馬後面走，牠恨不得到山裡馳騁一陣。「她的確很有王后風範，至於她是怎麼樣的小女孩，或是怎麼樣的女人，那倒還在其次。從我見到她以來，她講的每一句話都循規蹈矩，從不流露出她那一對明亮黑眼睛裡的小腦袋想的是什麼。她送的禮物非常正確：一條銀鍊，上面鑲著她家鄉產的黃鑽；這項鍊我今晚一定得戴著。我送她的是我母親和切德幫我選的銀冠，銀冠上鑲著近百顆藍寶石；寶石雖小，但這銀冠做工精細，所以我母親喜歡它勝過別的大型珠寶首飾。貴主屈膝為禮，接過禮物，字字斟酌地講了一篇讚美它如何可愛的話。不過她的感謝詞實在是太空泛了；她提到銀冠時，只說『這份高貴的禮物』如何如何，對於銀冠的造型，以及她個人對藍寶石的喜好等，則隻字未提。感覺上，她好像是強記了一篇不管我們送的是什麼禮物都合用的感謝詞，然後當場完美無瑕地背誦出來似的。」

我差不多可以斷定貴主的作法正是如此，但我倒覺得她這個作法沒什麼好苛責的。畢竟她才十一歲，而且她也跟王子一樣，對於婚事的安排無可置喙。我照這個意思跟王子說了。

「我知道，我知道。」晉責厭倦地讓步。「可是我努力地看著她的眼睛，讓她看到我是什麼樣的人呀。老實說，獾毛，她第一次站在我身邊的時候，我的心眞的飛到她身上了。她年紀小，個子也嬌小，而且又對我們的宮廷非常陌生；我心裡是很憐惜她的，因爲任哪一個孩子硬生生地被人帶到陌生的地方，以執行身不由己的任務，一定都很艱難。所以我特別不以六大公國的名義，而是以自己的名義，送了個禮物給她。我那個禮物就擺在她房間裡等她，讓她剛到房裡就能看到。可是直到現在，她一個字也沒提過那個禮物的事情。」

「你送她什麼？」我問道。

「我估量著我十一歲的時候會喜歡什麼禮物。」那年輕人答道。「所以送她一套布朗特納雕刻的玩偶。那套玩偶的人物裝扮，講的是《少女與神駒》的那個故事；我聽人家說，這個故事不管是在六大公國，或是在外島，都廣爲傳誦。」

黃金大人語氣平淡地評論道：「布朗特納的雕刻的確出色。《少女與神駒》講的，是不是有個少女飽受繼父折磨，後來她那匹有神力的白馬將她載到遠方的豐饒國度，最後她與英俊的王子成親的那個故事？」

「送她這套玩偶，該不會讓她會錯意吧？」我喃喃地說道。

王子似乎大感意外。「我沒想到這麼多。她會不會認爲我對她不敬？我是不是跟她道個歉比較好？」

「還是少提爲妙。」黃金大人建議道。「不妨等到你們認識深一點之後再聊一聊。」

「認識深一點？那恐怕得等上十年了。」王子輕快地坦承道，不過透過我倆之間的精技牽繫，我感覺得到他的焦慮感正隨著他的脈動傳來。這是我第一次領悟到，晉責之所以不滿，有一部分是因為他覺得自己在貴主面前表現不佳。而接下來他說的話，正呼應了我此時的想法。

「她老是讓我覺得自己像個笨拙的野蠻人。她自己才是出身於冰山邊小木屋的人，可是她卻將我當成是既沒教養、行事又古怪的傢伙。當她看著我時，眼睛像鏡子般，絲毫不流露出她的性情，只顯出我在她眼裡有多麼蠢呆。我受過良好的教養，血統也很純正，可是她卻把我當作是骯髒粗鄙的鄉下種田人，彷彿我一碰就會玷污了她似的。我實在搞不懂！」

「你們兩人若要認識得深一些，就得解決你倆之間的各種差異；而第一課就是要了解到，你們各自出身於南轅北轍的文化圈，然而你們的文化並無高下的差異。」黃金大人勸道。「幾年前，我對外島興趣濃厚，所以下了一番工夫研究。外島是母系社會，這你是知道的，所以他們身上穿戴的徽章，乃是代表母親家族的圖騰。就我的了解，貴主願意前來此地，而非主張她的追求者必須到她母親家提親，就已經是給你莫大的殊榮了。如今她在此訂婚，既無母親姊妹的指導，也沒有姨、嬸等女性親人的支持，想必她心裡一定很難適應吧。」

晉責點了點頭，默默地應和黃金大人的話，不過從我私下瞥見貴主的行止，倒覺得王子的確把貴主對他的感覺料得很準——但我沒將這個心思說出來，而是說道：「貴主顯然已經詳加研究了我們六大公國的行事作風。那麼你是不是也要多加研究貴主家鄉的風土人情，以及貴主家裡有哪些親人？」晉責斜著眼瞄了我一下，從他那眼神看來，這些他都略知一二，但他也曉得自己並不精通。「切德把我們有的卷軸都給我看了，不過他警告我，這些卷軸很古老，說不定已經過時了。外島人不以文字來記述歷史，而是將歷史封存於他們的吟遊詩人的記憶裡；所以我們手邊的文字記載，都是六大公國的人到訪外島的心得，而且字裡行間總透露出他們對於外島的奇風異俗難以忍受。大多數卷軸都是遊記，裡面不外乎抱怨飲食毫無品味——因爲添了蜂蜜與肥油的菜色，似乎就是外島人最引以爲傲的待客餐宴——以及居所簡陋到不但冰冷，而且還透風。外島人不會款待困乏的陌生人；因爲這種笨得讓自己淪落到無以爲繼、必須懇求人家讓他睡一晚或吃頓飯，而無法以財物或勞役交換的人，外島人是很鄙視的。外島人的信條，就是弱者與笨蛋活該去死。就連他們所選的神明，也是嚴厲且毫不寬容的天神；他們偏好的是掌管海洋的埃爾神，而不是掌管陸地的豐饒之神艾達。」王子講完之後，倦倦地長嘆一聲。

「你聽過外島的詩歌嗎？」黃金大人平靜地問道。

「聽過，但是聽不太懂。切德一定要我學好基本的外島語，而我也盡力去學了。外島語的字根，有不少跟我們的語言一樣。我講的外島語足以溝通，不過貴主已經跟我說了，她寧願我講自己的語言，也不願我把她的語言講得如此扭曲拗口。」晉責講到這個侮辱人的指責，氣得咬緊牙關，停頓了一會兒，才接口道：「至於外島的詩歌，那就難懂了。因爲外島的詩歌是可以不顧尋常的文法，而且可以任意拉長或縮短音節以符合韻律的；外島人稱之爲『詩文風（Bard's Tongue）』。『詩文風』與平常講話不同也就罷了，問題是他們的配樂吵得把歌詞都掩蓋過去，所以每個故事，我頂多只能聽懂個梗概而已。外島的故事，講的不外乎是如何把敵人砍成碎塊，然後帶點人皮人骨什麼的回家向人誇耀。比如說愛歇特．髮床這個人吧，他蓋的皮被子，就是用慘死在他手下的敵人頭皮縫起來的；又比如說『六指』這個人，他將他手下敗將的頭顱削平，給他那一群猛犬作狗碗。」

「這群人眞是善良啊。」我挖苦道。黃金大人皺著眉頭瞪了我一眼。

「貴主聽我們的詩歌一定也百思不解，尤其是那些歌誦少女由於無法與情人終老，最後以自殺了結的浪漫愛情悲劇。」黃金大人和善地指出。「這些障礙若不除，就算輕鬆閒聊也會引起誤會，所以你們一定得一起解開這些迷障，王子殿下。」

「啊，是喔。」王子酸溜溜地應和道。「輕鬆聊天？也許再過個十年吧！現在她跟我身邊都密密麻麻地圍了一圈人，我們彼此要講話，還得扯開喉嚨大聲喊，對方才聽得到，而且我們彼此講的每一句話，都會被別人聽去，並拿來當作聊天的話題。至於寸步不離地跟著她，就像守著肉骨頭的狗兒般親愛的皮奧崔舅舅，那就更別提了。昨天下午，我陪貴主去花園散步，不過那陣仗活像是領著大軍上戰場似的；足足有十多人吱吱喳喳地跟在我們身後走。然後我摘了一朵開得晚的花兒送她，這下子可不得了，她舅舅立刻衝上來擋在她與我中間，把花仔細檢查了一番才遞給她。什麼嘛，難道我會送她毒花嗎？」

雖然我努力忍住，但仍不禁咧嘴笑出來，因為我想起當年珂翠肯就是認定我會威脅到她哥哥的性命，所以摘了毒草送我。「這類奸計時有所聞哪，王子殿下，就算是名門世家也不例外。貴主的舅舅只是在盡他的責任而已，沒有其他意思；畢竟不久之前，六大公國還在跟外島打仗，不過只要時間一久，雖是舊傷也會癒合，你放心好了。」

「不過眼前呢，王子殿下，我們恐怕得催馬快跑了。我不是聽您說起，今天下午與您母親有約嗎？看來我們得加快腳步了。」

「我想也是。」王子無精打采地回應道。然後他轉過頭來，以命令的眼神直視著我。「那麼今天就這樣了，湯姆．獾毛。我們下次什麼時候見面？我急著想上你的課啊。」

我點點頭，心裡暗暗希望要是自己也像他那麼熱中就好了。我雖不急，但目前的狀況使我不得不補上一句：「精技不好應付，王子殿下；開課之後，你說不定會覺得課程很無趣。」

「這我是料想得到的。到目前為止，我對精技的體驗，是既不安且不解。」他的眼神變得濛濛霧霧，彷彿在凝視著遠方。「當你帶我去……我知道那跟石柱有關。我們去了……一個奇怪的地方。沙灘。然而現在當我努力回想那一段過程，以及前前後後的事情時，卻像是在回想小時候做過的夢一樣，結局總是怪怪的，你知道我的意思吧。我本以爲自己了解當時發生的一切，可是當我想跟切德和我母親描述那個經驗的時候，我的記憶卻破成碎片。我像是個呆子，把過程講得七零八落。」他舉起一手，摩了摩皺起的額頭。「我就是沒辦法把碎片湊全，完整地把這個經歷講一遍。」晉責直盯著我。「我受不了這個，湯姆・獾毛。我一定得解決這個問題。如果我一定離不開這個能力，那麼我一定要將這個能力控制好。」

我對精技老是意興闌珊，其實還是晉責面對精技的態度比較有道理。我嘆了一口氣。「明天清早。惟眞之塔。」我嘴裡提議道，心裡卻期望他會回絕。

「很好。」晉責輕鬆地答道。他嘴角升起一抹古怪的笑容。「我還以爲只有切德會把望海塔叫做『惟眞之塔』。眞是有趣。你至少也稱我父親爲『惟眞國王』嘛。」

「請見諒，王子殿下。」我只答得出這幾個字，而他聽了只是嗯哼了一聲。之後他以眞正王家風範的表情凝視著我，補了一句：「那麼，今晚你會盡一切努力來觀禮，湯姆・獾毛。」

我還來不及回答，他便一夾馬腹，彷彿惡魔緊追在後般地高速馳騁回公鹿堡；而黃金大人與我也沒別的選擇，只能跟上去。直到我們衝到城堡大門口，晉責才慢下來。我們在門口停留片刻，接受守衛正式敬禮，然後便進去了。進門後，我們放馬慢行，不過晉責默默不語，而我也想不出要跟他說什麼話。我們尙未抵達大殿正門，衆家臣便已經聚在那裡迎接他了。一名男僕匆忙地跑上去拉住王子的馬轡，另有一名馬廄幫手拉住了麥爾姮的馬轡；至於我，就只能自己照顧自己了，不過我覺得這樣反而好。黃金大人正經八百地致詞感謝王子讓他有此殊榮，享受單獨與王子出遊之樂，而王子也非常客氣地回應了一番。我們坐在馬上，目送王子被那一群貴族簇擁而去。我翻身下馬，站在一旁等待家主人。

「嗯，這一趟出遊很盡興。」黃金大人有感而發地說道，隨後翻身下馬；然而他的靴子一沾到地，

便滑了出去，以至於重重地跌倒在地。自從我認識弄臣以來，他總是姿態優雅，我從未見他如此失態。他坐了起來，緊閉著嘴，嘟囔了一聲，傾身去抓住包在靴子裡的腳踝。

「哎喲！」他痛得叫道，一邊揮手要那馬廄幫手走開，一邊高傲地吩咐道：「不，不，退下去，只管把我的馬打點好。」接著他突然對我厲聲叫道：「你這個呆子，別光是站著不動啊！把你的馬交給馬廄幫手，好拉我起來呀。難不成我得單腳跳回房間嗎？」

王子早已被一群小姐大人簇擁離去，所以他大概不知道黃金大人發生意外。王子的從人之中，有幾個人朝我們這裡看了看；不過大多數人都將注意力擺在晉責身上。我蹲伏下去，讓黃金大人攀住我的肩膀，並悄悄地問道：「傷得多嚴重？」

「很嚴重！」他凶巴巴地說道。「我今晚不能跳舞了；虧我的新舞鞋昨天才做好送來呢。噢，可惡！你這傢伙，還不快扶我回房間去！」聽到黃金大人這一番煩躁的咒罵，幾個小貴族連忙朝我們這兒湊過來，焦急地問候他的傷勢；於是黃金大人立刻態度一變，誇稱自己沒事，要他們放心，又說今晚的訂婚大典，他是一定會出席，不管什麼事情都擋不住他。他幾乎把全身重量都壓在我身上，不過有一名好心的年輕人幫著扶住他的手臂，又有一位夫人派她的女僕去叫人將熱水和疏散筋骨的藥草送到黃金大人的房間，並即刻去把療者找來；我們回房的路上，後面至少跟了兩個年輕人，以及三位非常可愛的小姐。

黃金大人一路上嚴厲地罵我笨手笨腳不下十來次；等到我們蹣跚地跛著走上樓梯、迴廊，回到黃金大人的房間時，熱水已經送來，療者也已在門口等候。療者接手扶住黃金大人，又立刻派遣我去找些白蘭地來穩定黃金大人的神經，並去廚房找些吃的來安撫他的腸胃。我離開房間時，療者小心翼翼地把他的靴子脫下來，讓他痛得淒厲號叫，我心裡只覺得對他有著說不盡的同情。我從廚房端了一整個托盤的糕點水果回房時，療者已經走了；黃金大人被安置在大椅子裡，傷腳蹺在矮墩上，腳踝上紮裹了厚厚的一團紗布，而前來探望他的人，把一室的椅子都坐滿了。我將食物放在桌上，拿著白蘭地走到他身邊。金盞花小姐正在安慰黃金大人，並幫著斥責那療者既無能又沒心肝；那療者也太自以為是了，他把黃金大人弄得痛苦不堪之後，竟然還宣稱他看不出黃金大人傷在哪裡！年輕的橡林大人則鉅細靡遺地講了個冗長且哀傷的故事，他說他父親家的療者也是這般妄尊自大，所以那次他得了胃疾，卻差點喪命。橡林大人終於講完之後，黃金大人懇求眾人諒解，說他碰上這場大禍，需要休息一下。我是巴不得眾人快走，但仍捺著性子一一鞠躬地把他們請出門。

等到他們都出了門，交頭接耳的講話聲和腳步聲也逐漸淡去之後，我才朝弄臣走去。他靠著椅背，眼睛上蓋著一條有玫瑰味的手帕。

「傷得多嚴重？」我低聲問道。

「你希望這傷有多嚴重，它就有多嚴重。」弄臣答道，那手帕依然蒙著他的臉。

「什麼？」

他拿開了手帕，滿意地朝我一笑。「做了這麼一場戲，還不是都為了給你方便？你至少也說幾句感激的話嘛。」

「你在說什麼呀？」

他把裹著紗布的腳放在地上，站起來，閒適地走到桌邊，取些剩下的食物來果腹，他的腳連跛都沒跛。「如今黃金大人可有藉口，非要他的僕人湯姆・獾毛今晚陪在他身邊不可了。我呢，就攀著你的肩膀走路，而你呢，就幫我拿著我的小腳凳和墊子，還要代我穿梭全場，打打招呼、送送口信之類。晉責一定看得到你，而且我敢打包票，待在場內觀禮，絕對比你從牆縫裡窺看清楚得多了。」我驚訝得目瞪口呆，而他則挑剔地上下打量我。「算我們走運，我幫你訂的衣服早上就送到了。來吧，坐下來，讓我幫你將頭髮修整齊；我們要去參加舞會哪，你這模樣怎麼見人？」

訂婚

若要測試有心向學者的精技天賦高低，麻醉藥物的確好用，不過精技師傅在使用麻醉藥物時務必謹慎。雖說少量的適當藥物，如海本草的葉子、欣曉薇花、鐵力班樹的樹皮、柯法利叢的枝幹等，可讓精技候選人放鬆，方便精技師傅測試候選人的精技天賦，並施以基礎的精技教育，但是過量的藥物可能會使學生難以集中精神，因而無法展現自己的精技天賦。雖然有些精技師傅指出，他們在正式訓練精技學生時使用藥物，成效頗佳，不過「四大名師」的共識是，這類麻醉藥物對學生造成的傷害往往更大。習於藥物的學生，若無藥物之助，便無法讓他們的心靈轉爲接受精技訊息的狀態；而且從某些跡象中亦可看出，藉由藥力訓練出來的學生，在精技的進展上永遠無法更上層樓，所以也就無從發展出更細緻的精技能力。

——《四大名師》卷軸，切德．秋星所譯

「我連做夢都沒想到我會穿條紋的衣服。」我忍不住再度喃喃說道。

儘管弄臣含著一嘴的頂針，但仍努力地回道：「別抱怨了。」此時他將嘴裡含著的頂針一一取下，將小暗袋別住，接著靈巧地運用手裡的針線將暗袋縫牢。「我不是說了嗎，你穿條紋會顯得氣宇非凡，而且將我的衣裝襯托得更爲出色。」

「我要平凡不起眼，才不要氣宇非凡呢。」我將針刺入長褲的腰帶，針頭卻戳進了我大拇指的肉裡，痛得我咒罵起來；弄臣忍住沒有大笑出來，但他那故作正經的模樣卻使我更加惱怒。

他全身上下已經裝扮得無懈可擊。此時他盤腿坐在椅子上，匆忙地幫我在新衣上添幾個暗袋，以便容納我的刺客工具。他連看也不看我一眼。「放心好了，你一定會平凡不起眼。別人才不會注意你；就算會，他們也只會記得你的衣服樣式，而不是你的臉孔。你整個晚上都要待在我身邊伺候，而你這一身衣服讓人一看就知道你是我的僕人。這衣服有遮掩的效果，這就好比說，再怎麼可愛的小姐，穿上了僕人的服飾，那麼也不過就是某夫人的侍女而已。好了。你試穿一下。」

我把褲子放下來，套上弄臣加工過的襯衫。我在暗袋裡妥當地塞了三個切德用鳥骨製成的藥瓶；扣緊之後，袖口根本看不出有什麼異狀。另外一邊的袖口則已藏了幾顆強效的安眠藥。如果有機會，我會讓年輕的貝馨嘉大人晚上沉沉入睡，以方便我到他房裡探查。我已經得到消息：儒雅這次並未攜貓同行；不過我認爲這只表示儒雅的獵貓既未待在他的房裡，也沒待在馬廄跟其他的獵犬、獵鷹等同住，說不定此時那獵貓正在緊鄰公鹿堡的林地裡遛達。而黃金大人也從宮廷流言中得知，貝馨嘉夫人並未前來參加王子的訂婚大典；夫人聲稱她在打獵時意外從馬上摔下來，傷了脊椎，無法出門。我心裡納悶道，如果背傷乃是托詞，那麼爲什麼貝馨嘉夫人選擇由自己留在家裡，卻派遣獨子代表家族前來出席盛會？她是否認爲讓儒雅前來公鹿堡，等於是送入虎口？還是她爲了自己安全，而把獨子送入虎口？

我嘆了一口氣。如果沒有線索的話，再怎麼推測也是徒然。弄臣趁著我把藥瓶塞在袖口暗袋裡的時候，也把我的褲腰帶縫好了。我的褲腰帶上有個結實的口袋，可用來藏把細長的利刃。今晚是王子的訂婚大典，所以絕對沒有人會公開佩戴武器赴宴，因爲此舉等於是藐視瞻遠家族對於賓客的周到保護與款待。不過這些高尚的儀節，是拘束不了刺客的。

弄臣彷彿是順著我這個想法似的，一邊將我的條紋褲子遞給我，一邊問道：「如今切德還花時間弄這些嗎？縫小口袋藏暗器之類的？」

「我不知道。」我老實地答道；不過說眞的，切德這個人滿肚子陰謀詭計，所以我猜他身上不太可能什麼防備的東西都沒有。我穿上褲子，屏息將褲子扣上；這褲子很合身，比我平常穿的尺寸還緊些。我將手伸到後腰處，指尖好不容易摸到隱藏著的刀鞘；我將刀子推了出來，拿到面前檢查一番。這刀來自於切德之塔的收藏，其長短跟我的指頭相當，刀柄只夠我用拇指跟食指捏著；不過若是要刺穿人的喉嚨，或是刺進入人的脊椎骨節，這暗器也就足夠了。確認無誤後，我又將刀子收回原位。

「有沒有什麼露出來的？」我一邊問道，一邊轉過去讓弄臣瞧瞧。

弄臣笑著打量了一番，淫穢地對我開玩笑說：「通通都露出來囉。不過，露出來的，沒有一樣是你擔心會露出來的。好啦。穿上無袖外套，讓我看看整體的效果吧。」

我不情不願地接過他手裡拿著的無袖外套。「時代眞的變了好多；以前在公鹿堡，只要穿件皮背心、套上緊身襪，就算是盛裝了。」我憤慨地說道。

「你在騙誰呀。」弄臣絲毫不留情面地答道。「你之所以逃過了這些繁複的衣著，一來是因爲你當時還小，二來是因爲黠謀國王不希望你受到衆人的注意。況且我的印象中有一、兩次，急驚風師傅的確也如她所願地把你打扮得極其時髦呀。」

「是有一、兩次沒錯。」我不得不承認，只是一想起那個場面，就不禁咬牙切齒。「可是你知道我的意思呀，弄臣。在我小時候，公鹿堡這裡的人的穿著打扮，怎麼說呢，就像是公鹿堡這裡的人。當時可沒有什麼『遮瑪里亞流行風』，也沒有兜帽衣襬長得拖在地上的法洛式斗篷。」

他點了點頭。「在你小時候，公鹿堡這裡是比較鄉土些。當時我們在打仗，而既然打仗需要衆多資源，所以也就沒什麼多餘的資源可以在衣服上變花樣了。黠謀國王是好國王，不過他的作法就是將六大公國管理成一灘死水。珂翠肯王后就不同了；她盡全力發展六大公國的對外貿易，不只跟她出身的群山王國交流，也與遮瑪里亞、繽城，甚至比這兩地更遠的人交流。這一定會使公鹿堡起變化。再說變化也不是什麼壞事。」

「可是照以前的那個老樣子，也不是什麼壞事呀。」我發牢騷道。

「可是有變化，恰好證明了你現在仍然活著。人們對於異於自己的人能夠容忍到什麼程度，只要看社會變化的大小就知道了。我們能不能接受異族的語言、風俗、衣飾與食物，並將之融入我們自己的生活之中？如果能，那麼我們就跟對方有了關聯，而有了關聯，就不太可能彼此宣戰。但如果不能，如果我們非得要按照舊有陳規，那麼我們就得打一仗，以戰爭來維持我們原有的生活，要不就乾脆死了比較快。」

「眞是振奮人心哪。」

「的確是如此。」弄臣堅持道。「繽城才剛經歷過這麼一場風波。如今繽城的人要跟恰斯國的人打一仗，然而雙方鬧翻的原因，主要是因爲恰斯國不願承認他們有必要改變。而這戰火可能會蔓延到六大公國。」

「不會吧，依我看來，他們的戰事跟我們毫不相干。噢，我們的南方那幾個公國，也許會恨不得捲入，不過這主要是因爲他們老是愛挑起境內與恰斯國之間的衝突，以藉機蠶食恰斯國的領土。至於六大公國會不會整體捲入這場戰爭……我看是不會吧。」

我穿上遮瑪里亞式的無袖外套，扣上鈕子；這外套鈕子多如牛毛，煩冗得很，其腰身緊束住我的腰，而且下襬如裙子般，竟長及膝蓋。「我眞的不愛穿遮瑪里亞式的衣服。況且下襬這麼長，若是有需要，我要怎麼取刀？」

「你這個人，我還不了解嗎？如果有需要拿刀的話，你總會想出辦法的。還有，我跟你擔保，若是在遮瑪里亞，你這身衣服根本跟不上流行，至少落伍了三年以上；看在遮瑪里亞人眼裡，人家只把你當作是試圖模仿遮瑪里亞人的鄉巴佬。不過，這樣的打扮已經符合需求；只要我的衣服有著濃濃的異國風味，人們就會覺得我別的古怪行徑其實沒什麼好大驚小怪的。」弄臣站了起來。他的右腳穿的是繡面的舞鞋，左腳腳踝則包紮得彷彿無法著力；他手裡拄著一根手杖。我認得出手杖的雕刻是出於弄臣的手筆，不過在別人眼中，只會認定這根手杖看似價値連城。

今晚我們是紫與白的組合。我無情地想道，這可不就跟白球莖上配一抹紫的蕪菁一樣嗎？黃金大人的衣裝，遠比我的更加繁複炫耀；我的條紋襯衫袖口滾了一圈花邊，然而黃金大人袖口的那一圈花邊竟長得蓋過他的手。他穿的是白襯衫，而白襯衫外面，卻緊緊裹著遮瑪里亞式的無袖外套，而那外套的長下襬不但繡花，還鑲著幾千顆閃亮的水晶珠；身爲僕人的我下身穿的是褲子，而他穿的是絲質的緊身襪。今天他不綁頭髮，而是將那一頭明亮的金髮捲成捲子，鬆鬆地垂在肩上；我根本想不出他是怎麼將頭髮梳整得如此柔順聽話。我聽說過有些遮瑪里亞的貴族有在臉上塗彩的習慣，而今晚黃金大人也將額頭與臉頰上半部畫上了藍色的鱗狀花樣。他發現我在瞪著他看。「怎麼樣？」他幾乎有點不大自在地問道。

「你說得沒錯。你看起來眞的很像是遮瑪里亞貴族。」

「那麼，我們就下去吧。把我的腳凳跟小墊子帶著。我們就以腳傷爲由，早點到大廳去看人吧。」

我右手拿著腳凳，小墊子則塞在右腋下；至於我的左手，則讓黃金大人攀著，他裝出非常逼眞的跛腳模樣。弄臣總是這樣，不管演什麼都很入戲。也許是因爲他與我之間有一些精技牽繫，我感覺得到，他對於這樣的喬裝做作，其實是樂在其中。當然，他並未將心情寫在臉上，而是一路都在嘖聲埋怨腳痛，又斥責我笨手笨腳。

走到離大廳那高聳的大門還有一小段距離時，我們停下來休息。黃金大人看似累極了似的重倚在我的手臂上喘氣，實則是以弄臣的口氣，貼在我耳朵邊說道：「別忘了你現在是僕人，所以要收斂一點，湯姆・獾毛。不管你看到什麼，千萬別直瞪著別人打量，因爲你的身分不合適啊。準備好了嗎？」

我雖覺得自己用不著他提醒，但還是點了點頭，並把墊子夾緊一點；接著我們便進了大廳。就連大廳也改變了許多。在我小時候，大廳是公鹿堡所有人聚會之處。以前我就坐在那個火爐邊，背誦課文給擔任文書的費德倫聽；而且我在背誦課文時，大廳裡的其他火爐旁，也各自聚了一群人：在箭枝上裝羽毛的男子、一邊刺繡一邊聊天的女子，以及正在練習歌曲或是編製新歌的吟遊歌者等。雖然火爐裡的火熊熊燃燒，而且小男僕不斷添柴，但在我幼時的印象裡，公鹿堡的大廳總是隱約有些寒意又有點潮溼，而且角落長年照不到日光。到了冬天，掛了一牆掛毯與錦旗的大廳更顯昏暗。不過我記得最清楚的，還是冷冰冰的地板上鋪的燈芯草：燈芯草很容易發霉，而且一下子就潮溼；還有，長桌上擺出餐點菜餚時，狗兒便匍伏在桌下，或是在桌子邊來回走動，像餓鯊般期待著誰丟出一塊骨頭，或掉點殘屑。那時候的大廳總是鬧烘烘，入耳聽到的盡是戰士和守衛擾攘大聲地講述傳聞軼事。我對自己說道，黠謀國王的公鹿堡是個比較粗俗且尚武的場所，它的重點是城堡兼要塞，至於它也兼具國王的宮殿，那倒是次要的功能。

是時間，還是珂翠肯改變了這一切？

現在的大廳，連味道都不同了：少了汗味與狗味，多了燒蘋果木與餐點的香氣。鋪著藍布的長條桌上高高地吊著巨型的百燭燭臺，以往壁爐與蠟燭的光線怎麼樣也照不到的陰暗處，如今因此而明亮；而且滿室無大狗，只有身材嬌小，從貴婦人的大腿上跳下來玩的小狗兒，牠們彼此廝鬧，或嗅聞別人的鞋子。地上鋪的蘆葦不但乾淨，底下還墊了一層沙。大廳中央有好大一塊地方只鋪著沙，沙上還做出繁複的花紋，不過再過一會兒，就會被翩翩起舞的男女踩壞。長桌邊尚未坐人，但桌上已經擺著一籃籃熟透的水果與新鮮的麵包。早到的賓客坐在火爐邊的椅子或設了椅墊的長凳上，他們嗡嗡的講話聲與大壁爐附近那座豎琴傳來的悠揚琴聲交雜在一起。

整個大廳傳遞出精心造就的「等待」感。一排排火炬柱照亮了層層漸起的高台。火炬亮得令人難以直視，而那明晃晃的亮光不啻道出，待會兒要坐在這幾層高台上的人有多麼重要。最高的那一層設了三張如王座般的椅子，那是爲珂翠肯、晉責和艾莉安娜而設置，此外另有兩張椅子；第二層椅子較爲樸素，但還是很華麗，那是給前來觀禮的六大公國大公與女大公坐的；第三層高台則是爲王后所倚重之人設置。至於護送艾莉安娜前來的外島貴族，則坐在旁邊另一座與第二層同高的高台上。

黃金大人才剛進大廳，便有好幾位原本正在跟青年貴族講話的可愛小姐，立刻拋下同伴，圍攏過來向黃金大人噓寒問暖；感覺上，像是被一群花蝴蝶襲擊。這年頭，薄如蟬翼的衣料似乎蔚爲風潮；然而公鹿堡大廳經年累月都透著寒意，把這種一點也不保暖的遮瑪里亞進口衣料穿在身上，眞是受罪。向日葵小姐在安慰黃金大人時，我便用心研究她手臂上的雞皮疙瘩。我心裡納悶著，公鹿堡的人怎麼會變得如此崇尚這些外國式樣的衣裳。我得坦白承認，我頗爲痛恨周遭這一切的變化，一方面是因爲這些跟我記憶中的公鹿堡實在差得太遠，另一方面則是因爲這些變化使我覺得自己像個墨守成規的老古板。小姐們一邊吱吱喳喳地講著黃金大人腳傷的事情，一邊伴他跛著走到火爐旁，在舒服的大椅子上坐下來。

我畢恭畢敬地將他攙到椅子上，把腳凳擺好，再將墊子擱在腳凳上。年輕的橡林大人再度出現，並堅持道：「這個讓我來。」接著自行幫黃金大人的腳擱到腳凳上去。

我站到一旁，抬起頭來，眼角瞄到一群剛剛進來的外島人。那些人一看就知道是戰士，因為他們行進時的聚合方式像是打仗的隊形，而且進門之後，仍然各自守住崗位，並不散開。他們令我想起好久以前在鹿角島碰上的那些外島戰士。外島的男子不但穿著毛皮衣裳，還套上皮革的鎧甲，不僅如此，有些老人還將他們勝戰的紀念品掛在身上炫耀：用指骨串起來的項鍊，腰帶上掛著一條條從敵人首級上割下來的辮子。與外島男子同行的外島女子，走路的風範與他們的男人一樣地勇敢無畏；女人穿的是染著鮮明色彩的羊毛袍子，衣邊只鑲白色的毛皮，像是白狐狸、白鼬或白熊。

外島女子不可能變成戰士，因為在外島，女人乃是土地的擁有者。在一個男人常常為了出外掠奪而一去數年的國度中，女人絕不可能單純只是操持家務而已。所以在外島，房子與農田，還有珠寶、工具等家族的財富，乃是母女代代相傳。在女人的一生中，男人可能來來去去，然而做女兒的人，總是眷顧著母親家的人，而且男人與自己母親家的關係，也比他與配偶的關係更為強大且持久。婚姻對於男女雙方的拘束力是大是小，概由女人來決定；如果男人出門太久，女子可能會乾脆另覓丈夫，或是在丈夫不在時結交新歡。由於子女歸母親以及母親家族所有，所以父親是誰無關緊要。我注視著那些外島人，知道他們並非六大公國傳統概念下的貴族或領主；比較恰當的說法是，這些外島女子是擁有廣袤土地之人，而這些外島男子的傑出之處，則在於他們戰功彪炳，或是劫掠有成。

我望著外島特使團，心裡想著，外島是不是也像我們這裡一樣產生了重大變化呢？外島女子的婚嫁歸屬，外島男子從來就無從置喙；外島男子會把外面搶回來的女子和小孩，任意地拿來餽贈他人或交換東西，但是自家的女子，外島男子是無法使喚的。既然如此，那麼外島父親貢獻出自己的女兒，以鞏固雙方的和平與貿易關係，這不是很奇怪嗎？到底艾莉安娜的父親真有權支配她的婚姻，或者艾莉安娜之所以在此，是因為這婚事背後另有更古老且強大的主使者——也就是她母親的家族？然而若真是如此，那麼為何要隱藏？為何要讓這婚事看起來是由艾莉安娜的父親全權決定的？為何艾莉安娜的母親家族只派了皮奧崔一人伴她前來？

我一邊觀察外島的人，一邊不甚專心地注意圍繞在黃金大人周圍眾女子的話語聲。其中兩位小姐，也就是金盞花小姐和向日葵小姐，先前曾到過黃金大人的房間；而現在從她們講話的模樣推測起來，這兩位小姐雖是姊妹，卻因為同時都對黃金大人有意而成為情敵。而橡林大人老是要橫身擋在金盞花小姐與黃金大人之間，所以我不禁想著，橡林大人莫非是在暗戀金盞花小姐。節儉夫人的年紀則比二位小姐大，甚至可能比我的年紀還大；我猜她是個有夫之婦，而且此時她先生人也在公鹿堡。節儉夫人非常積極，十足是個雖有牢固的丈夫，卻仍貪戀被人追求的刺激感的已婚婦人模樣——跟我所認識的某些獵狐狸的獵人滿像的：她之所以貪愛打獵，不是因為她對獵物有何真正的需要，而是因為她想要證明，即使在最激烈的競爭之下，她仍能一出手就滿載而歸。她的禮服不是若隱若現地露出胸部，而是十分暴露，不過看來並沒有年輕小姐穿著暴露的那種丰姿。她不時將手放到黃金大人的手臂或是肩膀上，看來一副宣示領土的模樣。我兩次看到黃金大人抓起節儉夫人黏在他身上的手，或輕拍，或輕捏一下，然後便謹慎地將她的手放開。儉樸夫人也許覺得自己備受榮寵，不過在我眼裡，我覺得他不過是在將沾在袖子上的棉絮彈開罷了。

拉威克大人是個滿臉堆笑的中年人，他也踱了過來聚在黃金大人身邊。拉威克大人穿著整齊，態度溫文，而且執意要向我介紹他的身分；像他對僕人這麼客氣的貴族極為少見；我一邊笑著，一邊鞠躬回禮。拉威克大人為了擠進緊鄰黃金大人身邊的談話圈，所以撞了我好幾下，不過這顯然是因為他動作笨拙，不需在意；每次我說句「請見諒」，然後站回原地，他便滿臉堆笑地連聲說著都是他自己太不小心。他們的話題繞著黃金大人打轉，先說他扭了腳多麼可憐，再說那粗魯的療者多麼不體諒人，又說黃金大人不能與她們共舞眞是敗興。講到這裡，節儉夫人比她的競爭對手棋高一著；她立刻執起黃金大人的手，同時宣布她會留下來跟黃金大人作伴，而「妳們年輕女孩子就跟妳們的愛慕者去跳舞吧」。拉威克大人也馬上宣告他也樂於留下來陪伴黃金大人，因爲他舞跳得很差。黃金大人答道，他知道拉威克大人這話太過謙虛，像拉威克大人這麼優雅的舞伴，公鹿堡的仕女們求之不得，所以黃金大人怎能剝奪他們共舞的良機呢？聽到這話，那男子既因爲被黃金大人拒絕而失望，同時又對於這番恭維大大感激，所以頓時陷入兩難。

在小姐夫人們的競爭變得更加激烈之前，吟遊歌者適時地停止彈奏豎琴。站在豎琴旁的侍童顯然向那吟遊歌者做了暗號，因爲那吟遊歌者隨即站起，以受過精良訓練，且蓋過全場閒語的聲音，朗聲宣布著珂翠肯・瞻遠王后，暨瞻遠王位的繼承人，晉責王子，即將入場。黃金大人對我示意，於是我伸出手臂，讓他攀著站起來；大廳瞬間變得十分安靜，衆人眼睛都望向入口；而站在大廳大門附近的人則往後擠，以便留出一條從門口通往高台的路。

珂翠肯王后走了進來，晉責王子伴隨在她的右手邊。從我最後一次看見珂翠肯在衆人注目之下踏入正式場合以來，她已經大有長進了。熱淚冷不防地湧上我的眼眶，而我努力地抗拒，不讓歡欣勝利的微笑占據我整個臉龐。

她看來眞是光采耀眼。

她若是穿了一身繁複的衣著，只會使人忽略了她的特色。如今她穿的是一襲公鹿堡藍的禮服，衣邊鑲著色彩對比強烈的白貂毛；那衣服簡單的線條，既強調了她的清瘦，也強調了她的身高。她站得像士兵一樣筆直，卻也跟隨風搖曳的蘆葦一樣柔軟。她那亮金色的頭髮編成辮子圈在頭上，其餘的秀髮則攏在背後；在那光華耀眼的金髮對照下，她的后冠黯然失色。她手上不戴戒指，頸上也不戴項鍊。她之所以母儀天下，靠的並不是打扮，而是才德。

她身邊的晉責王子穿著簡單的藍長袍。那個式樣令我想起珂翠肯與盧睿史跟我初見面的時候，衣著也是這樣的風格；當時我竟把群山王國的這兩位繼承人，誤認爲服侍人的僕人。我心裡想著，外島人會不會將晉責這一襲謙遜且平實的衣著，看成是缺乏財富之意。晉責那一頭難以管束的黑色捲髮上，壓著一個簡單的銀圈。他的年紀還沒大到可以戴上代表他是王儲的小王冠；雖然他是王位唯一的繼承人，但是在他年滿十七歲之前，他不過是個王子而已。除了銀圈之外，他身上唯一的首飾，就是一條綴滿了黃鑽的銀鍊。他母親的眼睛色淡，他的眼睛烏黑；他的長相像是瞻遠家族的人，然而他臉上那平靜地接受責任的表情，則顯然是他母親的群山教化所致。

珂翠肯既高貴且親密地默默走過她的臣民面前——說她親密，是因爲她的眼神稍微在衆人身上停留時，她臉上的笑容既眞誠且溫馨。晉責的表情就顯得嚴肅，也許是因爲他自知他若是勉強露出笑容，難免會露出驚駭狀吧。踏上高台的台階時，晉責伸出手臂讓母親攀著。他們二人在桌邊的位子上站定，但並未落坐；接著珂翠肯以優雅但仍傳得很遠的聲音說道：「我的子民、我的朋友們，請與我一同歡迎『神符群島』，出身於黑水家族的貴主，艾莉安娜。」

我注意到，珂翠肯的介紹詞，不但表彰了艾莉安娜之母的家系，同時也以外島人自稱的地名來稱呼艾莉安娜的家鄉；同時我也注意到，王后決定自己宣布艾莉安娜入場，而不是將此交代給吟遊歌者去做。珂翠肯的手朝門口一揚，於是全場的目光盡數集中過去。吟遊歌者再度宣報了艾莉安娜的名字，又宣報了艾莉安娜之父，阿肯・血刃，以及艾莉安娜的「母親之弟」皮奧崔・黑水進場。從吟遊歌者最後那句話聽來，我猜測外島語一定是用一個很簡單的常用字眼來稱呼「母親之弟」，所以那吟遊歌者爲了呈現這個語感而如此介紹皮奧崔。接著外島人陸續進場。

阿肯．血刃走在最前面。他的個頭驚人，因爲肩膀上披著白中帶黃的白熊皮斗篷而更顯高大。他身上穿的皮衣皮褲都是縫製的，不過儘管身上未帶武器，但是他那皮背心和寬闊的皮帶，卻彷彿盔甲般，使他透出士兵的氣息。他的項間、手腕和頭上，盡是金銀珠寶，左手上臂兼而戴了一圈圈銀環，右上臂則戴了一圈圈金環，有許多環上鑲著寶石。他那粗魯無禮的姿態，把他展示的這一身財富，變成了俗不可耐的誇耀。他的腳步是習於航行的水手搖擺步與戰士神氣闊步的結合。我心裡猜測自己可能不會喜歡這個人。他咧嘴笑著四下環顧，彷彿難以相信自己這麼好運似的；他的目光從一排排長桌看到聚集的貴族，再抬頭看著在高台上等待他的陪伴的珂翠肯，於是他的笑容更開，彷彿瞄到什麼可資掠劫，而且還沒人下手的好東西似的。至此，我就知道我已經開始討厭這個人了。

外島貴主走在阿肯．血刃之後，而皮奧崔則伴護著貴主，走在貴主右後方一步之處。皮奧崔穿著皮衣，外覆毛皮，其服飾簡便如同士兵。他戴著金耳環與金條扭絞製成的項鍊，不過他似乎對自己的珠寶不甚在乎。我注意到皮奧崔不但站在護衛的位置，而且也採取護衛的態度；他的眼睛警戒地掃過在場群衆。若是群衆裡有人跳出來咒罵貴主厄運，那麼隨時戒備的皮奧崔，一定會毫不遲疑地殺了對方；皮奧崔周身不但有一圈戒備森嚴的氛圍，他那武藝高強的膽識也默默地散發出來，所以走在他前面的那個小女孩兒，因爲身後這個高大男人的安全保護，而流露出尊貴的氣質。

我心裡納悶著，不知道這小女孩的衣服是誰選的？她穿著雪白的羊毛上衣，肩上一只搪瓷的獨角鯨別針，別住了斗篷；一襲幾乎及地的細直長裙，在走動時偶爾露出她的白色毛皮平底鞋；她那一頭黑髮以銀夾束在頸後，銀夾下放出一道黑瀑，披在背後，黑瀑間綴著小小的銀鈴鐺，而頭上則戴著鑲著百顆藍寶的小銀冠。

她緩步而行，踏一步，停一下，再踏下一步。貴主的父親沒注意到這些，或者他不在意這些。他大步地跨上前去上了高台，所以最後他只能站在珂翠肯王后左側，等待他女兒走上來。皮奧崔平靜地配合貴主的步伐。那小女孩走路時，並非直視高台上的主桌，而是轉頭看看左、看看右；她熱切地盯著凝視著她的眾人，彷彿要把每一張臉都記下來。她嘴角微彎，那笑容看來很眞誠。她年紀這麼小的孩子，卻令全場人心盡懸在她身上，這點眞是難能可貴；我早上所見那個看來怒氣難消的小女孩兒，現在則搖身一變，她那股懾人的氣質，的確是含苞待放的王后無疑。她走到離高台兩步遠時，晉責已經走下來，在高台的低階邊等著讓貴主攀著他的手臂而上了。從頭到尾都神態自若的貴主此刻卻躊躇不前；她以眼角餘光瞄了她舅舅一眼，彷彿在懇求舅舅伸出援手，讓她免於與晉責接觸。我看不出皮奧崔是如何讓貴主知道她必須接受王子的動作意圖；我只看到貴主堅決且謹愼地讓她的手飄浮在王子伸出來的手臂上。我心裡想著，貴主與王子一起走上高台時，她擱在王子臂彎裡的手，恐怕就像拍翅的蝴蝶一般輕若無物吧？皮奧崔跟在她身後，腳步很沉重；他並不就坐，而是直接往貴主身後一站；而且眾人都落坐後，王后又招了手，低聲邀請，才勸得皮奧崔坐了下來。

接著六大公國的大公與女大公依序入場，緩緩走到高台上預留給他們的位置上坐下。首先進場的是畢恩斯公國的女大公暨女大公之夫。我仍記得妡念還是個瘦削的少女時，揮著染血的長劍抵擋紅船劫匪，卻仍拯救不了父親性命的景況；如今她已經繼承畢恩斯家族的爵位。她的黑髮仍跟以前一樣剪得短短，她身邊的男子比她高，灰眼珠，步伐有著戰士的優雅。他們兩人鶼鰈情深，這點顯而易見，我眞心慶幸她找到了她人生的幸福。

走在妡念之後的是瑞本公國的克爾伐公爵；克爾伐公爵老邁駝背，他一手拄著枴杖，一手扶在妻子的肩頭上。賢雅夫人已經變成圓潤微胖的中年婦人；她的手疊在丈夫的手上，對丈夫多加輔助，並不只是扶著他行走而已。賢雅夫人的禮服與珠寶都很簡單，看來如今她終於對於自己身為瑞本公國的公爵夫人身分感到自在多了。賢雅夫人配合著丈夫的步伐走走停停；她對於這個將她從平民身分提拔為夫人的克爾伐公爵仍然很忠心。

修克斯公國歇姆西公爵的夫人已逝，所以一人獨行。我最後一次看到歇姆西公爵，是他與畢恩斯公國的普隆第公爵到帝尊的地牢來探望我的時候；當時歇姆西公爵雖未口出惡言，卻也沒有像普隆第公爵那樣，把他的斗篷丟給我保暖。歇姆西公爵的目光仍銳利如鷹，而微微傴僂的肩膀，是他身上唯一對歲月讓步之處。修克斯公國此刻正與恰斯國交戰中，而歇姆西公爵將戰事交代給他的女兒兼繼承人，以便前來參加王子的訂婚大典。

走在歇姆西公爵之後的是法洛公國的銘亮公爵。自從當年帝尊把守衛公鹿堡的重責大任放在他柔弱的肩膀上以來，他已經成熟了許多；現在他看來像個男人了。至於他的夫人，我就從未見過了；銘亮公爵年約四十歲，他那位嬌美且清瘦的夫人約莫只有他一半的年紀，而且一邊走著，一邊溫馨地對兩旁的貴族們頷首為禮。殿後的是提爾司公國的公爵夫婦；這兩位我都不熟；提爾司公國三年前發生了一場血咳的瘟疫，奪走了老公爵及老公爵兩位大兒子的性命。我心裡搜索著繼承提爾司公爵爵位的那個女兒之名；不過吟遊歌者已經宣布道：提爾司公國之盛繁女大公。過了一會兒，又宣布她丈夫的身分：裘耳公爵。由於緊張，所以盛繁女大公顯得比實際年齡更年輕，而裘耳公爵握著她的手，則像是在為女大公領路，也像是在讓女大公放心。

高台的第二層，還有留給伴隨外島貴主而來的外島貴族座位；這些外島人似乎很不習慣盛大進場的這一套，因為他們成群結隊而入，到了席上又隨便亂坐。阿肯．血刃露出極為開心的笑容；貴主則似乎因爲必須忠於自己的族人，可是又因爲族人不願遵守我們六大公國的規矩而感到懊惱，所以左右爲難。皮奧崔雖朝他們望去，卻似乎視而不見。直到這些外島貴賓都坐定了，我才發現他們都是阿肯的親戚，不是皮奧崔的親戚；因爲每個人身上都有長牙野豬的象徵物，只是各人戴的象徵物各有不同的形式。阿肯胸前掛著一個精工打造的黃金野豬；一名女子的手背上有個野豬的刺青，另有一名男子的腰帶上有野豬獠牙雕成的裝飾品。然而，貴主或皮奧崔的裝扮上卻沒有這樣的標記。我想起我第一次見到貴主時，她的衣服上繡了隻跳出水面的獨角鯨；今日她的斗篷又是用獨角鯨的別針固定住。我仔細審視皮奧崔的衣飾之後，發現他的腰帶上也鑲了獨角鯨，而且我認爲，皮奧崔臉上那個別具風格的刺青花紋，應該就是象徵獨角鯨的角了。這麼說起來，今天是這兩家族到此，同時獻上貴主嫁給王子爲妻嗎？我想，這個問題必須深入研究。

最後進來的，是坐在高台最低階的人；他們進場時場面就不那麼盛大了。切德位於其中，王后的女獵人月桂也是。月桂穿著深紅色禮服；她能坐到這麼好的位子，我著實爲她高興。其餘之人，我就都不認識了；只有殿後的那兩人例外。我心裡懷疑，椋音是故意選擇要殿後走進大廳的；她穿著一襲綠得與蜂鳥胸口不相上下的禮服，非常華麗；她手上戴著蕾絲手套，彷彿是要特別強調，今晚她乃是王后的貴客，不是王后的吟遊歌者。而其中一隻戴著蕾絲手套的手，便掛在一名孔武有力的男子臂彎裡。那男子既俊美，年紀又輕，體格強健，而且神情開朗；他顯然以自己的妻子爲傲，這從他那燦爛的笑容和他伴著妻子同行的模樣就知道了。感覺上，那男子的心態，與高舉前臂，自豪地將自家的名禽展示給衆人觀賞的養鷹人相去不遠。之前我不慎讓那男子戴了綠帽，如今望著他時，我只爲椋音與我自己感到羞愧。椋音滿臉笑容，他們經過我們面前時，她還刻意與我對看了一眼；我移開目光，茫然地望著她身後，裝作根本不認識她的模樣。她丈夫對我的事情一無所知，而我也不想張揚。我甚至不想知道她丈夫叫做什

麼名字，但是我那兩隻叛逆的耳朵還是聽到了：他是魚貂大人。

等到最後面這兩位也落坐之後，大廳裡的衆人便朝長桌走去，找到自己的位子坐下來。我抄起黃金大人的腳凳與墊子，並扶著他一跛一跛地拐到長桌旁，伺候他安然就坐。以他是個外國貴族，而且又剛到公鹿堡不久而言，他的座位算是很好的了。我心裡納悶道，他的座位夾在兩對夫妻之間，會不會是他特地安排的。黃金大人入座後，衆女子又再三保證，到了跳舞時，一定會回來陪伴黃金大人，最後才離去。拉威克大人轉身離去時，故意扭臀撞我的屁股；他看到我滿臉驚訝的表情，而我也終於了解到他是故意製造跟我身體接觸的機會，因爲除了笑容之外，他還挑起一邊眉毛探尋我。我身後的黃金大人輕輕咳了一聲，是悶笑在心的那種咳聲。我怒目瞪著那男子，他則落荒而逃。

賓客們坐定，侍餐的僕人也捧著菜餚魚貫進入大廳之後，大廳裡便響起了嗡嗡的聊天聲。黃金大人妙語如珠，令他的左右鄰座聽得入迷。我站在黃金大人背後，離他一臂之遙、隨傳隨到之處，然後便故作無意狀地掃視賓客的動態。我的目光移至到高台時，王子也正好在看我。他臉上露出感激的表情；我轉開目光，他也有樣學樣地裝作是在打量我身後遠處。他與我之間的精技牽繫，傳來他的謝意與緊張的心情。他竟把我到場看得這麼重要，這既使我備感謙遜，也令我感到害怕。

我盡量不讓晉責的事情影響我執行自己的任務。我找到儒雅・貝馨嘉；他與一群出身於法洛與公鹿的小莊園二流貴族坐在一起。我觀察片刻：那一桌的女賓之中，並無儒雅的意中人惜黛兒；會不會是他們兩人已經分手了？我們造訪長風堡，也就是貝馨嘉莊園時，黃金大人膽大妄爲地跟惜黛兒調情，此等行徑失禮之處自不待言，然而除了惜黛兒之外，黃金大人似乎也同樣迷上了儒雅，這就使得那年輕人對黃金大人厭惡至極了。當然了，這一切都是障眼法，不過儒雅一輩子都會以假當眞。我注意到，他們那一桌至少有兩個年輕人看來跟儒雅很熟，我暗自決定要找出那兩人的身分。在這種賓客衆多的場合，我的原智派不上用場，因爲大廳內繁多的生命，已使我的原智感應近乎超載，所以我不可能探測出誰有原智，或者誰沒有。無疑地，就算今日受邀的賓客中不乏有原智之人，他們也把自己的原智隱藏得很好。

沒人事先警告我耐辛夫人今晚也會出席。我瞄到座次較高的長桌那邊時，心臟突然猛跳起來。我父親的遺孀正興高采烈地跟鄰座的年輕人交談。至少她還肯說話，可見心情甚佳。那青年目瞪口呆，嘴巴閉不攏，而且不時眨眼睛。我不怪他；耐辛夫人的觀察、雜感與意見總是如湧泉一般地汩汩流出，我自己也從來就跟不上她的速度。我硬是要自己移開目光，彷彿我的目光會使她發現我在看她。接下來這幾分鐘，我只用眼角餘光偷瞄她的舉動。她戴著我父親送她的紅寶石首飾，也就是曾經被她賣掉換錢，以救濟公鹿堡內受苦民衆的那一套首飾。她的灰髮上綴著晚開的鮮花，這樣的風俗跟她的衣服一樣，老早就過時了，不過在我眼裡，耐辛夫人的怪癖是既可愛又珍貴。我眞希望我能走到她身邊，跪下來告訴她，我很感激她這麼眷顧我；我不但感激她在我活著時提攜我，更感激她在以爲我死了之後，仍周全善待我的「遺體」。當然了，這個願望是有點自私。我終於望向別處時，又看到了今晚第二個令我震驚的景象。

王后的伴隨夫人、小姐們與侍女均坐在幾乎和高台相連的邊桌上；這的確是王后給予榮寵、無視於官爵高低的表示。有幾位夫人是我早就認識的；例如琋望夫人和芊遜夫人，都是當年我在公鹿堡時，就與王后作伴的仕女。我很高興她們仍留在王后身邊。至於冬之心夫人我就只記得其人，不記得她的長相了。其餘女子都很年輕，想必她們在當年我陪侍王后時仍是孩子；不過其中有一位女子的臉孔分外熟悉。我心裡想道，會不會是我認識她母親？接著那女子轉過頭來，她的臉圓圓的，不知道應和著誰說的俏皮話點了點頭，而我霎時認出了她。是迷迭香。

當年那個圓胖的小女孩已經長成了豐腴的女子；那時她是王后的小侍女，珂翠肯走到哪裡，她都不缺席，是個異常平靜且好脾氣的小孩。她有個習慣，就是王后跟我商議事情時，她就靠在王后的跟前睡著了——當然，也許睡覺是種僞裝。她是帝尊派來監視王后的眼線，而她不但向帝尊報告王后的一舉一動，還協助他謀害王后的性命。我雖未見到迷迭香密通帝尊的事證，但是切德與我審視事況之後，都認爲迷迭香一定是間諜無疑。這點切德與珂翠肯都心知肚明。既然如此，怎能還讓她活命，怎能讓她坐在離王后那麼近的地方談笑進餐，還讓她此時舉杯朝王后敬酒呢？我一看見她便義憤塡膺。我硬是轉開了頭，努力讓自己平靜下來。

我低下頭看自己的腳，吸了一口長長的氣，調勻呼吸，好讓氣憤的臉色散去。

哪裡不對嗎？

這個小小的思緒彷彿掉在地上的銅板，在我心底響起。我抬起頭來，發現王子正以擔憂的目光看著我。我聳了聳肩，拉一拉衣領，裝作是因爲外套太緊而包得不舒服；但我並未對他技傳。他竟能穿透我習慣性豎起的精技牆，使我有點不自在；更糟糕的是，他跟以前一樣，是以原智來推送他的精技思緒。我可不希望他使用原智，尤其不願看到他將原智與精技混用；因爲這一來他可能會養成一些牢不可破的壞習慣。我等了一段時間，再度迎向他那焦慮的眼神，微微一笑，然後便將眼神轉開；後來王子也轉開視線，雖然我感覺得出他有些不情願，但要是有人注意到這一幕，並納悶晉責王子爲何跟僕人交換眼色，那可就大爲不妙了。

這場餐宴精緻美味，而且時間拉得很長，不過我注意到，晉責與艾莉安娜吃得很少；但是阿肯·血刃一人吃的、喝的，就足夠彌補他們兩人沒吃的份量了。看著阿肯·血刃吃東西的模樣，我認爲他是個率性的男人，思路敏捷，不過要將這婚事安排好，需要的是外交官或是謀略家的才幹，但他並不是這種人才。他個人對於珂翠肯的興趣一望即知，說不定以外島人的觀點而言，還覺得這是對於珂翠肯的恭維。我不時偷望著高台主桌，只覺得珂翠肯跟他的應答很客氣，不過看來珂翠肯對貴主講的話似乎較多，對阿肯．血刃講的話少。珂翠肯攀談時，那小女孩答得很簡短，不過倒是神情愉悅；與其說艾莉安娜惱怒不快，不如說是她比較含蓄。皮奧崔舅舅原本可能不願放下戒心，不過筵席進行到了一半，他對珂翠肯的態度便軟化下來。切德一定已跟王后說明，我們應該對外島貴主的「母親之弟」多加關注；而皮奧崔對此的確受用。於是不管貴主答什麼，他都會自己添一點評語，但過了不久，他與珂翠肯便隔著貴主的頭聊了起來。珂翠肯露出欽慕的眼光，而且看來她不是客套，而是真的對皮奧崔的話感到興趣；夾在他們中間的艾莉安娜只需專注菜餚，並不時對他們的話語點頭稱是，對此她似乎反而鬆了一口氣。

晉責是個教養良好的年輕人，所以他自然不會讓阿肯．血刃受到冷落，因而開始與他攀談。那少年似乎已經摸到竅門，深明自己該問什麼問題，才能讓天生聒噪的血刃滔滔不絕地講下去。從血刃炫示身上的各種配件看來，他應該是在講自己打獵的技巧如何高明、戰鬥時多麼勇猛的事蹟。晉責恰到好處地表現出興味盎然狀，不時點點頭，或是大笑兩聲。

切德的目光與我相交了一次；我趁此機會皺起眉頭，朝迷迭香瞄了一眼。但是當我轉過頭去觀望切德的反應時，他已經再度跟左手邊的小姐熱烈地聊起來了。我心裡嘟囔了一聲，但我知道以後切德會跟我講明白。

筵席接近尾聲時，我感覺到晉責越來越緊繃，而且王子笑的時候不太自然，露出太多牙齒。當珂翠肯對吟遊歌者示意，於是吟遊歌者請眾人安靜下來時，我看到晉責閉了一下眼睛，彷彿要藉此讓自己堅強起來，以面對人生的挑戰。我轉而看看艾莉安娜的反應。艾莉安娜溼潤了一下嘴唇，像是咬了一下牙關，免得自己打顫得太明顯。皮奧崔微微傾身，我不禁懷疑此時他放在桌下的手是不是正緊握著艾莉安娜的手；不管是不是，反正艾莉安娜吸了一口氣，坐挺起來。

這只不過是個儀式而已；我把大部分的注意力放在觀禮賓客的反應上。此時所有來賓都已離座，走到高台前面。珂翠肯站在晉責身邊，阿肯・血刃也站在女兒身邊，而皮奧崔則早就在貴主身後站定。我注意到，當阿肯把女兒的手放在珂翠肯手裡時，畢恩斯公國的姸念女大公瞇起眼睛、咬住嘴唇；也許是因為畢恩斯公國的人，對於他們在紅船之戰中受到的折磨，記得分外清楚。提爾司公國女大公夫婦的反應就大為不同了；他們兩人深情對望，彷彿在回憶他們自己宣誓的那一刻。耐辛夫人文風不動且莊嚴地坐著，眼神像是在望著遠方。年輕的儒雅・貝馨嘉露出嫉妒的表情，別過頭去，彷彿他再也看不下去了。雖說某些人，如姸念女公爵，對於六大公國與外島的聯盟有不同意見，但就我看來，所有賓客中，倒無人對這一對男女投以惡毒的眼光。

此時這對小夫妻的手並未交握。艾莉安娜的手放在珂翠肯手裡，而晉責與阿肯互握手腕，這是戰士與戰士之間表示彼此惺惺相惜的古老習俗。當阿肯從手腕上褪下一只金環套在晉責手上時，每個人似乎都有些驚訝。少年的手臂沒什麼肌肉，所以金環空蕩蕩地在他手腕上搖著；阿肯狂笑不止，而晉責則好脾氣地笑著，甚至還高舉手臂，讓眾賓客欽慕。外島特使團似乎認為王子此舉表示他意志昂揚，所以重拍桌子叫好。皮奧崔嘴角冒出一抹輕笑；這是因為阿肯送給晉責的金環上，刻的是野豬，而非獨角鯨嗎？還是因為王子雖把自己跟阿肯的家族綁在一起，但阿肯的家族對於貴主的婚事卻無權置喙？

接下來發生了唯一一件使平順的訂婚儀式略有瑕疵的意外。阿肯拉住王子的手，並將王子的手翻轉過來，掌心朝上；晉責忍著沒發出什麼異議，但我知道他很不自在。阿肯似乎對此毫無知覺，因為他緊接著便朗聲對眾人問道：「我們現在就將他們兩個的血混在一起，以象徵將來的子嗣身上都流著他們的血，如何？」

我看見貴主吸了一口氣；不過她並未退一步尋求皮奧崔的庇護，反倒是皮奧崔走上前來保護她。皮奧崔將手放在那小女孩肩上，下意識地做出了「我才擁有貴主」的手勢。他以聽不出輕重的平靜語調說話，但他顯然是在指責阿肯的不是，只是他捺著性子說罷了。「現在不是做這件事的時候，再說場合也不對，血刃。爲了讓混血的儀式有個好兆頭，男人的血一定要灑在貴主母親家的爐前石上才行。不過若你眞的很在意，你自己灑一點血在王子母親家的爐前石上，亦無不可。」

我懷疑皮奧崔這話裡藏著一點挑釁的味道，這其中必牽涉到我們六大公國之人所不解的習俗，因爲當珂翠肯擺手做出平息的姿勢，應是要說這種行爲毫無必要之時，阿肯突然伸出手臂，捲起袖子，悠閒地拔出腰上的刀子，在手臂內側劃了一道。血液開始慢慢滲出，接著阿肯摀住傷口，大力晃動手臂，好讓血流得快一點。珂翠肯明智地一動也不動地站著，任由那個野蠻人去做任何他認爲他非做不可，否則便無法光耀門楣的事情。阿肯高舉手臂炫示，讓衆人看到他摀住傷口的手縫裡流出了一道血，衆人敬畏有加地竊竊私語，接著阿肯的手突然大力一揮，於是他的血便飛濺到我們身上。

腥紅的血滴灑落於在場貴族的臉上與衣服上，許多人嚇得失聲驚叫；接著阿肯・血刃走下高台，於是大廳又悄然地靜了下來。阿肯走到大廳裡最大的那座火爐前，讓手心裡積滿一把血，將血灑在火焰中。阿肯又彎下身，將掌心的餘血抹在火爐前的地上，這才站起來，放下袖子蓋住傷口。接著阿肯對著衆人伸開雙臂，邀請衆人回應。坐在外島貴賓席上與阿肯同宗族的那些人，一邊拍著桌子一邊大聲喝采；過了一會，六大公國的人們也響起掌聲與叫好聲。就連皮奧崔都咧嘴大笑，而阿肯回到高台上時，皮奧崔還當著衆人的面與阿肯交握手腕。

我看著皮奧崔與阿肯的交流，心裡想道，也許我之前把這兩人的關係想得太簡單了。阿肯是艾莉安娜的父親，不過據我看來，皮奧崔可不將艾莉安娜之父放在眼裡；然而此時他們兩人以戰士對戰士之禮相見時，我倒覺得他們之間有著並肩作戰的同袍之情。所以，即使皮奧崔認爲阿肯無權獻出艾莉安娜做

爲盟約的信物，他們之間仍有惺惺相惜之處。

繞了一大圈，又回到謎團的核心。皮奧崔爲何放任阿肯促成婚事？爲什麼艾莉安娜必須屈從？如果他們都能從這個盟約中得利，那麼艾莉安娜母親的家族爲何不願光榮地出面將女兒獻出來？

我按照切德教我的方法仔細地研究那個女孩。她父親的動作引起了她的想像力；此時她對父親微笑，因爲英勇的父親在六大公國貴族前大大露臉而深感驕傲。她其實多多少少是喜歡這些的：盛大的排場與儀式、華服、音樂，以及一室抬頭仰望她的人。這些刺激與榮耀她都要，然而到頭來，她還是想要回去過她那安全又熟悉，而且是她所期待的生活，而那個生活是在她母親的土地上、在她自家的「母屋」裡。我自問道，既然如此，那麼晉責應該如何做才能使她傾心？他們有沒有計畫要讓王子浩浩蕩蕩地帶著禮物，拜訪艾莉安娜母親的莊園？如果晉責對艾莉安娜的重視，可以拿到艾莉安娜家鄉的母系親人之前炫耀，那麼說不定艾莉安娜對晉責的好感會多一點，不是嗎？我決定明天見到晉責時跟他提這個主意；當然了，我也不曉得我的建議是否正確，或者晉責是否用得上。

就在我思索之時，珂翠肯朝她的吟遊歌者點了個頭，於是那吟遊歌者示意樂師準備好。接著珂翠肯笑了笑，對高台上之人說了些話，高台上的人們重新歸座，音樂聲響起時，晉責伸手向艾莉安娜邀舞。

我很同情他們兩個；這麼小的年紀，就得擺在衆人面前展示，而且要彼此交換貴重的信物以做爲盟約的證據。王子伴著貴主走下高台，來到畫出細緻沙紋的舞池裡時，貴主的手並未碰到王子，只是虛懸在王子手腕上空。在瞬間的精技交流中，我知道王子扣緊的領口緊緊抵住他滿是汗水的脖子，讓他很難受，不過他仍親切地微笑、優雅地鞠躬，絲毫沒有透露出不適的心情。王子將雙臂伸向貴主，而貴主則站在遠到王子只能以指尖拂到她的腰際之處；此外，貴主並未依照傳統，將雙手放在男舞伴的雙肩上，而是雙手提起裙襬，彷彿此舉更能彰顯兩人身段非凡，兼而強調出她舞步靈活。接著樂聲響起，於是兩人便像是大師擺弄的人偶般完美無瑕地跳起舞來；他們的舞姿曼妙，舉手投足之間，無不洋溢著青春、優雅與承諾。

我望著在場眾人，發現眾人的反應各有所異。切德的臉上是說不盡的滿足神情，不過珂翠肯的反應就有些躊躇猶豫，我猜這大概是因爲她私底下希望，除了穩固的政治利益之外，晉責也會對這個伴侶產生眞情吧。阿肯．血刃站在高台上，叉手抱胸地俯瞰著這一對儷人，彷彿這支雙人舞是他個人權力的明證。皮奧崔則跟我一樣掃視著群眾；身爲保鑣，他時時刻刻都記掛著被監護人的安全。他並未怒視，但是臉上也沒有笑容。我在打量他的時候，碰巧皮奧崔也朝我望過來；我不敢移開目光，只能裝出無神的表情，彷彿我雖看著他，但卻視若無睹。皮奧崔的眼神放開了我，轉而望向艾莉安娜，唇邊露出一抹若有似無的微笑。

由於皮奧崔嚴密監視，所以我也只能跟著他的目光，望著這一對翩翩起舞的佳偶。他們隨著音樂踏步、轉圈時，平底鞋與裙襬掃過沙面，使得舞池裡出現新的沙紋。晉責的個子比較高，所以他要低頭俯瞰舞伴較容易，但是艾莉安娜要仰望著他，要時時保持優雅的笑容，又要跟上舞步，這難度可就比晉責高得多了。感覺上，晉責手臂裡圈住的，彷彿是一隻輕盈飛舞、隨他而轉動的花蝴蝶。我心裡暗暗爲王子喝采，而且我大概已經懂得爲何皮奧崔會擠出一抹讚許的笑容。我的小子並未試圖攬住那少女，反而是以他的輕觸，讓那少女起舞時有更多自由的迴旋空間；也就是說，晉責既未將艾莉安娜據爲己有，也未試圖拘束艾莉安娜，而是大方地將她的優雅與自由展示在眾人面前。我心裡納悶道，晉責是從哪裡學到如此高妙的智慧。是切德勸他這麼做，還是瞻遠家族似乎與生俱來的外交本能讓他知所進退？然後我想通了：其實這些都無所謂，重要的是此舉討得了皮奧崔的歡心，而且據我猜想，討得皮奧崔的歡心，終究對晉責有好處。

王子與貴主單獨地跳了第一支舞。第一支舞畢之後，六大公國的大公、外島貴客與衆賓客也滑入舞池共舞。我注意到皮奧崔說到做到，果然從晉責手裡將貴主邀來跳第二支舞。這一來，王子只能孤零零地站在一旁，不過他還是努力擺出了優雅且自在的模樣。切德溜到王后身邊，跟王后講了幾句話，但不久王后的顧問便被一名不過雙十年華的少女邀去跳舞了。

阿肯．血刃厚顏無恥地伸手邀請珂翠肯王后跳第二支舞。珂翠肯本想拒絕，但又覺得就六大公國的利益而言，此舉似乎不妥，所以還是跟著血刃走進舞池。王子能夠巧妙地配合舞伴的所需，但血刃可沒這本事。他粗魯地抓住珂翠肯的手腕，使她不得不將雙手放在舞伴的肩上，才跟得上血刃歡暢的腳步，否則可能會被舞伴轉得昏頭轉向。珂翠肯優雅地隨著節奏起舞，並以笑臉迎向舞伴，但我看她是恨不得自己趕快脫身。

第三曲是一支慢舞。切德捨去了年輕的舞伴——那少女氣嘟嘟的時候也顯得很美——去邀請耐辛夫人共舞；我見了很是欣慰。耐辛夫人搖了搖扇子，看來是要拒絕，不過那老人相當堅持，而且我知道耐辛夫人私下對此頗爲開心。她的舞姿如往常般優雅；也就是說，她從頭到尾都跟不上節拍，不過切德笑吟吟地低頭望著她，並安全地領著她在舞池裡東遊西走，此時，我只覺得耐辛夫人既可愛又迷人。

皮奧崔將珂翠肯王后從血刃的手裡救了出來，所以血刃便去邀他的女兒跳舞。珂翠肯跟皮奧崔這個士兵跳舞，似乎比跟他的妹婿跳舞自在得多；他們一邊跳舞一邊談話，從珂翠肯活潑的眼神看來，她似乎眞的對皮奧崔講的事情很感興趣。晉責的眼神與我短暫相接；我知道他呆站在那兒，看著自己的未婚妻跟她父親滿場打轉，心裡很不是滋味；不過我懷疑血刃是不是看出了年輕王子的心事，而且有點同情他，因爲這一曲結束時，血刃鄭重地將女兒的手交到王子手裡，讓他們共跳第四支舞。

舞會如此不斷進行下去。外島貴族大多選擇自己人爲舞伴，不過有一名年輕女子大膽地走向歇姆西大人。令我大感意外的是，那老人似乎認爲這樣的邀請是個恭維，所以他不只跟那女子跳了一支舞，而是跳了兩支。兩人共舞的舞曲結束，開始跳群舞之後，爵位較高的貴族便歸回原位，將舞池讓給爵位較低的貴族。我泰半時間都默默地站著觀察，不過我的家主人數次差我到大廳的不同角落送口信，而這口信通常是跟夫人小姐們通報黃金大人因爲腳傷嚴重，無法邀請她們共舞而感到衷心遺憾之類。許多人聚到黃金大人身邊，並對他的傷勢投以無限的同情。在那漫長的宴會中，我從未看到儒雅．貝馨嘉出現在舞池裡。迷迭香小姐倒是有的，有一次還與切德共舞；我仔細觀察他們兩人講話的模樣：迷迭香仰著頭，淘氣地笑望著切德，而切德則保持著一貫平淡但禮數周到的表情。耐辛夫人很早便離開了，這我倒不意外，她身處於這種盛大排場和熱鬧儀典之中一向不太自在。依我看來，她還肯在今天的場合裡露露臉，晉責就應該覺得很榮幸了。

音樂、舞蹈、美酒、美食不斷地進行下去，直到過了子夜仍很熱鬧。我幾次想找機會接近儒雅．貝馨嘉的酒杯或餐盤，卻徒勞無功。晚宴繼續延長。我因爲久站而兩腿酸痲，又想到晉責王子與我的清晨之約，不禁後悔起來。我心想他大概會爽約，不過無論如何我都得去，以防他萬一出現。我到底在想什麼呀？我應該將精技課拖個幾天，以便趁此回家一趟的。

然而黃金大人卻毫無疲態。夜深了，長桌子搬到一旁，以便空出更多地方跳舞，黃金大人也在火爐邊找到了個舒服的地方，擁有自己的小宮廷來了。前來跟他打招呼的，與逗留下來跟他談天的人形形色色，不過我也慢慢領悟到，黃金大人與弄臣兩人的性格實在是南轅北轍。黃金大人慧黠又迷人，不過他講話的時候，從不會以弄臣那種尖銳的話鋒去刺激別人。此外黃金大人也非常世故，十足遮瑪里亞人風範；對於那種抱持他所謂「六大公國式的心態」，以及對於他的道德觀與習性表示不以爲然的人，他偶爾也會毫不留情地批評一番。他糾集志同道合之人，以排外的方式，大肆談論衣著與珠寶的種種，並且毫不遲疑地將非我族類排除在外。他百無禁忌地跟女人調情，無論是已婚夫人還是未婚的小姐，喝起酒來也毫無節制，而人家邀他一起享受燻煙時，他則大剌剌地拒絕，並說：「除非是最頂級的燻煙，否則我隔天起床時一定會頭暈。沒辦法，我想是沙崔甫王的宮廷生活太過奢華，把我給寵壞了。」他以非常切身的角度談論遙遠的遮瑪里亞風情，其情之眞，連我都不禁深信他不但眞的在遮瑪里亞住過，而且的確掌握了遮瑪里亞宮廷生活的第一手消息。

夜更深之後，燻煙的香爐一一出現；這個風潮從帝尊的時代開始流行。現在流行的是迷你型的香爐；所謂的燻香香爐，是以細鍊子繫住鐵盒，再將一小盆燃燒中的藥草放在鐵盒之中。年輕的爵爺與夫人小姐們自帶香爐——他們將隨身的小香爐掛在自己手腕上；有些僕人還站在家主人身旁，勤奮地搧動香爐，好讓主人多吸點輕煙。

我自己對這種迷幻藥品從來不感興趣，再加上我心裡總是將燻煙跟帝尊聯想在一起，所以對這些東西更加厭惡。不過連王后都適度地浸淫在裊裊的煙霧中，這大概是因爲燻煙不只在六大公國很普遍，在群山王國也很普遍，雖然群山人所燃的藥草與此地所流行的不同。藥草不同，卻都叫做「燻煙」，而且效果也一樣，就是令人暈眩無力。王后已經回到高台上；雖然隔著煙霧，卻仍看得出眼睛炯炯有神，她正在跟皮奧崔講話；皮奧崔笑著與王后聊天，但他的眼睛自始至終都盯著艾莉安娜，看著那小女孩在晉責的引導下，跟大家一起跳群舞。阿肯·血刃也到舞池裡同歡，並跟隨著群舞的跳法，與一連串的舞伴配合；他已經褪去斗篷，並敞開襯衫；他是個活潑的舞者，不過因爲燻煙裊裊，再加上酒力發酵，所以不是每一步都跟得上節拍。

我想黃金大人是因爲可憐我，所以才宣布因爲腳傷痛得不得了，所以他恐怕不得不回房休息。衆人力勸他留下來，他也裝模作樣地考慮了片刻，但最後仍推說腳傷痛得太厲害。不過即使如此，他還是花了大半天才跟同伴們道別完畢，而且當我拿起他的腳凳和墊子，扶著他離開那些依依不捨的人們之後，路上又至少被其他想跟黃金大人道晚安之人攔下來四次；所以等到我們慢慢地爬上樓梯回到房間裡時，我已經稍微領悟到黃金大人在宮廷裡到底有多麼炙手可熱了。

當房門關緊、上閂之後，我將火爐裡將熄的火生大。我倒了一杯弄臣的葡萄酒來喝，並且一屁股坐在火爐邊的椅子裡，而弄臣則坐在地上，解開腳踝上的繃帶。

「我紮得太緊了！你看我可憐的腳，綁得都快瘀血了，而且冷冰冰的。」

「那豈不是正好？」我沒良心地應道。燻煙的味道從我衣服裡飄出來；我吐了一口氣，想要藉此把煙味驅走。我低頭看著弄臣；他正在按摩腳趾頭。弄臣回來了，我突然感到寬慰許多。「你是怎麼想出『黃金大人』這個人物的？我從未看過比你更愛造謠生事、更如假包換的貴族。如果我們是今晚才認識的話，那麼我一定會很鄙視你。你的風格令我想起帝尊。」

「是嗎？也許這恰正反映出我的觀念，那就是人不分高下，總有我們可以學習的地方吧。」他打了個無止盡的哈欠，接著弓身將下巴抵住膝蓋，往後仰到頭髮沾地爲止，之後又輕輕鬆鬆地收回爲原來的坐姿。他朝我伸出手，於是我拉他一把，讓他站了起來。弄臣重重地沉入我身邊的椅子裡。「做人下流有許多好處，比如說，如果你想鼓勵衆人把他們潛藏在心裡最惡毒的念頭說出來，就非下流不可了。」

「大概吧。可是怎會有人想要鼓勵別人多講醜惡之事呢？」

弄臣傾身過來，將我手裡握著的酒杯拿走。「你這個粗魯的鄉巴佬。偷喝你家主人的酒啊。要喝就去替你自己拿個玻璃杯來。」我如他所說的另拿個酒杯倒了酒，而他則接口答道：「因爲，多挖掘醜事，便可攔阻到堡裡最醜惡的傳聞；誰懷了別人丈夫的孩子？誰沾上了一身債務？誰跟誰做了不可告人之事？以及誰被傳聞說是有原智的，以及這人與誰有關？」

我差點把喝進嘴裡的那一口酒噴了出來。「那你有沒有聽到什麼消息?」

「有雖有，倒都在我們的意料之中。」弄臣安慰道。「至於王后與王子，是一句閒言閒語都沒有。而且也沒人把你拿來當作聊天的話題。儒雅．貝馨嘉傳出了個很耐人尋味的傳聞；據說他之所以跟惜黛兒．灰鱒解除婚約，是因爲女方家有原智血統；上個星期，有個原智的銀匠跟他的太太和六個孩子，被人從公鹿堡城裡趕了出去；艾娑茉夫人很生氣，因爲她才剛跟那銀匠訂了兩個戒指。噢，還有，耐辛夫人的莊園裡有三個養鵝的原智少女，而且耐辛夫人說，她才不管誰知不知道這件事。有個男子跳出來指控，說其中一名養鵝少女對他家的老鷹下了迷咒；而耐辛夫人則對那人說，先不說原智根本就沒辦法替動物下咒，如果那人再放任老鷹飛到她的花園裡來咬她的斑鳩，那麼她一定下令用馬鞭好好抽他一頓，哪管他是誰的親戚都一樣。」

「啊。耐辛還是跟以前一樣率性且欠缺考慮呀。」我笑著說道，弄臣也點點頭。然後我嚴肅起來，搖頭說道：「如果大衆對於原智者的反感越升越高，那麼耐辛夫人可能會因爲這種舉動而受害。有時候，我眞希望她除了勇敢之外，也要更謹愼一點才好。」

「你很想念她，對不對?」弄臣柔聲問道。

我吸了一口氣。「沒錯，我是想念她。」光是想到這裡，我心裡便不禁抽緊。我對耐辛夫人的感受何止是想念而已?我遺棄了她。今晚我看到的她，已是除了忠心且老邁的僕人以外，便一無所有的衰老婦人。

「而你卻從未考慮過要讓她知道你熬了過來?讓她知道你還活著?」

我搖了搖頭。「理由就是我剛剛講的那一點。她太過率性。她不但會站在屋頂上大聲宣布我還活著，而且要是哪個人不跟她一起慶祝這個天大的喜事，她還會用馬鞭把那人抽一頓。當然啦，她也不會看到我就馬上開心起來，因爲她的第一個反應一定是氣得七竅生煙。」

「那是當然。」

我們兩個都笑了起來；弄臣與我都想像著心裡企盼，但腦袋裡卻知道不可爲的那種苦樂交雜之感是什麼滋味。爐火熊熊地燒起來，火舌從新柴的兩邊蔓延上來。緊閉的護窗板外傳來呼嘯的風聲，冬天快來了。我反射性地想起自己少做了多少過冬的準備；花園裡的果實還沒採收，而我也尚未採收乾草，以做爲小馬冬日的草料。不過，那是另外一個人在另外一個世界的人生了。如今在公鹿堡裡的我，根本無須擔心那些事情。我應該要感到心安，但我卻反而覺得空虛。

「依你看來，明早王子會到惟眞之塔去找我嗎？」

弄臣閉著眼睛，不過他將頭轉過來對著我，說道：「我不知道。我們離開的時候，他還在跳舞呢。」

「我想我還是去好了，萬一他去了，總不能讓他撲空。要是我沒說明天要替他上課就好了；我還得回去我的小屋收拾東西呢。」

弄臣發出了個介於應和與嘆息之間的聲音。他像小孩子似的將腿收在胸前，膝蓋頂在下巴上。

「我要去睡了。」我宣布道。「你也該睡了。」

他又應了一聲。我嘆了口氣，走到他房間，將床罩拉起來，抱到火邊蓋在他身上。「晚安，弄臣。」

他重重地嘆了一口氣做爲回應，然後將毯子拉緊一點。

我吹熄所有的蠟燭，只留下一根；我將那根蠟燭帶回我房裡，放在小衣箱上，嘆了口氣，在硬床上坐下來。我背後舊傷周圍痠痲無比；這背痛就是這樣，工作做得久，或是騎馬騎得久也都還好，就是站得久了最要命。這個小房間又冷又封閉，空氣都不流通，而且充滿了百年舊屋的味道。我真不想睡在這房裡。我動了念頭，要爬上這一路陡峭的階梯，到切德房裡那張又大又軟的床上去伸展一下；睡在那裡倒是不錯，只是要爬太多樓梯了。

我勉強自己脫下精緻的衣服，並將衣服妥當地擺好。我鑽進唯一的一床毯子裡抖縮著，心裡下了決心，一定要向切德要點錢幫我自己買一床不會癢得這麼厲害的毯子。還要去看看幸運。還有，原本我跟吉娜說今晚要去看她卻沒去，也得去向人家道歉。此外，要去把我小屋裡的卷軸處理掉。還要教黑瑪規矩。還要教晉責精技與原智。

我深吸了一口氣，把這口氣與我心裡的所有憂煩都吐出去，然後就睡著了。

影狼。

那個叫聲很輕，輕得如風中的炊煙。那不是我的名字，而是別人幫我取的名字；不過就算如此，我也不見得非應聲不可。我不去理會那聲聲的召喚。

影狼。

影狼。

影狼。

那叫聲令我想起幸運還小的時候，拉著我的襯衫衣襬不放的模樣；很堅持，不達目的不罷休；就跟夜晚時在你耳邊嗡嗡叫個不停的蚊子一樣煩人。

影狼。

影狼。

還不走。

我在睡覺。很奇怪，但我就是知道自己在做夢；我知道我在睡覺，而這不過是一場夢。夢是不怎麼重要的。是嗎？

我也在睡呀。我唯有在睡覺的時候才能找你，難道你不知道嗎？

我答了那一句，似乎倒使她發送出來的思緒變得更強了；此時她幾乎可說是黏在我身上。不知道。

我懶懶地四下觀望；周遭的地形隱約可辨。這是春天，附近幾棵蘋果樹花開得正盛，花上還有忙碌的蜜蜂飛來飛去。我腳下是青青綠草，微風吹起我的頭髮。

我常常到你的夢中，看著你在作什麼夢；所以我也要邀請你到我的夢中來。你喜不喜歡我的夢呀？

我身邊有個女人。不，是個少女。說不上年紀大小。我能看到她的衣服、她的舊鞋子、她那因日曬多所以膚色深的手，但其餘就濛濛霧霧的了；她的五官也看不清楚。至於我自己……那就奇怪了。我可以看得到自己，彷彿我站在身外看自己一般，不過我看到的自己，跟我照鏡子時看到的模樣差遠了：此時的我是個頭髮濃密的男子，比我眞正的身高高得多，也壯得多。我頭上的灰髮披在腦後，也遮住了額頭；我的手指甲黑黑的，嘴裡的牙尖尖的。我突然不自在起來。這裡有危險，不過不是我危險。爲什麼我想不出到底有什麼危險呢？

這不是我。這不對。

她親切地大笑。這個嘛，是這樣的，如果你不讓我看看你眞正的模樣，那麼你就只能變成我想像中的模樣了。影狼呀，你爲什麼躲我？我一直很想念你呢。而且又很擔心；我感覺得出你很痛苦，可是我不曉得你是怎麼回事。你受傷了嗎？你現在好像有點失魂落魄，而且又疲倦又衰老。我很想念你的夢呢。我眞怕你死掉了，然後就永遠不來找我了。我費了好大的工夫，好不容易才發現到，其實除了枯等你來找我之外，我自己也可以出來找你。

她像小孩子似的叨叨地說下去。我全身猛掃過一股非常眞實也非常清醒的驚慌感，那驚慌感如同一陣冷颼颼的迷霧；不一會兒，我便看到夢中的我周圍升起了一股迷霧。我也不曉得自己是如何召來迷霧的，但既然有了迷霧，我便將霧氣變得更濃，並將自己包圍起來。我警告她：這是不對的。況且這也不好。妳回去吧，離我遠一點。

不公平！她高聲叫道；霧氣像牆壁一般，隔開了她與我。現在她對著我發出來的思緒變得微弱了些。別亂來呀！我費盡心思，好不容易織出這個夢境，你卻糟蹋了它。你要去哪裡？你實在是太失禮了！

她想抓住我，但是力道太虛弱，所以我一下子便甩開了，此外我還發現我可以讓自己醒來。事實上，此時我人已經醒了，而且立即在我的小床邊坐了起來。我以手指梳過頭上的短髮。當精技疼痛在我腹中潛行，又在我頭顱邊緣猛烈擊打時，我已經盡量讓自己做好準備。接著我深深吸氣，調勻吐納，下定決心一定不要嘔吐出來。過了感覺像是一年那麼久的短暫片刻之後，我掙扎著將我的精技牆造得更厚更高。我剛才是不是失了神？會不會是因爲疲倦，或者是燻煙的關係，才這麼粗心大意？

又或者只是因爲我女兒的精技本來就強，強到足以突破我的防線？

5

傷逝

熠熠光輝，天賜珍寶；
披鱗帶甲，閃閃發亮；
目露精光，展翅飛翔；
群龍應召。

瑞氣萬千，過目難忘；
大恩大德，萬民稱頌；
利爪橫掃，大口咬噬；
吾王返鄉。

——椋音．烏轉所寫，〈惟眞之願〉一曲歌詞

一陣風拂過我的臉，我疲倦地睜開眼睛。雖然窗戶大開，今天早上又冷，但我剛剛還是睡著了。我眼前是無垠的大海，浪緣鑲著白沫，天空灰濛濛地。我呻吟了一聲，起身離開惟眞的椅子，再走個兩

步，便來到高塔的窗邊。從這裡望出去的眼界更加寬廣，除了大海與天空之外，還可以看到公鹿堡底下的陡峭懸崖。空氣裡飄著一股風暴將至的味道，風裡帶著寒意。陽光離地平線已有一掌寬，黎明早已過去很久了，但是王子一直沒有來。

他沒來，我並不意外。昨晚那麼熱鬧，晉責現在大概睡得正熟吧。他若不是徹底忘了我們的約定，就是雖然醒了，但卻覺得這個約定不重要，所以翻個身又睡了，對此我一點也不意外。不過我倒是有些失望就是了；然而我之所以失望，並不只是因爲王子覺得睡覺比跟我碰面還要重要，而是因爲他既然說他要到這兒來跟我碰面，就應該要守約。再說爽約了便罷，他若派個人送信給我，也就省得我大清早苦苦地起床到這裡來等他了。像他這個年紀的孩子，有了這個壞習慣，的確是過於輕忽。不過，尋常少年的小缺點若出現在王子身上可就要不得了。我非訓斥他一頓不可，換做是切德碰上這種事情，也一定會訓人。唉，博瑞屈也是啊。想到這裡，我不禁悵然地笑了起來。說句公道話，難道我在晉責這年紀時，就比他強到哪裡去嗎？博瑞屈從來就不相信我能夠準時趕上清晨之約。當年博瑞屈是怎麼把我的房門敲得震天價響，吵得我不至於錯過學習如何使用斧頭的課程，那景象至今仍歷歷在目。這個嘛，如果今天我們的身分不是王子與僕人，那麼我一定會去敲晉責的房門。

但既然已是如此，我也只能留幾個字給他就算了。椅邊有張小桌子，我以指代筆，在積滿灰塵的桌面上寫道：「我到了，你卻沒來。」這句話簡明扼要，如果他從這個角度來看的話多少也有責備他之意。除此之外，非知情者看不出就裡：這也可能是一肚子氣的侍童寫給早該來整理房間的女僕看的。

我關緊窗上的護窗板。火爐上方及兩側做了裝飾性的爐台；我走到火爐邊，推開爐台側面的嵌板，循原路出去。嵌板很窄，要擠一下才出得去，而且得抓住訣竅才能將之重新嵌緊。我的蠟燭已經燒完了。我走下一段很長的樓梯；甬道裡有些昏暗，只有外牆上屈指可數的幾個指頭寬的縫隙，偶爾透進一點光線和空氣來。有一段平路全不見光，我只好摸黑而行；感覺上，這段路好像變得比我記憶中更長了；每當我的腳摸索到下一階時，我都感到很高興。走到最底下的時候，我轉錯了一個彎；等到我第三次闖入棄用已久的走道，再度蒙了一臉蜘蛛網之後，我終於承認自己迷了路，這才回頭摸索著走回原來的地方。等到我花了許多工夫，好不容易推開葡萄酒架，進到切德的房裡時，已經全身大汗、髒污不堪，而且氣憤懊惱。總而言之，就是我對於接下來將要發生的事情毫無準備。

切德坐在火爐邊他那張椅子上，看到我之後，他一邊起身，一邊放下手裡的茶杯。「你可終於到了，蜚滋駿騎。」切德叫道，然而就在切德發聲的同時，一股強勁的精技朝我橫掃而來。

你沒看見我，臭狗子。

這一波震得我踉蹌搖晃，還好我及時抓住桌緣，才沒有跌倒。切德怒視著我；我不理會他，將全副注意力放在阿憨身上。此時那個低能的僕人站在工作室的火爐旁，臉上沾著煤灰；從我眼裡望出去，只覺得他的身形在飄抖，而我整個人則頭暈目眩。要不是我為了防止蕁麻找上我，所以從夜裡便豎起了精技高牆，那麼阿憨很可能會得逞，也就是說，若不是我今天的精技牆築得嚴密，那麼我心裡對於阿憨的一切印象，恐怕已經被他一掃而空了。但我雖然仍知道他的存在，卻必須咬緊牙關才能開口跟他說道：

「我看得到你呀。我永遠都看得到你。但是看到歸看到，我是不會傷害你的；除非你想害我，或是你再度使用剛才那一招。」其實此時我很想抗斥他，但還是忍著不用。我也不能用精技來對付他，因為一來我必須先撤除精技牆，二來這會透露出我自己的能力高低，可是我現在還沒準備好。我告訴自己，保持平靜；想駕馭別人，先駕馭自己。

「阿憨，不，不！不可以。他是好人。他來這裡沒關係。是切德准他的。」

切德跟阿憨講話的態度，彷彿將他當成三歲孩子；然而我雖從阿憨那圓臉上的小眼睛裡看出，他的智力與成年男子相去甚遠，但我也從他的目光中看出，他極痛恨別人將他當作無知小孩來對待。我繼續盯著阿憨的臉，但對切德說道：

「你用不著那樣跟他說話。他不笨。他只是……」我摸索著想找出個字眼來形容我突然領悟到的事實：阿憨的智力也許有其局限，但是他畢竟有知，而非無知。「跟別人不一樣，如此而已。」我蹩腳地接口道。我心裡想著，阿憨就是跟別人不同，這就好比馬跟貓不同，而馬與貓都跟人不同，是一樣的道理；然而這樣的差異並不表示彼此之間有什麼高下的區別。我幾乎當下就感覺得出，阿憨心靈的發展方向與我截然不同；我棄之如敝屣的東西，阿憨卻視如珍寶，而我用以維繫個人認知的那一整片領域，阿憨則嗤之以鼻。

阿憨怒目瞪我，再看看切德，又看看我。然後他抄起掃把和一桶從火爐裡掃出來的煤灰與炭渣，便匆匆地離開了。在他離開房間、卷軸架也關上之後，我還感受得到他迸發出來的片斷思緒：臭狗子。

「他討厭我，而且他知道我有原智。」我對切德抱怨道，跌坐在另外那張椅子裡；接著我至為哀怨地補了一句：「今天早上晉責沒來惟眞之塔找我。他竟然爽約了。」

老人似乎聽而不聞。「王后要見你。就是現在。」此時切德穿著簡單的藍袍，雖不華麗，卻已經很整齊了；他腳上套著柔軟的平底皮鞋。他是因為跳舞跳多了，腳痛，所以才穿平底鞋嗎？

「見我做什麼？」我問道，一邊跟著他起身。我們走回葡萄酒架；我打開暗門的開關，評論道：「我從這兒出入，阿憨倒不覺得驚訝。」

切德聳聳肩。「他哪會聰明到因為這種事情而覺得驚訝？說不定他根本沒注意到你是從這兒出入的。」

我把切德的話咀嚼了一番；這倒也有可能。阿憨可能覺得，我從哪裡出入這種事情，根本就無足輕重。「至於王后要見我是因爲？」

「因爲王后跟我說她要見你。」切德不耐煩地答道。據我猜測，說不定此時切德跟我一樣，覺得腦袋一漲一漲的很難受；我知道切德有種宿醉的緩解劑，不過我也知道，那種藥很難調製。有時候，與其費那麼大工夫碾碎各種藥草以調製解藥，還不如乾脆忍一忍，等著頭痛過去算了。

我們循著上次走的舊路來到王后的房間外。切德停頓片刻，窺看一下，又貼壁傾聽小房間裡有沒有別人，然後才進入房內；從小房間推門出去，便是王后的起居室；我們進去時，正在等我們的珂翠肯疲倦但笑吟吟地抬起頭來望著我們；她獨自坐著，身邊沒有別人。

切德與我都行正式的鞠躬禮，切德代我們二人對王后招呼道：「早安，王后殿下。」而珂翠肯則伸出雙手，邀請我們進入。上次我到這房間來的時候，珂翠肯憂心如焚，房間裡空蕩蕩的，沒有任何裝飾，因爲她心裡除了失蹤的兒子之外別無他想。這一次，房裡擺出了珂翠肯親手做的作品；房間中央的小桌子上，擺著一大盤在河裡磨得晶瑩剔透的小石頭，石頭上散置著六片金黃的葉子；房裡燃著三根高高的蠟燭，散發出紫羅蘭的芳香；地上鋪了好幾張毯子，以擋住旋即到來的冬日寒氣，椅子上也墊了柔軟的連毛羊皮；火爐裡則燒著今日的新柴，爐架上掛著一只燒水壺，正蒸騰地冒著熱氣；這一切在在令我想起她在群山的家。此外珂翠肯還準備了不少食物，肸茶壺裡也冒著茶香。我注意到桌上只放了兩個茶杯；此時珂翠肯說道：「謝謝您帶蜚滋駿騎來這裡，切德大人。」

這其實便是送客了，只是說得不著痕跡罷了。切德再度鞠躬，只是姿勢似乎比第一次稍微僵硬了點，接著便退了出去，只留下我單獨跟王后在一起，心裡還納悶著她到底是有什麼事。切德離開，房門也關上之後，珂翠肯長嘆了一聲，在桌邊坐下來，做個手勢要我坐在她對面的椅子裡。「坐，蜚滋。」她這句話不但是邀請我坐下，同時也是示意我們且免去正式儀節。

坐在珂翠肯對面，她的臉看得特別清楚。她跟我差不多同年，不過歲月的風霜對她可是客氣多了；往日時光在我臉上留下傷疤，但卻只是輕輕掃過她的臉龐，在她的眼角與嘴邊留下細紋。她今天穿的是綠色禮服，既使她金黃色的頭髮格外耀眼，也特別襯托出她那碧綠的眼睛。她的衣服式樣很簡單，頭髮也是簡單編起來而已；而且她既不施脂粉，也不戴首飾。

她絲毫不忸怩作態地為我倒了茶，再將茶杯移到我身前。「這兒有糕點，你可別客氣。」我也不跟她客氣了，因為我到現在都還沒吃早餐呢。不過，她的聲音卻有點嗄啞，讓我不禁又放下已舉到嘴邊的茶杯。珂翠肯望向一旁，避開我的目光；她的睫毛不停地眨著，然後淚水便從她的臉頰滑了下來。

「珂翠肯？」我警覺地問道。到底出了什麼事情？是她發現了貴主不太願意嫁給王子嗎？還是又有人以王子有原智做為要脅了？

她抽抽噎噎地吸了一口氣，突然抬起頭來直視著我。「噢，蜚滋，我不是為了此事而叫你來的。我原本想把這事情藏在心裡，可是……我真的好難過。其實我還沒聽到消息之前，就已經知道了，因為我那天早上醒來的時候有個很奇怪的感覺，好像什麼重要的東西散掉了。」她想要清清喉嚨，但是沒有用，最後還是一邊流著眼淚，一邊哽咽嗄啞地說道：「我故意逃避不去面對這件事情，可是切德一將你們的消息告訴我，我心裡就有底了。我感覺到牠步步遠去，蜚滋；我感覺到夜眼離開我們。」她忍不住啜泣，像是無助的孩子般將頭埋在手裡大哭起來。

我真想拔腿就逃。我幾乎已經成功地駕馭了內心的哀痛，如今她又來戳破我的舊傷。我痛得麻木，一時間，只是呆呆地坐著。她為何非挑起此事不可？

然而珂翠肯似乎沒有注意到我的冷漠。「即使時光流逝，你也永遠無法忘懷像夜眼這樣的朋友。」她在自言自語；她低頭沉入自己的手裡，講話聲因而有些窒悶，其中還夾雜著啜泣。「在我們一起上路之前，我從未感到跟動物這麼親近過。可是在那長途跋涉中，夜眼隨時都在保護我們，不是跑到前方去探查，就是跑到後方去斷後；當夜眼跑回來的時候，我就知道牠已經先爲我們探過狀況，並確定我們周圍安全無虞了。要不是因爲牠在在使我安心，光憑著我那一丁點兒勇氣，只怕這趟旅程早已放棄了一百次。我們出門的時候，我只把牠當作是你的分身，不過後來我慢慢將牠當作是獨立的個體，並發現牠勇敢、堅韌，還很幽默。有的時候，我覺得只有夜眼了解我的心情，尤其是當我們到了露天礦場，一起單獨出去打獵時。這不只是因爲我可以緊摟著夜眼大哭，也不用怕牠會將我內心的軟弱洩漏出去，而是因爲夜眼也爲著我新生的力量而歡欣鼓舞。當我們一起出去打獵，而我逮到獵物的時候，我感覺到夜眼頗爲讚許……牠好像在熱切地告訴我，我活下來當之無愧，而且我已經爲自己掙得一席之地。」珂翠肯抽噎地吸了一口氣。「我會一輩子想念牠，可是我卻再也見不到牠了……」

我心裡天旋地轉。說眞的，我一直不知道夜眼跟珂翠肯這麼親密；可見夜眼也有牠自己的祕密。我以前就知道珂翠肯有些微的原智傾向；我感覺得到她在靜坐冥想時對外界發出若有似無的探尋。我常常懷疑，她那種對於自然世界有所感應的群山「特質」，在六大公國這裡可能會被人講得很難聽。可是，珂翠肯跟我的狼？

「夜眼跟妳說話？妳心裡聽得到夜眼的聲音？」

她搖了搖頭，但是她的臉仍埋在手裡；因爲手半遮著嘴，所以她的講話聲有些模糊。「不。但是當我對外界的一切都麻木無感時，我卻感到夜眼就在我心中。」

我慢慢地站了起來，繞過小桌子；我原本只想拍拍她的肩膀，不過我一碰到她，她便突然站起身，並踉蹌地倒在我懷裡。不管我願不願意，反正我的眼淚就是汩汩地湧出來；接著她的悲悼——不是因爲她可憐我，而是她眞正因爲夜眼離開人世而感到悲傷——爲我的悲悼開了個出口，於是我的悲悼終於決堤而出。由於他人不了解我悲痛之深，以至於連日來隱密埋藏的一切苦悶，突然爆發出來。當珂翠肯輕輕地推我坐在她的椅子裡時，我這才察覺到我們的角色已經變了。她把她那條小小的、沒什麼大用的手帕給了我，溫柔地吻了我的額頭和我的雙頰。我痛哭失聲，怎麼也停不下來。珂翠肯站在我身邊，我的頭靠在她的胸膛上；她撫著我的頭髮，讓我繼續嚎啕大哭。她斷斷續續地說著我的狼的一切優點，而且都是我以前所不知道的事情。

她既不試著讓我停止哭泣，也不勸我過一陣就沒事了；因為她知道夜眼之逝不可能不留下痕跡。然而當我終於哭夠並停下來之後，珂翠肯彎下腰在我唇上一吻；那是療傷的一吻，她的嘴唇因為自己淚水的浸潤而有鹹味。接著她便站直起來。

珂翠肯突然像是要將重擔擺在一旁似的長嘆一聲。「瞧你這頭髮。」她喃喃地說道，並伸手將我的頭髮順了順。「噢，我親愛的蜚滋，瞧我們把你們兩個都用得燈盡油枯了！而且我永遠也……」她似乎突然想到這些話說了也沒用。「可是……唔……趁熱喝茶吧。」她走了開，過了一會兒，我才覺得自己比較能控制住了。她在我的位子上坐下，拿起我的杯子喝茶。茶還滾燙著。雖然才過了片刻，我卻覺得自己度過了很重要的轉捩點。我吸了一口氣，感覺數日來不曾如此舒暢地呼吸過。當我抬頭望著王后時，她給了我輕輕的一笑。哭過之後，她的眼眶微紅，臉頰也出現紅暈。從我認識她以來，就是這一刻最可愛。

於是我們靜靜相伴。茶是香料茶，溫順且振奮精神；桌上有以香腸為餡、酥皮層層分明的麵包捲，另有以新鮮水果點綴的糕點，也有簡單且窩心的燕麥蛋糕。我想，無論她或我都不相信自己能好好地講上一句話而不至於失態，然而我們也不必多言，只是靜靜地進餐。我起身了一次，到火爐邊將燒水壺拿過來替茶壺加水；茶葉泡開之後，我幫我們兩人添了茶。靜默了一陣子之後，珂翠肯往後靠在椅背上，平靜地說道：「所以啦，你看出來了吧，我兒子身上這個所謂的『污點』，其實是來自於我。」

她說話的口氣，彷彿這是我們一路談下來的結論。我的確曾經猜測過她可能會想到這一點，然而當她眞的把這些事情聯想在一起時，我不禁爲她聲調裡的愧疚感與懊悔而感到難過。「瞻遠家族早在晉責之前就出現過原智者。」我指出。「不說別人，我自己就是。」

「而且你母親也出身於群山。你母親不是將你送交到駐在月眼城的惟眞嗎？住在那裡的，不是群山人是誰？我從你細細的髮絲，便看出了你群山母親的影子；你剛到頡昂佩不久，便迅速地學會了你自小所說的語言，這點我也看得出你群山母親的影子。既然群山人在你身上留下這些特質，說不定連你的原智也是出於群山血統呢。又或許群山血統都帶有原智。」

我差一點就說出了眞相。「我認爲晉責的原智血統，固然可能是來自於母親，但也同樣可能是來自於父親。」

「可是——」

「可是原智來自於誰無關緊要。」我無情地打斷王后的話。「那孩子有原智，這是我們一定要面對的事實，如此而已。那孩子第一次請我教他原智的時候，我嚇壞了；但現在我認爲他出於本能地求師是正確的；我最好將我對於原智所知的一切都教給他，這樣比較好。」

她抬起頭來。「這麼說，你已經答應要教他了！」

說眞的，這些爾虞我詐的事情，我實在是生疏了；噢，不，我諷刺地想道，也許是因爲這麼多年來，王后已經體會到，雖然這祕密就算切德要詐也套不出來，但我卻會因爲她高妙的技巧與溫柔的態度而自動說出口。她準確地從我臉上看出答案，似乎又讓第二種立論多了點旁證。

「我不會跟王子提這件事。如果他希望把這當作是你們兩人之間的祕密，也無不可。你們什麼時候開始上課？」

「王子方便什麼時候開始，就什麼時候開始。」我避重就輕地答道；我可不想抖露出第一堂開課王子就缺席的事情。

珂翠肯點點頭，看似心滿意足地任由我們去進行。然後她清了清喉嚨。「蜚滋駿騎，我之所以召你來，是因為我打算要……盡我們所能地將你的事情安排得好一點。在許多方面而言，我們都待你太簡慢；然而如果我們能做些事情讓你過得舒服一點、開心一點，那麼我們理應去做。你目前化身為黃金大人的僕人，我也知道這個偽裝有其必要；然而，堂堂的王子走在自己的親友子民之間，竟無人過問，這令我心頭難忍。所以，我們能做什麼？讓我們幫你布置別的房間，讓你私下有個舒服的去處可好？」

「不。」我迅速地答道；我聽出自己的答覆很粗魯，所以趕快補了一句：「我認為照目前這個樣子就很好，這樣子我已經很舒服了。」我會住下來，但是我不會把這裡當作是家。我心裡突然冒出了個念頭：就算試圖把這裡當作是家也沒用。家，是有家人與你過日子的地方；我跟博瑞屈一起住的馬廄閣樓，是家。我跟夜眼和幸運一起住的小屋，也是家。至於我現在跟弄臣一起住的房間？那不是家；因為弄臣與我要小心的地方太多，因為我們彼此保留的隱私太多，因為我們此刻所扮演的角色限制太多。

「……並給你月俸；以後的月俸切德自會安排，但是這個我要讓你馬上拿到手。」

然後王后便拿出了一個繡著漂亮花草的錢袋；她將那結實的錢袋放在桌上時，錢袋裡叮咚作響。我雖想故作自然，但是臉卻不聽話地紅了起來；我抬起頭來看她，發現她的臉頰跟我一樣紅。

「感覺挺奇怪的，是不是？不過你千萬別誤會，蜚滋駿騎，這不是酬謝你為我，以及為我兒子所做一切的酬勞，你的付出，豈是錢財算得清的？不過一個男人總會有花費，而你需要什麼又不方便對我開口。」

我了解她的心意，但我還是忍不住說道：「您跟您的兒子也是我的家人，王后殿下。而且您說得沒錯，我爲自己家人的付出，不是錢財買得來的。」

換作是別的女人，可能會認爲我這話很衝；但是珂翠肯聽了這話，兩眼得意地炯炯發亮，並且笑吟吟地對我說道：「我以我們彼此是一家人爲豪，蜚滋駿騎。我沒別的兄弟姊妹，只有盧睿史這麼一個哥哥，雖然他死了，但沒人能取代他的地位。然而在我眼中，你卻近如我自己的親兄一般。」

就這一點而言，我覺得珂翠肯與我的確相知甚深。珂翠肯透過我與她丈夫、與她兒子的共同血緣，而將我納爲自己人，使我備覺溫馨。多年以前，黠謀國王第一次將我納爲自己人時，是用一只銀別針來跟我交換條件；如今，銀別針與黠謀國王都不在了，那麼當年的交換條件還有效嗎？當年黠謀是以國王的身分，而非我的親祖父的身分將我納爲己有。如今，珂翠肯，我的王后，則先將我當作家人，再將我當作兄長；她不跟我談條件，然而若有人提出必須交換條件才能買到我的忠誠，她一定會怒目以待。

「我眞希望把你眞正的身分告訴我兒子。」

被她這麼一說，我一時的自滿頓時破裂。「求您別說，王后殿下。這個消息既危險又沉重，何必要加重他的負擔呢？」

「哪有什麼事該瞞著瞻遠家族的繼承人？」

我們沉默了好一會兒，最後我說道：「時間到了再告訴他吧。」

看到她點頭，我鬆了一口氣，然而她開口時，又讓我一時的寬心緊繃起來。「必須讓我知道什麼時候算是時間到了。」

她伸手橫過桌子，握住我的手。我任她抓住我，她將我的手掌翻上來，在我掌心裡放了個東西。

「多年前，黠謀國王送了你一個鑲紅寶石的銀別針；黠謀國王以此爲記，將你納爲自己人，並告訴你，

他的門永遠為你而開。現在我也要以同樣的精神，將這個送給你。」

這是件小東西。一條眨著綠眼睛的小小銀狐狸，警戒地坐著，蓬蓬的毛尾巴捲在腳邊；整件作品鑲在長別針上。我仔細地打量；眞美，無可挑剔。

「這是妳親手做的。」

「你還記得我喜歡動手做銀工，眞是太榮幸了。沒錯，這的確是我自己做的。而且當年就是你將狐狸變成我的標記。」

在珂翠肯的注視下，我解開襯衫釦子，將別針別在襯衫內面；從外面什麼也看不出來，不過我扣起襯衫之後，便感覺到貼在我胸口的那隻小狐狸。

我清了清喉嚨。「謝謝您，我備感光榮。而且既然您把我當作跟自己兄長一樣親，那麼我也要問您一個我敢說換做是盧睿史也一定會問的問題。我會大膽地質問您，您為何將當年試圖謀害您的性命，甚至還謀害您腹中孩子性命的人，留在自己身邊？」

她瞄了我一眼，看來確實顯得一頭霧水。然後，她彷彿被人用針刺了一下地一動。「噢，你是說迷迭香小姐。」

「正是。」

「都過這麼久了……那些都是陳年舊事了，蜚滋。你知道嗎，蜚滋，我現在望著她時，根本不會想到那些了。紅船之戰結束，帝尊帶著他一家上下回到公鹿堡時，迷迭香也跟著回來；那時她母親已死，所以她……像個棄兒似的。一開始，我連她或帝尊出現在我眼前都無法忍受；不過宮廷裡自然要維持些表象，而且帝尊低聲下氣地跟我道歉，又立誓要忠於我腹中尚未出生的王位繼承人，這些姿態也很……有用。這有助於六大公國的團結，因為提爾司公國與法洛公國的貴族都看著他的風向行事；而我們也急需他們的支持，因為在紅船之戰之後，六大公國隨時有爆發內戰的可能，畢竟各公國之間的差異實在太大了。然後帝尊就死了，既離奇，死狀又慘；宮裡難免有人謠傳說我是為了要報舊仇，所以派人謀殺帝尊。切德極力勸我一定得採取一些舉動，以收編帝尊手下那些貴族。所以我派耐辛夫人去督管帝尊的舊地，也就是商業灘，因為我需要得到商業灘的強力支持；至於帝尊其他的莊園，我便平均地分配給最需要安撫的貴族。」

「那麼，銘亮大人有何反應？」我問道。這些對我而言都是新聞。銘亮是帝尊的繼承人，也就是現今的法洛公國大公；當年珂翠肯所「分配」的，無疑是原本應由銘亮繼承的家產。

「我以別的方式來彌補他。由於他在防衛公鹿堡方面表面差勁，因此他的地位岌岌可危；他不能強烈抗議，因他並未繼承到帝尊對於眾貴族的影響力。不過我除了多方安排，讓銘亮以自己所得的部分為滿足之外，也沒放任讓銘亮變成差勁的公爵，而是將他培養成較善任的治國者。我親自監督他的教育，不是只讓他知道如何品嘗美酒、身穿華服。他繼任法洛公國公爵以來，倒有泰半的時日是在這兒度過的；耐辛夫人幫他管理商業灘的莊園，而且由耐辛夫人來督管，可能比他要好得多，因為耐辛夫人深明事理，知道該派任哪些有實才的人來做事。耐辛夫人每個月都送報告給銘亮大人，報告鉅細靡遺，然而他根本不耐煩看完；但我總是堅持銘亮大人必須在我的財務總管陪伴下將報告讀完，這一方面為的是要確認他的確了解報告內文的意思，另一方面則是要讓銘亮熟悉他自己產業的營運。而如今我看銘亮大人是真正可以獨當一面了。」

「據我推測，想必銘亮的夫人也有大功吧？」我大著膽子說道。

珂翠肯臉上優雅地一紅。「切德認為銘亮大人若是結了婚，會更為滿足；再說銘亮也到了該有個繼承人的時候了。若是放任他隻身無伴，恐怕會為宮廷引來不安。」

「那麼他的夫人是誰選的？」我盡量不讓自己的口氣聽來冷漠無情。

「切德大人建議了幾個家世好，又有……必要特質的年輕女子；然後我安排機會，派人一一將這幾個女子介紹給銘亮大人。那幾個家族之人也知道我樂於讓銘亮公爵從這幾名女子之中擇一爲妻。那幾名女子之間競爭得很厲害，不過最後是銘亮大人自己選定新娘的；我不過是做好安排，讓銘亮大人有機會選擇——」

「選擇一個家世清白，又不是很有野心，而且新娘的父母親還對王后忠心耿耿的女子爲妻。」我幫珂翠肯將剩下的話說了出來。

珂翠肯直視著我。「沒錯。」她吸了一口氣，問道：「你是在怪我嗎，蜚滋駿騎？當年最早教我要操縱宮廷的謀略，並以此爲己用的人，不就是你嗎？」

我笑吟吟地看著她。「不，當然不是在怪妳。老實說，我還以妳爲傲呢。從昨晚銘亮大人望著夫人的表情，看得出他的確以自己的夫人爲滿足。」

她幾乎是寬心地嘆了一口氣。「謝謝你。因爲我很重視你的看法，蜚滋駿騎，從以前到現在，一直都不變。我可不願在你面前丟臉。」

「那是不可能的。」我眞誠且嚴肅地答道。接著我又將話題引到我感興趣之處。「那迷迭香呢？」

「帝尊死後，黏附著他的人大多散回自家的莊園去了，有些則去巡視我新分發給他們的產業；不過就是沒人理會迷迭香。迷迭香還沒出生，父親就死了；她母親繼承她父親的頭銜，稱爲樅林莊園的瑟娜法夫人。不過這個頭銜徒具虛名；樅林莊園很小，不過是個巴掌大的封邑罷了。若不是帝尊王子的青睞，瑟娜法夫人是永遠不可能入宮的。」她嘆了一口氣。「這就是迷迭香的處境：八歲即成孤兒，而且不討王后的歡心；宮裡的人會怎麼待她，你一定想像得到，也不用我多說了。」

我瑟縮了一下。我還記得自己當年的待遇。

「我根本不想理睬她。但是切德不肯放過我。說句實話，我也不肯放過我自己。」

「迷迭香這個人十分危險；她是個半學成的刺客，而且帝尊從小教她憎恨妳。這樣的人，怎能放任她隨意走動呢？」

她沉默了一會兒，說道：「你現在的口氣倒跟切德一模一樣。不，迷迭香的處境比你說的更糟糕；她住在我的屋簷下，卻受到衆人的漠視；她因爲人家教她，她就照做而受我指責；我狠下心來對她不理不睬，等於是時時刻刻都在排斥她。要是我像尋常的夫人對待自己的小侍女那樣地對待她，那麼帝尊也不可能將她的心從我身邊奪走了。」

「但她是先效忠於帝尊，然後才來服侍妳的。」

「即使如此，我也早就該發現了。只是我太沉迷於自己的人生和我自己的問題。」

「她是妳的侍女，不是妳女兒！」

「你忘了我是在群山王國長大的，蜚滋，我理應爲人民犧牲，而不是以王后自居。這是我對自己的期許。」

我避開這個論點。「所以妳就決定把她留在身邊了。」

「切德說，我要不就留她在身邊，要不就殺了她。我聽了這話覺得很可怕。這孩子也不過是照人家教她的去做，這樣就該要她的性命嗎？切德的話，讓我將這一切看得更清楚。我一直將迷迭香棄而不顧，然而與其用『忽略』這種苦刑來折磨她，還不如直接殺了她比較慈悲。當晚我隻身前往迷迭香的房間。她看到我時嚇壞了。她的房間十分冰冷，近乎空無一物，床單不知道多久沒洗了；由於個子長高，睡袍已經太小，而且睡袍的肩膀扯破了，下襬也太短。她瑟縮在離我最遠的房間角落裡瞪著我；然後我叫她選一個：是要給耐辛夫人做養女呢，還是再度當我的侍女。」

「而她選擇要當妳的侍女。」

「她大哭起來，撲在地上，並拉住我的裙襬，說她本以為我以後再也不會喜歡她了；她哭得很厲害，所以當我好不容易勸止她時，她所有的頭髮都因為汗溼而黏在頭上，整個人冷得發抖。蜚滋，我覺得好羞愧，我竟然對一個孩子如此殘忍——之所以說我很殘忍，不是因為我打她罵她，而是因為我對她不理不睬。我們懷疑迷迭香陷害過我的事情，其實只有切德與我知道，然而因為我徹底地將那孩子關在門外，所以堡裡的下人就不給她好臉色。她的小拖鞋都穿得破破爛爛的了……」珂翠肯聲音漸低，而儘管我不想可憐迷迭香，仍不禁為她感到一絲憐憫。「她懇求我收她在身邊服侍。帝尊將她安插在我身邊的時候，她還不到七歲；她從不恨我，恐怕也不了解她自己這樣做有什麼涵義。我敢說，當年她祕密偷聽我們講了什麼話，再稟報給帝尊知道的事情，對她而言只不過是一場遊戲。」

我要求自己實際一點，並硬下心腸。「那在樓梯上抹油，讓妳滑了一大跤的事情，又怎麼說？」

「人家何必告訴她為什麼要在樓梯上抹油？別人只需要叮嚀她，等我上了屋頂花園之後，她就在樓梯上抹油，這樣就行了。因為她是個孩子，別人說不定還告訴她這只是個無傷大雅的玩笑。」

「妳問過她嗎？」

珂翠肯頓了一下。「有些事情還是別去翻攪的好。即使她知道在樓梯上抹油，為的是讓我滑跤，她恐怕也不明白讓我跌一跤對帝尊而言有多麼重要。我想，說不定在她心中，我其實是兩個人：我一方面是帝尊想要擊敗的那個女人，另一方面又是她每天服侍的珂翠肯。迷迭香會做出那些事情，應該要怪帝尊，然而帝尊已經死了。而且自從我將她帶回我身邊之後，她一直忠心且盡力地服侍我。」她嘆了一口氣，望著我身後那堵牆壁。「過去的一定要讓它過去；對於治國者而言，此理尤其真切。我必須讓自己的兒子與外島人之女結婚；外島人害死吾王，然而我仍要盡力促成我們與外島的貿易和聯盟關係。既然如此，我還得為了我將一名小奸細納入我的羽翼下，並將她變成我的伴隨夫人之一，而跟你鬥嘴嗎？」

我深深地吸了一口氣。如果這十五年來她從未後悔自己所做的決定，那麼我現在說什麼話都不可能改變她的心意了。「嗯，我想我早就應該要料到這一點了。當年妳剛到宮裡來的時候，就找了個刺客當妳的顧問，當時妳也沒鬥嘴呀。」

「不是把你當顧問，是把你當作朋友。」珂翠肯義正辭嚴地糾正道。她的眉頭皺了起來。當年我跟她初識時，她額上、眉間是沒有這些細紋的，如今因為她皺眉、皺額次數多了，以至於細紋都不走了。「我們現在必須維持表面上的偽裝，但是我心裡並不喜歡這樣。我真希望你能在我身邊，跟我討論事情，並教導我兒子。我不但以你為瞻遠家的一份子為榮，也以你為我的朋友為榮。」

「不能那樣。」我堅決地對她說道。「而且這樣比較好。以我目前這個身分，對妳的用處還多一些，況且妳與王子也可少一點風險。」

「而你自己的風險卻變多了。花斑幫就在我們腳下的公鹿堡城外威脅你的事情，切德已經告訴我了。」

我發現我並不想讓珂翠肯知道這些。「那些事情還是由我來處理的好。我說不定會找個機會公開嘲笑他們。」

「唔。也許吧。不過竟要讓你隻身面對這些事情，我實在感到羞愧。老實說，六大公國的人有這些偏執的觀念，而我們的貴族還睜一隻眼、閉一隻眼，真的說不過去。我已經盡力為原智者多做些事情，可是進展很緩慢。花斑幫第一次在人潮聚集處釘上告示的時候，我氣極了，但切德勸我別在盛怒之下貿進；如今我倒覺得，要是當初我立刻就讓大家知道我有多麼氣憤，事情可能還不會演變到今天的地步。

除了憤怒之外，當時我的第二個反應是，我想發出召集令，邀請原智族群的領袖前來與我會談，看看能不能找出個辦法，以免他們被花斑幫的惡毒行為所害。

「但切德還是勸止我了；他說原智族群沒有公認的領袖，而且原智者不相信瞻遠家的人，所以不可能到這裡來。再者當時我們沒有原智者信任之人幫忙從中撮合，也無從給原智者什麼證物之類的東西，讓他們相信會談眞的就只是會談，而不是要藉此將他們一網打盡。切德勸我放棄這個念頭。」珂翠肯的聲音中透露出些許失望，她補充道：「切德是個很好的顧問，他將政治與權力的運作看得很清楚；不過我有時候覺得，切德只顧著讓六大公國更為穩定，卻不太關心是否人人都享有正義。」她皺起那優美的額頭，繼續說道：「切德說，國家越是穩定，就越有機會伸張正義。也許的確是如此吧，然而我常常會渴望以前你跟我討論事情的時光。這是另一個使我備加思念你之處，蜚滋駿騎。我想見你的時候卻不能見你，只能派人祕密去找你，我很討厭這樣。今天下午我邀請皮奧崔到我這兒來玩牌，我眞希望也能邀請你來，因為我很重視你對於他的看法。皮奧崔這人眞是耐人尋味。」

「妳今天下午跟皮奧崔玩牌？」

「我昨晚跟皮奧崔聊了好一會。我們談到晉責跟艾莉安娜能不能得到眞正的幸福要看他們的運氣，然後由此慢慢聊到玩牌也要靠『運氣』。你還記不記得，有一種群山的遊戲是用紙牌和符文骰子來玩的？」

我索盡枯腸。「我記得妳好像跟我提過一次。啊，對了，帝尊第一次對我下手之後，我在群山療養，當時我曾經在卷軸上讀到這種遊戲。」

「這牌子是以厚紙或是薄木片畫上群山故事的彩圖，像是『老紡織工』、『藏躲的獵人』等故事。符文的各面則刻著『石』、『水』、『草原』的符文符號。」

「對，我記得我聽說過這種牌戲。」

「嗯，皮奧崔要我教他玩這種群山的牌戲。我一提起，皮奧崔便深感興趣。他說，他們在外島也有一種用符文骰子的牌戲，他們是將骰子搖一搖再丟出去；又有一張桌布或是桌面，上面刻畫著比較不重要的小神，像是『風神』、『煙神』和『樹神』；然後玩家便按著骰子搖出來的結果，將自家的代表物在桌布或是桌面上前進幾格。感覺上，這個遊戲好像跟群山的遊戲頗為相似，不是嗎？」

「也許吧。」我答道：不過珂翠肯大概是想到這個遊戲的種種趣處，因此一想到要教皮奧崔這個新遊戲，臉上便放出光彩。莫非王后覺得這位坦率的外島戰士很有魅力？「妳一定要多跟我說說這個遊戲的事情；我也很想知道，外島的符文骰子跟群山的符文骰子是不是大同小異。」

「如果這兩種骰子相似的話，那可真是神奇，不是嗎？尤其是我這個遊戲裡的符文符號，有些還跟精技石柱上的符文符號很像呢。」

「啊。」王后至今仍有使我大吃一驚的能耐。她就是有本事同時循著好幾條思路思索下去，並獨具慧眼地將看似不相干的事情兜在一起、提出立論。當年她就是靠著這個本事，才發現了老早就佚失的路線，並帶領我們前往古靈的國度。珂翠肯這麼一提，我突然想到好多事情。

我站起身，準備辭退。我鞠了個躬，希望自己想出一句什麼話來謝謝她；然而下一刻我又覺得，想要感謝別人哀悼自己深愛的伴侶，這毋寧是很奇怪的。我結結巴巴地想說點話，但是珂翠肯阻止了我，她走上前來，伸手握住我的雙手。「我失去了惟真是什麼心情，全天下大概只有你一個人最了解。我眼見他化身為龍，我知道他一定會成功，但我心裡仍自私地感到悲傷，因為我將再也無法得見他身為男子的形體。夜眼去世，並不是我們一同承擔的第一個悲哀；無論是你或我，這一生泰半都在踽踽獨行啊。」

我知道我這樣做不合禮儀，但我管不了那麼多；我伸出雙臂，緊緊地抱住她。「他愛妳至深。」我說道，我的聲音因為悲悼吾王之逝而哽咽。

她將額頭靠在我的肩膀上。「這我知道。」她悠悠地說道。「直到如今，他的愛仍是我的支柱。有時候，我幾乎感覺到他就在我身邊，為我分析條理，助我度過難關。但願夜眼與你同在，就像惟真與我同在一樣。」

我抱著惟真的女人，久久不動。要是逝者仍在，何至於今日情傷？然而她許的願望的確是個好願，而且有療傷止痛之效。我嘆了一口氣，放開珂翠肯，於是王后與僕人便各自分開，各自去進行一日的事務。

往事無痕

……所以事況非常清楚，除非恰斯國能夠完全封鎖繽城灣，如此才能打敗繽城商人，並將繽城商人的領地據為己有。

恰斯國人之所以無法如願，是因為有兩種魔法橫生阻擋；繽城是真正由魔法所保護，因為眾所皆知，繽城商人從事商業貿易，而非打仗。保護繽城的第一種魔法，是繽城商人的「活船」。所謂「活船」，是藉由將家中三名長者或是孩童做為犧牲的神祕儀式，以使商船生出感知；這些活船船頭的木刻人頭不但會動、會講話，還擁有龐大的力量，例如逮住較小船隻，並將對方擠碎；有些活船甚至會噴火，火舌能射達本身船身的三倍遠。

有些無知之人不但對繽城商人的第一種魔法嗤之以鼻，也將他們的第二種魔法斥為無稽；然而，身為眼見為憑的世界旅行者，我要鄭重反駁那些將這兩種魔法視為無物之人。繽城的匠人高明地結合了魔法與……（此處由於羊皮紙受損，所以無法辨識。）匆忙地以藍色與銀色的寶石造出了一條龍，以保衛他們的海港。恰斯國人將繽城的倉庫區一帶打得滿目瘡痍，然而那條匠人們稱之為「婷妮格莉亞」的龍，卻從冒煙的廢墟間升起，並將敵人的船艦驅離繽城海港。

——溫弗達所著之《世界旅行見聞錄》

我穿過迷宮般的甬道回到我自己的小房間；我先窺探一下，發現一片漆黑，這才進門；進入房間之後，我將暗門緊緊關好，接著便停頓下來，動也不動地站在黑暗中，因為通往弄臣房間的門雖然關著，卻傳來講話聲。

「唔，我既不知道他何時起身、何時離開、為何出門，那我就更不知道他什麼時候會回來。一開始，我眞覺得找個健壯矯捷的士兵放在身邊，還滿有趣的；既可阻擋街上小混混的騷擾，又可幫我打點其他的需要。但是事實擺在眼前，這些日常的事務，他根本就敷衍應付。您瞧瞧！我早上還得到走道上攔個侍童，叫他去廚房幫我帶些早餐上來；更糟的是，他選的餐點都不合我的胃口！我是很想將獾毛辭退，只是現在我的腳踝傷成這樣，沒有個健壯的僕人扶著恐怕不成。這個嘛，也許獾毛這人本來能力就有限，我只要另外找一、兩個侍童來打點日常事務便可。您瞧爐台上這一層灰！可恥啊。房間髒成這樣，我都不敢邀請朋友來了。因為腳傷的關係，這陣子我只能靜養；想來我還眞有點慶幸啊。」

我凍結在原地。我眞的很想知道他在跟誰說話、是誰要來找我，但我又不能莽撞地開門出去，因為黃金大人若是已經堅持說我不在房間，那麼我一出現就穿幫了。

「很好。那麼，我能託您傳個話給他嗎，黃金大人？」

那是月桂的聲音，言語中的煩躁心情一聽即知。月桂畢竟曾經與我們一起旅行、看過我們兩人相處的情況，所以這些障眼法根本騙不倒她。她永遠也不會相信我們之間僅是主僕關係而已，因為我們露出馬腳的地方實在太多。不過我也知道，黃金大人仍必須重新建構起這個偽裝，因為他若不堅持他是主、我是僕，那麼宮廷裡的人恐怕遲早會揭穿我們的騙局。

「當然。不過也很歡迎您晚上時到我這兒來看看；獾毛逛累之後，也許會想起他自己尚有任務在身。」

如果黃金大人這話爲的是要平撫月桂的情緒，那麼他可要失望了。「我留個口信給他也就夠了。我經過馬廄的時候，發現獾毛的馬有些異狀，使我放不下心。如果他能在今天中午時到馬廄來一趟，那麼我便可以將毛病指給他看。」

「但若是他到了中午時還不回來……莎神在上，這傢伙眞是把我給氣死了！當僕人的自己跑得不見人影，還勞我這個主人幫他提醒日程！」

「黃金大人。」月桂開口制止了黃金大人的誇張言語。「這事眞的很重要。煩請他到時候到馬廄來找我，或是找個機會與我一談。日安。」

月桂砰的一聲緊緊關上房間正門；饒是如此，我還是等了好幾分鐘，確認房裡除了弄臣之外沒有別人，這才悄然無聲地打開房門，不過弄臣不可思議的感應能力卻已察覺到我了。「你可回來了。」弄臣在我進門時寬心地嘆道。「我才剛開始擔心你哩。」他仔細打量我，臉上浮出了笑容。「王子的第一堂課，想必上得極其順利吧。」

「王子第一堂課就缺課了。早上勞你張羅早餐，眞是抱歉；我忘了要先將早餐打點好。」

他不屑地哼了一聲。「我向你保證，我從頭到尾就沒期望你有能耐把僕人的分內事做好。我絕對能輕鬆張羅自己的早餐，只不過我必須表現出我是迫不得已而攔下過路的侍童，而且要恰如其分地弄得衆人雞飛狗跳。如今我的牢騷已經發得夠多，就算再添個侍童，也沒有人會多問一句話。」他又爲自己倒了一杯茶，啜了一口，露出一臉苦相。「冷了。」他朝餐點做了個手勢。「餓嗎？」

「不餓，我跟珂翠肯吃過早餐了。」

他看似毫不意外地點了點頭。「今天早上王子送了張紙條給我，我看得一頭霧水，但現在我看出幾分道理來了。他的紙條上寫著『看到您因傷而無法在我的訂婚舞會中跳舞，使我十分難過。突如其來發生不便，使人無法享受到長久以來引頸企盼的樂趣時，會使人多麼失望喪氣，我十分了解。我全心全意地希望您能夠早日恢復您最喜歡的活動。』」

我點點頭，而且多少感到開心。「寫得很隱晦，不過意思都表達到了。我們的王子越來越懂得迂迴。」

「果真是虎父無犬子。」弄臣應和道；我猛然瞄他一眼，卻只覺得他的表情平和且仁慈。他繼續說道：「還有呢。月桂留了個口信給你。」

「我知道。我聽到了；當時我人在隔壁。」

「我想也是。」

我搖了搖頭。「這個口信我就不懂了，而且背後恐怕有什麼事故。從月桂的口氣聽來，她之所以要見我，跟我的馬一點也不相干。不過我中午還是會去馬廄，看看她要跟我講什麼。然後我要去公鹿堡城去看看幸運，並跟吉娜道歉。」

他揚起眉毛。

「我本來跟吉娜說好，昨天晚上要去她那兒跟幸運談談。可是你知道的，我昨晚沒進城，反而跟你去參加訂婚宴了。」

他從早餐托盤裡拿起一把白花紮成的袖珍花束，若有所思地湊到鼻子邊聞聞。「這麼多人，人人都等著見你哪。」

我嘆了一口氣。「我也很為難，不知道該怎麼處理才好。這些年來，我已經習慣了獨居生活，只有夜眼跟幸運會占據我的時間；現在我身邊的人可多了，而我不大能處理得宜。切德的事務龐雜紛亂、多如牛毛，眞不知道他是怎麼弄的。」

弄臣笑了一笑。「切德呀，他是織網的蜘蛛精哪；他的蜘蛛網通往四面八方，而他則端坐在正中間，所以凡是網上有了動靜，他沒有不知道的。」

我也笑了。「這說得眞切；不是奉承，而是準確。」

他突然歪著頭，對我說道：「這麼說來，那就是珂翠肯囉，對不對？不是切德。」

「你在說什麼？」

他低著頭，手裡旋弄著那個袖珍花束。「你變了。現在你的肩膀又挺起來了；當我跟你講話的時候，你會定定地看著我；你原來那個失魂落魄的樣子不見了。」他輕柔地將花束放在桌上。「一定有個人讓你的肩頭重負少了幾分。」

過了一會兒，我應和道：「是珂翠肯。」我清了清喉嚨，說道：「我原先不曉得珂翠肯跟夜眼那麼親近。她也哀悼夜眼之逝呢。」

「我也是。」

我仔細琢磨接下來要跟弄臣說的話；我考慮到這些話可能有點多餘，因為他聽了或許會覺得傷感情，但我還是將話說了出來：「不一樣。珂翠肯跟我一樣悲悼夜眼之逝，她悲悼的是夜眼這匹狼，以及夜眼對她的意義。至於你……」我接不上話，因為我不曉得該怎麼說才好。

「我是透過你而心疼夜眼。對我而言，夜眼非常眞實，然而我是透過你我之間的連繫，而深切地體會到夜眼的存在。所以就某個層次而言，我對夜眼的悲悼的確沒有像你悲悼牠那麼深，因為我悲悼的是你對夜眼的悲悼。」

「你比我會講話得多。」

「沒錯。」他應和道。然後他嘆了一口氣，雙手抱胸。「唔。我很高興有人幫得上你。雖說我很嫉妒珂翠肯。」

這實在毫無道理。「你嫉妒珂翠肯？嫉妒她悲悼夜眼？」

「我嫉妒的是她能安撫你。」我還來不及細想要答什麼，他便搶著以輕快的聲音說道：「這些盤子，就讓你送到廚房去吧；你歸還盤子的時候要裝出氣憤的模樣，彷彿你家主人剛剛把你嚴厲地訓斥了一頓。然後你就可以去找月桂並前往公鹿堡城了。今天我打算靜靜地在房裡待一天，做做自己的消遣活動；我已經放出風聲，說我因為腳痛，所以打算靜養，不見外客。不過王后邀我傍晚的時候到她那兒玩牌。所以如果你回房來沒找到我，就去王后那兒。你趕得及回來扶我一跛一跛地跳去吃晚餐嗎？」

「應該可以吧。」

他的心神似乎更凝重了，彷彿他的腳真的痛得很厲害。「那麼，看看我們能不能在晚餐時碰面吧。」他起身離開餐桌，回到他自己的私室，一語不發地關上房門。他悄聲地關門，但是門關得緊緊。

我將所有的餐盤收到托盤上。雖說他並不期望我有做好僕人分內事的能耐，但我還是把房間裡整理了一下。我將托盤送至廚房，然後捧著柴、提著水回房間。黃金大人私室的房門仍舊緊閉。我納悶著他會不會是病了；要不是時間已近中午，我真的會去敲他的門。我回自己的房間去把醜劍繫上，從珂翠肯給我的錢袋裡拿了些銅板出來，其餘的便塞在床墊的角落裡；我檢查了身上的暗袋，拿下掛鉤上的斗篷，朝馬廄走去。

大批賓客湧進公鹿堡參加晉責王子的訂婚大典，所以平常用的馬廄擠滿了賓客的馬匹，而像我這樣的僕人所用的馬，便遷到「舊馬廄」，也就是我小時候出沒的那個馬廄去了。對我而言，這樣更好；阿手與一些馬廄舊人可能還記得當年在馬廄總管博瑞屈身邊跟前跟後的那個少年，但是在舊馬廄那裡，我比較不可能碰上他們。

我發現月桂正靠在黑瑪的馬欄門上，溫柔地跟牠講著話。會不會是我錯估了月桂的語意？我快步走到她身邊，心裡不禁開始擔心黑瑪出了什麼事。「黑瑪怎麼了？」我先問道，之後才遲鈍地想到我這樣非常失禮。「女獵人月桂，日安。我依您所說的，前來此處找您。」黑瑪對我們兩人視而不見。

「獾毛，日安。謝謝你來找我。」她悠閒地四下看看；雖然現在馬廄的這一角空無一人，但她還是靠上來，壓低了聲音說道：「我要私下跟你講句話。跟我來。」

「如君所願，月桂小姐。」她大步走開，我跟在她身後。我們走過了一排又一排馬欄，來到馬廄的後方，月桂帶我走上當年很堅固，但現在已經搖搖晃晃的樓梯，這使我大吃一驚。這樓梯通往博瑞屈住的閣樓。他當年擔任馬廄總管的時候，聲稱他不要住城堡主樓裡的好房間，寧可住得離他所掌管的動物近一點；而我跟他住在一起的那幾年，總也以爲這是實情。不過後來我再細想，就覺得博瑞屈之所以屈就馬廄閣樓這個寒酸的所在，一方面是爲了讓我避開衆人耳目，另一方面則是爲了維持自己的隱私。如今我跟在月桂身後爬上陡梯，心裡不禁納悶月桂到底知道多少；她該不會將帶我前來此處當作是個序曲，打算逐步揭露我的身分之謎吧？

樓梯頂端的門並未上鎖。她用肩膀一撞，門就嘎吱嘎吱地拖過地板；她踏進陰暗的閣樓，並示意我也進去。我蹲身躲過結在門框上的蜘蛛網；閣樓很暗，只有房間末端那個小窗戶破損的護窗板之間透進一些光亮。霎時間，我覺得這裡好小。當年博瑞屈零散地擺在這裡的幾件家具早就清走了，取而代之的是馬廄的破爛物品：絞扭打結的馬韁、破裂的號角、飛蛾啃爛的毯子等；我在此處度過童年，但如今整間房間堆的都是人們暫擱在一旁，心想總有一天會騰出時間修理，或有一天說不定會派上用場的舊東西。

我心想，若是博瑞屈看到這個情景，一定會氣死了吧！我又納悶著，阿手怎麼會讓這些破爛東西越堆越多，繼而想道，阿手自有更緊要的事情需要處理。如今的公鹿堡馬廄，可比紅船之戰時更大也更氣派了；我看阿手大概不必像博瑞屈那樣，半夜坐在燈旁修理馬具，並替馬轡上油。

月桂誤解了我臉上的表情。「我知道這地方很臭，但是這裡沒有別人。我是很願意到你自己的房間去談，無奈黃金大人忙著搬演大貴族的派頭。」

「他的確是大貴族啊。」我指出，但是月桂臉上那一閃而過的表情使我乖乖閉上了嘴。我遲鈍地想起，黃金大人在旅程中與月桂有說有笑，但是昨晚他們卻連招呼都沒有。噢。

「你們愛裝誰就裝誰吧，這我才不管哩。」月桂把她對我們兩人的煩厭擱在一旁；她必定是有比此更要緊的事情要說。「我表弟鹿親捎來消息。鹿親此舉其實不是爲了要警告你，而是爲了要警告我；依我看來，他大概不願意我通知你，畢竟他有充分的理由不喜歡你。不過，王后似乎很重視你，而我是立誓效忠王后的。」

「我也是。」我強調道。「這麼說來，妳已經將這個消息稟報給王后知道了？」

月桂朝我看了一眼。「還沒。」她坦承道。「王后沒必要知道，因爲這事是你自己就能處理的。況且我要找王后私下一談很難；要找你私下一談就容易多了。」

「到底是警告什麼？」

「鹿親叫我趕快逃走。花斑幫的人知道我是誰，也知道我住在哪裡。就花斑幫的想法，我這人是雙重叛徒。第一，因爲我的家族淵源，所以他們把我算做是原血者；第二，我效忠的是深仇大恨的瞻遠政權，所以罪加一等。他們若逮到機會，就會把我殺了。」月桂淡淡地講述自己所受的生命威脅，但是接著她壓低了聲音，轉開頭補了一句：「而你的處境也是一樣。」

月桂與我都沉默不語。我一邊沉思，一邊觀察從護窗板的縫隙間照進來的薄薄陽光，以及在光線中飛舞的微小粒子。過了一會兒，月桂再度開口：

「大概就是這樣。你砍斷了路德威的前臂，他的傷至今仍痛苦不堪。在我們那個小小的冒險活動之後，許多原本追隨路德威的人都離開了花斑幫，重回眞正的原血者生活方式；而且原血家庭也對子女施壓，要孩子們放棄花斑幫偏激的政治主張。許多人一直覺得，王后是眞心要讓原血者的日子過得好一些；等他們知道王后的兒子有原智之後，他們對王后就更有好感了。他們願意等待，至少願意等上一陣子，看看如今王后會怎麼對待我們。」

「至於那些繼續追隨路德威的人呢？」我不情願地問道。

月桂搖了搖頭。「繼續跟著路德威的，都是最危險也最不理性的人；路德威吸引的都是恨不得流血打殺、引發騷動的傢伙。與其說他們要追求正義，不如說他們想要復仇；與其說他們想要和平共處，不如說他們渴望權力。有些人，好比說路德威吧，親眼見過家人朋友只因爲有原智而被處死；而其他人呢，身上流的簡直不是血，而是狂性了。他們人數雖不多，但卻爲了目的而不擇手段，所以其危險不下於一支大軍。」

「他們有什麼目的？」

「很簡單。他們自己要權力，壓迫原智者之人則要受到懲罰。他們痛恨瞻遠家族的人；更有甚者，他們痛恨你。路德威不斷地灌輸他們說你有多可惡。他自己沉溺於仇恨之中，還把仇恨當作貴重的黃金散贈給追隨他的人。他們最看不順眼的就是『對萬惡之瞻遠家族卑躬屈膝』的原血者，所以你就被他們

當作是眼中釘。凡是助你對抗花斑幫的原血者，都受到路德威的花斑幫份子報復；有人房子被燒，有人養的雞群鴨群被驅散或是偷走。這些偷襲行爲陸續發生，不過花斑幫還撂下狠話：以後要是有誰敢不支持他們對抗瞻遠家族，就把他們的身分抖露出來。衆人人心惶惶，因爲我們不可能起而對抗花斑幫，但是他們卻不惜讓我們死絕；花斑幫的人說，所有的原血者都得支持他們，要不然就等著被殺光吧。」月桂的臉變得很嚴肅也很蒼白。我知道她的家人一定受到了實際的威脅，而且我一想到她的家人之所以有此厄運，有幾分是我所造成，胃腸就不禁絞緊起來。

我吸了一口氣。「妳講的事情倒不全是新消息，有一些我已經知道了。前一兩天，我從公鹿堡城回堡裡來，路上被花斑子跟蹤了；我唯一意外的是，他們竟然留我一命。」

她輕輕聳起一邊肩膀；瞧她這個姿勢，倒不是說我沒什麼危險，而是說我把花斑子的心眼想錯了。「花斑子對你恨之入骨。你砍掉路德威的手；你是原血者，可是你卻效忠瞻遠家族，還直接跟花斑幫作對。」她搖搖頭。「他們可以任意置你於死地，卻留你活口，這沒什麼好安心的，因爲這只表示你活著對他們還有一點用處；我表弟說，也許我自己沒發覺，但我錯跟最糟糕之人爲伍，就是在暗指此事。花斑幫的傳言是，黃金大人與湯姆・獾毛另有其他身分——這倒多少在我意料之中，但是鹿親卻把這講成是天大的事情。」

月桂頓了一下，大概是要給我時間解釋。我沒說什麼，但心裡想了很多；會不會是有人將湯姆・獾毛與歌謠、傳聞中所講的那個「原智小雜種」聯想在一起？果眞如此，他們之所以留我活口，到底是對我有何索求？如果他們想捉我做爲人質，用以對付瞻遠家族，那麼當晚他們就可以動手了，不是嗎？不過月桂皺眉怒視著緘默不語的我，並接口說話，打斷了我的思緒。

「花斑幫的人攻擊、劫掠自己人，甚至連曾經追隨路德威，自稱花斑子的人也不放過，這使得原血者都看不過去了。有些劫掠的行爲，顯然與任何『高尙』的花斑幫動機毫無關聯，只是爲了報復個人的私仇而已；而且他們肆行恣意、無法無天。現在路德威還很虛弱，因爲失了手臂，所以致今他仍高燒不退，以至於無法主事。親近路德威的人因此而加倍仇視你；他們一定會快如燎原野火地對你下手。你瞧，你才剛回到公鹿堡幾天，他們就盯上你了。」

我們沉默地在灰塵滿天飛的房間裡站著，兩人各自想著陰暗到不宜說出口的思緒。最後，月桂不情願地說道：「鹿親跟那些花斑幫的人有牽連，這你是知道的。而他們想要誘鹿親回去。鹿親必須……跟他們虛與委蛇。這樣才能保全我們的家族。他現在的處境非常危險。他聽到的事情太敏感，不宜轉述給別人知道，但他還是傳了消息給我。」月桂的話聲漸小；她凝視著關閉的窗戶，彷彿她能夠看到窗外的動靜。

我知道她的意思。「妳應該稟報王后；跟王后說，鹿親爲了保障家人的安全，所以必須維持背叛王室的表象。鹿親勸妳逃走，妳有沒有好好考慮？」

她緩緩地搖了搖頭。「逃到哪裡去？逃回家裡？那豈不是讓家人惹上更大的麻煩嗎？如果我待在這裡，那麼花斑幫至少還必須深入虎穴才能對我下手。所以我會繼續待下來服侍王后。」

我心裡想著，切德恐怕也無法保護月桂，至於月桂的表親，那就更不用說了。

月桂以平板的聲音打破沉默。「鹿親從一些蛛絲馬跡推測，花斑幫可能在跟外人結爲聯盟，他還說，這些外人『力量強大，而且樂於在推翻瞻遠王室之後，讓路德威的人掌權』。」月桂憂心忡忡地瞄了我一眼。「聽起來他們牛皮吹得很大，是不？不可能有這種事情，對吧？」

「最好是稟報王后。」我答道，並暗自希望她別聽到我的心聲，因爲我認爲這是有可能的；這種事情，我一定會告訴切德。

「那你呢？」月桂問道。「你會逃走嗎？我認爲你應該要逃走，因爲花斑幫就是想藉著你來立威。他們只需要抖出你的事情，就等於在昭示連公鹿堡裡都有原智者；而你若是被人分屍、燒屍，又等於是殺雞儆猴，告誡別的原血叛徒若他們膽敢否認自己的血緣、背叛自己的親族，就是這個下場。」

月桂的表弟是原血者，但她自己並非原血者。雖然她的家族有原血的淵源，但是她既不同情原智魔法，也不同情使用原智魔法之人；月桂跟大多數的六大公國人民一樣，認爲我這種與動物交流、與動物牽繫的能力，乃是可恥的法術。也許正因如此，所以月桂使用「叛徒」一詞時，我不必太過在意，但是月桂講這段話的輕蔑語氣使我怒火中燒。

「我不是叛徒。我並未背叛我自己的原血血統。我原本便立誓效忠瞻遠王室，我這不過是守諾罷了。如果原血者沒有先對王子不利，那麼我根本就不必將王子從他們手裡搶奪回來。」

月桂語氣平板地說道：「那不是我的想法；我不過是把我表弟的話複述給你聽而已。鹿親告訴我這消息是要叫我警告王后；這多少是因爲他覺得自己虧欠我，但此外還有個重要緣故：我們所知的這幾個近代的瞻遠政權，就數珂翠肯王后對原血者最爲容忍，所以鹿親不願她因爲蒙羞而影響力減退。據我看來，鹿親大概以爲，王后若是知道花斑幫會拿你來對付她的話，一定會趕緊甩掉你；但是我對王后了解更深。就算花斑幫會拿你來對付王后，王后也不會聽我的勸，把你送得遠遠的。」

原來如此。原來月桂約我出來的目的在此。「你認爲我不待王后開口，就自己走避，這樣對大局最好？」

她望向我身後遠處，好像不是在對我說話。「你是突然之間不知道從哪裡冒出來的。也許你還是回到原來的地方最好吧。」

在那一瞬間，我眞的認眞思索起這條路。我可以走下樓梯，騎上黑瑪，就此揚長而去。幸運在拜師學藝，安全無虞，況且切德一定會妥善地照顧他。我一直不願教導晉責精技，更不想把我對原智的了解告訴他。也許對我們大家而言，這條路是最簡單的方法。我是可以就此消失。不過——

「我並不是自己跑到公鹿堡來的，而是因為王后緊急召我前來；而我之所以繼續留下來，也是因為王后之故。況且，就算我離開此地，也不能除去王后的威脅，因為路德威跟他的手下都知道王子有原智。」

「我早想到你可能會這麼說。」月桂退讓道。「再說以我的評斷，你說得可能極為正確。不過我會將此事稟報給王后知道。」

「妳若是不跟王后稟報，就是疏忽了職責。不過我還是很感謝妳花這麼多工夫找我出來，讓我也知道此事。我知道鹿親難免對我印象不佳，不過我很希望我們能將過去的嫌隙拋到腦後；如果有機會的話，煩請妳把我的意思告訴他。就說我不但對他毫無惡意，也對於眞正持守原血傳統之人毫無惡意；然而我永遠都必須將我對於瞻遠家族的忠誠擺在第一位。」

「我也是。」月桂正色說道。

「別跟晉責王子提起路德威的意圖。」

「鹿親傳給我的消息裡沒提到王子。所以我對此只有一個答案，那就是我不知道。」

「了解了。」

講到這裡，我們好像已經說得差不多了。我讓月桂先行離去，以免被別人看到她跟我在一起。我在房間裡逗留了很久，倒不光是為了等月桂離開。積滿灰塵的窗櫺上，仍依稀可見我小時候拿刀子隨便亂刻的痕跡。我抬頭望著傾斜的屋頂，當年我的床鋪就在那一角；至今仍看得出那處的粗糙木板上，歪扭地刻著貓頭鷹。事隔太久，加上後來又有別人居於此處，所以博瑞屈與我的蹤跡已經被抹去得差不多了。我離開房間，並拖著門板，緊緊關上門。

我是可以將黑瑪上鞍，騎馬到城裡去；不過儘管天冷，我仍決定走路去公鹿堡城。我的理念是，要跟蹤走路的人比較困難。一路上無啥意外也未多交談，我便出了城堡大門。我輕快地大步走，不過一走到守衛與其他路人都看不見我之處，便避到路邊，站在稀疏的灌木叢後，看看後面有沒有人跟蹤我。我動也不動地靜靜站著，站到我背後的舊傷又開始痛了起來。今天溼氣重，想必晚上會下雨或下雪。我的耳朵和鼻子被風吹得冷冰冰。我終於判斷今天無人跟蹤；不過我進城時，還是運用了一些舊日的技巧。

我故意繞一大圈才走到吉娜家。之所以繞路，一是因為謹慎，二是因為躊躇。我想買個禮物送給吉娜，這既有為昨晚爽約沒去看她而道歉之意，也可藉此感謝她幫我照顧幸運，但我卻想不出該買什麼才好。耳環不好，太貼身，也太長久；同樣地，路邊的攤子上那條顏色鮮豔的披肩圍巾也不適合。剛做好的燻魚引得我食欲大開，不過送燻魚好像不成禮。我雖是成年人，卻覺得自己陷入了少年人的兩難之中；我該選什麼禮才能表達我的感激、抱歉與好感，卻又不至於顯得我對她過於感激、抱歉與好感？最後我決定送個能夠表達友善，而且就算是送給弄臣或是幸運也不至於令人尷尬的禮物。我看中了一袋味甜的榛果，今年的榛果又大又亮；另外又買了一條新鮮的香料麵包。拿著這些東西，我在敲著那扇掛了掌紋招牌的門時，心裡覺得自信滿滿。

「等一下！」吉娜叫道，開了上半扇門，瞇眼朝著立在陽光中的我打量著。她屋子很暗，護窗板關得緊緊地，桌上的蠟燭散發出芳香。「啊，湯姆。我正在幫客人看相呢，你能等一等嗎？」

「當然。」

「那好。」吉娜說著便緊緊地關上門，留我呆呆地站在原地。我實在沒想到會碰到這種情況，不過繼之一想，也覺得我碰上了是活該；所以我謙遜地等著，注視著街上來來往往的行人，並盡量在刺骨寒風中裝出自在的模樣。吉娜是個鄉野女巫，她住的這條街頗為安靜，但是來往的人不斷。她隔壁住的是製陶者，那陶匠關緊了門避風，不過門外排著各種陶器，而且屋裡傳來轉動轉盤的捏陶聲。吉娜對街住的那婦人，不知怎會生了那麼多兒女，年紀都很小，雖然天冷，但其中幾個仍執意要爬到外頭泥濘的街上，而一名年紀也比那些娃兒們大不了多少的小女孩，則耐心地不斷將娃兒往門裡搬。我站在這裡，可以看到這條街遠處有個酒館，酒館的招牌上刻著一隻卡在籬笆上的豬；那家店的顧客，似乎多是拿了小酒桶去買啤酒回家喝的人。

我正開始考慮到底要就此離去，還是再度敲門時，吉娜的門就開了。一位衣著華麗的夫人走了出來，後面跟著兩個女兒；小女兒眼裡噙著淚，大女兒卻顯得不耐煩。這位太太對吉娜道謝再三，又講了好久的話，才吩咐她那兩個女兒別再逗留，快快隨她去。臨走時那婦人瞄了我一眼，似乎很不以為然。

雖然我曾經認為吉娜是為了給我下馬威而將我關在門外，但此時她臉上既溫馨又疲倦，所以剛才的念頭一下子飛到九霄之外。她穿著綠色的袍子，腰間束著寬大的黃帶子，搭配得宜，且格外襯托出她的胸部。「進來，快進來。呼，這是個什麼樣的早晨啊。人呀，眞怪；既想知道自己的手相是什麼意思，但是你點破了，她們又不相信。」

吉娜把我身後的門關上，使我一下子陷入黑暗之中。

「我家主人交代了事情，所以我昨晚沒來，眞對不起。我在市場裡買了些新鮮的香料麵包。」

「噢，眞棒！你那袋榛果是市場買的嗎？要是我早知道你愛吃榛果就好了，因為今年我的外甥女那片榛樹結的果子特別多，多到我們都不知道怎麼辦才好；後來我外甥女農場那邊有個鄰居拿了一部分去餵豬，但是今年落在樹下的榛果，多得積了厚厚一層，淹到腳踝呢。」

所以榛果的事情就到此為止了。不過吉娜把香料麵包從我手裡接過去，擱在桌上，並讚美麵包聞起

來很香，接著解釋說，此時幸運自然是到師傅那兒學藝去了。她又問道，她外甥女借了小馬與板車去搬柴火，我會不會介意？幸運是說這無妨，況且那匹馬兒老了，做點輕鬆的活兒，其實比呆呆站在馬欄裡度日來得好。我也說這無妨，並請吉娜寬心。「茴香不在？」我問道，心裡想著那貓跑哪兒去了。

「茴香？」吉娜似乎有點訝異我會問起牠。「噢，茴香大概去忙牠自己的事囉。貓兒都是這樣。」

我將那一袋榛果放在門邊地上，把我的斗篷掛在榛果上方的掛鉤上。她的小屋裡很暖和，我那冰冷的耳朵逐漸復活，而且覺得有點刺痛。我朝餐桌走去時，吉娜已經倒好兩杯熱騰騰的茶了；那蒸騰的熱氣像是在邀請我。麵包旁邊另有一碟奶油、一碟蜂蜜。「餓不餓？」吉娜笑吟吟地問道。

「有點。」我坦承道。她的笑容很有感染力。

她的眼睛不停地打量我的臉。「我也餓了。」她說道，朝我走過來；我的手自然而然地環住她，接著她抬起頭、閉上眼邀請我；我得彎下身才吻得到她。她櫻唇微開，嘴裡有茶與香料的味道。我突然頭暈起來。

她放開了我，把頭倚到我胸前。「你好冷。」她說道。「我不該讓你在門外等那麼久的。」

「我現在暖和多了。」我要她放心。

她抬起頭來，笑看著我說道：「我知道。」然後她再度吻上我，並伸手往下摸索，尋找我現在變暖和了的證據。我被她這麼一摸，驚訝地跳起來，但是她的另外一手按住了我的後頸，使我的唇繼續黏在她的唇上。

吉娜領著我朝她的臥室走去，而且一路上繼續熱吻未停。她放開我，將臥室門緊緊關上；房裡只有從屋頂隙縫之間滲入，再穿過這矮房子的開放式閣樓後透進來的一絲光線，於是我們立刻陷入幾近黑暗之中。床是柔軟的羽毛床，房間裡盡是女人的味道。我試著吸一口氣，並把自己的心給找回來。「這樣做並不明智。」我說道，好不容易才把話說出口。

「的確如此。」她伸手解開了我襯衫的繫帶，使我情慾高漲；接著她輕輕一推，讓我坐在床的邊緣。

她將我的襯衫脫去時，我眼睛望著床邊桌上的一個小小護符。那個以枯枝爲框，框上纏繞著紅珠與黑珠珠串的護符，彷彿是一盆冷水似的，令我一看便慾望全消，並感到自己所爲全無效用。吉娜解開我的腰帶時，發覺我在注視護符；接著她研究我的表情，並搖頭笑道：「唔，你可比我還敏感哪！別看那個了，那是給我用，不是給你用的。」然後她拿起我手裡的襯衫，隨便地蓋住了護符。

那時候我還有一時的理智，可以阻擋此事發生；可是吉娜根本不給我訴諸意識的機會，因爲她的手解開我的腰帶，手指接著滑過我的肚皮，然後我便不再思考了。我站起來，將她的袍子從她頭上拉出來；這麼一來，她的頭髮都亂得散在臉旁。我們站著彼此撫摸對方；她讚美她幫我做的那個護符的確有效——而此時我身上不著一縷，只剩脖子上的護符了。她問我脖子上與肚子上的新抓痕是怎麼來的；我以唇封住了她的口。我記得我輕鬆地抱起她，將她按倒在床上；我上了床，跨坐在她身上，然後彎下身來望著她豐腴的身材；她那粉紅色的乳頭急切地站起，身上散發著女人香。

我也不多說一語，便跨騎上去，佔有了她；盲目的肉慾驅使著我，吉娜則因爲我的熱烈激情而驚嘆道：「湯姆！」我的手按著她的肩，我的嘴封住她的嘴，而她則弓起身來迎合我。突然之間，我只覺得心裡對吉娜需索殷切：我急需親密與熱情的肌膚碰觸、將自己全然地與別人融合，並將深藏在我血肉之間的孤寂感拋在腦後。我毫無保留，而且我想我也使她對我毫無保留。

就在我因爲完成了這一切而暈頭轉向時，吉娜輕聲地說道：「嗯，湯姆·獾毛，你這人可眞是性急啊。」

我躺在她身上，粗嗄地大口喘氣；在這一片靜寂之中，這呼吸聲顯得特別醜陋。我羞愧得無地自容。我們兩人均動也不動。過了一會兒，她動了一下，我聽到她吸了一口氣。「你早就餓了嘛！」吉娜之所以這麼說，也許是因為懊悔之前的話道出了她的失望，但是她並未收回前言，而是設法將之淡化；然而她補上這句話，只使得我滿臉通紅，而且羞辱得更徹底。我躺到她旁邊的枕頭上，聽著風吹過街上的聲音；一板之隔外的街道，傳來人來人往的走路聲；突然間，一名男子高聲大笑，使我畏縮了一下。閣樓上傳來蹦跳聲與老鼠的吱吱叫聲。吉娜親吻我的臉頰，她的手輕輕拂過我的背，以令人寬慰的聲音柔聲說道：「湯姆，第一次通常都不是最好的。你已經讓我看到你的少年激情了；現在我們何不來探索你的成人技巧呢？」

這麼說來，她是要再給我一次機會，而我雖羞愧，卻還是感激得不得了。我像工作一般地循序漸進，不久便使我們兩人都燃燒起來。椋音曾教過我幾個方式，而吉娜似乎對於我第二次的表現頗為滿意。直到事畢之後，當我們一起躺在床上喘氣，我才因為她講的話而開始感到疑慮。「好呀，獾毛。」壓在我身下的吉娜說道，吸了一口氣，繼續說道：「原來做母狼的滋味就是這樣。」

我難以置信地抬起身體，以便看清她的表情；她對我眨眨眼睛，臉上浮出一抹古怪的笑容。「我從沒跟原智者在一起過，你是第一個。」吉娜坦承道，她又吸了一大口氣，接口道：「我聽別的女人講過，她們說原智的男人比較……」她停頓下來，想著該講什麼詞。

「獸性？」我試探道，我知道我是以侮辱自己的口氣講出這兩個字。

她的眼睛睜得大大地，不太自在地大笑起來。「我不是要說那個字眼，湯姆；我意在稱讚你，你怎麼反倒把我的好意當作是侮辱呢？我原來是要說『野性』；原智男人就像動物一樣自然，根本不管別人怎麼看待自己。」

「噢。」除了這一聲，別的我也講不出來了。我突然納悶，我對吉娜而言到底算是什麼東西；是新鮮的玩物？是與不具完全人性之人的禁忌激情？一想到吉娜可能將我視爲獸慾與奇異之人，我便滿心不自在。難道說，在吉娜心裡，她的魔法與我的魔法之間，竟隔著無法跨越的鴻溝嗎？

然後她又把我拉到她胸膛上，並吻著我的側頸。「別再想了。」吉娜告誡道；於是我便不再思索。過後，她在我身邊打盹；我的手臂環著她，她的頭枕在我的肩上。我斷定自己已經洗清罪嫌了。然而就在我望著陽光映在牆上的光影時，我突然領悟到方才的一切都是表演。她與我都不提愛情，我們不過是一起完成一件感覺很好，而且我有能耐做好的事情罷了。然而若說我們第一次的交合令吉娜很不滿意，那麼我們第二次的交合，反而使我比她更深刻地感受到如此激情之不足處。我好多年不曾如此，但此時我卻突然鮮明地體會到自己有多麼渴望莫莉，多麼期盼我倆之間那種單純、美好且眞實的情慾。然而下午這一場，與椋音和我之間強不了多少，也實在與我的夢想相去太多，可說是天壤之別。這甚至連同床共寢都稱不上。在巨大的不滿之中，我只希望有一天我終能再度享有如我初戀般的愛情；我多麼希望我能有個彼此相愛，全世界都因她而變得格外鮮明的女人。

今天早上，珂翠肯像朋友一般地與我相擁，然而她的擁抱，比起吉娜與我之間眞正的激情更有意義。我突然恨不得離開此地，恨不得這一切從未發生過。吉娜與我原本正在慢慢變成朋友；我也才開始認識她而已。如今我把這個良好的基礎破壞殆盡了。更何況幸運也捲入其中；若是吉娜想繼續下去，那我該如何應對？我一直在教導幸運，成年男子應該有原則、有操守，難道我要再度公然丟開我教給幸運的一切規矩嗎？要不然，難道我要瞞著幸運私下偷情，悄悄地來去吉娜的床嗎？

我已經對偷偷摸摸的祕密厭惡至極了。我的周身都是祕密，而這些祕密像是血蛭一般，緊緊地吸附在我身上，吸乾我的生命。我渴望的是實在、確實，而且公開。我能夠把吉娜與我之間，扭轉爲實在、確實且公開的戀情嗎？恐怕很難；一來她與我之間沒有眞誠深刻的愛情做爲基礎，二來我又再度投身於瞻遠王室的密謀之中，所以有些祕密我必定不能讓她知道，以免到頭來危及她的性命。

我不知道她已經醒了；或許是因爲我那一聲長嘆，驚醒了半夢半醒之間的她。她伸手拍拍我的胸膛。「別自尋煩惱了，湯姆。剛剛的事情算不上是你的失敗。我剛剛就猜到，八成是床邊的護符壓抑了你的能力；而如今你又因爲護符的關係，而變得鬱鬱不樂的，對不對？」

我聳聳肩。她在床上坐了起來，橫過身子，以她那溫熱的肌膚與我摩擦。她拿起我那件襯衫，露出護符。那個可憐的小東西孤絕地伏在桌上。

「那是女人家的護符。這種護符很難做，必須配合每個女人不同的狀況，精密地加以微調才能生效，而且你必須了解一個女人最私密的身體紀錄才能製作。所以，身爲鄉野女巫，我能爲自己做個這種護符，卻無法爲別人製作……至少也得要有個特定的對象才設計得出來。至於這一個，是我爲自己做的，也特別微調以配合自己的身體狀況；這種護符的功用是避免受孕。我早該想到你會受這種護符的影響；因爲任何一個渴望孩子，渴望到肯將棄兒當成自己的孩子來養大的男人，一定很渴望有自己的骨肉。你也許嘴上不肯承認，但是每次你與女人在一起，你這個想要有孩子的願望便燃燒起來。據我猜想，湯姆，你之所以會那麼熱情，一定是因爲這個心理作祟；然而這小小的護符卻在你還來不及生出這個願望之前，便將你那個空虛的夢想掃開了。那護符彷彿在對你說，我們的交歡無用且沒有結果；這就是你現在的感覺，對不對？」

就算找得到理由可以解釋，也不見得就能解開心結。「可不是嗎？」我問道，接著便因爲自己苦澀的語氣而畏縮了一下。

「可憐的孩子。」吉娜同情地說道。她在我額頭上，也就是珂翠肯早上親過我的地方印上一吻。

「你有這感覺就不對了，那是護符的作用呀。」

「我已經沒有資格做父親了。幸運叫我昨晚一定要來，有要事告訴我，但我卻沒來。所以我根本就不想製造另一個我無力保護的小生命。」

趴在我身上的吉娜搖了搖頭。「一個人心底所企盼的，往往跟他的腦子裡知道的是兩回事。你難道忘了我看過你的掌紋嗎，甜蜜之人？說不定我對你心底的祕密知道得比你自己還清楚呢。」

「當時妳說我的眞愛會回到我身邊。」儘管我不願顯得氣憤，但是我的話裡又再度流露出指責。

「湯姆，我可沒那麼說。雖然我明知我所說的，不見得就是來求我看相的人想聽到的話，但我還是要再講一次給你聽。看這裡就知道了。」她捧起我的手，靠到她的近視眼前面；她赤裸的胸拂過我的手腕，手指頭點著我的掌心，追尋某一條紋路。「你這一生有個進進出出的愛情；這愛情有時離你而去，然而即使離去，也是與你的人生平行發展，直到再度相遇爲止。」她把我的手湊得更近一點，並仔細地研究了一會兒；她在我掌心吻了一下，又把我的手放在她的胸前。「然而那並不意味著你在等待愛情回來之前，必須孤獨地虛擲時光。」她輕吟道。

茴香的出現，免去我拒絕吉娜的尷尬。*來隻老鼠如何？*我抬起頭。那隻橙黃色的貓蹲伏在閣樓的邊緣俯看著吉娜與我，嘴裡則叼著一隻痛苦蠕動的老鼠。*還有得玩哩。*

*不。你就乾脆地殺了牠吧。*我感覺到那小東西已經飽受折騰；牠已經活不成了，然而牠的生命仍兀自苦撐。凡是生命，無論大小，都不會輕易放棄。

茴香才不理會我的要求。牠從閣樓邊緣跳下來，降落在我們床邊的地上，然後放開牠的獵物。那隻驚怕的老鼠雖有一條後腿不能動，但仍慌張地朝我們衝過來，吉娜厭惡地驚叫著從床上跳起來；我一把抓住那老鼠，這麼一掐一扭，便結束了牠的痛苦折磨。

你很快嘛！茴香讚道。

哪，你拿走吧。我把死老鼠交給茴香。

茴香湊過來嗅了嗅。你把我的興致都破壞了！牠蹲伏在床上，生氣地以牠那圓圓的眼睛瞪著我。拿走。

我不要了。那東西已經不好玩了。牠低聲地朝我咆哮了兩聲，跳下床。你怎麼那麼快就把牠殺了！你根本就不懂得玩樂。茴香頭也不回地丟下這話，便直朝房門而去，用爪子摳著門框，要吉娜放牠出去。赤裸的吉娜拿起她的袍子略遮一下，走過去開了門，那貓便側身從門縫裡溜出去了；獨留我一絲不掛地坐在吉娜的床上，手裡捧著一隻死老鼠，鼠鼻子、鼠嘴滲出血來，流到我手上。

吉娜把我那依然絞纏在一起的長褲和內褲丟過來。「別讓我的床單染到血。」吉娜警告道；所以我沒將老鼠放下來，而是掙扎著用一隻手穿褲子。

我將老鼠丟到屋後的垃圾堆上。我重新進屋子裡時，吉娜正在將滾水倒入茶壺裡。她笑著對我說：「之前的茶好像都涼了。」

「是嗎？」我盡量以跟她一樣輕快的語調說道。我走回她的臥室，穿上襯衫，又拉平她的床單；從頭到尾都避免看到那個護符。我走出她房間時，雖然很想馬上就離去，但還是捺著性子在桌邊坐了下來。我們一起配著熱茶吃麵包沾奶油跟蜂蜜。吉娜聊著早上來找她的那一母二女的事情；她們要問的是，有人向那小女兒求婚，不知道這樁姻緣好不好？吉娜看了小女兒的手相，勸她再等一等。這個故事牽連甚廣，吉娜講得又仔細，而我則客氣地聽著，但僅任由那些話語流過我耳邊。茴香走到我椅子邊，站起來將前爪刺入我的腿上，一借力，便縱身跳上我的大腿，坐在那裡打量桌上的食物。

貓要吃奶油。

我何必對你好。

你當然要對我好，因爲我是貓啊。

茴香高高在上地認爲，光是這個理由就足以讓我幫牠撕塊麵包、沾點奶油給牠吃了。我本希望茴香叼了這奶油麵包就走，誰知牠就大剌剌地任由我幫牠拿著麵包，讓牠將麵包上的奶油舔乾淨。還要。

不。

「……不然幸運可能也會陷入同樣的窘境裡。」

我努力回想吉娜在這之前講的是什麼，結果發現我根本沒用心聽她的話，所以心裡連一點印象都沒有。由於我不理會茴香，所以牠正乖僻執拗地用爪子戳我的大腿。「唔，我打算今天跟幸運談談。」我應道，並且希望我應的這句話還算得上順理成章。

「你是應該跟他談談。當然了，你待在這裡等他是沒用的。就算你昨天晚上來看他，頂多也只能坐著枯等而已。幸運每天都很晚回來，而且每天都很晚才去師傅那裡。」

這有點不大對勁。幸運不像是那種人。

「那妳看怎麼辦呢？」

她吸了一口氣，有點煩躁地吐了出來。我想這是我活該。「我剛才不是說了嗎？你去鋪子裡問問他師傅能不能讓你跟幸運講幾句話；你找到幸運後，就跟他立下生活規則，再跟他說，如果他不守規矩，你就讓他跟別的學徒一樣，住到師傅家裡去。這樣也許能勸得動他好好管束自己，要不然就去讓人家管束他。因爲，要是他住進學徒的宿舍，那麼他就會發現，一個月能有兩個晚上出去溜達溜達，就算是不錯的了。」

這時我可是全神貫注地聽著。「妳剛剛說，別的學徒都是住晉達司師傅家的？」

吉娜露出驚訝的表情。「當然啦！而且晉達司管得可嚴了呢，嚴一些可能反而對幸運好——不過話說回來，你是幸運的父親，孩子該怎麼管，你應該最清楚。」

「幸運以前都很乖的。」我溫和地評論道。

「唔……是啦。可是我之前真的沒有想到，師傅說不定會希望幸運在他那兒住宿。」

「這個嘛，以前你們住在鄉下呀。況且鄉下既沒有酒館，也看不到這麼多年輕女孩子。」

「晉達司的舖子後頭就是學徒宿舍。學徒住得近一點，才方便早上起床、漱洗、吃早飯，然後在天亮前開工。難道你當年當學徒的時候，不是在師傅家吃睡的嗎？」

說起來，我當學徒時也算是在師傅家吃睡了，只是我從未以這個角度來考慮我的學徒生涯。「我從未正式拜師當學徒。」我隨便扯了個謊。「所以這些我倒不知道；我還以為幸運學藝的時候，我必須供給他飲食住宿。所以我才帶了這個來。」我將我的錢袋打開，將銅板倒在她桌上。

我望著桌上那一堆銅板，卻突然覺得尷尬起來。吉娜該不會認為我拿出這錢，不是為了支付幸運的食宿，而是為了要酬謝男女之事吧？

吉娜不發一語地凝視著我，過了好一會兒才說道：「湯姆，我連你之前送來的錢都極少動用到。你以為餵飽一個男孩子能花上多少錢哪？」

我努力地做出個道歉的聳肩動作。「這些城裡人的事情，我還真搞不懂。我們在家的時候，食物都是田裡長的，要不就是山野裡獵來的；我知道幸運工作一天之後食量特別大，所以總覺得要餵飽他勢必要花上不少錢。」切德一定是派人送了錢給吉娜；至於切德給了多少，我就無從得知了。

「嗯。若是你給得不夠，我自然會說。其實我外甥女樂得有小矮馬與板車可用；這兩樣是她老早就想要的，只是要額外攢錢買這麼大的東西很難，這你是知道的。」

「盡量用，千萬別客氣。幸運不是說了嗎，酢漿草多動一動，比老是待在馬欄裡好。噢，這些妳就留著給馬買草料吧。」

「草料我們容易張羅，再說，馬既然是我們在用，我們供馬飲食也是應該的。」她頓了一下，眼睛望向他處。「那麼，你今天要去看幸運？」

「當然。所以我今天才進城呀。」我開始疊高銅板，以便待會收回錢袋裡。這樣眞令人尷尬。

「我懂了。所以你今天是爲了幸運而來我這裡的。」她有感而發地說道，不過臉上帶著頑皮的笑容。「唔，既然如此，那我就放你去了。」

我突然領悟到吉娜這是在下逐客令。我將銅板丟進錢袋裡，站起來。「這個嘛，多謝妳的熱茶。」我說道，然後就頓住了；吉娜聽了大笑，我則滿臉通紅，但還是努力裝出笑容。她讓我覺得格外青春、傻氣，而且還佔了她便宜。我想不出她爲什麼要這樣做，但是我知道我不在乎那些。「唔。我還是去看看幸運。」

「你眞該找他一談。」她應和道，將我的斗篷遞給我。披上斗篷之後，我還得停一下，以便穿上我的靴子。我才剛穿好靴子，門上便響起敲門聲。「馬上就來！」吉娜叫道；我開門出去，而吉娜則跟她的客人點頭爲禮。來人是個年輕小伙子，表情很是焦慮；他草率地對我鞠了個躬，然後便忙不迭地進去了。吉娜一邊招呼他，一邊緊緊地關上門，於是我又再度孤獨地站在起風的大街上。

我頂著風朝晉達司的舖子走去。天氣越來越冷，空氣中的雪花味漸濃。今年的夏天逗留得比較久，但如今冬天要開始肆虐了；我抬頭看看天色，便斷定這場雪一定下得很大。初雪勾起我心裡各種矛盾的感覺：在一、兩個月前，若是看到這樣的場景，我一定會趕快檢查柴堆的存量，並決定是否需要再做補充，因爲再晚就來不及了；但如今我的生活起居皆由瞻遠王室供應，我再也不需擔心自己的福祉，只要好好保護瞻遠政權就行了——這個重擔卻有如籠頭韁繩似的緊套在我頭上，叫我不得自由。

晉達司在公鹿堡城裡很出名，他的鋪子不難找到。他的招牌刻工非常精細，彷彿要將他的好手藝盡皆展現在那一塊小木牌上。一進門，便是個細心布置的客廳，擺著舒適的桌椅；燒得很旺的火爐裡添的是經過充分乾燥的木屑；客廳裡放了幾件晉達司的得意作品，以供潛在客戶鑑賞。管理這客廳之人聽我說明來意，便揮手叫我走到後面的作坊去。

這作坊高大寬敞，有如穀倉；作坊裡同時進行好幾個案子，每一套家具都做到不同的階段。這裡放著一張很大的床架，旁邊又有一系列香杉櫃子，而且家具上皆刻著某人的貓頭鷹紋章；一名熟練的弟子跪在地上為貓頭鷹紋章上色。晉達司已外出；彭鐮大人打算做個氣派的壁爐爐台，還要有成套的桌椅相配，所以晉達司帶著三名弟子到彭鐮大人府上去量尺寸了。晉達司的大弟子之一，一名年紀與我不相上下的男子，答應讓我去找幸運談一談；此外他也嚴肅地建議道，我也許願意約個時間跟晉達司師傅談談我那孩子的進度。從那位大弟子的口氣聽來，晉達司要講的必然不是好事。

我走到作坊後面，發現幸運跟另外四名學徒在一起；另外那幾個學徒看來年紀都比幸運小，個子也不及幸運。後院這裡堆的是風乾待用的木頭，木頭必須經常轉換位置，才能風乾均勻。從地上紛亂的足跡看起來，有兩堆木頭已經挪動完畢，木堆上還用帆布蓋住，又以繩索綑緊；所以他們現在做的是第三堆了。幸運皺著眉頭，彷彿這樁不需用大腦，然而卻必不得免的粗活冒犯了他似的。我在旁邊站了好一會兒，幸運都不曉得我到了。說真的，眼前的景象令我詫異；以前幸運跟在我身邊做工，就算再苦再累，他也自動自發地做，如今他卻是強按下怒火，而且因為他的夥伴年紀比他小、力氣也不如他而露出一副不耐煩的模樣。我靜靜地觀察他的舉動，直到他發現我為止。他放下木板，站挺起來，跟另外那幾個學徒講了幾句話，然後高視闊步地朝我走來。我望著幸運，不知道他的態度有幾分是他打從心裡的感覺，有幾分是他要做給別的年輕孩子看的姿態；至於他對於自己手邊工作如此不屑，我倒是很不以為然。

「幸運。」我正經地打招呼，而他也回應了一聲：「湯姆。」他與我交握手腕，低聲說道：「現在你看得出我說的是什麼意思了吧。」

「我看到你在挪動木料，以便風乾均勻。」我答道。「木匠作坊裡，不都少不了這項工作嗎？」

他嘆了一口氣。「如果是偶一為之，我也不會介意；可是他們派給我的都是粗活，只要我多出力氣，不要我動腦筋。」

「難道別的學徒待遇不同？」

「倒不是。」他氣憤難消地答道。「可是你也看得出來啊，他們都是小孩子。」

「那倒沒什麼差別，幸運。」我對他說道。「這不是年紀大小的問題，而是你對於這一行懂多少。你要耐心一點。每件事情都有它的學問，即使是堆木頭這種簡單的事情也一樣，而堆木頭就是你現在這個階段要學的知識。再說，這事總要有人做；他們若不交給你，不然要交給誰做？」

我講話的時候，幸運眼睛看著地上；他雖沒有反駁，但顯然也聽不進去。我吸了一口氣，說道：「你看你若不住吉娜家，而是跟別的學徒住在一起，會不會比較有進展？」

他突然抬起頭來直視我的眼睛，一臉盡是憤怒與失望的表情。「才不呢！你怎麼會提起件這事？」

「這個嘛，因為我聽人說，拜師學藝的學徒都是跟師傅住在一起的。你如果住這兒，離作坊近一點，上工就方便多了；早上用不著趕著起床，而且——」

「如果我跟別的學徒一樣住在這裡，那麼我會瘋掉！住在這裡是什麼情形，他們都已經告訴我了。他們餐餐吃的都是一樣的菜色，而且晉達司的妻子對蠟燭的數目十分計較，不准他們把蠟燭點到夜深時分。他們必須自己晾床單，每個星期洗一次衣服、把毯子跟小件衣物洗乾淨；至於別的就更不用說了：一天的工作做完之後，晉達司還叫他們做些額外的雜事，像是把木屑鋪到花園裡，以免他太太的玫瑰叢受到霜害，或是剪燈花，還有——」

「聽起來都不是什麼難事。」我打斷了他的話，因爲我看得出他不過是讓自己更加激憤而已。「這些都是做木工的訓練；就像要當士兵，也得受過各種磨練，是一樣的道理。幸運，吃點苦可不見得是吃虧。」

他氣急敗壞地伸開雙臂。「但是也沒什麼好處啊。要是我打算以打破人頭來營生，那麼，是啦，就算師傅把我當作沒大腦的動物一樣來操練，我也不會意外。可是我從未想過我的學徒生涯竟然是這樣的。」

「這麼說來，你已經打定主意不要當學徒了？」我問道；但我實在很怕聽到他的答案。萬一他改變心意，那我眞不知道該拿他怎麼辦才好；我既然不能拉他到公鹿堡裡與我同住，也不能教他自己回小屋去。

幸運很勉強地說道：「不，我並未改變心意。這的確是我想要的生涯。不過他們最好趕快開始教我一點本事，要不然……」

我等著他繼續說出要不然他會怎麼樣，但是他卻接不下去了；他也想不出要是離開了晉達司這裡，他的人生將何以爲繼。我打算把這當作是個好跡象。「你仍想繼續留下來，這很好。謙虛一點，耐心一點，用心一點，多聽、多學；如果你好好表現，讓人覺得你是個聰敏的小伙子，那麼人家過不了多久就會派你去做比較難的工作了。我今天晚上會想辦法到城裡來找你，不過我也不確定能不能來；黃金大人派給我的工作很多，我難得有一段空閒可以進城。你知不知道『三帆酒館』在哪裡？」

「我知道，但是我們別約『三帆』，還是約在『籬笆卡豬』見面吧；『籬笆卡豬』離吉娜家近。」

「還有呢？」我逼問道，他必定有別的理由。

「還有你可以順便跟絲凡佳見見面。她家也在附近。絲凡佳會注意我去了沒，而她若是可以，就會出來見我。」

「怎麼，她是偷溜出來見你的嗎？」

「這個嘛……是有一點。她母親是無所謂，但她父親對我恨之入骨。」

「這樣追女孩子不太好，幸運。你做了什麼事情讓她父親這麼恨你？」

「因爲我吻了他女兒。」幸運露出那種「天塌下來也不管」的笑容；我雖覺得不妥，也只得跟著笑一笑。

「唔，晚上我們也必須談談此事。我看你現在就要追女孩子，是太年輕了點，最好是等到你有了穩固的前景，也能養活妻子的時候再說。也許到了那時，她父親就不介意你怎麼偷親他女兒了。如果我今晚能脫身，就去『籬笆卡豬』找你。」

幸運跟我揮手道別，繼續回去挪木頭時，情緒似乎已經較爲緩和；但是我離去的時候，心情卻比來時沉重許多。吉娜說得沒錯；我這孩子到了城裡來之後，心性已經變了，而且變化幅度大得令我錯愕。依我看來，現在幸運連我的勸都不太聽得進去，更別期望他會照做。也許我今晚應該要強硬一點。

我穿過公鹿堡城時，天上開始飄下雪花；等我走到通往堡裡的陡峭山路，雪花已漫天掩來。我幾次在山路上停下來，藏身到路旁，望著來時路，但是前後除了我自己以外並無他人。那些花斑幫份子先是威脅我，接著便消失不見，這實在沒道理；照理來說，他們不是會伺機殺了我，就是會伺機將我擄爲人質。我設身處地想像著，花斑幫之人會因爲什麼緣故，而任由到手的獵物隨意地四處行動；我實在想不出其中的道理。我走到城堡大門時，路上已經積了一層厚雪，樹梢也開始颳風了。由於天氣不好，所以天色早早地便暗下來。今晚一定冷得要命，還好我可以躲在屋子裡。

我走到公鹿堡主樓的入口，重重地跺腳，將黏在腳上的溼雪抖下來。我沿著路走，經過廚房，又經過守衛室。守衛室裡飄來熱騰騰的牛肉湯、新鮮麵包與木料潮溼的味道；我很疲倦，此時恨不得自己能就此走進去，不設防地跟他們一起享用簡單餐點。但是我沒進去，反而挺起胸膛，匆匆地經過守衛室，往樓上的黃金大人房間而去。黃金大人不在房裡；我想起他曾說過可能會去王后那兒玩牌。我想我該去找他。我走進自己的房間，以便將溼答答的斗篷掛起來，卻發現我床上有一角羊皮紙，上面只寫了一個字：「上」。

我爬上了樓梯，過了好一會兒，來到切德的塔裡。房裡空無一人，不過我的椅子上放了一套溫暖的衣服，以及一件兜帽特別大的厚重綠色羊毛斗篷；這斗篷上別了個我不認得的水獺徽章，又有個與衆不同之處，就是它可以兩面穿：翻到背面即變成僕人藍的粗布斗篷。此外還有個皮製的旅行袋，裡面裝了食物和一個隨身酒瓶，瓶裡是白蘭地。旅行袋下面又有個摺得扁扁的皮製卷軸袋。切德在這堆行李上留了張親手寫的紙條：「賀凡的部隊今晚要沿著大道來回巡邏，在北門集合，日落時出發。你可與他們同行一程，再走你自己的路。希望你不介意錯過秋收宴。煩請盡早歸來。」

我嗤了一聲。秋收宴啊。我小時候天天盼望秋收宴趕快來，現在我卻連今晚就是秋收宴都忘了。他們一定是刻意將王子的訂婚大典安排在這個慶祝秋收的公鹿堡大節日之前。唔，我已經連十五年錯過秋收宴了，再多錯過一次也無所謂。

工作台的一端擺著窩心的餐點，有冷肉、乳酪、麵包和啤酒。我只能假定切德已經安排好藉口，讓黃金大人的僕人可以消失幾天；因爲我沒時間找到弄臣跟他說我要出門的事情，然而留紙條給他，不管寫得多隱晦，似乎也不妥。我遺憾地想道，原本約了幸運見面，但這次又得爽約了，但繼之又想，我已經說過不見得今晚一定能去。除此之外，突然有機會自己行動，也使我躍躍欲試；我一直擔心花斑幫已經找到我的小屋，現在終於可以去除自己的疑慮了。就算到時候發現他們已將小屋洗劫一空，也好過讓我一顆心老是懸在半空中。

我用了餐、換了衣服，太陽還沒下山，我便跨上黑瑪朝北門而去。我壓低兜帽，以擋住刺骨寒風與漫天飛雪。北門前已聚集了一些不知名的綠斗篷騎士，有些人惡狠狠地抱怨道，訂婚與秋收的慶典將在今夜達到高潮，但是自己卻必須出門巡邏大道。我湊了上去，默默地對其中一名不斷地叨念自己今天有多倒楣的傢伙點了個頭，算是對他與自己寄以無比同情；接著他開始講一個很長的故事，說有一名如何溫存又如何多情的女子，今晚在公鹿堡城的酒館裡等著跟他見面，但是今晚那女子的願望勢必落空了。我心甘情願地與他並肩坐在馬上，聽著他滔滔不絕地講下去。人潮慢慢聚攏過來，天色漸暗，飛雪翻捲，一個個看來相去無多的騎士瑟縮在自己的兜帽與斗篷裡。天色暗，每個人臉上又都裹著圍巾，所以誰也認不出誰來。

賀凡直到太陽下了山，四周一片漆黑之後才現身。他似乎跟他的手下一樣滿肚子氣。他且簡短地宣布道，我們要迅速地騎到第一渡口，跟那裡的守衛交班，然後一大清早就開始進行正規的大道巡邏任務。他的手下似乎已經十分熟悉這個任務。我們跟在賀凡後面，排成雙人縱隊；我刻意落在接近隊伍末端的位置。賀凡領著我們出了北門，踏入黑夜與風雪之中。一開始是個陡峭的下坡，接著轉向朝東的路，沿著公鹿河而行。

我們遠離了燈火通明的公鹿堡之後，我開始拉住黑瑪，要牠慢下來。黑瑪既不喜歡這天氣，也不喜歡漆黑的夜，所以牠倒樂得走慢一點。又走了一段路之後，我勒住黑瑪，然後下馬來，假裝將束在馬腹上的馬鞍繫帶重新綁緊。巡邏隊並不等我，而是繼續前行。我重新上馬跟上隊伍，而此時已經居於隊伍末尾。再走了一段路之後，我要黑瑪慢行，以便拉開其餘騎士與我們的距離；路轉了個大彎，頓時所有人都不見蹤影，於是我勒馬停下。我再度下馬，假裝在調整馬鞍繫帶。我又多等了一下，並希望衆人因爲天氣太差，沒注意到我的缺席。最後我確定無人回來察看我爲何延遲，便將斗篷反過來穿，跨上黑瑪，朝來時路而去。

切德要我盡快，我也盡快了，可是路上難免耽擱。我必須等著清晨的渡船以渡過公鹿河；開船時，又因爲風太大，繫繩和甲板結了冰，所以裝貨、卸貨與行船都很慢。到了河北岸，我發現路比我印象中的更寬、維護得更好，來往的旅人也比以前多；沿河發展出一個繁榮的市集；酒館與商家都蓋在高架上，以避免尋常時分與風暴吹來時被潮水所淹。不到中午，我已將那市鎮遠拋在腦後了。

回家的路上無甚可記。我在沿路不知名的小客棧休息了幾次，只有其中一晚睡不安穩。一開始，夢境很平和；溫暖的爐火，一家人做著晚上工作的聲音。

「嗯，下去下去，都這麼大的女孩子了，不能再坐爸爸的大腿上了。」

「才不呢，不管我幾歲，坐在爸爸大腿上都不嫌大。」那女孩大笑道。「你在做什麼？」

「我在幫妳母親補鞋。也不曉得補不補得起來。哪，幫我穿針。火光這麼跳來跳去，針眼也動個不停，害我都沒辦法穿針了。還是年輕人的眼力比較好。」

爸爸坦白承認自己的眼力越來越差——到了這裡我突然驚醒過來。我豎立精技牆，重新入睡，並且盡量不要多想那件事。

路上似乎無人注意到我。我跟黑瑪彼此磨合默契；我們都以各種小動作來測試對方的心意。天氣還是很差；晚上不但下雪，還下冰雹。日間風雪偶爾會停止一陣子，薄薄的陽光不能將雪全部溶化，只溶了一部分雪水，因此隔天早上時路上泥濘不堪，又髒又冷。在這種天氣之下旅行實在是太糟糕了。

然而這一路上最使我牽掛的問題並不是天氣。這次出門，再也沒有狼幫我瞻前顧後，我只能靠自己的感知與腰上這把劍來保護自己；感覺上彷彿自己是赤裸且欠缺的。

午後，陽光從雲層後探了出來；我也抵達了小屋前的私家小路。雪已經停了，今日天候稍微回暖，使得近來的積雪變成潮溼不堪的泥濘地。森林間不時傳來堆積在樹枝上的厚雪因為過重而整團砰地掉在地上的聲音。這條私家小徑上雪面光滑，無人走過，只有兔子的足跡與樹上掉下來的一攤攤積雪。我心裡想道，下雪之後應該是沒人來過我這裡。我覺得安心多了。

不過當我來到小屋前，所有的寬慰便瞬間蒸發；小屋顯然被人搜過，而且還是近來才發生的事。屋門大開，院子裡罩著雪，看不清雪下覆了什麼東西，但是從形體大小來看，應該是屋子裡搬出來的家具雜物；再從順著地面起伏的雪面來看，可以看出下雪之前院子裡有人來人往的行跡，連地上都踩得凹了下去，隨處可見紙張文稿的碎片從積雪之中凸了出來；菜圃周圍的柵欄被拔掉了，吉娜做的護符原先是掛在柵欄頂上，如今已不知掉落何方。我默默地坐在馬上，任由眼睛與耳朵擷取資訊，並盡量保持內心不為所動；良久之後，我才下馬，默默地走向小屋。

屋內空無一人，而且既冷又暗。這景象似曾相識，稍後，它觸動了我內心不祥的預感，並令我驀然想起，從這情況看來，這小屋像是被冶煉之人洗劫。黯淡的日光照在地上，可見幾行豬隻的泥濘蹄印，似有一些好奇的動物曾在屋裡四處走動；此外地上還有交錯的泥濘靴痕，看來某人曾在屋裡頻繁出入。

屋子裡凡是可拿的、可用的，通通都被人拿走了；床上的毯子、掛在屋椽上的燻魚，以及鍋碗瓢盆等都已不見。有些卷軸被人丟進火爐裡當柴燒；看這跡象，顯然有人在這屋裡煮東西吃，而此人吃的八成就是幸運與我辛苦籌畫、預備過冬使用的糧食。火爐裡散落著魚骨頭。來人是誰，我心裡已經有了

底；豬腳印就是最佳線索。

我的書桌還在。我那位芳鄰畢竟目不識丁，所以寫字桌對他而言沒多大用處。我到我那小小的書房一看，墨水瓶翻倒了，卷軸打開來瞧瞧又丟到一旁。我心裡很是憂心，照現在這般亂法，書房裡到底少了什麼卷軸，我是不可能看得出來的；此外我也無法斷定，到底是只有我那位養豬的芳鄰光顧過書房，還是花斑子亦曾搜過我的文稿。惟眞那皺巴巴的地圖仍掛在牆上；看到這地圖安然無恙，我高興得整顆心都飛了起來，這情緒連我自己也嚇了一跳；現在我才領悟到自己有多麼珍惜這幅地圖。我將地圖取下來帶在身邊，隨我一起檢視歹人把我家裡掠奪到什麼程度。我強迫自己仔細地巡視每一個房間，連馬棚與雞舍也仔細察看過了，才開始定心思索我要帶走什麼。

馬棚裡積存的少量穀物以及所有的工具都被一掃而空。我的工作坊亂七八糟，看來是一心掠奪財物者，不太可能是花斑子所爲。我原先懷疑元凶就是那位住在隔壁山谷，很難相處的鄰居，此時更得到驗證。貝勒養豬，而且還曾當衆指控我偷他的小豬。我匆匆離家之前，交代幸運把我的雞送去給貝勒，這爲的不是回報鄰居的好心，而是因爲我知道他爲貪得雞蛋，一定肯餵養這一群雞，並保護雞群無恙；這總比任由雞群被食肉的野獸撲殺來得好。不過，這也免不得讓貝勒得知，幸運與我這一去便很久不會回來。我緊握著拳頭，環顧著小小的馬棚。我看以後大概是永遠都不會回來了。就算工具還在，我也不會帶走；事到如今，尖嘴鋤與平頭鋤於我有何用處？只是這小偷未免欺人太甚，使我氣憤難消。我不斷告訴自己，我沒時間報復，況且那小偷趁著花斑子找上門之前，就把這裡劫掠一空，多少也算是幫了我的忙，但仍不禁盤算著要如何好好教訓他。

我將黑瑪安置在馬棚裡，把僅餘的粗糙乾草給牠吃了，又提了桶水來讓牠喝，然後才開始搶救與進行破壞。

院子裡積雪下放的果然是床架、餐桌、椅子與架子等物；貝勒大概是打算找輛板車來將這些家具載回去。我會將這些東西燒燬。我撥開了不少積雪、找到了餐桌，感激地望著弄臣爲了我而精心雕刻在桌面上的那隻飛躍公鹿，接著走回屋裡，尋找足以引火的易燃物。我床上原本鋪著稻草，此時稻草紛亂地散在地上，這正是最佳的引火材料；所以不一會兒，我便起了個熊熊燃燒的大火。

我盡量循序而進，以免有所遺漏。我趁著僅餘的日光，將所有散落的卷軸丟到院子裡去燒。有些卷軸早已爲溼氣所侵，糊得不能讀了；有些被泥濘的豬蹄踩碎或踏污，還有些卷軸已經成了碎片。我謹記著切德的叮嚀，將一部分的卷軸撫平、捲起，即使這卷軸殘缺不全也是一樣，不過大多數卷軸都被我無情地投入火中。我踢開院子裡的積雪，以便確認院子裡再無我自己的手寫文稿。

此時黃昏將近，我走進屋裡，在壁爐裡起了火，一方面是爲了亮光，同時也是爲了取暖；接著便開始處理小屋內部。我的一切財產，例如舊的工作服、紙筆墨、脫靴器和其他的閒雜物品，大多都直接丟進火爐裡燒了。我對於幸運的東西就比較慈悲一些；我知道他多年前愛玩的陀螺，雖早已過時，卻可能對他別具意義。我攤開一件舊斗篷做爲包袱布，將幸運的東西包起來。然後我坐在火爐前，不辭艱難地一一察看架上的每一個卷軸；卷軸的數量比我意料中多，也比我所能帶走的數量多得多。

我先選出不是我自己寫的卷軸。不用說，惟眞的地圖第一個進了卷軸袋裡；接著我又放進一些我四處遊歷時買來，以及椋音帶來給我的卷軸，因爲這些文件不但古老，而且很希罕。我很慶幸這些卷軸逃過一劫，並決心要在回到公鹿堡之後抄幾份副本。但是除此之外，我篩選得極嚴；我自己寫的東西都逃不過我再三檢查。論述藥草知識，又附上精細插圖的卷軸，首先餵入火中；這些知識如果有那麼重要，我以後重新再寫就是了。這類卷軸我只留存了少數幾個。以我自己的衡量，放進袋子裡的多是記述我在群山的生涯，以及我對自己這一生的感想心得。這類卷軸隨便翻閱一下，便會使我羞得滿臉通紅；這些文字年輕幼稚、強愛說愁、自艾自憐、自吹自擂，又大膽暢言自己永遠不會再做的事情。當年寫下這些文字的到底是什麼人，連我都幾乎認不出來了。

我寫了一些關於精技與原智的論文，又鉅細靡遺地記載我們走過群山王國直達古靈國度，與目睹惟眞化身爲龍的過程，這些卷軸也進了袋子裡。我以莫莉爲題寫了一些詩篇，這些熱情最後則化於烈焰之中。接著我將當年用以教導幸運認字的文稿也燒了。我雖努力篩選，但是我寫的卷軸實在太多，不可能盡數帶走；我重新以更嚴格的標準篩選一次，又燒了最後一批卷軸，這才將卷軸袋闔了起來。

然後我站在屋裡閉上眼睛，開始想道：現在是不是還有該收而未收到的卷軸？接著我告訴自己，這樣問根本無濟於事。有些卷軸早在寫成後不久，就因爲我覺得形諸文字不甚妥當而燒掉了；另有一些卷軸，是我早就託椋音帶給切德。至於是不是有什麼卷軸散佚，這我就無法確定；你一下子叫一個人把他以十五年的光陰所寫的文稿全部數出來，恐怕不免有些記得殘缺不全之處。我是不是曾經將自己在黑洛夫那兒學習，與原血者一同生活的情景記錄下來？我記得我的確寫過，不過我到底是專闢一個卷軸來記這些事情，還是在發抒別的題目時，夾雜著提到這些，這我就不記得了。再說我也無從得知，那位養豬的芳鄰是把哪些卷軸當柴火燒了來煮飯。我嘆了一口氣。算了吧，我已經盡力。往後我對自己寫下來的文字會更加小心。

我又回到院子裡，把家具的末端推入火焰中。隨時大風一起、大雪一落，就會止住火勢，幸而那個飛躍公鹿的徽章已經被火燒得不見痕跡，至於其他，就都無關緊要了。我再度走進屋裡，將我寄居多年的家巡了一次。屋裡沒留下我的任何個人物品，我曾經在此住過的蹤跡也已經通通抹去。我曾動了念頭，要把這小屋整個燒掉，但想想還是打消了主意。這小屋早在我來之前便已立於此地；就讓它在我走之後，繼續立於此吧。說不定來日又有哪個需要棲身之人在此住下來。

我重新為黑瑪上了鞍，牽著牠走出馬棚，將卷軸袋和包著幸運之物品的包袱綁在馬鞍後。我最後塞在旅行袋裡的，是兩個瓶口用木塞緊緊塞住的瓶子；瓶裡裝的都是藥草，其中一瓶是精靈樹皮磨成的粉末，另外一瓶則是「帶我走」。然後我跨上馬，離開這個在我人生中占有一席之地的隱蔽所在。我的往事在火焰中化為黑煙，蔓延到我身前，伴我騎馬奔向即將席捲而來的暴風雪。

7 開課

促成最佳精技小組的重點如下：精技師傅召集能夠受訓的人才；至少要有六人，人數當然是越多越好，問題在於精技師傅不見得能夠找到這麼多學生。精技師傅每天集合精技小組，其目的不只是爲了上課，還要一起進餐、玩樂，甚至若判定不會導致學生分心或惡意競爭，還可讓小組成員同室共寢。讓小組成員一起作息，彼此之間自然形成緊密關係；如此一年之後，精技小組自然成形。至於尚未與小組成員形成緊密關係之人，就讓他們以精技獨行者的身分爲國王效力。

有些精技師傅難以克制自己，多少會干涉精技小組的成形；精技師傅免不了傾向於將最佳學員配在一起，並將看起來進度遲緩，或是難以相處的學員排除在外。然而最明智的精技師傅會避免上述方式，因爲唯有精技小組本身，才會知道小組要從每一個成員身上汲取什麼力量。看似遲緩者，也許可以提供穩定的力量，並以謹慎來中和精技小組的衝動；而難以相處的學員，可能正是最能提供靈感創意之人。就讓每一個精技小組自行決定要選取誰做爲小組成員，以及要選取誰做爲領袖吧。

——精技師父歐克萊所著之《精技小組》卷軸，樹膝之今譯本

「你去哪裡了？」晉責一面問，一面如風般地進門來。他緊緊關上房門，走了兩步後站住，叉手抱胸。我原本在眺望翻捲的白浪，此時則緩緩地從惟眞的椅子裡站起。王子的聲音不耐且煩躁，還皺著眉頭瞪我。開課第一天，老師與學生之間就發生這種場面，實在不是什麼好預兆。我吸了一口氣。第一天嘛，輕鬆帶過比較好。我以輕快且平淡的口氣說道：「早安，晉責王子。」

他跟年輕的小馬一樣知道要適時節制；我看得出他慢慢地將自己的心情平抑下來。他吸了一口氣，生硬地重新來過。「早安，湯姆・獾毛；好久不見了。」

「我爲了辦一件私人的重要事項，不得不離開公鹿堡幾天。現在事情都處理好了，而展望今年的冬天，我大部分時間都可以任你差遣。」

「謝謝。」然後，彷彿是爲了替自己的煩悶找個出口似的，他補上一句：「看來除了今年冬天之外，我也不能多求你什麼了。」

我強捺住笑意。「你是可以要求啊，只是求了得不到而已。」

那少年的臉上露出了惟眞的笑容，並叫道：「你是哪裡來的？全堡上下，沒一個人敢這樣跟我說話。」

我故意誤解他問的問題。「我回舊家去了一趟，把該丟掉的丟掉，該打包的打包帶來。我最討厭做事情虎頭蛇尾，而現在一切都已安置妥善。如今我人在公鹿堡，而且我要教你。那麼，我們要從哪裡開始教呢？」

我問的這個問題似乎使他一下子熄了怒氣。他環顧房間。自從惟眞將望海塔當作是他自己以精技對抗紅船劫匪的基地以來，切德又添了不少家具；而今天早上我也爲房間的布置出了一點力，就是將惟眞的六大公國地圖掛在牆上。房間的中央擺了張厚重的深色木桌，桌子的四面擺了四張巨大的椅子。想到這塔既高、樓梯又窄，我就為扛這些家具上來的人寄予同情。圓形的塔牆上放了個卷軸架。我知道切德必會宣稱這些卷軸放得井然有序，雖說我一直想不透切德到底是用什麼思路歸類這些卷軸。此外房裡又放了幾個上了鎖的大木箱，箱裡放的是精技師傅殷懇所寫的精技論文；切德與我都認為，這些文件若是擺在架上，隨便任哪個好奇的人都能摸摸看看，那實在太危險。而且即使文件上鎖，這塔的塔底仍須隨時派人看守；能進塔之人，只限於切德顧問、王子與王后。這個精技文庫太珍貴，我們再也不能讓這些文獻有失散在外之虞。

多年前，精技師傅殷懇過世時，將所有經卷傳給她的學徒蓋倫；雖然蓋倫學藝不精，但仍成為繼殷懇之後的精技師傅。蓋倫聲稱他「完成了」駿騎王子與惟眞王子的精技訓練，不過切德與我都懷疑，其實蓋倫故意中斷了他們二人的精技教育，讓他們無法學成。在那之後，一直到黠謀國王要求他創立精技小組之前，蓋倫都沒有訓練其他精技人才。而且在蓋倫擔任精技師傅期間，任誰都不能借閱這些精技經卷；到最後，蓋倫甚至說公鹿堡從來就沒有這種精技文庫。而蓋倫死後，這些文獻也不翼而飛了。

這些典籍不知怎地落到竊國的帝尊手裡；而帝尊死後，又輾轉流回王后手中，交由切德保管。切德與我都懷疑，原來的精技文庫規模一定比現在大上許多；他甚至進一步推論，許多與精技、龍、古靈相關的精選卷軸，都在紅船劫匪掠奪方興之時便賣給外島商人了。沿海公國受到劫匪殘害甚深，不過帝尊與蓋倫當然都不會與沿海人民感同身受，說不定還毫不遲疑地為了錢而將精技文獻賣給殘害我們的外島人，或是從中撮合的中間人。那些精技文獻絕對讓帝尊換到不少錢。當年六大公國的財庫近乎掏空，然而帝尊仍能大方揮霍地享受驕奢生活，並款待忠於他的內地貴族。況且紅船劫匪一定是掌握了什麼消息來源，才會知道精技知識，以及黑色精技石的可能用法；更有甚者，他們說不定就是從哪一卷流落在外的典籍中，學到了如何將人加以冶煉的知識。不過，切德與我都不太可能有機會證明這個理論了。

王子的聲音將我神遊四方的思緒拉回當下。「我以為你已經決定好要從哪裡開始教了。」那少年忐忑不安的口氣令人傷心；我很想講幾句話讓他放心，但最後還是決定誠實以對。

「搬一張椅子過來跟我一起坐。」我叮囑道，重新坐回惟真的老位子。

他困惑地盯著我，過了一會兒，他走上前挑了張沉重的椅子，艱難地搬到我身邊。他坐下時我未發一語。我固然知道我們彼此身分天南地北，但是我打定了主意，在這房裡時，我要將他當作是我的學生，而不當作是王子殿下來看待。我猶豫片刻，因為我不曉得若是坦誠以對，會不會減損我在他面前的權威；但最後我還是吸了口氣、定定神，把話講出來。

「王子殿下，十幾年前，我就坐在這房間地上，倚在你父親的椅子邊；而你父親就坐在我現在坐的這張椅子上，眺望大海、施展精技。你父親全力施展精技，他不但對付敵人毫不留情，還完全不顧自己的身體健康。他坐在這房間裡，將自己的心靈力量施展出去，趁著紅船劫匪尚未抵達我們的海岸邊之前，便找出他們的所在，並迷惑他們的心志；他利用海況與天氣來對付劫匪，指使領航員領著整個艦隊直接撞上礁石，或是眩惑船長，使船長信心滿滿地把船開到暴風雨裡去。

「我敢說你一定聽過一位名叫蓋倫的精技師傅。蓋倫本應該培養精技人才，創出一個團結的精技小組，以便這個精技小組將自己的力量與才能貢獻給王儲惟真，一同對抗紅船劫匪。唔，蓋倫最後的確創出了一個精技小組，但是那些人都心口不一，他們效忠的其實是野心勃勃的帝尊，也就是惟真的弟弟，所以那個精技小組不但沒有襄助你父親，反而處處掣肘；該通報的消息，他們不是拖延不報，就是乾脆不報，使眾人誤解你父親無能；他們將我們的子民送到劫匪手上，任由劫匪殺害或冶煉，目的則是為了要破壞忠心耿耿的眾公爵與惟真的關係。」

王子的眼睛直盯著我。他那熱切的凝視令我無法招架，因此無法與他四目相對，而是望著他身後細長窗外那灰濛濛的咆哮海面。然後我堅強起來，大步地走過致命的眞相與怯懦的假相之間那條顫巍巍的路徑。「當年我也是蓋倫的學生之一。由於我並非婚生子，所以他很鄙視我。我多少從蓋倫那裡學到了一點東西，但是蓋倫對我極盡欺凌之能事，因爲他不想讓我學得精技知識，所以費盡心思趕走我。我在蓋倫殘酷的教導之下學到一點精技基礎，然後就再也無法繼續；我有時能駕馭自己的精技天賦，有時卻根本不能控制，最後被蓋倫淘汰；之後，我便像其中跟不上他的標準的學生一樣，被蓋倫遣走了。

「不過我仍繼續在堡裡當僕人。你父親在此賣力地對抗紅船劫匪時，食物都叫人送上來，那就是我的工作。而令人慶幸的是，你父親與我發現到，雖然我無法自行施展精技，但是他可以從我身上汲取精技的力量；後來，你父親有空閒時，便教我精技。」

我轉過去望著晉責，等著看他怎麼反應。他的黑眼睛打量著我的臉。「他去尋找古靈的時候，你曾跟他同行嗎？」

我搖了搖頭，老實地答道：「沒有。當時我年紀太小，他不准我去。」

「他不准你去，你就不會悄悄跟上去？」晉責難以置信地問道；從他眼裡可以看出，他正想像若是與我易地而處，他一定不會乖乖待在堡裡。

我好不容易想出這句話：「問題是，他去了哪裡、走什麼路徑，都沒有人知道。」我屏住呼吸，暗自希望此語一出，就能讓他別再問下去。我並不想對他撒謊。

他轉開頭，望向大海。他對我很是失望。「要是你跟著他去，說不定一切都改觀了。」

我常常告訴我自己，要是我眞的跟去了，那麼生活在帝尊統治下的公鹿堡裡的珂翠肯王后，可能就熬不過那一關了。不過我只是說：「我自己也反覆思考這個問題，王子殿下，不過這些都是推想，倘若我真的跟去了又會如何，誰都不能確定。說不定我能幫上點忙，不過回想起來，我也很可能處處給他添麻煩；當時我年紀輕，又衝動莽撞。」我吸了一口氣，將話題導引到我想說的方向。「我之所以跟你說這些事情，是要讓你清楚了解到我並不是什麼精技師傅。我還沒研讀過那些卷軸……只唸過其中幾卷而已。所以，就某個角度來看，你我彼此都是學生。我一邊教你基本功課，一邊還得研讀那些經卷，努力自學。我們一起走上精技之路是很危險的，這樣你了解了嗎？」

「這我了解。那原智呢？」

我原本並未打算在今天提到原智的事情。「這個嘛，當年的我跟你一樣懵懵懂懂，我也是碰巧跟一隻小狗牽繫在一起，才知道自己有原智。我對原智魔法大略懂得點皮毛，但是我卻一直到成人之後才碰上精通的長者，開始學習原智知識的概要。而我在學習原智時，碰上跟我學習精技時同樣的困難：那就是學習時間太短了。我從那位長者身上學到很多，但是仍沒有學全……說眞的，差遠了。所以，在原智方面，我也會盡我所能地教你，不過你的導師對原智只是一知半解而已。」

「你這番剖白，眞是激勵人心哪。」晉責喃喃地說道；過了一會兒，他大笑起來。「我們兩人都這樣跌跌撞撞地摸索，這可不是挺登對的嗎？我們要從哪裡開始學？」

「照我看來，王子殿下，我們一開始得先退兩步才行。你必須先丟開你自習而知的某些技巧。你知不知道當你在施展精技時，其實是將精技與原智這兩種魔法一起混著用的？」

他呆呆地望著我。

我有點失望，但是過了一會兒，我輕快地說道：「唔，我們的第一步，就是將你的精技魔法與你的原智魔法拆解開來。」瞧我說得好像我知道該如何下手似的，其實我連自己施展精技與原智時有沒有混用兩種魔法，都不見得了解。我將這個念頭拋開。「我想先教導你精技的基礎知識，爲了免於混用這兩種魔法，我們暫且將原智擺在一邊。」

「你有沒有認識其他跟我們一樣的人？」

他又把我搞糊塗了。「像我們哪樣？」

「像我們這樣，同時擁有原智和精技。」

我吸了一口氣，緩緩地吐出。要講眞話還是蒙混過去？講眞話吧。「我想我可能碰過一個這樣的人，不過他同時擁有精技與原智魔法之事，我當時並未多想，而且可能連他自己都不曉得。當時我只知道他的原智力量非常強大。過後我有時不禁納悶，他怎麼會對狼與我之間的交流知道得那麼清楚；我猜他是同時具有原智與精技魔法，不過他將這二者當作一體，所以他總是同時施展原智與精技。」

「他是什麼人？」

唉，我實在應該從一開始就把晉責的問題岔開。「我剛剛說過了，那已是多年前的往事了。他教了我一些原智的知識。好了。我們應該專心上課了。」

「儒雅。」

「什麼？」這年輕人的思路像跳蚤似的，跳來跳去，全無定性。

「儒雅從小就學習原智，所以他知道得很多。也許他肯教我也說不定。既然他已經知道我有原智，那就不算是把我的祕密散播出去。而且……」

我猜他是因爲看到我的臉色才講不下去。我等了一會兒，直到穩住自己，才開口說話。我說話時裝出一副明智的樣子；我不講自己的看法，而是先多探聽點消息。「多談點儒雅的事。」我提議道；然後，因爲我實在不大控制得住自己的舌頭，所以補了一句：「你說說看，爲什麼你認爲相信他是安全的。」

晉責並未直接回答我的問題；這點我頗爲欣賞。他略皺了皺眉，以彷彿在講數十年前舊事的口氣說道：「我第一次遇見儒雅，是他送我貓的那一天。我的貓是貝馨嘉母子所贈送，這你是知道的。貝馨嘉夫人應該是來過堡裡的，不過印象裡，我之前從未見過儒雅。儒雅將貓遞給我的樣子很特別……我想這是因爲他顯然很在意貓的感受吧；他並不是把貓當作一件普通東西，而是當作朋友般交到我手上。也許這是因爲他也有原智。他跟我說，他會教我怎麼跟貓一起打獵，所以隔天早上我們就去打獵了；就他跟我兩人而已，以免貓會分心。儒雅眞的是在教我如何跟貓一起打獵，他盡心教導我，並不在乎他這是在與晉責王子獨處。」晉責停頓了一下，臉上微微地紅了起來。

「你也許會覺得我講這話太自負，但的確有很多人邀請我去做什麼有趣的事情，結果我去了才發現，人家之所以邀我去，爲的不是與我分享事情的趣味，而是爲了獲得我的青睞。比如說，之前魏斯夫人邀我去看提爾司公國來的木偶大師表演木偶戲；可是整場戲她都坐在我旁邊，跟我叨念她因爲土地而與鄰居起爭執的事情。

「儒雅就不會那樣。他是眞的要教我如何與貓一起打獵。你不覺得，如果儒雅心生歹念，他早在當時就可以下手了嗎？打獵時發生意外是在所難免的，他大可推我一把，讓我從懸崖上滾下去。然而我們整個星期每天清晨去打獵，而他從頭到尾都是以打獵爲重；到了後來那幾天，我打獵的技巧越來越好，而在他也帶來他的獵貓之後，打起獵來更是盡興有趣。我認爲我終於交到了眞正的朋友。」

切德教我的老招還是很有用。你可以用沉默不語來問難以啓齒的問題，甚至可以用沉默不語來問你不知從何問起的問題。

「所以，當我……當我以爲我墜入情網，當我想要逃離這個婚約的時候，唔，我就找上儒雅了。儒雅在離開公鹿堡之前對我說，如果我有什麼需要他幫忙之處，儘管開口就是了；所以我就寫了信給他。

信送出去之後，不久就有了回音，教我要去什麼地方、找什麼人幫忙。不過這其中有個古怪之處，湯姆，儒雅說他從未收到我的信，更沒回信給我；而且我離開公鹿堡之後，一次也沒見過他；就連我抵達長風堡，住在堡裡那幾天，我也沒見過儒雅——而且也沒見到他母親。我所見到的都是僕人；他們把我的貓安置在貓欄裡。」

他又停頓下來，不過這次我感覺到，若是不推一把，他是不會講下去的。

「可是你的確是住在長風堡裡？」

「沒錯。我住的房間很乾淨，不過房間所在的位置，是堡裡很少用到的側翼；而每個人都強調保密的必要，彷彿要提防我隨時溜走。因此我的三餐都是僕人送來，而且當他們聽到風聲……當他們聽到風聲，說你們要來的時候，便決定我一定要離開長風堡。於是當晚貓與我單獨外出，不過要來接我的人還沒到，而……而你的狼就找到我了。」

他又停下話。「其餘的我都知道了。」我因為可憐講話的他與聽話的我，所以湊上了這麼一句；不過為了確認，我還是問道：「如今儒雅跟你說，他根本就不知道當時你人就在長風堡？」

「他發誓他們母子二人都不曉得。他猜測是他家的某一個僕人把我送給他的信攔截下來交給別人，而那人回信給我，又弄出這一切。」

「那這個僕人呢？」

「早就走了。我離開長風堡的那一天，他人就不見了。儒雅與我倒推回去，發現這時間是吻合的。」

「聽起來，你已經與儒雅深談過了。」我雖盡了力，卻仍無法遮掩我不以為然的口氣。

「路德威講出了他真正的目的時，我認為儒雅是跟他們一夥的；我覺得儒雅背叛了我，當時我之所以那麼失望，部分原因在此。我不只失去了貓，還被我的朋友背叛。至於等我發現自己想錯了的時候，我心情有多麼高興，那就不用說了。」他臉上露出寬慰與熱忱信任的光芒。

這麼說來，他的確信任儒雅．貝馨嘉，而且他對儒雅的信任，深到他認爲儒雅可以教他見不得人的原智魔法，且絕不會將他有原智的祕密走漏出去——也不會導致他身陷困境。我不禁納悶這其中有多少信任，是基於他迫切地想要有個眞正朋友的需要？我把他對儒雅的信任，拿來與他對我的誠心信任做個比較之後，不禁畏縮起來。我這個人當然不是讓他看了就想跟我交朋友之人，但他卻衝動地黏了上來，彷彿他已經孤立太久，久到在他心中，任何稍微親近的接觸都變成了友誼。

我默默地坐著，沉思我到底該如何處理這件事，然而我已經冷冷地下了個決定，第一個就是要弄清儒雅．貝馨嘉的底細。如果他有什麼叛逆不忠的跡象，那麼他必定要付出代價；而如果他背叛過王子，又當著王子的面扯謊，如果他想利用王子信任人的天性，那麼他必定要付出雙倍的代價。不過在這當下，我不會對這少年提及我的疑慮。因此我鄭重地說道：「這我了解。」

「他主動說要教我原智……他稱之爲『原血』。我沒求他，是他主動說要教我的。」

即使如此，也不能使我放心，不過我照樣將這念頭擺在自己心底。我眞誠地答道：「晉責王子，我希望你最好暫時不要學習原血。我剛才跟你說過了，我們必須將這兩種能力區分開來；所以我們最好是讓原智沉寂一陣子，先專心發展你的精技魔法比較好。」

他沉默地眺望大海。我知道他很期待儒雅能多教他，因爲他一直很渴望知道原智魔法的知識。不過他吸了一口氣，平靜地答道：「如果你認爲這樣最好，那麼我們就這麼做吧。」他轉過頭來與我四目相對，臉上毫無勉強；他怡然接受了我做下的規定。

這孩子性情好、和氣又好學。我望著他那開放的眼神，並希望我是個配得上他的好老師。

於是我們開始上課。我坐在桌邊，要他閉上眼睛、放鬆心情；並要他降下自己與外界之間的藩籬，用心感知外界的一切。我以平靜且安撫人心的口氣對他指示，彷彿他是即將初次體驗轡繩與馬鞍重量的小馬。然後我坐著注視他那毫無皺紋的靜止臉龐。他已經準備好了。他就像是一池清水，我隨時都可以跳進去。

要是我能逼使自己縱身躍入就好了。

我之所以豎立精技牆，是出於自保的習性；我的精技牆偶爾會因爲疲倦而降低，但我從未完全地放棄它。探尋王子與單純地躍入精技洪流中不同，因爲前者有暴露我自己之虞。我已經很久沒有一對一地練習精技了；我會不會暴露過多的自我呢？我一邊想著這些事情，而我自己思緒的保護牆因此而越築越高。降低精技牆自有其難處，沒有常人想得那麼簡單。長久以來，精技牆就是我的保護層；這個豎立精技牆的反射動作，不是隨便可以解除的。我要解除精技牆，就像望向強烈的日光，並強求自己的眼睛眨都不眨那樣地困難。我慢慢地壓低精技牆，直到我覺得自己彷彿是赤裸地站在他身前爲止。接下來，我只要橫過桌面的寬度，便可碰觸到晉責的心靈。我知道我能夠接觸到他的心思，但我卻一再遲疑。惟眞與我第一次心靈接觸的時候，我驚訝得喘不過氣來；我可不想讓這個情況重演。慢一點，輕一點。

我吸了一口氣，放鬆地向他探去。

他露出了笑容，但眼睛仍然閉著。「我聽到音樂聲。」

這是雙重的新發現。對這孩子而言，施展精技是很輕鬆的，我只需要告訴他說他會使用精技，他就施展出來了；而且他的精技感知非常敏銳，比我敏銳得多。當我朝外界探索的時候，我也聽到了；阿憨的音樂像是潺潺流水，靜靜地從我心底流過；那音樂也可說像是窗外的一陣風——我曾經不智地訓練自己去忽略他的音樂，把他的音樂視爲天下眾多思緒的雜音，且不過是流過森林地上的小溪水面上飄來的落葉罷了。然而我輕拂晉責的心靈時，卻發覺晉責認為阿憨的音樂清晰又甜美，就像即使在合唱時，也難掩吟遊歌者的清脆歌聲。阿憨的天賦的確很強。

而王子的天賦也很強，因為我才輕輕以精技拂過他的心靈，他便注意到我，而我也感受到他。就在那一刻，我們透過精技的牽繫，交流彼此內心的思緒。我照見他的內心時，發覺他心裡沒有一絲作假或狡詐；他對自己的人生開放誠懇，所以他在施展精技時，也同樣清澈明淨。相形之下，我覺得自己既渺小又黑暗，因為我把自己隱藏起來，只讓他看到我願意跟他交流的那個面向，也就是我身為他的老師的那個面向。

我還來不及吩咐他傳思緒給我，他便藉著精技對我發話了：你是故意用音樂來測試我嗎？我聽到了。那音樂美極了。他的思緒清楚且強烈地傳進我心裡，不過我感覺到他也運用了一點原智。原來他是靠著他的原智感應，從公鹿堡內外眾人的龐雜思緒中將我找出來，然後才朝我發出精技思緒。我心裡想著不知如何才能破除他這個壞習慣。我以前聽過這個曲調，不過我記不得這曲調叫什麼名字了。晉責又傳來思緒，使我頓時回到當下。他深深地受到樂聲的吸引，整個人幾乎要飄了出去。

就這麼決定了；切德說得沒錯，阿憨一定要教，不教就得殺了他。我立起盾牌，不讓王子得知我的黑暗想法。年輕人，小心為上。一步一步來。你能聽到音樂，就表示你能施展精技了。而你現在感受到的，也就是樂聲以及一切片斷的思緒，那些都彷彿是漂浮在水流上的殘骸碎片。你必須學著去忽略那些殘骸碎片，全神注意那清澈的水流，並將自己的思緒送入那水流之中。你聽到的那些低語和情緒，都是來自於有著些微精技天賦之人。你必須將那些聲響置之腦後。至於那樂聲，則是來自一名精技天賦極高的人，不過就目前而言，你也必須將他忽略掉。

但是那樂聲好美。

的確如此。但那樂聲不是精技洪流，只是一個人發送出來的思緒罷了。那樂聲好比是漂浮在水上的葉子；葉子既美又優雅，然而葉子底下的洪流，卻有著龐大的力量。如果你因爲葉子而分心，那麼便很可能會忘記大河的威力，而被洪流捲進去。

我眞是太笨了，竟然叫他去注意精技洪流。我早該想到他目前還控制不住自己的精技天賦。他轉而注意精技洪流，而且我還來不及制止，他便已經全神貫注，於是一瞬間，洪流便將他從我身邊捲走。

這就好像你注意著一個在淺水間玩耍的孩子，結果一個浪潮捲來，那孩子便失了蹤影。一開始，我驚駭至極，接著我縱身躍入洪流裡去追他，雖然我深知要把他抓回來有多麼困難。

事後我嘗試對切德解釋道：「試想你眼前有一大群人，而同一時間，有許多人彼此交談。你先聽這兩個人對話，然後你身後有個人講的話引起了你的注意，接著你又注意到另外一人講的某個字眼；突然之間，衆人的話絞纏在一起，於是你迷失了，而且你不記得是從哪一段話先聽起的，也想不起自己心裡有什麼思緒。你凝神傾聽你聽到的每一句話，卻分辨不出孰輕孰重。那些言語同時存在，同樣迷人，而且每一句話都從你身上扯下了個碎片帶走。」

精技的場域裡看不見、聽不到，也摸不著；只有思緒而已。這一刻，王子還在我身邊，強烈、完好，而且只有他自己；下一刻，他便過於注意非自身的強烈思緒而迷失了自己。就算是一件大毛衣，只要扯出了線頭，就可以拆掉整件衣服；同樣的，王子也由此而起，開始解體。就算追上了線頭，把線捲回來，線也不會復原爲毛衣；不過我還是躍入五花八門的思緒漩渦中尋找晉責的蹤跡，一邊瘋狂地探尋他那不斷消逝的心靈與源頭，一邊把片片斷斷的他給抓回來。我以前碰過更強勁的精技洪流，所以我要守住自身完好毫無問題；但是王子可沒有我這麼豐富的經驗，此時他正被感知洪流的利爪迅速地撕爲碎片，我若要救他回來，就得冒著把自己也賠上去的危險，然而過錯在我，所以我鋌而走險也是應該。

晉責！我將呼喚他的思緒四散出去，並且敞開心胸以感受回應。眾多略有精技潛能之人感受到我的思緒入侵他們的心靈，並困擾地問我是誰，而這眾多的回應思緒打在我頭上，彷彿是一場冰雹暴雨似的。許多人突然注意到我，對我拉拉扯扯，使我壓力備增，彷彿有千百個勾子同時勾住我，要把我拉散開來。

那個感受非常古怪，既令人感到危險重重，又同時令人欣喜若狂；而最古怪之處，莫過於我竟能清楚分明地體會到每一絲感觸。也許切德不准我喝精靈樹皮茶是對的，不過這念頭瞬間即逝，因爲我必須全神貫注地在眼前的事情上。我像是野狼抖動身體、將毛皮上的雨水甩開，狂亂地抖開眾人拉扯住我的雜思；我感覺到他們被我甩開時的驚訝與困惑，然而過後我終於能夠將自己的注意力集中起來。晉責！我再度以思緒大聲呼喚，我呼喚的不是他的名字，而是他對自己的概念，也就是我初次拂過他的心靈時，我清楚感受到的那個意念。而晉責給我的回應，淡得有如回音，彷彿他連剛才他的心境爲何，都已經快要忘得一乾二淨了。

我從纏攪糾結的洪流中將晉責打撈、過濾出來，任由他人的思緒從我對晉責的觀感中流過去。晉責，晉責，晉責。對他而言，我傳出的這陣陣思緒彷彿心跳般令他安心。我抱著他一會兒，將他穩住，最後終於感覺到他已經回過神來；接著他迅速地集中到他的核心線頭上——我之前倒沒看出那些核心線頭乃是晉責的一部分。我靜止不動地待在他身邊，只希望自己能夠擋住外界的雜思，好讓他有時間重新將自己組合起來。

湯姆？他終於問道。他散發出來這個「湯姆」的意念，只是我的自我的一小部分，也就是我讓晉責看到的那單一面向而已。

對了。我對晉責確認道。這就對了。今天練習到這裡就夠了——不但夠了，還超過太多。現在你快離開此地，回到你自己身上吧。

於是置身於天旋地轉洪流中的晉責與我，慢慢彼此切分開來，各自朝自己的身體而去。不過我們離開精技大河時，我幾乎像是聽到人聲般感覺到遠處的思緒迴響：

這次是平安了；不過下次不管是你自己，或是你帶著他，都得小心一點。

那思緒是傳給我的，而且目標只有我一人；我想晉責應該對此毫無所知。然而我一睜開眼睛，看到坐在桌邊的晉責臉色蒼白如紙，就把那個陌生的技傳給拋在腦後了。晉責癱在椅子上，頭歪向一邊，眼睛半閉；他的頭髮裡冒出大滴汗水，沿著臉龐滑下來，嘴巴不停地喘氣。我爲他上的第一課，差點就成了他的最後一課。

我走到他身後，彎下身對他說道：「晉責，你聽得見嗎？」

他嘴角露出微弱的笑容。聽得見。然後他那虛弱無力的臉上浮出一抹可怕的微笑。剛才好美啊。我想回去那裡看看。

「不行。別回去；而且那裡的事情，你現在連想都別去想。現在你就待在這裡，跟我在一起就對了。你必須集中心志，專心地待在自己的肉體裡。」我四下環顧；房裡什麼也沒準備，既沒有水，也沒有酒讓他喝。「你過一會兒就會恢復了。」我嘴裡對他這麼說，心裡卻不知道他等一下到底會不會好起來。爲什麼我早先沒料到會發生這種意外？爲什麼我沒有一開始就警告他精技的危險之處？因爲我沒想到他才上第一堂課，就能技傳得這麼順利？我之前的確沒有想到，這孩子竟會高明到讓自己惹禍上身。唔，現在我可了解了；教導王子施展精技，可比我原先預料的危險多了。

我將一手放在他肩上，想扶他坐正；然而這一碰，我們兩人卻又再度彼此心靈交流了。我爲了要教他而放低我的牆，而晉責根本就沒有設牆。我們兩人的心靈相遇之時，精技的快感橫掃我全身；我透過他的心靈聽到嘈雜的精技思緒有如遠處的滾滾暴河一般。你快回來。我一邊勸道，一邊把快要掉進河裡的他拉回來。我以前也曾經感受到精技洪流的巨大拉力；直到如今，精技洪流對我仍有無比的吸引力，不過我深明其中之險，那吸引力因而平衡。而此時王子就像探手要去摸蠟燭火焰的小娃兒般。我拉回王子，並且橫身擋在他與精技洪流之間，最後終於感覺到他心裡掛上簾子，將精技洪流的呢喃聲屏擋在外。

「晉責。」我一邊說話，一邊對他技傳。「該停下來了。一天練習這麼多已經很足夠，而第一堂課就走到這程度，已經是過多了。」

「可是……我想要……」他講話的聲音小得幾乎聽不見，但是他說得出話來，我就很高興了。

「夠了。」我一邊說道，一邊抬手離開他的肩膀。他嘆了一聲，靠在椅背上，頭則無力地後仰。我強捺住自己的衝動：我能不能把我的力量分給他，以幫助他復元？我有沒有能力幫他設下精技牆，以便保護他，直到他有能力穿梭於精技洪流爲止？我有沒有能力將我烙在他心裡，叫他不得反抗我的精技指令給去除掉？

我剛獲准學習精技的時候，將學習精技的機會視爲兩面刃。能夠學習精技眞是天賜良機，但是在另一方面，我的處境卻也很危險；精技師父蓋倫可能會發現我有原智，因而消滅我，所以我從未像晉責以如此開放且熱切的態度來面對精技。我才學不久，危險與痛苦便把我對於這個皇家魔法的好奇心抹殺殆盡了。我在施展精技時總是多所保留，我既深深受到精技那股耽溺魅力的吸引，卻又很怕自己因此滅頂。我發現精靈樹皮茶可以使我對精技的召喚完全不聞之後，便毫不猶豫地飲用此茶，雖然此茶惡名昭彰，也無法阻擋我。由於喝不到精靈樹皮茶，對精技麻木的藥效也消失了，所以王子的熱忱與豐富的精技文庫，在在使我重新燃起對於精技的百般渴望。我跟晉責一樣恨不得縱身躍入那醉人的洪流之中。但接著我鞏固起自己的心志；我絕不能讓他感覺到我冒出了這樣的思緒。

我一眼瞄到升起的太陽，看這時刻，我們的上課時間差不多該結束了。晉責的臉色已經恢復得差不多，但是他的頭髮因爲汗溼而黏在頭上。

「該走了，年輕人，打起精神來。」

「我好累。感覺上我待會可以睡上一整天。」

我並未對他提起我那蠢蠢欲動的頭痛。「你免不了會有這種感覺，不過待會睡覺對你不好。我要你一整天都振奮精神，做些比較活躍的活動，像是騎馬或練劍之類的。而最重要的是你必須拘束你的思想，不能去想第一堂課的事情；今天你可不能再讓精技誘惑你了。在我教你均衡地關注精技洪流，並抗拒精技誘惑之前，你任意施展精技是很危險的。精技的確很有用處，但精技也會像是蜂蜜吸引蜜蜂那樣，引誘人們躍入其中。你若是單獨貿進，那麼一個不小心，就會被捲到無人且甚至連我都救不了你的地方。然而你的心雖然迷失，你的身體卻留在這裡，變成嘴裡流口水、對周遭的一切都無知無感的呆傻之人。」

我不斷告誡他，要施展精技一定要由我監督，不得自行任意嘗試玩耍。不過我猜我大概是反覆地講太多次了，因爲最後他幾乎是生氣地告訴我，當時他也在場，所以他也深明自己還能全身而退有多麼幸運。

我告訴他，我很高興他能領悟到這一點；接著我們便下課了。不過他走到門口，停頓下來，然後又踅回我身邊。

晉責久久不語，我不禁問道：「怎麼了？」

他突然露出非常彆扭的表情。「我有件事情想問你。」

我等他開口，但是最後仍不得不說：「你想問什麼？」

他咬住下唇，轉頭望著窗外。「你跟黃金大人的事。」他終於吐露道，接著又住嘴不言。

「我跟黃金大人怎麼樣？」我不耐煩地問道。時間不早了，而我還有事要做；例如想辦法止住現在正全力襲擊我的頭痛。

「你……你喜歡爲他工作嗎？」

我立刻就知道這不是他要問的問題。我眞搞不懂他是哪裡不對勁。他是嫉妒我跟弄臣的友誼嗎？是不是他覺得擠不進我們兩人的小圈子裡？我盡量以溫柔的口氣說道：「我們認識很久了，而且一直都是好朋友；在我們之前回程的旅館裡，我就告訴過你了。現在他當主人，我當僕人，然而這只是爲了方便，讓我有機會參加特殊場合，因爲以我的身分，很多事情我是見不到的。如此而已。」

「這麼說來，你不是眞的在……伺候他。」

我聳了聳肩。「除非是爲了配合我的僕人身分，或者是我自己喜歡幫他做點小事。晉責，我們已經是老朋友了，所以我們彼此之間幾乎沒什麼我不願意幫他做，或是他不願爲我做的事。」

我雖不知道他苦惱的是什麼問題，但從他臉上的表情看來，他心裡的結還沒解開；不過我倒願意就此算了。我總不能一直等下去，等到他想出該怎麼講才好吧。他似乎也願意把這事擱下來，因爲此時他轉身朝門口走去。不過他的手一碰到門口，便非常突然地再度開口了；他的口氣很差，彷彿他是違背本意硬把話擠出來的。「儒雅說，黃金大人喜歡跟男生在一起。」他聽我沒什麼反應，又補了一句：「上床。」他從頭到尾都盯著門，這時，他連後頸都一片通紅。

我突然覺得累得要命。「晉責。請你看著我。」

「對不起。」他一邊說，一邊轉過身來，不過他仍不太能直視我的眼睛。「我不該問的。」

我也希望他沒問。我眞希望我不需察覺到閒言閒語已傳遍四處，連他都已聽聞。是該讓流言平息下來了。「晉責，我並沒有跟黃金大人上床。說句老實話，我從沒看過那人跟任何人上床。他調戲儒雅只不過是個僞裝，目的是要使貝馨嘉夫人促請我們盡速離開，不要繼續在她莊園裡作客，如此而已。但是當然了，你絕對不能讓儒雅知道實情，這是你我之間的祕密。」

他深深地吸了一口氣，吐了出來。「我也不願把你們想成那樣子，但是你們兩人看起來好親近。況且黃金大人是遮瑪里亞人，而你是知道的，遮瑪里亞人對這種事情滿不在乎。」

我心裡掙扎著要不要把眞相告訴他，但最後還是覺得，對他而言，知道這些未免負擔太過沉重。「你跟儒雅在一起的時候，最好避談黃金大人的事情；要是他提起，你就把話題轉開。這你會吧？」

他扭著臉裝出笑容。「我也跟你一樣在切德門下修習過呀。」

「我注意到最近你對黃金大人比較冷淡。如果你是因爲這個誤會而疏遠他，唔，那是你自己的損失。你一旦交了他這個朋友，你就會了解，世上找不到比他更眞誠的人了。」

他點點頭，但沒說什麼。我猜我大概沒有完全去除他心裡的陰霾，不過我已經盡力了。

他由門口出去。他離去之後，傳來鎖門的聲音，然後是他沿著長長的螺旋梯下塔的腳步聲。如果有人問起，他會說他已經選定望海塔做爲他晨間靜坐的新所在。

我再度四下環顧，並決定房裡必須儲備一些應變物品，以備萬一今早之事重演之用：房裡要放一瓶葡萄酒，有需要時讓晉責喝了定神；此外也要準備柴火，以便在壁爐裡起火。蓋倫深信學生一定要又冷又餓才學得到東西；但我才不信他那一套刻板的教育方式。這些東西我稍後再請切德備齊。

我打了個很大的哈欠，心裡巴不得能再回床上睡大覺。我昨晚才回到公鹿堡；然而我雖倦得想抱頭大睡，但洗了個熱水澡，並向切德做個報告，又耗去好幾鐘頭。切德將我帶回來的卷軸和我寫的文稿都收去保管了；其實他收去，我倒落個方便，不過這些卷軸和文稿不是他讀過的，就是他猜得到的事情，他看了恐怕也沒多大收穫。我洗了澡，卸除了侵到骨子裡的寒意之後，便坐在火爐前與切德長談。

我出門這幾日，一隻年輕的棕色黃鼠狼正式入住切德的塔樓。這隻黃鼠狼名叫吉利，牠對於自己的年輕活力與新地盤甚爲自豪，再加上聽說這附近鼠輩橫行，所以更是蠢蠢欲動。吉利對於我的興趣，只限於徹底嗅嗅我的靴子，然後鑽進我的袋子裡搜尋一番；牠那性急且橫衝亂闖的心靈，倒與這陰沉的塔樓成爲一大對比。而吉利對於我這個人的觀感是，我是個在牠的地盤上出沒，但是體型太大，不適合做爲行獵目標的生物。

切德的閒談包羅萬象，從提爾司公爵將逃至境內的恰斯國奴隸整備爲大軍，給予軍事訓練，到珂翠肯應邀出面調解艾胥雷城的凱洛辛大人與廷貝利城的莊重大人之間的爭端。凱洛辛大人聲稱莊重大人誘拐了他女兒；莊重大人則反駁那女孩子是主動來找他，何況現在他們已經成婚，所以任何誘拐都不成問題了。又有個公鹿堡商人打算蓋幾座橫入港中的突堤碼頭，但是另有兩個商人聲稱，那幾座突堤碼頭會妨礙通往他們倉庫的水道。這種市鎮議會應該就能解決的事情，不知怎地變成全城的大事，還要搬到王后面前爭個道理。除此之外，切德又講了十幾件枯燥且煩人的問題；我只覺得他與珂翠肯每天處理的事情既龐雜又深入。

我把這個心得講給他聽，他答道：「所以我們才會覺得你回到公鹿堡來是件幸運的事，而且你只需全心照管晉責王子的事情就好。珂翠肯認爲，唯一美中不足之處，就是不能讓你公開陪伴王子；不過我還是覺得，你既能觀察宮廷的動靜，又無須與王子緊密相連，其實這自有其好處。」

根據切德打聽到的消息，花斑幫並無進一步行動；近來公共場所沒有張貼出直指某人有原智的張貼，宮裡也沒收到匿名字條或是威脅信。「可是，月桂對王后的警告，也就是鹿親的事情，那又怎麼說？」我對切德問道。

切德頓時感到困窘。「這麼說來，你已經知道那件事了，是吧？唔，我剛才講的，只是說花斑幫沒有直接對王后放話。我們很看重月桂傳來的消息，而且也盡力去保護她了——當然了，這不能聲張，必須做得很巧妙才行。現在月桂已經開始訓練新助手；她這個助手肌肉發達，劍術又好，而且不管月桂上哪兒，他都跟著去。我對這人很有信心。此外我已經吩咐守門的衛兵，對陌生人，尤其是身邊帶著動物的陌生人，務必嚴格盤查。目前的情況很明顯：花斑幫和原血族群是勢不兩立的。我的眼線傳來消息，據說有些人家在睡夢中遭到屠殺，事後整棟房子都燒得一乾二淨。有人可能會說，花斑幫和原血族群彼此對立更好，就讓他們自相殘殺，我們也好平靜生活一陣子。唉，你別皺著眉頭瞪我呀，我剛才是說『有人可能會說』，又不是我希望他們彼此打打殺殺。你說我能怎麼辦？派出侍衛？又沒人要求王后介入，怎麼派兵？根本就沒人報案，難道我們要捕風捉影地擒凶嗎？至少要有點可靠的東西才行啊，蜚滋。總得要有人報上自己的名字，並指出主謀，我們才好做事呀。除非原血者有這個膽量站出來指控花斑幫的罪行，否則我沒辦法追究。還有，我不知道你聽了會不會覺得安慰一點，但反正王后光聽到這個傳聞就氣得不得了。」說到這裡，切德便將話題轉到他處了。

儒雅．貝馨嘉仍待在宮裡，仍然天天與晉責見面，也仍未露出他有什麼密謀奸計的跡象。切德在我出城這段期間，安排了眼線盯住那少年，對此我很是欣慰。秋收宴很熱鬧，外島人玩得很愉快。晉責與艾莉安娜繼續在衆目睽睽之下進行正式交往；他們一起聊天，一起騎馬，一起用餐，一起跳舞。公鹿堡的吟遊歌者把艾莉安娜的美麗與優雅編成了歌吟唱。表面上看來，一切都完美無瑕，不過切德懷疑這對小情侶其實貌合神離，但他只希望他們兩人能維持彬彬有禮的態度，直到外島貴主上船返鄉爲止。我們與隨同外島特使團前來的商人談判得非常順利。畢恩斯公國原本對於這宗聯姻疑慮重重，但在王后正式宣布毛皮、象牙與鯨魚油的唯一交易港口為海豹灣之後，畢恩斯公國的態度就軟化了。內陸兩公國所產的葡萄酒、白蘭地與穀物，則由公鹿堡城出口。修克斯公國與瑞本公國則獨占羊毛、棉花、皮革等大宗物資。

「依你看，各公國會尊重其他公國的特許權嗎？」我一邊將白蘭地酒杯捧在掌心裡晃動，一邊懶散地問道。

切德嗤了一聲。「當然不會。走私一向是古老且聲譽崇高的行業，在我走過的每一個港口裡皆是如此。不過我們已經丟出了骨頭，讓每一個公爵都有得啃了，況且他們都已計算過我們與外島的聯盟，可以為他們的家鄉帶來多大的利益。老實說，我們所追求的眞正目的，就是讓每個公爵都打從心裡體會到，我們六大公國整體會因為這個聯盟而更加興旺。」切德嘆了口氣，靠在椅背上，又揉了揉鼻梁。過了一會兒，他不大舒服地換了個姿勢，恍然大悟地說道：「噢。」

他從袍子的摺縫裡掏出那條從海灘撿回來的項鍊；那戴著藍色小王冠的黑髮少女塑像，吊在項鍊末端晃呀晃，雖小卻很完美。「我在角落的破布堆上找到這個。這是你的嗎？」

「不是。不過你說的『破布堆』，應該是我以前做粗活時穿的衣服。那條項鍊是王子的。」切德一頭霧水，額頭都皺起來了，所以我補充道：「我跟你說過，這是王子在那個奇怪的海灘上撿來的。後來我幫他把項鍊放進他的小錢包裡。這項鍊應該要還給王子。」

切德聽了這話就惱怒了起來。「他出門在外的遭遇，是對我說了沒錯，但是他以精技石柱旅行，以及在海灘上碰到的事情，他都說得很少；至於這東西，他更是從未提起。」

「他不是故意要騙你。即使是經驗老到的人，在通過精技石柱時也會覺得神魂顚倒。我沒多警告就帶他到海灘上，所以他根本搞不清自己發生了什麼事情。而回程的時候，我又一連帶他走過三個精技石杜。我一點也不意外他的記憶紊亂。光是他回來的時候頭腦還正常，我就很慶幸了——帝尊的那幾個年輕精技人，比起晉責而言，那可就差遠了。」

他的眉頭越皺越深。「這麼說來，沒經驗的精技人無法自行通過精技石柱？」

「這我就不知道了。我第一次進入精技石柱純粹是因爲意外，不過我一整天走在古靈之路上的時候，都恍恍惚惚的……切德，你在想什麼呀？」

切德顯得很困惑，但是他那個表情太無辜了，一定有鬼。

「切德，你別管精技石柱的事了。精技石柱很危險，尋常人也就罷了，但是對你這種可能天生多少帶著一點精技天賦之人而言，精技石柱可能特別危險。」

「你在怕什麼？」他平靜地問道。「你怕我說不定會發現我學得來精技？你怕我若是從小就受教的話，說不定現在也成材了？」

「說不定你若從小受教，現在眞會成材呢；不過我怕的其實是，你該不會讀了幾卷破爛蒙塵的卷軸就想冒險實驗一番吧？畢竟現在正是六大公國最需要你的時候。」

切德不以爲然地咕噥一聲，起身將那少女塑像放在壁爐的爐台上。「講到這裡，我又想起另一件事情來了。這是王后要給你的。」切德一邊說著，一邊從爐台上拿起一個小卷軸遞給我。我一將卷軸展開來，立刻就認出那是珂翠肯方正的字跡；六大公國之人慣用的草寫字體，她一直寫不來。卷軸上以鵝毛筆小心地描了十二個符文符號，而符文符號下面各自註明其意義：港口，海灘，冰河，洞穴，高山，母屋，獵人，戰士，漁人，上母（all-mother），鐵匠，紡織佬。

「這是從她跟皮奧崔玩的那個遊戲抄下來的。我看出她爲什麼要給你這個了。你看出來了嗎？」

我點點頭。「這些符文符號，與精技石柱上刻符文符號的很像；雖說不是一模一樣，但看來至少是系出同源。」

「很好。不過這裡面至少有一個，跟精技石柱上刻的一模一樣。你看。這就是你跟王子用的那根精技石柱上刻的符文符號。就是土墩那一帶的精技石柱。」

切德從我們兩人之間的桌上拿起了另外一個卷軸。從字跡看來，這卷軸顯然是眞正的文書所寫的。卷軸上精確地按照原型畫出了四個圖樣，並標示該圖樣在石柱四面的哪一面，又記載了圖樣的尺寸與位於石面上的位置。切德顯然已經派出了他的小蜜蜂去收集情報。「是哪一個把你們帶去海灘的？」切德問道。

「這個。」這個符文符號與珂翠肯畫的那個「海灘」頗爲類似，只有少個彎勾、多個彎勾的差別而已。

「而帶你們回海灘去的那個符文，也跟這個相同嗎？」

我皺起眉頭。「帶我們回去的那個符文長什麼模樣，當時我無暇留意。我看我不在這幾天，你倒是很忙嘛。」

他點了點頭。「六大公國境內還有別的石柱，再兩、三個星期，我就可以把消息都收集齊全。這些石柱原來一定是精技人往返各地用的，只是如何使用精技石柱的知識已經失傳；不過我們現在又有機會建立精技石柱知識庫了。」

「只是危險得不得了而已。切德，容我指出一點：我跟晉責抵達海灘的時候，人是淹在水裡的。淹在水裡就罷了，但是情況還可能更糟。試想，如果某個出口的石柱，正好面朝下倒在地上，或是裂成碎片了呢？那麼被推送到這出口的人怎麼辦？」

切德稍顯慌亂地說道：「這個嘛，那麼我看你會發現前路不通，於是立刻回到原地。」

「我的推想則是，我會立刻被石柱推送出來，壓成人泥。精技石柱又不是門，容不得你停頓一下以窺看外面的狀況，再決定要不要出去。它像倒水似的把你潑出去，那感覺像是踩空而掉進陷阱裡，止都止不住的。」

「啊。我懂了。那麼精技石柱不能隨便使用，必須多加研究才行。不過我們讀了精技經卷之後，說不定能解讀出每一個符文的意義，以及每一道『精技門』通往何處。而且我們可以藉此看出哪些用起來是安全的。我們可以將不大安全的部分扶正或修復。也就是說，我們可以重新習得昔日精技人所知道的知識。」

「切德，我倒覺得這些石柱八成不是精技人建造的。也許曾有少數幾個精技人用過石柱吧，但是我每次通過石柱時，那種暈頭轉向的感覺以及那種……」我摸索恰當的字眼。「陌生的感覺。」我終於碰運氣找到這個詞。「那個陌生的感覺，使我懷疑當初建造精技石柱的並非精技人。感覺上，當初建造精技石柱的，根本就不是人。」

過了一會，切德提議道：「古靈？」

「我不知道。」我答道。

切德與我的對話則不斷在我心中迴響；此時我盯著書架上的卷軸，又看看精技塔裡上鎖的大木箱。也許答案就在那裡，等著我去挖掘。

我從看來最晚近所寫的卷軸裡找出三卷出來看。越古老的卷軸，字體寫法與拼法變化就越大；我最熟稔的只有當代文字，所以我還是從較近的經卷開始看起較好。我沒找到殷懇的文稿，使我覺得很納悶。這位最近期的女精技師傅，勢必曾經把她的心得形諸文字；一般認爲，凡是爬到精技師傅地位上之人，必會寫些獨到的看法以開導弟子。然而就算當年殷懇眞的寫了什麼吧，她的卷軸也不在這裡。我最後終於選定的這三卷，是一位名叫「樹膝」之人所寫，而且樹膝還註明，這並非他自己所著，而是他從一位名為「歐克萊」的精技師傅之古文原著翻譯過來的今譯本；而樹膝之所以要翻譯此文，則是應精技師傅大麥之請託。這些人物我從未聽過。我將這三卷卷軸夾在腋下，從火爐爐台的假飾板出去。

依我的想法，這幾個卷軸應該要留在切德的塔樓裡，因為它們不該在湯姆·獾毛的房間裡出現。不過我去切德的塔樓之前故意繞了一點路，走到一處壁上有不規則裂縫之處，悄悄地靠在牆上窺視。儒雅·貝馨嘉的房間空無一人；這應了昨晚切德跟我說的，今天儒雅會與一大群人，一起跟王子與他的未婚妻去騎馬。很好，說不定我會趁機到儒雅房裡探一探。倒不是說我期望會在他房裡發現大量線索；他房裡除了衣服和幾件男人的日用品之外，別無他物。晚上時，他房裡不是空無一人，就是他一人單獨留在房裡；而他待在房內時，最常做的消遣就是吹笛子——他吹得難聽極了——要不就是燻煙，而燻了煙之後，他便眺望窗外。我從小偵查過各色人物，其中就屬儒雅最無趣。

我朝切德的塔樓而去，但是在打開密門開關之前，我停了一下，先聽一聽，然後窺看一下。我聽到低聲的自言自語，放下柴火的砰砰聲。既然如此，我想我乾脆就把卷軸留在密道裡，以後再拿進去好了。繼之一想，我人生中的「以後」也未免太多，而且我總不能樣樣留待切德幫我決定。而這件事情，說真的也只有我自己做得來。我慢慢地吸氣、吐氣，讓自己靜下心來，專心致志，並將我的牆降下來。

請你別驚慌。我要進房間了。

沒有用。我人還在門口，那波浪就打上來了。臭狗子，你沒看見我！別傷我！走開！

但是我已將精技牆豎立起來，而且穩穩地撐住了。

「別這樣，阿憨。如今你應該已經知道那一套對我不管用，而且我無意傷你。你為什麼這麼怕我呢？」我一邊說著，一邊將卷軸放在工作台上。

阿憨站起來，與我四目相對；他腳下擱著一堆柴火，其中一半已經放到火爐邊的箱子裡。「不怕你。只是討厭你。」

阿憨講話挺怪的；不是他口齒不清，而是他像學話不久的孩子，講話不加修飾。他講完之後站著瞪我，舌尖吐出，停在下唇上。據我看來，雖然他個子矮，講話的聲音和語法都像小孩，但是他已經長大了，所以我不會用跟小孩子講話的口氣跟他說話。

「是嗎？我都會先認識對方，再決定我要不要討厭他。可是到目前為止，你沒有什麼理由好討厭我啊。」

他皺著眉頭看我，四下比畫著。「理由多了。你來，工作變多。洗澡水。端餐點。收拾盤碗。比光老傢伙一人的時候更多。」

「唔，這倒是真的。」我猶豫了一下。「那麼要怎麼做才能彌補你？」

「彌補？」他懷疑地瞇著眼睛看我。我非常小心地降下我的防線，稍微地探尋他的感受。他的心情一碰即知，再明顯也不過；他這輩子都被人嘲笑戲弄，然而「彌補」跟嘲笑戲弄大有不同，這點他很確定。

「我可以給你一點酬勞，因爲你幫我做了這麼多事情。」

「酬勞？」

「就是銅板。」我錢袋裡還有幾個銅板。我舉高錢袋，搖得叮咚作響。

「不。銅板不好。我不要銅板。他打阿憨，搶零錢。打阿憨，搶零錢。打阿憨，搶零錢。」他一邊重複述說，一邊作勢用他的胖拳頭打在他的手臂上。

「誰打你？」

他瞇著眼睛看我，頑固地搖了搖頭。「有個人。你不認識。我不告訴別人。打阿憨，搶零錢。」他又作勢揮拳打自己，這次他顯然是想起了當時的怒氣，呼吸越來越急促。

他陷於憤怒之中，對我置之不理，但我仍努力插話問道：「阿憨，誰打你？」

「打阿憨，搶零錢。」他又揮拳了，此時他舌頭吐出、下唇外翻，眼睛則瞇得幾乎看不見。我讓他對空揮出一拳，然後才上前一步，將雙手放在他的肩膀上，讓他平靜下來，以便跟他講講話。但是我的手一碰到他，他便狂亂不成言地大吼一聲，並躲了開，同時咆哮道：**你沒看見我！別傷害我！**其衝擊之大，使我屈身抱頭。「阿憨，別傷害我！」我反駁道；喘口氣定定神，再補一句：「你那個辦法也不是次次都有用，對不對？你雖用力推人，但是有些人就是感覺不出來。不過除此之外，還有別的辦法呀，比如說，我可以阻止他們。」

這麼說起來，阿憨的精技波濤，不是對於公鹿堡裡的某些僕人完全不起作用，就是只足以激起對方的怒火而已。眞是耐人尋味啊。我還以爲像阿憨精技天賦如此高強之人，一定可以任意將自己的思緒加諸在任何人身上。這事應該要告訴切德；不過我暫且把這個念頭擺在一旁。從早上便冒出來的精技頭痛，加上阿憨的這一擊，使我覺得血液彷彿都衝進腦袋裡。我頭痛欲裂，但還是盡全力把話擠出來：「我有辦法阻止他們，阿憨。我會阻止他們。」

「什麼？阻止什麼？」他疑心重重地質問道。「阻止阿憨？」

「不，是阻止壞人。我會阻止壞人，不讓他們打阿憨，也不讓他們拿阿憨的銅板。」

「呼。」他鄙夷地哼了一聲。「他說『拿去買糖吃』。但是他一下子就搶走銅板。打阿憨，搶零錢。」

「阿憨。」阿憨一旦有了定見，就很難再扭轉他的心意。「你聽我說。如果我能阻止他們，不讓他們打你，也不讓他們搶走你的糖果，那你就不會恨我了吧？」

他站著，不說一句話，但是眉頭都皺了起來。我想這是因爲他沒辦法將這兩件事情連起來，所以我把話說得更簡單一點：「阿憨，我可以阻止他們，不讓他們騷擾你。」

他又「呼」了一聲。「你不知道。我沒告訴你。」他把地上的柴火亂七八糟地丟進箱子裡，接著便大步地走開了。他走開之後，我抱著頭，沉入椅子裡，坐了一會兒；接著我踉蹌地走到桌邊，把卷軸拿到床邊的桌子上，然後就再也走不動了。我坐在床緣，心想我只要躺一下就好。不過我的頭一沾到涼涼的枕頭，人就睡著了。

8 野心

因此在魔法的光譜中，每一種魔法自有其地位，而種種魔法集合起來，才構成偉大的魔法體系。所有魔法知識，從以護符作法的鄉野術法、以水碗或是水晶球占卜的占卜術、野蠻的原智魔法和崇高的精技魔法，到各種從心靈至烹飪齊備的家庭魔法等，盡皆統合在這個體系之中。

但這並不是說任何有魔法之人均有能力駕馭，或者應該嘗試駕馭魔法體系中的每一種魔法；畢竟如此廣博的藝術天分，並不是任何生也有涯的人類所能承受的，然而生也有涯的人類之所以不足以承擔如此廣博的天分，其理至明。善精技者也許能將才能拓展至占卜術的領域中，而懂得野獸魔法之人，同時也能夠駕馭鄉野術法中的起火與尋水源的魔法之術，也是偶有所聞。如圖所示，這些較次的魔法，都緊鄰著偉大的魔法，因此力量強大者亦能擴展自己的能力，駕馭較次的法術。不過有能力之人如果野心大過於此，便會釀成大錯。能夠以水晶球占卜之人，若設法駕馭起火的法術，一定徒勞無功，因爲這兩種魔法並不相鄰，所以支撐這些魔法的基礎，可能會在他內心引起衝突；善於精技者，若自甘墮落地學習獸性的原智魔法，等於是爲自己所擁有的高等魔法招致衰頹與毀滅。這些卑劣的野心應該予以制止。

——精技師父歐克萊所著之《魔法體系》卷軸，樹膝之今譯本

回想起來，我爲晉責上了第一堂精技課，然而我學到的東西比學生還多。我學到的課程，是恐懼與尊重。我對精技只是略懂皮毛，可是我卻膽敢以教師之姿誨人。我的白天與夜晚變得比我原先預期的更爲充實，因爲我既要不斷學習，又得天天教學生，而且除此之外，我還不能把身爲黃金大人的僕人、幸運的父親，以及瞻遠王室的間諜身分放下來。

冬天到了，白日漸短，所以我替晉責上的精技課，變成在黑漆漆的晨間開始；往往我們離開惟眞之塔的時候，東方的天邊都還不見白。晉責與切德都希望我教得越快越好，但是自從那次近乎釀成大禍之後，我打定了主意：還是小心爲上。

既然要小心爲上，所以切德要求我至少評估一下阿憨精技力高低的事情，我也一拖再拖。我倒不需費心安排，因爲別說我不願教阿憨，他自己就避我唯恐不及了。切德三次安排時間，要阿憨在他的房裡與我見面，但是每次那個弱智少年都沒出現。他雖未出現，而我也生怕這個倔強的學生只是遲到而已，所以每次都不敢多逗留；我到了之後，一發現阿憨不在，就立刻離開。每次阿憨都跟切德說他「忘記」約會的事情，不過他臉上的焦慮與厭惡是逃不過切德眼睛的。

「你到底做了什麼好事，讓阿憨躲你躲得遠遠？」切德對我質問道。對此，我倒是可以誠心誠意地回答說我什麼也沒做。那弱智少年爲什麼怕我，我茫無頭緒。只是我也樂得他怕我就是了。

我爲晉責上的課則與此恰恰相反。那孩子每次來上課時，都衷心且熱切地跟我打招呼，而且對於課程殷殷期待。對此我大感驚訝。有時候我不免一廂情願地想道，如果我的第一個精技老師就是惟眞

王子，那麼我的反應會不會就像他兒子來上我的課這麼欣喜？在我心裡，只覺得精技師傅蓋倫替我們上的課痛苦到了極點；我覺得他的作法不可取，所以我無意承襲他，以種種體力和心智的折磨來使學生揮發精技天賦。說句老實話，我根本就無須誘發晉責的天賦。對於王子而言，施展精技，自然得就像是自我的展現一樣，絲毫無需費力。不久我便開始懷疑，我一開始時費盡精神去駕馭精技，說不定反而不是件好事。從以前到現在，我都必須逼迫自己越過自己的圍牆，才能施展精技，但是晉責似乎從來也沒想到要為自己設限。他樂於告訴我他的心思，甚至連腸胃不適等小事也不吝讓我知道。當他開放心胸的時候，他是閘門大開，將自己開放給世上所有的雜思散念；我站在他心裡，把自己守得緊緊地目睹這一切，只覺得十分感動。那情景使他既害怕又入迷，而這兩種情緒使他更專心一意地練好精技。更糟的是，當他對我技傳的時候，小題大作到彷彿用繩索來穿針。惟真曾經跟我說，駿騎——也就是我父親——對人技傳時，像是用飛馬奔蹄把人踩過去似的。駿騎的作風是這樣的：衝進惟真心裡，把他要講的消息丟下來，立刻逃之夭夭。而晉責技傳的時候也是如此。

「他要是能駕馭得了自己的天賦，那麼要不了多久，就會超越他的老師了。」有天夜深時，切德碰巧到他的舊房間來走一走，我不禁趁此對他抱怨一番。我坐在我們那張凌亂地堆著經卷的舊工作台邊。「幸虧我教他水壺嬸的石子棋之後，就鬆了一大口氣。一開始晉責老是抓不到竅門，不過現在他已有進展。我希望石子棋會讓他將速度放慢下來，並幫助他學習精技的深奧之處。除此之外，他學什麼都很容易。他施展精技，就像獵犬天生就會湊上去嗅聞獵物氣味蹤跡一樣；簡直可以說不是我在教他如何施展精技，而是他記起了精技要如何施展出來。」

「這有什麼不好嗎？」老刺客好脾氣地問道。他開始在高層的架子上東搜西找。高層的架子一向是用來放他那些最危險也最強效的藥草。他爬上凳子時，我抿著嘴笑了一下，心想，切德會不會到現在還認爲，只要他放得夠高，我就拿不到？

「這很危險呀。一旦他超出我的程度，開始實驗各種精技技巧之後，他會冒險探測我從未去過之處。到那時候，我連哪裡危險、應該先警告他都不知道了，更別說要保護他。」想到這裡，我厭倦地丟開卷軸，順便連我正在做的古卷軸今譯也推到一邊去。晉責連做古文今譯都勝過我。那孩子跟切德一樣，對於語言文字很有天賦。我做的今譯，是辛辛苦苦地一字一字猜測拼湊出來的，而晉責則是一句一句地看過去，轉瞬間便將精確的譯文寫了出來。我多年沒做古文今譯，所以技巧都已生疏。我心裡納悶道，我該不會是嫉妒自己的學生做得快又好吧？古文今譯做得差的老師，是不是就很差勁？

「說不定是你傳給他的。」切德深思道。

「傳什麼給他？」

「精技呀。你從他很小的時候就開始跟他心靈接觸。然而你不是說嗎，人是不能藉著原智魔法做心靈接觸的；這麼說來，那一定是精技無疑。因此，你說不定是在他很小的時候就教他精技了，或至少也讓他的心靈適於學習精技。」

我可不喜歡這個思考方向。我心裡頓時想起蕁麻，同時深感愧疚：果眞如此，那麼我是不是也危害到蕁麻呢？「照你這樣講起來，好像都是我的錯似的。」我盡量講得輕快，彷彿語氣輕快一點，就可以驅走我突然冒出的恐懼感。我嘆了一口氣，不情不願地將文稿與卷軸拉回身前，繼續做我的古文今譯。如果我還想做晉責的老師，我自己就必須多學一點。這個卷軸講的是一套讓學生心神貫注的練習；我倒希望這一套練習對我有用。

切德走過來站在我身後看我翻譯古文。「嗯。另外那個講疼痛與精技的卷軸，你覺得如何？」

我困惑地抬頭瞄了他一眼。「什麼另外的卷軸？」

切德顯得很煩躁。「你知道的嘛。我把那個卷軸擺在桌上，留給你看呀。」

我意味深長地朝我們這張凌亂的桌子看了一眼。桌上至少散落著十幾個卷軸和文稿。「你說的是哪一個？」

「就在這桌上呀。我指給你看過了，孩子，我記得很清楚。」

我也很篤定他沒將那個卷軸拿給我看，不過此話不宜說。切德的記性變差了，我清楚得很，只是他不肯承認而已。而且我也已經發現，就算隨便提起他有可能記性變差，他也會勃然大怒，弄得我心神不寧，所以我還不如將老導師已經不如以往敏銳的這個念頭擺在心裡算了。因此我一語不發地看著切德在凌亂的桌上大肆搜找一番，最後找出了一個鑲著藍邊的卷軸。「看吧。卷軸還在我原來擺著的地方，可見得你根本沒看。」

「是。我是還沒看。」我輕鬆地坦承道，希望能藉此完全避開他到底有沒有將這個卷軸拿給我看的話題。「你剛說那卷軸是說什麼的？」

他不屑地瞄了我一眼。「與精技相關的疼痛。就是你那種頭痛。卷軸上提了好幾種解法，有運動，也有藥草，不過卷軸上也說，你有可能時間一久就不頭痛了。但最令我感興趣的，是末尾那一段話。樹膝說，有些精技師傅會對學生設下疼痛柵欄，以免學生胡亂實驗；不過樹膝倒沒說疼痛柵欄是否能強到使人完全無法施展精技。我之所以對疼痛柵欄感興趣，有兩個原因：一來我懷疑蓋倫可能對你設了疼痛柵欄，二來我想我們說不定可以藉此來控制阿憨。」我注意到，切德並未說疼痛柵欄用在王子身上也很安全。

所以我們講來講去，又講回阿憨了。唔，老人說得沒錯，我們遲早必須處置阿憨。不過——「我還是不願用疼痛來教訓任何生物。阿憨幾乎時時刻刻都在放送他的精技音樂；若是令他因此而感到痛苦，令他無法放送音樂……我眞不知道會產生什麼後果。」

切德不以爲然地嘟囔了一聲。就算我不說，他也知道除非他開口要求，否則我是不肯做的。不過蓋倫可沒這麼多顧忌，我陷入沉思。切德打開卷軸，以他那瘦得見骨的指頭，將他講的那個段落圈給我看。我看過之後，發現切德差不多已將重點指出了。我往後靠在椅背上。「我在回想，我的精技頭痛是什麼時候開始的。我每次施展精技之後總是覺得很倦；惟眞第一次汲取我的力量時，我還昏倒了。反正每次施展精技之後，我都倦得不能動。不過我開始會在施展精技之後頭痛，那時間是在……」我想了好一會兒，搖搖頭。「我也說不出個確切的時間點。我第一次碰巧做了精技漫遊之後，醒過來時，虛弱得全身顫抖；所以我就喝精靈樹皮茶，而且之後每次精技漫遊醒來時都喝。過了一陣子，我在經歷過精技漫遊後不但虛弱無力，連頭也痛起來了。」我嘆了一口氣。「所以我的頭痛，應該不是別人設在我心裡的疼痛柵欄所造成。」

切德早已回到架子邊，此時他手裡拿著兩個瓶子走回來。「會不會是因爲你有原智？好多卷軸都提到，同時使用兩種魔法是很危險的。」

這些事情我不知道就算了，這老人何必通通提起？我眞痛恨他提的問題，他的問題使我警覺到，我正在導引王子航向未知的領域。我疲倦地搖搖頭。「這我也無從得知，切德。如果王子開始在施展精技之後頭痛，我們就可以推斷是原智的緣故了。」

「我以爲你早就把王子的原智跟精技分開來了。」

「要是我知道該怎麼把他的原智跟精技分開來，我早就做了。不過我頂多也只能要求他在施展精技時，將原智擱在一旁。我不知道怎樣才能把我在沙灘上時烙在他心裡的精技指令解除掉，同樣地，我也不知道要怎麼把他的雙重能力區分開來。」

他一邊揚起了白眉毛，一邊量出適量的藥草，倒入茶壺中。「叫他不得反抗你的那個指令？」

我點了點頭。

「這個嘛，這應該再簡單也不過了。反向而行就是了。」

我咬緊牙關，把話吞回肚子裡；我原本想說，你是因爲既沒有精技天賦，又不知道輕重，所以才說這很簡單。我告訴自己，是我自己既疲倦又沮喪，我不該把氣出在老人身上。「我是怎麼將精技指令烙在他心裡的，連我也搞不清楚，所以我不曉得要如何反向而行。你說這很簡單，其實一點也不簡單。你說吧，我該下什麼新指令給他？『反抗我』？你還記不記得，駿騎也於盛怒之下，在精技師傅蓋倫心裡烙了個精技指令？而且他跟惟眞想破了頭，也想不出要如何解除。」*

「可是晉責是你的王子，而且是你的學生，因此你的立足點當然與他們不同。」

「我看不出這跟精技指令有什麼關係。」我對切德說道，同時克制自己，以免露出不耐的口氣。

「這個嘛，我只是說，他說不定會協助你解除那個精技指令。」他滴了幾滴液體到茶壺裡，停頓了一下，機伶地問道：「王子知道你在他心裡烙下精技指令，諭令他不得反抗你嗎？」

「不！」這次我任由怒火噴出。我吸了一口氣。「他不知道。做這種事情，我感到很羞愧，而且我也愧於對你坦承說我不敢跟王子講明。就各方面而言，我跟他還不算熟悉，切德，我不希望他因此而對

*譯注：《刺客正傳1刺客學徒》中，蓋倫教蜚滋精技時，曾侵入他的腦中烙下指令，影響蜚滋的心智。惟眞與蜚滋談及此事時，提到過去駿騎曾因蓋倫對惟眞做了不好的事，憤怒地以精技在蓋倫腦中烙下不得反抗的指令，導致原先十分厭惡駿騎的蓋倫從此變成一條言聽計從的哈巴狗。事後惟眞與駿騎均對此十分後悔，但始終找不到解除的辦法。

我有所猜疑。」我揉了揉眉毛。「我們並不是在精神最好的情況下聊天，你知道吧。」

「我知道，我知道。」他走過來，拍拍我的肩膀。「那麼，你們上課的時候都做些什麼？」

「主要就是跟他混熟一點，如此而已。我們一起翻譯經卷；此外，我從練武場裡『借』了幾把練習用的鈍劍出來，以便我們彼此較勁。他的劍法頗爲純熟。如果說我被他的劍刺中而造成的瘀傷數量，算得上是個公允的指標，那麼，我之前烙在他身上的那個精技指令，就算還沒解除，起碼也減退了。」

「無法確定嗎？」

「說眞的，沒辦法。我們只是過招，又不是眞的要傷人；這只不過是玩玩而已，就像我們扭在一起摔角，也是當成遊戲罷了。不過話說回來，我倒未注意過他是不是保留了幾分實力，還是故意要讓我贏。」

「唔。說眞的，除了學習精技之外，他還能跟你鬧著玩，那是再好不過了。依我看來，他以前的生活裡，就是缺了個像你這種可以做激烈活動的同伴。」切德拿起壁爐裡的燒水壺，將熱水注入他方才配好的藥草中。「這麼說，那精技指令的輕重，現在是無法確知了。唔。那你到底有沒有跟他練習技傳？」

我舉起手來遮住鼻子。那茶味很刺鼻，逼得我眼淚直流，但是切德好像沒注意到。「有。這陣子我們做的是有助於他技傳集中的練習。」

「技傳集中？」切德一邊問，一邊晃動茶壺，將茶壺蓋子蓋上。

「現在晉責技傳的時候，等於是在塔樓裡大吼，所以隨便是誰，只要是能聽得見的，都會知道他在講什麼；而我們的目標則是將他的吼聲降下來，輕到像是他只對我一人低語。此外我們還要讓他對我技傳的時候，只告訴他想讓我知道的事情，而非將當下他心裡思考、感受到的一切都傳過來；所以我們做了很多固定練習。比如說，晉責要練習在進餐時同時對我技傳；做得到這點，我們再進一步，看看他能不能邊進餐邊技傳，而且技傳時不讓我知道誰跟他一起用餐？之後我們又設了別的目標：晉責能不能將我擋在他的心靈之外？他能不能設下我無法衝破，而且即使是他在酣眠之中，也能將我阻擋在外的高牆？」

切德找到了個茶杯，皺著眉頭，用垂下來的袖口揩淨。我忍住不笑出來。有時候，當我們私下在一起，他便從那個堂堂的爵爺大人，搖身變回當年帶我入行的那個專注老人。「你教他把你關在門外，不讓你探到他的心事。這樣好嗎？」

「這個嘛，他總得學一學才好，萬一他碰到其他精技人，而對方又不爲晉責著想的話，這個技巧就派上用場了。而目前他唯一的練習對象就是我。」

「還有阿憨呢。」切德一邊指出，一邊爲自己倒了茶。那熱騰騰、黑黑綠綠的茶汁注入杯中；而切德則以厭惡的眼光打量著茶汁。

「現在我頂多也只能應付一個學生。」我抗議道。「阿憨的問題，你有沒有採取行動？」

「什麼問題？」切德舉起茶杯，起身走到火爐前。

我心裡突然感到惶惶不安，但我刻意以悠閒的口氣說話，以便把這個情緒遮掩過去。「我記得我跟你提過的，別的僕人欺負阿憨，不但打他，還搶他的錢。」

「噢，那個呀。」切德說著便往後靠在椅背上，彷彿此事無關緊要。我暗暗地吐了一口氣，心裡的一塊大石頭放了下來；幸好切德並不是忘了。「我找了個理由，叫廚子撥個地方給阿憨。表面上看來，阿憨是在廚房打雜的，這你知道吧。所以，現在阿憨就有自己的睡房了，就在碗櫥櫃附近。那房間很小，不過我猜這是他第一次擁有一個完全屬於自己的地方，他看來滿喜歡的。」

「唔。那就好了。」我停頓了一下。「我們何不乾脆送走阿憨?也不用讓他在外待多久,只要王子更精通精技一些,就可以讓阿憨回來堡裡了。有的時候,阿憨那狂亂無章的技傳還眞有點叫人心神不寧,就好像你在演算很複雜的算數,但是旁邊卻有人在大聲數數兒。」

切德啜了一口噁心的茶汁;茶一沾口,他的臉便皺了起來,但他還是堅決地將茶汁呑入肚。我很同情他,而且當他伸長手臂抄起我的酒杯,以葡萄酒將茶汁的口感沖掉時,我也沒說什麼。接著切德以嗄啞的聲音說道:「目前阿憨是我們除了晉責之外,唯一的精技候選人,所以我說什麼也不會送走他;這人一定得擺在我們視線所及之處。再說,把他留在這裡,你才能試著去贏得他的好感。說到這裡,你跟他有沒有什麼進展?」

「我還沒機會跟他取得進展哪。」我去拿了個酒杯,稍後回到桌邊爲切德注了酒,又將我的酒杯添滿。切德走回桌邊,將茶杯放在玻璃酒杯旁,痛苦地望著那兩個杯子。「我不知道到底是他在躲避我,還是他不過是因爲幫你處理別的事情,所以忙得跟我錯開了。」

「我近來是派了他別的任務沒錯。」

「唔,難怪這裡的事情他做得零零落落的。」我酸溜溜地感嘆道。「有的時候,他記得要把燃剩的蠟燭換上新的,有的時候卻忘了;有時壁爐的灰炭清得很乾淨,旁邊也囤著乾柴,但有時卻是一壁爐的灰炭都沒清。我看他是因爲討厭我,所以盡量做得越少越好。」

「他不識字,所以我就算將派給他的事情寫在單子上也沒有用。有的時候,他會把我交代的事情通通辦好,有的時候就是會漏東漏西。然而你頂多也只能說他是差勁的僕人,不能就此說這人懶惰或是對他懷恨在心。」切德又喝了一大口茶汁。這一次,雖然他極力忍住,但還是咳了出來,茶汁噴得桌上都是。我趕快將卷軸推到安全的地方。他用手帕擦擦嘴,把桌上的茶汁揩掉。「抱歉。」他嚴正地說道,此時他眼淚都流出來了。接著他又舉起酒杯猛灌。

「你泡的是什麼藥草？」

「西薇草、巫婆油、海皺紗，和一些別的零星東西。」切德再喝了一大口茶汁，然後用酒將茶汁送進肚子裡。

「這茶是什麼效果？」我問道，但心裡彷彿對這幾種藥草有點印象。

「喝這茶爲的是要治好我長期以來的一些問題。」切德避重就輕地答道，不過我站起來，開始翻找桌上的卷軸。我幾乎一下子就找到我要的那一卷；這卷軸很舊，不過上面畫的插圖仍很鮮明。我展開卷軸，找到西薇草的圖。

「你說的那幾種藥草這裡都有，而這上面列出來的藥草，都是有助於啓發精技天賦的。」

他不帶情緒地看了我一眼。「所以呢？」

「切德，你這是在做什麼？你在打什麼主意？」

他凝視著我好一會兒，才冷冷地問道：「你這是嫉妒嗎？難道你也認爲，我不應發揮我與生俱來的天賦嗎？」

「什麼？」

切德氣了起來，他的話如珠地滾了出來。「從小到大，我連讓精技師傅測驗精技潛能的機會都沒有；私生子一向不准學習精技。你是因爲點謀特准，所以才破了例。而我呢，我跟你一樣，都是瞻遠家族所出，況且我還善於某些較次等的魔法——這你現在應該已經知道了。」

我不知道切德爲什麼會一下子氣惱起來。我點點頭，以安撫的口氣說道：「好比說，你能夠藉著水碗而占卜。多年前，你就是靠著這個方法得知紅船劫匪正在攻擊潔宜灣的。」

「對。」切德滿意地說道。他坐回椅子上，但是他的指頭則興奮地敲著桌緣。我心裡納悶道，這會不會是因為藥草開始生效了。「對，我是有自己特有的魔法。而且，要是有機會一試，我說不定會發現我也有瞻遠家的天賦能力。這次你別想叫我放手。多年以來，我自己的同父異母兄弟甚至不准我測試看看我到底有沒有精技天賦。對他而言，我這個人夠好，幫他照料暗地裡的瑣事、教他那兩個兒子和唯一的孫子，但是我卻不夠資格享有這項魔法。」

我不禁想著，切德這個恨意已經蓄積多久了；然後我想起來，當黠謀准許我學習精技時，切德欣喜若狂，而當我似乎上課不順，連談談上課情況都不肯的時候，他有多麼失望。這是個由來已久的憤怒，然而我是今天才第一次察覺到。

「為什麼拖到現在？」我彷彿閒聊地問道。「這些經卷到你手上都十五年了。你為什麼等到現在才行動？」我本以為我知道切德的答案；我猜他會說，他在等我回到他身邊幫助他學習精技。然而切德再度使我嚇了一大跳。

「你由什麼斷定我拖到現在？不過，說得也是，最近我下的功夫比較深，因為我對於精技的需求越來越殷切。這事我們早就談過了。總之我知道你是不想幫我的。」

此話不假，然而我為什麼不想教他，我自己卻說不上來。我將這個問題擺在一邊。「你現在有什麼需求，讓你非學精技不可？目前天下太平，你何必鋌而走險呢？」

「蜚滋，你看著我，你看著我啊！我老了。歲月在我身上玩了個奸詐的把戲。當我年輕又精力十足的時候，我不得不整天關在這塔樓裡，既無人聞問，又沒有權力；如今我有機會將瞻遠家族的王座打造得更穩，而且國事、家事也絕對少不了我這一號人物的時候，我卻年老力衰了。我的思考遲緩、後背疼痛，記性也變差了。每當我跟你說，我得查查我的記事本上寫什麼，才能回答一些細小瑣碎的事情時，你就露出一臉驚恐的表情，你以爲我沒看見嗎？你都那麼害怕了，那你想我自己會有什麼感覺。你想像一下，蜚滋，要是你的記憶再也不能隨喚隨出，那會是什麼情景；想不起對方的名字，跟別人講話講到一半，突然忘記剛才講到哪裡。你年紀還小時，只因爲你的身體背叛了自己，不時發作癲癇，你便墜入絕望的深淵；然而你的心靈卻一直與你同在呀。但我想我的心靈是漸漸消散了。」

這消息恐怖到令我頭皮發麻；就算我突然發現公鹿堡的地基在下沉，我也不會比此時更驚駭了。直到最近，我才開始完全體會到切德幫珂翠肯處理了多少事情。公鹿堡政治圈的脈絡，複雜得令我瞠目結舌，我好不容易勉力了解了箇中的梗概。當我還小時，切德會把堡裡的動靜變化分析給我聽，而當時我光是聽講便已滿足，並未多想。如今我以成人的眼光看待這一切，不免覺得這些事情牽連糾結，複雜之至。

而且除了複雜之外，還很引人入勝。可以說，政治就像水壺嬸的石子棋一樣，只是規模龐大得多；棋步一走，便牽動政治聯盟的變化與權力的轉移，有時僅僅幾小時之內，事情便全變了風貌。衆貴族的忠心有高低起伏，而切德是藉著巧妙的安排，才好不容易讓珂翠肯立於不敗之地；正因爲這個緣故，所以切德的政治知識更加彌足珍貴。

我回到公鹿堡之後，對於老人縱橫捭闔的手段至爲敬佩，而且很擔心有朝一日他再也無能爲力之後，我們要怎麼辦。切德處理這些事情是越來越吃力了。他做了好幾本厚重、紙張平摺成冊的遮瑪里亞式裝訂記事本；這就是他再也不相信自己記性的明證。他有六本尺寸厚度相仿的記事本，封皮分別爲紅、藍、綠、黃、紫與淡黃，以代表每一公國；他如何斷定什麼線索該記在哪一冊裡，這我就不知道了。至於逐日記載的，則錄於第七大冊，也就是白封皮，上面畫著瞻遠公鹿的那個記事本上；這本是切德最常看的，每當他要查閱閒言傳聞、對談內容，或是間諜報告的摘要時，就會翻找這個記事本。然而，雖然這個祕密巨冊是深藏在這個無人知曉的塔樓裡，但切德仍以密碼記載各種線索。他沒邀我看他的祕密檔案，我也沒開口請他讓我瞧瞧；我敢說那其中必有許多我寧可自己不知道的消息；再說我不看的話，努力在六大公國各地收集情報之人會比較安全，因爲既然我一無所知，就不可能意外地洩漏祕密。然而就算切德唯恐自己的記性衰退，這仍不足以解釋他爲何急著學精技。「我知道近來你理事益發困難，這點我也頗爲你擔心；但是既然如此，你爲何更急著學精技，這豈不是更拖累身體嗎？」

切德的手緊緊地握成拳頭。「因爲我讀了經卷，而且你又親口跟我驗證。經卷上說，善於精技之人，可以用精技來修復自己的身體，讓自己延年益壽。跟你一起旅行的那個水壺嬸，她年紀多大了？兩百歲，還是三百歲？可是她依然生氣勃勃，根本不把群山的嚴冬看在眼裡。你自己也說你以精技治好你的狼——至少讓牠好了一陣子。如果我能夠接收到你的精技，難道你就不會以此法來使我老當益壯？我看你大概會拒絕吧，然而就算你拒絕，難道我就不能自己幫自己強身？」

接著切德彷佛是要展現自己的決心，拿起了茶杯猛灌，然後便大咳起來。他連忙伸手來拿酒杯，並將酒一口飲乾，此時他的嘴唇上都沾著墨黑的茶汁。「我注意到你並未立刻伸出援手。」他一邊擦嘴，一邊怨懟地感嘆道。

我長嘆一聲。「切德。我教王子的那些東西，其實我自己也懵懵懂懂。既然我自己才懂個皮毛，怎能大言不慚地跳出來說要教你？萬一我——」

「這就是你最大的弱點，蜚滋。你這輩子都改不掉。太過小心，野心不夠。黠謀就是喜歡你這一點。他對我處處提防，可是他卻不曾擔心過你。」

我痛苦且目瞪口呆地望著他，然而切德卻連連地說了下去，似乎根本沒注意到方才他那一棒對我的打擊有多大。「我不期望你贊成我學精技。再說我要學不學，也用不著你核准。我看若要探究精技的奧妙，還是必須靠我自己才行。等我打開了精技的大門，看你怎麼看待你的老導師。我看你一定會嚇一大跳哪，蜚滋。據我看來，我是有這天賦，而且可能是從小就有。這其實是你的話給我的啓示；你說阿憨以精技放送音樂，我也聽到了——我好像聽到了；就在我晚上即將入睡之際，好像聽到心靈的邊緣傳來若有似無的樂聲。我想我的確有精技天賦。」

我想不出要說什麼才好。切德在等我對他聲稱他有精技天賦做何反應；然而我滿腦子想的都是我並不覺得自己缺乏野心，只是覺得我的抱負趕不上他爲我設下的目標罷了。因此我們兩人都不發一語，而且氣氛越來越古怪；最後切德雖以全新的話題打破沉默，但是我們彼此之間卻開始彆扭了起來。

「唔。看來你無話可說嘛。」切德硬擠出一個笑容。「那麼，你那小子拜師學藝得如何了？」

我站了起來。「表現很差。我看他是跟他義父一樣，缺乏野心。晚安，切德。」

然後我便下了樓梯，回到我的僕人房去過夜。我並沒睡。我不敢睡。近來我盡量能不睡就不睡，唯有在累得完全撐不下去的時候才上床。這倒不全然是因爲我非得在深更半夜研讀精技卷軸不可，而是因爲我一闔上眼，就會被人糾纏。我每晚都要設好精技牆才敢就寢，而蕁麻則幾乎每晚必來攻城。她的威力不小，再加上她一心一意要闖進我心裡，使我惶恐不安：我可不希望自己的女兒施展精技。我無法召她到公鹿堡來上課，又唯恐她自己胡亂嘗試會發生什麼危險。我揣度著若是讓她破牆而入，只會使她更興高采烈地磨練精技。但只要她不知道她這是在施展精技，只要她以爲自己不過是在聯絡某個夢中同伴，而且這個夢中同伴是她想像出來的，並非眞人，那麼也許我還能保得住她安全。不過這也使得她垂頭喪氣。然而我怕的是，我若是回應了她，就算只回應一次，就算我的回應是把她推走，她也會推斷出我是誰，以及我人在何處。最好還是讓她什麼都不知道的好。日子一久，又怎麼試也聯絡不上我，說不定她就會放棄了。也許她的興趣會轉到別處，例如鄰居的英俊少年，或是什麼營生的買賣，並就此把我忘掉。我誠心希望如此。不過我每天早上醒來時，幾乎都跟入睡時一樣疲倦。

除此之外，我個人生活的其他面向也同樣令人沮喪。我幾次想找機會與幸運一談，然而這卻跟切德要安排阿憨與我見面一樣徒勞無功。幸運完全被絲凡佳迷住了。一連三個星期，我凡是晚上有空，就到「籬笆卡豬」，希望能碰巧與幸運單獨談談。「籬笆卡豬」的大堂裡有冷颼颼的穿堂風，啤酒又清淡如水，在在都不可能使我對幸運更有耐心。我往往都是白等一場。偶爾我在「籬笆卡豬」碰上幸運時，他總是與絲凡佳同進同出。絲凡佳青春嬌美，烏黑的頭髮、大大的眼睛，身材苗條，如柳條般柔軟，但是卻透露出一股韌性。而且她一講起話就不停口，我連插一句話都很困難，更遑論要私下勸勸幸運了。坐在她身邊的幸運，眼裡只有絲凡佳的美與絲凡佳對他的肯定；而她則滔滔不絕地對我談起她的事情、她父母親的事情、她對未來的計畫，以及她對於幸運、公鹿堡和人生整體的看法。我推測她母親大概被恣行其是的女兒磨平了，而且也樂於見到女兒與一個尚有幾分前途的年輕人往來。她父親對幸運的看法就沒那麼仁慈，不過絲凡佳說，她要不了多久就能扭轉她父親的想法。但她父親也可能執意不肯改變。女兒自己選的年輕人，如果父親不接受，那麼也許這父親應該對女兒的人生視而不見。這麼一個年輕自主的女人大膽地迎風招展，本應使人讚賞，只不過我也是個父親，而且我並不是很贊同幸運選的這個年輕女子。我不怎麼喜歡絲凡佳的態度，但她自己則似乎不大在意。我發現自己頗喜歡她這種精神，然而我卻很討厭她絲毫不在意我的感受。

最後，終於有一晚幸運是獨自前來，這雖是我能私下勸他的唯一良機，但我們卻談得不甚了了。幸運因爲絲凡佳沒陪他來而意興闌珊，並激烈地抱怨她父親越來越頑固，竟逼她晚上非得留在家裡不可，又哀嘆她父親不肯給他機會。我硬把話題轉到他的學徒生涯上，而幸運只是把他講過的話重說了一次；他覺得他在師傅那裡不受尊重，晉達司當著眾多大弟子的面罵他是蠢蛋，又出言譏刺他，而且他們派給他的工作都枯燥至極，所以他根本沒機會發揮。不過我逼著他舉幾個例子時，他描述的狀況，只讓我覺得晉達司要求甚高，但還不至於不講道理。

幸運雖怨聲載道，我卻不認爲是衆人在欺負他。他的連連埋怨，倒使我想到別的事情。我這小子愛上了絲凡佳，此時他所有的心思都放在絲凡佳身上。他在師傅舖子裡一再犯錯、早上遲到，泰半都可以歸罪於他因爲女色而分心。我敢說，如果沒有絲凡佳的話，幸運會做得比較賣力，而且說不定會對他的學徒生涯感到較爲滿足。換作是比較嚴格的父親，恐怕早就禁止幸運跟那女孩子交往了，但我卻沒有對他嚴加管制。有時候我在想，我之所以不想嚴管，是因爲我自己就痛恨這種拘束局限；有時我又不禁懷疑，我是不是擔心我就算下令，幸運也不會遵守，所以不敢嚴管？

我也去拜訪吉娜。不過由於個性怯懦，所以我唯有在看到小馬與板車——這二者意味著吉娜的甥女八成在家——我才會去敲她家的門。我想勒住我們一頭熱地發展起來的激情，雖說她那張單純且溫暖的床舖，對我而言是難以拒絕的誘惑。我每次去拜訪她，都小坐一下，就藉口家主人派了重要的任務，所以不能久留。我第一次這麼說，吉娜毫不猶豫地便接受了我的理由。我第二次重施故技，吉娜則問我往後哪天下午有空；雖然她是當著她甥女的面問的，但是她的眼神卻傳達了她的言外之意。我避重就輕地說我的主人常常突發奇想，所以我也不確定自己什麼時候能有空到城裡來走一走。我講得像是有滿腹牢騷，而吉娜則點頭表示同情。

我第三次拜訪吉娜的時候，她甥女不在家。她甥女有個住在城裡的朋友即將臨盆，但遇上難產，所以她去幫忙。吉娜先以擁抱與熱吻招呼我，然後才跟我講她甥女的事情。在她的活力熱情之下，我原先篤定的自制決心，頓時如雨中的鹽分一般，溶化得無影無蹤。她也不多調情，便鎖上我身後的大門，然後拉起我的手，帶我走入她的房間。走到房門口，她說了一聲：「你等一下。」我在門口站定。過了一會，她喚道：「進來吧。」而我進到她房裡時，發現她已經用一條厚重的圍巾，將那護符蓋起來了。她像飢腸轆轆的人期待一頓大餐似的深吸了一口氣，於是突然之間，我的全副注意力都集中在她衣衫下如波浪般起伏的胸前。我告訴自己這眞是個愚蠢的錯誤，但錯歸錯，我還是做了。而且做了好幾次。等到我們兩人都精疲力竭，她半睡半醒地倚在我肩頭休息時，我犯了個更愚蠢的錯誤。

「吉娜。」我柔聲問道。「妳看我們這樣明智嗎？」

「愚蠢也罷，明智也罷。」她睏倦地答道。「那有什麼要緊的？反正我們又沒害人。」

她問的口氣很輕快，不過我卻答得很嚴肅。「我看這不但很要緊，還有可能會害到人。」

她刻意地長嘆一聲，坐起來，把落在臉上的捲髮撥開，瞇著近視眼看著我。「湯姆，爲什麼你老是堅決要將這件事情弄得那麼複雜？我們兩個都是成人了，再說你未婚、我未嫁，而且我也跟你說過，我是不可能懷孕的。你我且掌握當下，享受一點單純且眞誠的逸樂歡愉，又有什麼不對的？」

「也許對我而言，這既不單純，也不眞誠。」我努力把理由講得合情合理。「我一直告誡幸運，若沒有誓言終身相守，就不能跟女人家廝混在一起，可是我自己卻沒做到。要是現在幸運跟我說，他跟絲凡佳之間，也像方才我跟妳一樣那麼親熱，那麼我一定會痛罵他一頓，並告訴他，他無權——」

「湯姆。」吉娜打斷了我的話。「我們給孩子訂下規矩，是爲了要保護他們。然而你我都是成人，我們深明其中的危險，也自願冒一點風險。你跟我都不是孩子了；況且你我就是得樂且樂，誰也沒騙誰。既然如此，你還擔心我們有什麼危險哪，湯姆？」

「我……我怕萬一幸運發現的話，他會看不起我。而且我既不准他在婚前跟女人家廝混，我就不願瞞著他跟妳親熱。」我望向他處，補了一句：「再說我希望我們之間不只是……成人冒險尋歡而已。」

「我明白了。這個嘛，也許時間一久，你我之間會不止於此吧。」吉娜嘴上雖這麼說，但是聽她的口氣，我這番話是刺痛她了。於是我恍悟到，也許她方才說那句話，是她在自欺欺人。

我該怎麼回答？我不知道。我怯懦地答道：「希望如此。」但是別說她了，就連我自己都不相信這句話。我們又在床上躺了一會兒，才起身到火爐邊去喝茶。最後我終於告訴她我非走不可；而當我蹙腳地堅持我說不定哪天晚上有空再來拜訪她時，她只是望向別處，平靜地說道：「唔，那麼你有心來的時候再來吧，湯姆．獾毛。」

話畢，吉娜與我吻別。我走出去，她關上大門之後，我抬頭望著冬夜明亮的星辰，嘆了一口氣。走回公鹿堡這一趟路遠得很，而我一路上都覺得很愧疚。我騙了吉娜，然而我不是藉著虛情假意地誓言與她相守終身而行騙，而是藉著順應彼此的成人魅力而行騙。據我看來，我對吉娜的情懷，最多就是現在這樣，不會再增加了。更糟的是，即使我現在能夠給予吉娜的，除了色慾的友誼之外無他，我卻仍無法對自己保證我以後再也不會造訪吉娜的家。我瞧不起自己，而當我逼迫自己承認，如今幸運可能已經猜到我偶爾會與吉娜同床的時候，我的心情變得更加陰鬱。對我的孩子來說，這樣的行爲實在是個壞榜樣，而這一趟回公鹿堡的路，只令我覺得既寒冷又黑暗。

石子棋

精技人的力量與程度提高之後，精技洪流對他的吸引力也隨之加深；因此好的教學者對精技候選人謹愼，對學員嚴格，對徒弟無情。畢竟可望成才，卻被精技洪流捲入的人實在太多。精技學員被精技洪流所惑的跡象很多，例如對於日常事務感到厭煩或心不在焉，此外，施展精技時，會因爲期待精技力的喜悅而使出過多且不必要的力道，又或者辦完了事情，卻仍滯留在精技狀態中不肯回神。碰到這種學生，教學者務必多加注意，並立刻斥責此種行爲不當。寧可一開始時冷酷一些，也不要在學生全身麻木、呆坐著流口水，最後生命力因爲飢渴而消逝的時候，徒勞無功地希望自己能夠喚回學生。

——《精技教學者之職責》卷軸，樹膝之今譯本

冬天的日子來來去去，一如無情地打在公鹿堡海灘上的浪花一般，其單調也相去不遠。冬季慶近了；冬季慶慶祝的是過了一年中夜最長的這一日之後，白晝便開始變長了。我幼時總是對這一日殷殷期盼，但如今我事情太多，而且沒空把每樣事情都做好。我一早替王子上課；一天中泰半的時候，我擔任

黃金大人的僕人，以此做爲僞裝。黃金大人已經僱了兩個侍童來打點他的衣物、幫他拿早餐，但當他騎馬出遊、出席社交場合時，我仍必須尾隨在後。人們漸漸習慣我會亦步亦趨地跟著他，所以儘管他的腳傷早就痊癒，我還是形影不離。這點倒是頗有用處。有時候，黃金大人會引導話題，測試衆貴族對於我們與外島貿易的想法，以及他們對於各公國的專賣權是否滿意；我藉此與聞許多閒言閒語，並將一些有用的線索向切德報告。

黃金大人也對原智興趣濃厚，常常問起這個古怪的魔法。有些人講起原智來，罵得狠毒，彷彿仇恨不共載天，連我聽了都覺得訝異。一般人對於原智極爲排斥，這個觀念根深蒂固。黃金大人問起原智者做了什麼壞事，而他得到的答案，從原智者會行人獸交、能獸言獸語，到詛咒鄰居的牲畜生病死亡等不一而足；據說原智者可以化身爲動物，藉此誘惑意中人，甚至以獸形將人姦殺。有些人一提起王后對於野獸魔法如此容忍便忿忿不平，並對黃金大人表示，還是當年比較好，因爲以前要在六大公國處置原智者，是很方便的。噢，我眞寧願自己別聽到這麼多，然而我在以黃金大人之僕的身分，隨他出席晚上的聚會時，發現人們對於原智者非常排斥。黃金大人沒派工作時，我盡量安排自己研讀精技卷軸；不過我雖不願承認，但是我經常丟下卷軸前往公鹿堡城，而且多半撲了個空，沒碰上我那小子。有幾次我在幸運離開吉娜家，正要去跟絲凡佳會面的時候逮住了他，然而我們的對話僅止於匆匆地打招呼，然後他便空泛地許諾說他會盡早回家，以便好好地跟我聊一聊。我注意到，幸運離去時往往以猜疑的目光回頭望著吉娜與我，而且我也往往因爲他並未依言及早回來而鬆了一口氣。

我面臨的危險，是我逐漸習於這個雖稱不上舒服，卻至少可以預期的常態之中。雖然我想戒備自己，嚴防花斑幫蠢動；但是這陣子以來，花斑幫既不發聲，也無作爲，不免使我鬆懈下來。我甚至還大膽期望路德威已經因爲傷口感染而死去；而說不定路德威一死，他的黨羽便各奔前程，花斑幫因此而解散。然而那一晚，我雖在回公鹿堡的路上被他們嚇得驚魂未定，但是自那以來，他們便悶不出聲，所以我也很難一直維持警戒。這樣自滿是不行的。偶爾切德會質問我打探情報的成果，但是我卻拿不出什麼東西向他報告。就各種跡象來看，花斑幫已經忘記我們了。

我定期偵查儒雅·貝馨嘉，但是並未找到任何足以證明我對他的疑心其來有自的證據。二流貴族來到宮裡，是為了要提升自己的地位，而儒雅·貝馨嘉看來與尋常的二流貴族無異。我巡過馬廄，但是他的貓並不住哪裡。儒雅經常在他的馬伕陪同下騎馬出遊，而偶爾一、兩次我跟蹤他的時候，發現那只是讓馬疏散筋骨的尋常活動。我搜了他的房間好幾次，但是什麼線索也沒找到，只發現他母親寫來的一封短函有點耐人尋味；他母親在信上說她一切都好，要兒子放心，並說她希望儒雅留在宮裡，因為「你與晉責王子的友誼日有進展，我們都很高興。」而儒雅與王子的友誼也的確日有進展，雖然我常常哀求晉責，要他多提防儒雅。這事情切德與我已經討論過了。我們都希望這段友誼就此結束，但是我們又顧慮到，果真如此，不知原血者會怎麼解讀此事。

原智者——無論是原血者還是花斑幫——都一直沒有與我們直接聯絡。他們持續地沉默，令人感到毛骨悚然。「我們守住了我們這一邊的承諾。」有次切德暴躁地感嘆道。「自從王子回來之後，公鹿公國就沒處決過任何原智者。也許他們所求僅止於此。至於花斑幫會對自己人下什麼毒手，這個嘛，我們無法保護他們免於被自己人所害，除非他們報請王后排解。現在看來一切都已平息，不過我心底總擔心這不過是暴風雨前的寧靜。要小心哪，孩子，要非常小心。」

公開處決的事情，切德所言甚是。珂翠肯王后為了不失信於人，乾脆勒令公鹿公國境內禁止以任何罪名為由處決任何人犯，除非經由王室核准，而且即使核准，死刑也只能在公鹿堡裡執行。到目前為止，公鹿公國境內尚無任何鄉鎮提請執行死刑；就算復仇之火燒得熾烈，要進行這些公文往來也是很可怕的。然而時間一久，且未再聽說花斑幫的消息，我並不覺得寬心，只覺得仍需密切觀察。即使花斑幫沒給我們惹麻煩，卻仍有太多原血者知道我們的王子具有原智，所以我無法將此事置之腦後。原血者隨時都可以拿這個把柄來要脅我們。如今我看待任何動物都帶著疑心，而且很慶幸公鹿堡的密道有那隻小黃鼠狼吉利巡邏。

後來有天晚上出了事情，使我更為擔心。我去敲吉娜家的門，而她甥女告訴我，吉娜阿姨出去送護符了，因為有個人家的羊群染了疫病。我私底下納悶護符對於這種事情有沒有效果，不過我嘴上只是請她轉達一下，讓吉娜知道我來過了。然而當我問起幸運時，她露出不以為然的臉色，並說應該去「籬笆卡豬」看看，說不定幸運跟「那個賀瓊恩女孩」在一起。她對於我兒的女伴之輕蔑溢於言表。我一邊頂著冬日的寒風走向「籬笆卡豬」，一邊想著我該採取什麼手段。幸運熱切地跟那女孩子求愛，然而他這份感情既不平衡也不恰當；然而也正因如此，所以恐怕我勸幸運的話語，他是一個字也聽不進去。

然而當我走進「籬笆卡豬」那透風的大堂時，既沒看到幸運，也沒看到絲凡佳；我考慮要不要待在這裡等他們，然而就在此時，我看到一個驚人的情景，使我一下子分了心：月桂也在大堂裡。王后的女獵人在其中一張污漬斑斑的桌子旁獨自喝酒。我不禁皺起眉頭；切德不是派了一個年輕人去保護她了嗎？此時跑堂的少年過去將她的啤酒杯注滿；從月桂舉杯喝酒那副漫不經心的模樣，她今晚必定已經添酒好幾回了。

我買了杯啤酒，開始研究大堂裡有些什麼人。從角落的那兩男一女的位置看來，他們可能是在監視女獵人，不過就在我開始懷疑他們存著什麼歹念時，顯然是一對情侶的那兩人站了起來，跟落單的那男子道別，然後便頭也不回閒散地走了出去。留下來的男子招來一名女侍，我從眼角餘光看來，那男子是想要買點什麼熱食吃；我本來還有點保留，但是他的粗魯舉止使我寬了心。

我穿過擁擠的大堂，將酒杯放下時，月桂本來起身要走，然而我就在她身邊的板凳上坐下，所以她僅是悶悶不樂地望向他處。我低聲地說道：

「沒人料到王后的女獵人會在這裡喝酒啊。」我故意一邊說，一邊四下打量著這破舊的酒館，接著便問道：「妳的學徒上哪兒去了，怎麼沒跟著妳來？」切德派去保護月桂的那個人，我曾見過一、兩次；那人塊頭之壯碩，足以使任何埋伏之人畏懼三分；至於他的智力，我看就不怎麼高明了，尤其此時他竟沒跟緊月桂。「妳沒帶著人，就貿然地闖進公鹿堡城來，這是不是有點輕率？」

「輕率？嗯，那你的保鑣又在哪裡？你的處境比我還要危險哪。」她激烈地反駁道。她的眼裡都是血絲，不過到底是因為哭得厲害，還是酒喝太多，我就看不出來了。

我仍壓低聲音說道：「這些危險的事情，我已經習慣了。」

「唔，也許吧。你的生平我知道得很少，所以我無法判斷你到底習慣什麼。至於我嘛，我可不想習慣危險，也不想時時刻刻地走在恐懼之中，並限制我人生的選擇。」月桂似乎很疲倦，她的嘴角與眼角有些以前沒有的細紋。看來她雖然勇敢地斥退恐懼，但是這段日子以來，她卻一直活在恐懼之中。

「妳聽到什麼別的風聲嗎？」我悄悄地問道。

她露齒而笑。「何必問？我之前給你的那個消息還不夠嗎？」

「出了什麼事？」

她朝我搖了搖頭，將剩下的啤酒一飲而盡。我跟跑堂少年做手勢，叫他將我們的啤酒添滿。過了一會兒，月桂說道：「一開始他們的動作微乎其微，別人絕對看不出那是威脅。不過就是在我的馬的馬欄門閂上綁一根月桂枝而已。然而那月桂枝是以絞刑的吊人套結綁住的。」她很勉強地補了一句：「此外還有一根羽毛。切成四段，而且燒得焦黑。」

「羽毛？」

她沉默良久，最後終於決定要回答：「有個我很關心的親友，是跟鵝牽繫在一起的。」

我的心臟突然靜止下來，接著便衝動地猛跳起來。「所以說，他們要讓妳知道，即使妳人在公鹿堡裡，也逃不過他們的毒手。」我平靜地說道。她點點頭，這時那少年端了個沉重的大酒甕過來幫我們添酒。我拿出銅板，那少年接了錢離去。月桂立刻舉杯飲酒；有一圈啤酒溢出杯緣，流到她手上。她有點醉了。

「他們有沒有問妳什麼事情？還是他們只是要讓妳知道妳逃不過他們的掌心？」

「他們問了，而且問得非常清楚。」

「怎麼個清楚法？」

「他們在替我的馬梳毛的刷子旁留下一個紙捲。全馬廄的人都知道我堅持要自己替白帽梳毛。那紙捲上只說，如果我夠聰明，就應該在晚上時將你那匹黑馬跟黃金大人的麥爾妲關在最邊緣的那個圈馬場裡。」

我肚子裡升起一股寒意，迅速蔓延到全身。「妳沒照做吧。」

「當然沒有。我不但沒照做，昨晚還派了一個我信任的馬伕，整夜看守你跟黃金大人的馬。」

「所以這是這一、兩天的事情？」

「噢，是啊。」她搖晃不定地點了點頭。

「妳跟王后稟報了吧？」

「不。我誰也不講。」

「怎麼可以不講？如果我們不知道妳受人要脅，那我們怎麼保護妳？」

她沉默了一陣子才接口道：「我不想讓他們認為可以利用我去對付王后。我要讓他們覺得，如果他們拉我下水，那就是只有我下水而已。我應該要把自己保護好，而非躲在王后的裙子後面，讓王后感染到我的恐懼。」

勇敢，且愚蠢。我且把這念頭按捺下來，對她問道：「然後呢？」

「你們的馬嗎？牠們都沒事。不過今天早上白帽死了。」

霎時間，我什麼話也說不出來。白帽是月桂的馬，牠既聽話、反應又快，所以月桂一向以自己的坐騎為傲。由於我默默不語，所以月桂瞪著我，說道：「我知道你心裡在想什麼。」她壓低了聲音說道。「你一定想著：『這女人又沒有原智，這馬對她而言，只不過是一匹馬而已。』但是話不能這樣說。我是從白帽還是小馬的時候慢慢養大，而牠對我而言，不但是我的坐騎，也是我的朋友。我們用不著心靈交流，也能心意相通。」

「我想的不是那種事情。」我低聲答道。「我也把許多動物當作是朋友，而我跟牠們之間，卻不見得有特殊的原智牽繫。任誰看到妳跟白帽相處的樣子，都看得出白帽很崇拜妳。」我搖了搖頭。「我覺得很不忍。妳保護了我們的馬，結果竟然使妳的馬遭厄。」

我不知道她有沒有聽到我的話。她一邊呆呆地瞪著斑駁的桌面，一邊說道：「牠……牠是被折磨死的。他們不知道餵白帽吃了什麼，那東西一吃下去，便卡在牠喉嚨裡，然後越漲越大，把牠給噎死了。我想……不，我知道得很清楚，他們是故意以此來嘲笑我；他們笑我來自原血家庭，卻沒有原血魔法。要是我有原血魔法就好了；果真如此，我的馬一出了狀況我便會得知，所以一定來得及救回牠的性命。然而當我發現白帽的時候，牠已經倒在地上，鼻尖與胸前都是白沫與鮮血……牠死得很慢，湯姆，而且我竟然就讓白帽如此慘死，竟然沒陪陪牠、讓牠稍微好過一些，也沒跟牠道別。」

原智者會做出這麼殘忍的事情，未免太可怕。這種惡行可惡得無以名之。跟我同樣具有原智之人，竟會下如此毒手，連我都覺得被他們玷污了。怪不得衆人說原智者爲非作歹。

她突然喘了一口氣，抬起頭來，視而不見地望著我；她雖不願承認，但是她臉上盡是驚惶恐懼。我伸出手臂，她的臉靠在我胸膛上，我擁住她。「我很遺憾。」我在她耳邊輕聲說道。「月桂，我眞的很遺憾。」她沒有大哭，只是哽咽地在我懷裡喘氣。我心裡想道，如果花斑幫眞的引她發怒的話，那麼他們可能必須面對一名意外的強敵，倘若他們沒有先殺了她。我換了個姿勢。由於習慣使然，所以我背倚著牆；此時我刻意地觀察大堂，看看有沒有跟蹤月桂的人混在其中。

就在這個時候，吉娜映入了我的眼簾。她大概是跟她甥女講過話，才來這裡找我；她一進門便站在門邊。霎時間，我們兩人四目相望。她驚駭地瞪著我懷裡的女人；我以眼神祈請她平靜下來，但是她的表情一下子變得非常冰冷。然後她的眼神越過我，彷彿她既沒看到我，也認不出我來，接著便轉身離去。她那僵直的後背道盡了千言萬語。

我內心沉到谷底。我並未做錯事情，但是吉娜離開大堂的姿態，充分顯示出她有多麼氣憤。我雖然很想追上吉娜並向她解釋清楚，但我卻不能將酩酊大醉的月桂單獨丟在酒館裡。所以我只好坐著任由焦慮啃蝕全身，而月桂則深深地吸了幾口氣，慢慢恢復過來。她突然坐直起來，幾乎是把我推開。我鬆手放開她。她揉揉眼睛，拿起酒杯一飮而盡。而我那杯酒幾乎沒動到。

「我眞是傻啊。」月桂突然宣布道。「我來這裡，是因爲有人謠傳原智者都聚在這裡。我期望我來到這裡，就會有人上前來找我，於是我就可以殺了他。其實死的很可能是我哩。我又不知道怎麼跟人打殺。」

這時她眼裡出現了困擾的眼神，似乎正在鎭靜且周密地計算她自己有多麼擅長於打殺。「妳應該把打打殺殺的事情留給——」

「他們不該招惹我的馬的。」她怒氣沖沖地說道，於是我領悟到，就這個話題而言，不管我講什麼她都聽不進去了。

「我們回家吧。」我提議道。

她疲倦地朝我點點頭，我們便離開了酒館。街道冰冷黑暗，唯一的亮光是偶爾從窗縫裡透出來的燈光。我們離開了城鎮，開始走上通往城堡的暗路時，我雖不想問，卻仍不由得問道：「妳要怎麼辦？離開公鹿堡嗎？」

「我能上哪兒去？把恐懼帶回家與家人分享嗎？這不好吧。」她吸了一口氣，緩緩吐了出來，隨即在寒冷的空氣中化為一團霧。「不過我想你說得也對。我不能待在這裡。他們接下來會怎麼做？還有什麼事比殺了我的馬更糟？」

她與我都想得出好幾個答案。接下來的路，我們兩人都緘默不語。不過她既不是生氣，也不是不想講話。我感覺得出她盡量就著朦朧的月光四下注視，而且周遭一有什麼小聲響，她便立刻轉頭去看。我的警戒也不輸於她。我只打破沉默一次，問了一句話：「原智者經常在『籬笆卡豬』出沒，是真的嗎？」

她聳了聳肩。「人家是這麼說的。那家店的傳言可多了，什麼『卡豬配原智』的。這句話你以前一定聽過吧。」

我沒聽過，但是我把這句話記在心裡；也許這個俚語背後藏著什麼寶貴的真相也說不定。公鹿堡裡果真有哪一家酒館是原智者聚集的所在嗎？誰會知道？我能從中打聽到什麼消息？

剛進了公鹿堡大門不久，她的「學徒」便匆忙地跑上來迎接我們了。那人一臉憂慮，而且一看到我，便轉為怒容。月桂嘆了一口氣，把她的手從我臂彎裡抽出來；她踉蹌地朝他走去，而他則一把便將她搶過去。雖然月桂再三柔聲勸告，但他還是疑心地死瞪著我，之後才攙著月桂走回她的臥室。我回房就寢之前，先迅速且安靜地巡了馬廄一圈。黑瑪對我的招呼跟平常一樣冷淡。這不能怪罪牠，我最近沒什麼時間陪牠。說句老實話，我才是那個只把黑瑪當作「不過就是一匹馬」來看待的人。唯有黃金大人騎著麥爾妲出遊的時候，我才騎騎黑瑪，除此之外，牠的一切照料，我全權委託馬廄幫手。我突然想到，我這樣對待牠實在麻木無情，不過我自己知道，我實在挪不出時間給牠。我不禁納悶，花斑幫到底有什麼企圖。如果我們的馬眞的被牽到最邊緣的圈馬場去過夜，那麼牠們會有什麼下場？被人偷走？還是更糟？

我一邊施展原智，一邊巡視每一個馬欄，並仔細觀察每一名昏昏欲睡的馬廄幫手。這些少年我一個也不認識，而路德威並未藏於門外或是樓梯後。即使如此，我還是忐忑不安地走上切德的塔樓。他不在房裡，但我仔細寫下事況，讓他一望即知。

隔天切德與我長談此事，但是沒有什麼結論。切德會訓斥月桂的保鑣，因為他竟讓人給溜了；但是切德也想不出有什麼既可以保障月桂安全，又不必將她拘束得更緊的好辦法。「我找了人緊盯著她，但是這個作法令她很反感。不過，除此之外我還能怎麼辦？她對我們而言很有價值，能夠把這些花斑子從暗處引出來的人，可能就是她了。」

「問題是，那要付出什麼代價？」我嚴厲地反問道。

「代價當然是越小越好。」切德陰森地說道。

「他們為什麼要對我的馬和黃金大人的馬下手？」

切德揚起一邊眉毛。「你對原智魔法知道得比我多。他們能對馬下咒、使馬故意將你們摔下去，或者利用馬來監聽你們說什麼話嗎？」

「那是行不通的。」我不耐煩地說道。「為什麼他們會找上我們的馬？為什麼不找晉責王子的馬？彷彿他們要對付的是弄臣與我，而不是王子似的。這其中透著古怪。」

切德顯得很不自在，最後他幾乎以可稱為勉強的平靜態度建議道：「為謹慎起見，是應該要順著這個思路，看看這線索會引出什麼來。」

我瞪著切德，心裡納悶這老刺客說這話到底是什麼用意。他抿緊嘴唇，搖了搖頭，彷彿後悔自己說出這樣的話。過了不久，他便尋個藉口離開了。我則獨自坐在爐火前沉思。

在這之後，我尷尬到不敢去拜訪吉娜。我知道我這種心情很愚蠢，不過我就是不自在。我自認為我不虧欠吉娜，所以不需解釋，不過我也很清楚，吉娜一定會要求我說個明白。至於我為什麼懷裡擁著月桂坐在酒館裡，這可沒什麼方便的謊話可以解釋；然而我又根本不想跟吉娜提起月桂的事情，因為這恐怕會引她問起危險的話題。因此，我乾脆不去吉娜家。

我得空去公鹿堡城的時候，便直接去晉達司的舖子找幸運；然而在那裡我們既不能久談，又話不投機。別的學徒都在注意我們講什麼，幸運也清楚得很，所以他簡直不是在跟我講話，而是在對他們放話，說他對師傅有多麼不滿。除此之外，絲凡佳之父橫生阻擋、用了各種辦法限制兩人相見，就連在街上碰到幸運也不肯交談，這一切在在使幸運十分喪氣。我感覺得出他的怒氣有一部分是衝著我來的。他似乎認為我忽略了他，然而我約他晚上見面一談時，他總是帶著絲凡佳一起來。我不斷立下決心，既要把幸運的事情處理好，也要把吉娜與我的關係補起來，但是不知怎地，日子一天一天地過，而我老是找不出時間把任何一件事情辦好。

在公鹿堡裡，王子與貴主聯姻的各種慶典與貿易談判繼續進行。冬季慶來了又過，辦得比我以往見過的冬季慶更加盛大。我們的外島客人很喜歡這個節日。在冬季慶之後，日日有貿易協商，夜夜有宴會消遣；演木偶戲的、唱軼事詩歌的、玩雜耍的，和其他的賣藝人均十分忙碌。外島人成為公鹿堡大廳的固定常客；有些外島人和待在堡裡的貴族，以及來自公鹿堡城的商人結交為友。在公鹿堡腳下的大城裡，我們與外島的古老貿易關係再度興盛起來；不時有商船入港，以物易物的交易非常風行。除此之外，外島人與我們的往來也變多了，所以人們又可以放心地公開坦承自己有一、兩個外島親戚。珂翠肯的計畫欣欣向榮。

夜晚的宮廷娛樂使我大開眼界；我從來不知道公鹿堡有這一面。身為僕人的我，出入這些場合彷彿是隱形人一般，就如同我當年是無名小子一樣沒人注意；所不同之處在於，我既身為黃金大人的僕人，所以必須陪侍他參加我們的貴族賭博、用餐與跳舞的頂尖社交場合。然而這些六大公國的貴族們雖身穿華服，舉止卻鄙俗不堪。喝醉酒、燻煙燻得腦筋遲鈍、色慾薰心，或是賭輸失性……倘若以前我以為，我們的公爵、夫人們的人品，自然不同於擠在公鹿堡城酒館裡暢飲狂笑的那些漁夫、裁縫們，那麼今年冬天，我總算看清了他們的面目。

只要是女人，不管老少，也不管已婚還是單身，都蜂擁到黃金大人身邊，就連年輕男子也恨不得有資格誇稱自己為「那個遮瑪里亞大人的好朋友」。我覺得有趣的是，就連椋音與魚貂大人也臣服於黃金大人的社交魅力之下。他們經常坐下來與黃金大人同桌博弈；甚至還二度應邀到黃金大人的房間來，與其他賓客一同品嘗上好的遮瑪里亞白蘭地。有椋音在場，我實在難以保持畢恭畢敬且不為所動的僕人態度。她丈夫是個喜歡親暱動作的人，他常常攬住椋音、貼緊自己的身體，淘氣地偷吻她一下；然後椋音便開心地斥責他竟在眾目睽睽之下做這種事，可是往往她一邊高興地數落丈夫，還有空朝我這個方向瞄一眼，彷彿要確認我是不是有注意到，魚貂大人至今仍很熱情地對妻子獻殷勤，而我最多也只能維持一臉正經的表情。倒不是說至今我的心或我的肉體仍渴望著她，在那當下，我之所以感到劇痛，是因爲椋音藉著刻意地炫耀自己的幸福，以恰到好處的強度來提醒我，我的人生有多麼孤獨。我以僕人之姿，靜靜地站在那個歡愉且豪華的品酒會中，眼裡只見他們夫妻倆的甜蜜。

漫長的冬夜便如此熬過。熱鬧的夜間聚會不但會令年輕的王子吃不消，連我也吃不消。有一天清晨我們兩人抵達塔樓的時候，都毫無心思進行任何精技研究。前一天晚上，王子與儒雅和目前居於公鹿堡的衆貴族一起賭博到很晚。

我倒還知道克制，所以在較爲合理的時刻上床睡覺，而且還成功地熟睡了幾個鐘頭，直到蕁麻徐徐潛入我的夢境中爲止。我夢到我在河裡抓魚；我兩手伸進水裡，猛然將一條活蹦亂跳的魚丟到身後的河岸上。那眞是個好夢，令人恬然自在的好夢。我雖未看到夜眼，卻感覺到牠就在我身邊。接著我泡在冰冷河水裡的手指摸到了一個門把；我將頭浸入水裡看看是怎麼回事；然而就在我就著水裡的綠色光線端詳著那扇門時，那扇門突然打開，並且把我拉了進去。突然之間，我便溼答答地站在一間小房間裡滴水。我知道這房間位在房子的樓上，因爲屋頂是斜的。房裡靜寂無聲，只有一根淌著燭油的蠟燭照亮室內。我心裡納悶自己是怎麼來的，並轉身朝門而去，不過門前站了一名少女，她的背緊貼著門，而且張開雙臂，不准我去開門。她穿著長長的棉布睡衣，長髮結成一條辮子，披在一邊肩上。我訝異地瞪著她。

「既然你不讓我去你的夢裡看你，那我就把你困在我的夢裡。」她得意地說道。

我文風不動地站著，一句話也不答；我多少感覺到我若是給了她任何線索，哪怕是隻字片語、一個手勢，或是什麼表情也好，都只會使她對我掌握得更緊。我不看她的眼睛，轉而望向別處，因爲我一認出她來，就會在她的夢境中越陷越深；所以我逼迫自己低頭看著雙手。這一看，使我莫名地高興起來，因爲這並不是我自己的手。她雖困住了我，但是這個「我」是她想像中的形象，而不是我眞正的模樣。我的手指既短且滿布毛髮，我的掌心與指縫又黑又粗，跟狼掌一樣，而且我的手背與手腕都長著粗硬的黑毛。

「這不是我啊。」我大聲地說出來，不過聽起來卻像是古怪的狼嚎聲。我伸手摸臉，發現臉上長出了犬類的鼻子。

「這就是你啊！」她強調道，不過我已經開始從她原本以爲可以拘束我的形體中退了出來。用這種陷阱是困不住我的。她奔上前來一把抓住我的手腕，但卻發現她抓住的，只不過是空空的狼皮。

「下回再把你逮住！」她生氣地說道。

「不，蕁麻，妳逮不住我的。」

我提起她的名字，使她怔住了。就在她回神過來，趕緊要問我怎麼會知道她的名字時，我已經淡出了她的夢境，整個人清醒過來。我在硬床上翻了個身，睜開眼睛，看見如今我已經很熟悉的黑暗小臥房。我大聲地說道：「不，蕁麻，妳逮不住我的。」以便讓自己確信蕁麻沒有這麼大的能耐。話雖如此，但是接下來我就睡不安穩了。

所以隔天早晨，晉責與我都拖著身體前來精技塔，困頓地坐下來對望。這時刻雖是黎明，但這「黎明」不過是個名目罷了；從塔樓的窗戶望出去，冬日的天空仍漆黑一片，而且我們桌上那幾根蠟燭，根本驅不散房間角落裡的黑影。我已經在火爐裡生了火，但爐火尙未將房裡的寒氣減去一分。「世上還有比既冷又睏更悲慘的事情嗎？」我誇張地說道。

他嘆了一口氣，我覺得他好像沒聽到我剛才的問句。他反問我的問題，使我背後爬起了一股不同的涼意。「精技能不能讓人忘記事情？你有沒有做過？」

「我……不。不，我從未做過那種事情。」雖然我很怕晉責的答案，但還是硬著頭皮問道：「你怎麼會問起這個？」

他嘆了一口更長的氣。「因為如果能用精技讓人忘記事情的話，那我的人生就輕鬆多了。恐怕我……我昨晚對某人說了一句話，但我的用意不是……其實我雖講了，但是我有口無心，可是她……」他結結巴巴地講到這裡，終於講不下去了，一臉的苦相。

「你從頭說起。」我建議道。

他氣惱地深吸一口氣，吐了出來。「昨晚儒雅跟我在玩石子棋，然後——」

「石子棋？」我打斷他的話。

他又嘆了一口氣。「自己做了一張棋布，又做了棋子。我是想藉著跟除了你以外的人玩棋，以便磨練棋技嘛。」

我眞想罵他兩句，但我硬是忍住了。我有什麼理由斥責他不該將石子棋介紹給朋友嗎？我實在想不出來。但我就是很悶。

「我跟儒雅玩了一、兩盤，他都輸了。其實他輸了棋沒什麼好意外的，畢竟不管是什麼遊戲，沒有人第一次玩就上手的；不過儒雅宣布說他玩夠了，這種遊戲他不愛玩，然後便起身走到火爐那邊去跟人聊天。這個嘛，小優小姐一直在看我們玩棋，而且也說她想學，可是那時候儒雅正在跟我對弈，所以沒地方讓她玩。她雖沒得玩，卻仍站在桌邊看我們玩。儒雅離開之後，她卻留下來，就坐在儒雅的位子上——這讓我很意外，因為小優似乎很喜歡儒雅，我以為儒雅一走，她也會跟去。此時我已經在收拾棋布和棋子，但是她傾身過來抓住我的手腕，並說我們應該重新擺一盤，因為現在輪到她玩了。」

「小優小姐？」

「噢，你不可能見過她。她大概，讓我想想，十七歲吧，人挺好的。其實她名字叫做優典，只是她覺得那個名字太正式了。她很好相處，講起故事來會令衆人笑倒，而且呢，哎，我也不明白，我跟她在一起，比跟別的女孩自在得多。她不會一天到晚顧慮著自己身爲女孩子的身分，你知道吧；她的舉止跟別人沒兩樣。她大伯就是修克斯公國的歇姆西公爵。」聽到這裡，我憂心忡忡，但是晉責聳聳肩膀，叫我別擔心優典的家世。「反正她就是要玩，而且即使我警告她，她可能會一連輸個好幾盤，她都不以爲意，甚至還說她敢跟我打賭，如果我跟她連玩五盤的話，她至少會贏兩盤。小優小姐的朋友聽到這話，湊上前來問我們要賭什麼？小優小姐就說，如果她贏的話，明天——也就是今天——我得跟她騎馬出遊，而要是我贏呢，唔，我隨便出什麼條件都可以；而她說話的口氣，則是要挑釁我跟她賭個可能有一點，怎麼說呢，有一點不恰當，或是……」

「好比說一個吻。」我提著詞，心裡往下沉。「或是那類的事情。」

「你明知道我不會過於失態！」

「那你到底失態到什麼程度？」切德知道這事嗎？珂翠肯王后呢？這是昨夜多晚發生的？他們是不是酒喝得過量了？

「我就說，如果她輸的話，她就得幫我們親自端早餐到鏡廳，並且伺候儒雅與我用餐，因爲剛才就說了，石子棋不是女孩子玩得來的遊戲。」

「什麼？晉責，教我石子棋的就是個女人！」

「這個嘛——」幸虧他還知道要羞愧。「我之前不曉得呀。你說石子棋是你精技訓練的一部分；所以我想一定是我父親教你的，所以……等等。照你這麼說，除了我父親之外，另外還有個女人教你精技？」

我狠狠咒罵自己的粗心大意。「你別管了。」我暴躁地命令道。「把你的事情說完。」

他嘟囔了一聲，瞄了我一眼，以眼神向我保證他一定會找機會問個清楚。「很好。還有一點我要先聲明，這話不是我對艾莉安娜說的，而是儒雅說的，而且——」

「跟艾莉安娜說什麼？」我整個人陷於恐懼之中。

「『石子棋這種遊戲，不是女孩子玩得來的。』儒雅就是這麼跟她說的。當時儒雅跟我在玩棋，而艾莉安娜走上來，說她想學石子棋。可是……這個嘛，儒雅不是很喜歡艾莉安娜；他說艾莉安娜跟惜黛兒沒什麼兩樣，惜黛兒侮辱了他，並踐踏他的感情，而艾莉安娜一心只想成就一宗門當戶對的親事。所以啦，儒雅就不喜歡艾莉安娜站在旁邊聽我們講話或是看我們下棋玩牌。」他被我狠狠一瞪，嚇得縮了一下，接著沒好氣地接口道：「唔。艾莉安娜跟小優小姐不一樣。艾莉安娜隨時都顧慮著自己是個女孩子的身分，她隨時都顧全適當的禮儀與跟人往來的分寸。她這個人呀，對得挑不出一點錯來，所以反而一切全錯。你知道我的意思吧？」

「聽起來是因爲她是外國人，爲了遵循我們的習俗，所以她的言行舉止處處留心。不過你繼續把你的故事講下去。」

「唔。儒雅知道艾莉安娜時時刻刻講究禮儀，務求絕不出錯；所以儒雅也想到，若要將艾莉安娜趕走，最快的辦法就是跟她說，在六大公國，石子棋是男人的專利。他講得一如國王般篤定，同時又引人發噱，不過這樣有點殘酷就是了，因爲艾莉安娜講我們的語言不如儒雅流利，而且她對我們的風俗所知不多，聽不出儒雅的藉口有多麼荒唐……你別那樣瞪我呀，湯姆。話又不是我說的。而且他既然開口了，我也不好阻止他，因爲這一來事情會變得更糟。所以啦。反正就是儒雅跟艾莉安娜說石子棋不是女孩子玩的，因此艾莉安娜就離開了，走到她舅舅身邊去。皮奧崔正在跟艾莉安娜的父親玩骰子，而他們玩骰子的那一桌在大廳的另一邊。所以啦，小優小姐坐下來跟我們玩的時候，艾莉安娜人不在附近。唔，我佈好棋子，開始下棋。前兩盤的結果跟我預料的一樣；到了第三盤，我出了個閃失，所以她贏了；第四盤，我贏。到了第五盤玩到一半時，我突然領悟到——我想你們一定會稱讚我思慮周到——如果她眞的端早餐來伺候儒雅與我，那麼可能會犯了大忌。我的意思是說，果眞如此，那麼可能連歐姆西公爵都會覺得這是奇恥大辱，因爲我竟要他姪女像僕人一般地伺候我們用餐；就算艾莉安娜和母親都不以爲意好了，也不能這樣。所以啦，我想我還是讓她贏的好。如果她贏，我得跟小優小姐騎馬出遊，不過我可以多找些人，甚至邀請艾莉安娜一起去。」

「所以你讓她贏了。」我沉重地說出這幾個字。

「對，我讓她贏了。而且因爲她第三盤贏的時候非常興奮，又笑又叫的，還對衆人呼喊說她贏了我一盤，所以呢，到了第五盤的時候，我們身邊已經聚了好大一群人看我們下棋了。所以，她在贏了最後一盤之後，便大肆誇耀自己的勝利，此時她的朋友對我說：『唔，爵爺，早先您說，石子棋不是女孩子玩得來的遊戲，看來您眞是錯得離譜。』然後我就說……我說這話只是想要炫耀自己的急智而已，湯姆，我跟你發誓，我沒有侮辱人的意思。我就說——」

晉責說到這裡遲疑了起來，於是我嚴厲地問道：「你說了什麼？」

「『我只是說，石子棋女孩子學不來，不過，說不定漂亮的女人學得來。』此話一出，衆人哄堂大笑，並且舉杯爲這句妙語乾杯。所以我們都喝了，然而此時我才察覺到艾莉安娜也在場，她站在圍觀群衆的邊緣。她既未隨我們舉杯喝酒，也沒有隨著衆人朗誦祝酒詞。她就站在那裡面無表情地瞪著我，最後轉身走開。我不知道她跟她舅舅說了什麼，但是她舅舅立刻撒手不玩，雖然他面前贏了一大堆錢；然後他們兩人立刻離開博弈廳，回房間去了。」

我往後靠在椅背上，努力地想要從中理出個頭緒來，最後我還是搖搖頭。「你母后知道這件事嗎？」

他嘆了口氣。「應該是不知道。她昨晚很早就走了。」

「那切德呢？」

他縮了縮身；我一提切德的名字，他就已經開始害怕王后顧問會怎麼訓誡他的輕率了。「不知道。他昨晚也早早離場。最近他似乎很疲倦，而且容易心不在焉。」

切德的狀況我心裡有數。我慢慢地搖了搖頭。「這不是精技解決得來的，年輕人。上上之策，乃是馬上去請教外交謀略的高手，然後依言行事。」

「你看他會要我怎麼做？」晉責絕望地問道。

「我不知道。依我看來，你若是直接道歉，可能反而會壞事，因爲這一來更證實了你昨晚講的話是有意侮辱她。不過……唉，晉責，這個我眞的不行。外交謀略從來就不是我的強項。不過切德一定會想出個好辦法，讓你特別對艾莉安娜致意，以證明你的確認爲艾莉安娜既美麗，而且是個女人。」

「可是她年紀那麼小，怎能算是女人？」

我不理會晉責沉痛指出的這個小小矛盾。「還有，最重要的就是，你千萬別單獨與小優小姐出遊。最明智的作法，莫過於你乾脆從頭到尾都避免與她爲伍。」

晉責沮喪地往桌上一拍。「我賭輸了就得陪她騎馬出遊，我不能出爾反爾呀！」

「那你就去呀。」我斷然地說道。「但如果我是你的話，一定會自始至終都與艾莉安娜並轡而行，而且只跟她一人談天。如果儒雅眞如你所說，是你的知交，那麼他也許能幫你解圍；你不妨請儒雅引開小優小姐的注意力，以便讓那個場合看來像是儒雅才是陪她出遊的那個人。」

「那如果我不想讓儒雅引開她的注意力呢？」

現在他的語氣就只能說是頑固且故意作對，就像上回與我見面的幸運一樣地心煩意亂。我一語不發地以平靜的眼神望著他，直到他終於心虛地轉開眼神，望向他處，最後我才對他說道：「你最好是現在就走吧。」

「你能不能陪我一道去找母親與切德解釋此事？」他以非常柔和的口氣問道。

「你明知道我不能陪你去。再說，就算我能陪你去，你也最好是自己去見他們。」

他清了清喉嚨。「那今天早上我們去騎馬的時候，你會一道來嗎？」

我頓了一下，建議道：「你不妨邀請黃金大人同行。但我不保證我會到場，只保證我會考慮考慮。」

「然後我就照切德的建議去做。」

「這樣比較好。切德對這些繁文縟節，一向懂得比我多。」

「繁文縟節，哼。這些繁文縟節眞是煩死人了，湯姆。所以我才說小優小姐這個人好相處得多。她很坦然，不會矯揉造作。」

「我懂了。」我嘴上雖這麼說，但心裡卻對晉責的判斷有些保留。我不禁想著，這位小優小姐到底只是個一心要套住王子的女人呢，還是她其實是某人爲了攪亂珂翠肯的棋局而下的一步棋。唔。答案很快就會揭曉。

王子離開房間，並將房門關上；我靜靜地站著四下打量，聽著他踩在石階上的腳步聲漸漸淡去，並聽見塔底的守衛高聲地對王子致意的聲音。我吹熄桌上的蠟燭，另拿一根蠟燭照路，離開了塔頂。

我走回我的僕人房，但先順路到切德的塔樓去看看。我一從密門踏出來就停住了：我嚇了一大跳，因爲切德與阿憨都在房裡。切德顯然是在等我；阿憨看來氣惱又愛睏，他的厚眼皮垂得比平常更低。

「早安。」我對他們招呼道，而切德則答道：「是呀，的確很早。」切德的眼睛炯炯有神，不曉得是什麼事情讓他這麼樂；我等著他把那件好事講給我聽，不過他什麼也不提，只是說道：「我請阿憨今天早早地到這裡來，以便我們一起聊聊。」

「噢。」我除了應這一聲之外，眞不知道要答什麼才好；我想跟切德說，他若要找阿憨來，起碼得先通知我一下，但現在不是跟切德講這些的時候。我才不會當著阿憨的面說這些不宜外人的話。年少的時候，我曾經大大低估了小女孩的聰明狡詐，講話太過放縱；後來才發現，奸巧的小迷迭香原來是帝尊的眼線；這件事情我怎麼也忘不了。我看阿憨倒不是別人的眼線，但是只要我的話不在他面前說，他就無法轉述給別人聽。

「王子今早如何？」切德突然對我問道。

「他很好呀。」我提防地答道。「不過他有件急事要跟你說。你不妨出現在……呃，他容易找得到你的地方，而且越快越好。」

「王子難過。」阿憨憂傷地說道，並憐憫地搖了搖頭。

我心裡一沉，不過我下定決心要測試一下阿憨的實力。「不，阿憨，王子不難過。他心情好得很。他剛才跟一大群朋友吃了一頓豐盛的早餐。」

阿憨皺著眉頭瞪著我，原來就露在外面的舌頭現在吐得更長了，而且下唇也外翻出來；過了一會，他堅決地說道：「不，今天王子的歌很悲傷。女孩子眞討厭。悲傷的歌。拉——拉——拉——拉——嚕——嚕——嚕——嚕——」那癡呆的少年哼出一首悲哀的調子。

我朝切德瞄了一眼，他正在密切觀察阿憨與我的對話。他眼睛直視著我，但是對阿憨發聲問道：

「那蕁麻今天心情如何？」

我努力讓自己臉上一片空白，我也努力要讓自己正常呼吸，但是我突然連該怎麼呼吸都忘了。

「蕁麻很擔心。夢人不再跟蕁麻講話，而且爸爸跟弟弟吵架。呀、呀、呀、呀，她很傷腦筋，所以她的歌很悲傷。哪——哪——哪——哪，哪——哪——哪——哪。」蕁麻的悲傷曲調充滿緊張與憂慮，與王子的調子不同。阿憨哼到一半，突然停了下來，看著我，十分得意地嘲弄道：「臭狗子討厭這樣。」

「沒錯，我是討厭這樣。」我直截了當地應和道。我叉手抱胸，並轉開目光不看阿憨，改而望著切德。「這不公平。」我說道，話畢我緊咬著牙關，因爲這句話聽起來太幼稚。

「這的確不公平。」切德和氣地應著。「阿憨，你可以走了。我看你已經把這房裡的事情做好了。」

阿憨思慮重重地噘起嘴，接著唸道：「搬柴、抬水、收碟子、端餐點、換蠟燭。」他點點鼻子。「對，都做完了。」他抬腳要走。

「阿憨。」我叫住他。他停下腳步，皺著眉頭看我，我問道：「現在別的僕人仍會打阿憨、搶阿憨的銅板嗎？還是現在比較好了？」

他的眉眼都皺起來了。「別的僕人？」他的表情看似有點警戒。

「就是那些『打阿憨，搶零錢』的人呀，記不記得？」我不但套用阿憨講這幾個字的抑揚頓挫，還模仿他當時所用的手勢；可是我的用心不但沒有喚醒他的記憶，反而使他因爲大感恐慌而退了開去。

「算了算了。」我趕快說道。我原本打算以此提醒他欠我一個人情，誰料倒使他更討厭我了；他下唇外翻，倒退地走了出去。

「阿憨，別忘了收碟子。」切德溫和地提醒道。

阿憨皺起眉頭，但還是走了回來。桌上有個托盤，上面擱著切德吃剩的早餐與餐盤；他抄起托盤，匆匆地離開房間，同時不忘隨時斜睨著我，彷彿我會攻擊他似的。

阿憨走了出去，葡萄酒架又重新關上之後，我才坐到我自己的椅子上，對切德問道：「所以呢？」

「所以呢，果眞如我所料。」切德和氣地答道。「如果我不探，恐怕你永遠也不會提起吧。」

「沒錯。」我往後靠在椅背上，打定了主意：這件事情沒什麼好說的。所以我另起爐灶，把他的注意力引開。「我剛才跟你說晉責有急事找你，所以你現在應該去他找得到你的地方才好。」

「什麼事？」

我瞪了他一眼。「王子殿下有什麼急事，他會親自告訴你。」我咬住自己的舌頭，以免我把後半段話講出來：「你若要問，何不去問阿憨呢？」

「那我會回我房間等他召見。不過不是現在。蜚滋，蕁麻現在有沒有危險？」

「這我無從得知。」

我看得出切德硬是按捺住自己的脾氣。「你明知道我問的是什麼。她已經開始施展精技了，對不對？可是卻無人引導她。雖然如此，她還是找到你了。難道是你主動找上她的嗎？」

是我自己種下的因嗎？我不知道。我是不是在她幼時闖入她的夢中，就像我在晉責幼時闖入他的夢中那樣？今日蕁麻之所以尋求與我建立精技連繫，是不是因爲我當年爲她打下了精技基礎？我陷入沉思，不過切德把我的沉思當作是我執拗不屈。「蜚滋，你怎麼這麼短視？你嘴上說要保護她，其實是在將她推入險境啊。蕁麻應該到公鹿堡來接受適當的指導，以駕馭她的天賦。」

「並爲瞻遠王室效命。」

切德盯著我。「那是當然。如果精技天賦來自王室的血脈，那麼為王室效命，就是她的天職；這兩者是相輔相成的。難不成你要以蕁麻也是私生子為由，而剝奪她自己的天職嗎？」

我努力抑制心裡突然冒出的怒火；當我情緒平抑下來，能夠開口之後，我平靜地說道：「我倒不這麼想。這與剝奪無關。我這是在保護她。」

「你會這麼想，原因無他；你一心一意、不惜代價要防止蕁麻到公鹿堡來。其實她來公鹿堡又如何？你是怕蕁麻有機會來堡裡學習音樂、詩歌、舞蹈和美姿嗎？還是怕她會遇上優秀的貴族青年，然後嫁個好人家、展開幸福的生活？還是你怕看到自己的兒孫在你雙眼所及之處出生、成長？」

他講得頭頭是道，彷彿錯都在我，是我太自私。我吸了一口氣。「切德，博瑞屈已經說了，他不讓女兒到公鹿堡來。如果你逼他太緊，那麼他會懷疑這其中另有隱情。再說，一跟蕁麻提起她有精技，難免會引起她質疑這個天賦是從何而來？她的生母自然是莫莉，這是錯不了的，然而這一來，她父親是誰就很可疑了——」

「有的孩子有精技天賦，卻不見得與瞻遠家系扯得上邊。所以她的精技天賦既可能來自莫莉，也可能來自博瑞屈。」

「可是她那幾個弟弟都沒有這個天賦。」我指出。

切德大失所望地拍桌子。「我之前就說了，你這個人就是太過小心。『要是這樣怎麼辦，要是那樣怎麼辦？』就連可能永遠都不會找上門來的麻煩，你都避之唯恐不及。怎麼，就算蕁麻真的發現她父親是瞻遠家的人，那又如何？那能多糟？」

「要是她來到堡裡，並發現自己不但是私生子，而且還是瞻遠家的原智小雜種之女，那就糟透了。到那時候，她的婚姻跟她的貴族生活要怎麼維持下去？再說要她那幾個弟弟、要莫莉和博瑞屈去面對那一段過去，情何以堪？況且你將蕁麻召到這裡來住下，博瑞屈不免會來探望她。我知道我已經變了很多，但是我的傷疤與歲月的風霜，都唬不過博瑞屈；他一看到我就會認出我，這下子他還活得下去嗎？還是你要夥同蕁麻一起瞞著博瑞屈，要求蕁麻絕對不能跟父母提起她在學習精技，更不能讓別人知道教她精技的，是個鼻子歪了、臉上又有一道長長傷疤的男子？行不通的，切德。最好是讓她待在家裡，嫁個她看得上眼的年輕農夫，過著安穩的生活吧。」

「啊，好個田園牧歌般的生活！」切德沉重地感嘆著，譏諷地接口道：「我敢說，她既是你的女兒，想必對如此恬靜安穩的生活情有獨鍾！」接著切德正色說道：「然而她對王子的責任又怎麼說？晉責需要成立精技小組，那又怎麼說？」

「我再幫你找別人就是了。」我魯莽地承諾道。「我一定找個天賦跟她一樣強，卻與我毫無關係、沒這麼多顧慮的高材。」

「只怕這種人才不好找。」他突然皺起眉頭。「難不成你碰過這種人，而且忍到現在都還沒跟我提起？」

我注意到切德並未自告奮勇。瞌睡狗既然要潛伏，就讓他潛伏吧。「切德，我跟你發誓，我不認識其他精技人才。我只知道阿憨一人。」

「啊，那麼你會訓練阿憨囉？」

切德真是伶牙俐齒，一下子就逼我不得不承認，除了阿憨之外，再無其他像樣人才。我知道切德認定我會乾脆地拒絕。阿憨對我既恨又怕，而且只有粗淺的智力；若說要收精技學生，我實在想像不出有什麼比阿憨更糟糕的人選。不過阿憨再怎麼糟，也比不過蕁麻棘手。不，這兩人各有難處，但相去無多。於是我在情急之下，脫口說道：「說不定還有一個精技人才。」

「你還知道別的精技人才，但卻一直不告訴我？」切德音調顫抖，聽來快要大發脾氣。

「我認識他的時候並不是很確定；直到現在我也無法確定他有沒有精技天賦。我只是最近想起這個人來。如今事隔多年，再說他這人可能跟阿憨一樣危險，甚至更有過之；因為他不但主觀很強，而且還有原智。」

「叫什麼名字？」他毫不客氣地質問道。

我吸一口氣，方才緊繃的心弦終於稍微放鬆了一點。「黑洛夫。」

切德皺起眉頭，瞇起眼，開始搜尋自己的記憶庫。「就是主動要教你原智的那個人？你是在前往群山的路上遇見他的？」

「沒錯，就是那個人。」當我跟珂翠肯敘述我千辛萬苦地穿過六大公國去找她的這一趟旅程時，切德也在場。「原智者我也見多了，但是沒有一個像他那樣的；世上唯獨黑洛夫一人知道我私下跟夜眼講了什麼悄悄話，其他原智者都沒這麼大能耐。有的原智者感應得出我們在使用原智，或者感應得出我們在交談的時候不夠謹慎，但是沒人知道夜眼與我彼此談了些什麼。黑洛夫就能一清二楚。我一直在懷疑，就算夜眼與我私下密談，也瞞不過黑洛夫，只是他嘴上不多說罷了。他大概是以原智把我們找出來，再以精技傾聽我的思緒。」

「難道你感覺不出來？」

我聳聳肩。「我當時是沒什麼感覺。所以說，我也可能想錯了。再說我也不急著想找黑洛夫敘敘舊，並探探他的虛實。」

「反正你終究是無法找到他了。三年前，他染上熱症，旋即過世。」

我怔怔地站著，黑洛夫過世了，而且切德還知之甚詳，使我非常震驚。我摸到自己的椅子，坐了下來。我並不感到十分悲悼；我跟黑洛夫之間一直都衝突不斷。不過我倒是覺得很惆悵。黑洛夫走了，不知道荷莉能不能熬得過去，而與黑洛夫牽繫在一起的大熊希爾妲，又會如何哀傷呢？我瞪著牆壁，霎時間，我眼裡看到的都是遠方的那一間小屋。最後我終於打起精神來問道：「你是怎麼知道的？」

「噢，別來這套，蜚滋。你把黑洛夫的事情稟報給王后知道，而且我在那之前，當你因爲背部感染而發燒囈語的時候，就聽你叫過他的名字。所以我知道他這個人非同小可。而我對於非同小可的人物，一向務求掌握行蹤。」

是啊，就像下石子棋一樣。他剛才下的這一著，將他固有的策略表露無疑。我幫他將沒說出口的話講出來：「所以你知道我回黑洛夫那裡去過，並在他那邊學習了一段時間。」

他像是要點頭，但只點了一半。「我不是很確定，但我猜那個人應該就是你。當年我得知這個消息時，心裡高興得要命，因爲自從我聽椋音與珂翠肯說她們把你留在露天礦場裡以來，你便音訊全無。聽到你活著，又一切安好……一連好幾個月，我一直暗暗期望你會出現在我眼前。我殷殷地盼著你會親口告訴我，惟眞化成的龍飛離露天礦場之後一切如何；畢竟我不知道的太多了！我癡心夢想我們久別重逢的情景，想了總有百來種吧；不過你是知道的，我畢竟白等了。而且最後我還領悟到，你永遠也不會自覺主動地回到我們身邊。」他憶起舊日的痛苦與失望，不禁嘆了一口氣。最後他平靜地補上一句：「不過，我聽到你活著的消息，還是很高興。」

他講這些話倒不是在責罵我，只是在坦承他內心的痛苦罷了。當年我做的選擇深深傷了他的心，不過他仍尊重我爲自己下的決定。我離開黑洛夫那裡之後，切德必定仍派了間諜探查我的下落；那些間諜當然不知道他們要查訪的正是瞻遠家的蜚滋駿騎，不過他們早就找到我了，這點毫無疑問。要不然多年之前，椋音是怎麼找上我的？「你一直都派人盯著我，對不對？」

他低頭看著桌子，頑固地說道：「換作是別人，可能會把這當作是我在庇護你。況且，我剛剛就說了，對於非同小可的人物，我一向務求掌握行蹤。」接著切德彷彿聽到我的心聲似的，接口說道：「然而我仍放任你恣行其是，蜚滋，因爲我要讓你盡量追求平靜，即使你的平靜人生中容不下我。」

十年前，我是無法體會切德語氣裡的痛苦的；當時的我，只會覺得他處處干涉，又算計得精。如今，我兒子也將我平日諄諄教誨的道理拋到九霄雲外，我才體會得出，當年切德任我恣行其是、自己做出抉擇，心裡有多大的掙扎。當年他看我，大概亦如今日我看幸運吧：只覺得孩子明明是選錯了路。然而切德仍任我爲自己掌舵。

我就在這一刻下定了決心，而且我打算用這個決定讓切德大吃一驚。「切德，如果你願意的話，我可以盡量……照你的心意，開始教你精技。」

切德的眼神突然變得深不可測。「啊。你現在倒主動要教我了，是不是？有趣。不過我想，我自己的學習進度已經夠好了。不用了，蜚滋。不用你教我。」

我點了個頭。切德會這麼不屑，應該算是我自作自受吧。我深吸了一口氣。「那麼，你既然希望我訓練阿憨，我就開始將他收爲學生吧。我會想個辦法說動他好好上課。他的精技天賦如此之強，說不定王子有他這麼一個精技同道也就夠了。」

他在震驚之餘沉默了好一會兒，之後他露出乖戾的笑容。「我看不見得吧，蜚滋，但你心裡倒是很篤定：我看你大概根本不相信王子只需要一個精技同道就夠了。不過這件事情我們暫且不談。你訓練阿憨，我就不把蕁麻扯進來。多謝了。現在我必須去瞧瞧晉責闖下了什麼大禍。」他慢慢地站起來，背與膝蓋好像痛得很厲害。我望著他離去的背影，一句話也沒說。

10 心意已決

各種跡象都顯示出，科伯・羅貝與蒼白之女在最後一個月雙雙失蹤。他們帶了最忠心的船員，搭上僅存的最後一艘紅船，航向喬利凱吉島；此後便再也無人見過他們二人的蹤影，也無人找到那艘船的殘骸。在紅船之戰末期，龍低空飛過許多外島船隻的上空，船員們便頓時雙眼發直、整個人恍惚起來；接著龍展翅，掀起大風大浪，於是外島船隻便翻倒了；一般咸認，羅貝與蒼白之女所搭的船，也逃不出此一命運。再說，他們的船上載了外島語中稱之爲「龍石」的沉重物品，所以船沉沒時，速度可能特別快。

——切德・秋星所收到的報告，寫於紅船之戰結束時

我慢慢地下樓走向黃金大人的房間，盡量將心思擺在王子所面對的困境上；然而我給自己闖下的禍事，比王子的難題還嚴重，所以我左思右想，想的都是自己而不是他。晉責如此反應靈敏、溫和親切，我也不過勉強教得來而已；至於像阿憨這樣的學生，只要他別跳起來殺掉我就算是我走運了。不過更幽暗的陰影還在後頭。切德拿女兒來誘惑我，使我極爲動心，這是唯有像他知我如此之深的人才能做到

的。蕁麻若是能到公鹿堡來，讓我天天看得到她，眼見她長成大人，而且說不定還能幫她安排一門好婚事，比莫莉和博瑞屈能夠爲她設想出來的人生更加輕鬆寫意；果眞如此，那該有多好。不過我努力把這念頭扯斷撕碎，這樣的渴望太自私了。

我在切德的密道裡走著走著，決定繞到某個特別的偵查站去瞧瞧。我在那偵查站的窺孔旁站了一會兒，心裡有點猶豫，這是我第一次刻意到這裡來監看監聽。我悄悄地在積了灰塵的板凳上坐下，貼近窺孔，探視貴主的房間。

我的運氣很好。早餐仍擱在桌上，皮奧崔與那小女孩在桌邊相對而坐，只是看來都沒什麼食欲。皮奧崔已經穿著皮製的騎馬裝，艾莉安娜穿著漂亮的藍白兩色連身罩衫，袖口與領口綴著大量蕾絲。老戰士沉重地搖著頭對小女孩說道：「不能這樣，小東西。這跟釣魚的道理一樣；妳得先把魚釣上了，才能戲耍那條鉤在魚線上的魚。妳若是現在就大肆展現妳心裡的氣憤，那麼他爲了避免嘗到苦頭，往後說不定就乾脆陷入別的女人的溫柔鄉了。妳不能讓他知道妳的感受，艾莉。妳最好裝作妳什麼都沒注意到；那些報復的念頭，還是擺到一邊去吧。」

她哐噹一聲地將湯匙丟回托盤裡，其去勢之猛，使得湯匙上的粥都彈了出來。「這我做不到。昨晚我已經盡量裝出若無其事的樣子了，如今我要明白地讓他體會到我心底有什麼感受，舅舅。」

「啊。妳這般莽撞，不曉得會給妳母親和妹妹爭取到多少好處呀。」皮奧崔的口氣很平淡，但艾莉安娜卻像是聽到隔壁房間裡有什麼疫病與死亡的消息似的，一下子變得肅穆起來，表情僵凝。她那驕傲的下巴縮了回去，眼神也垂了下來。我感覺到她以強烈的意志力拴住自己，並且突然領悟出她到公鹿堡這幾個月以來的生活，對她造成了什麼變化。也許皮奧崔仍叫她「小魚兒」，但是我眼前的人與我第一次窺探到的那個小女孩，簡直判若兩人。她臉上最後一絲童稚的神情，已經被公鹿堡吃重的社交生活淘洗得不留痕跡了。如今她的口氣裡，散發的是女人的決心。

「舅舅，你是知道的，爲了我們的母屋，只要能『釣』上這條魚，不管什麼事我都肯做。」艾莉安娜抬起頭來望著皮奧崔；她的嘴唇堅毅果決地抿成一條線，眼裡卻噙著淚水。

「不用做到那個地步。」皮奧崔平靜地說道。「現在還不用，而且說不定永遠都用不著那一招。這是我的衷心期望。」他突然嘆了口氣。「可是妳不能對他太凶呀，艾莉。妳不能怒氣騰騰的。我講這話心裡也很痛，不過我總得提醒妳：就算他侮辱了妳，妳也必須流露出不爲所動的樣子；臉上帶著微笑，並裝作一切沒事的模樣。」

「光是這樣還不夠。」我從這兒看不到是誰在講話，但聽來是那個侍女的聲音。那侍女緩緩走入我的視線。我仔細地打量她；她看來與我的年紀相當，衣著簡單，看來像是僕人身分，不過她那傲然的態度，彷彿這裡是她主事。她黑眼睛、黑頭髮，顴骨橫張，鼻子很小。她望著他們二人，搖了搖頭。「她必須謙卑、服從。」

那侍女頓了一下，皮奧崔臉上肌肉隆起，顯然是緊咬住牙關，那侍女見此，露出笑容，顯然輕鬆不少。「而且妳必須讓他認爲妳可能會……委身於他。」她以低沉的嗓音說道。「艾莉安娜，妳要讓王子拜倒在妳的裙下，難離難捨。妳不得讓王子再多看別的女人一眼，更不得讓王子考慮在婚前與除了妳以外的任何人共枕。妳必須牢牢地將王子據爲己有。妳必須使出手段，讓他心裡無妳不可，身體也無妳不可。夫人已經警告過妳了。如果妳辦不到，如果王子變了心，跟別人有了孩子，那麼妳跟妳的家人都難逃厄運。」

「這我做不到。」艾莉安娜衝口說道；她一定是誤將她舅舅臉上的恐懼表情當作是斥責，因爲她隨即情急地接口道：「我已經盡力了，皮奧崔舅舅；我眞的已經盡力了。我已經爲他跳了舞，謝過他送的禮物，也盡量在他用種田人的語言講那些無聊事情的時候裝出入迷的樣子。但是那些都沒用，因爲他認爲我是小孩子，所以瞧不起我；他認爲我父親之所以把我嫁給他，不過是爲了要締結盟約而已。」

她舅舅往後靠在椅背上，推開動都沒動的餐盤。「妳都聽見了吧，漢佳。妳那些噁心的小伎倆她都試過了，但王子就是不要她。那少年的血液裡連個火苗都沒有，我眞想不出我們還有什麼其他辦法。」

艾莉安娜突然坐直起來。「我還有辦法。」她的下巴又挺了出來，她那深邃的黑眼珠裡冒出烈焰。

皮奧崔搖了搖頭。「艾莉安娜，妳才——」

「我不是小孩子了，更不僅是少女而已！這個職責既落在我身上，我就不只是少女了，舅舅。你不能把我當小孩子看待，卻期望衆人都把我當作是女人。你不能把我裝扮成漂亮娃娃、叮嚀我柔順乖巧，並期望我這樣就能擄獲王子的心。王子從小在宮裡長大，他身邊盡是這些柔順乖巧得像是腐壞臭魚般的女人；如果我跟她們一樣，那麼王子連看都不會看我一眼。所以你非得放手讓我做不可。畢竟你我都知道，若是照之前那樣做，那麼我們肯定會失敗；既然如此，就讓我用我的方法試試看，就算連那條路也走不通，我們也沒什麼損失呀！」

皮奧崔一語不發地瞪著艾莉安娜好一會兒。艾莉安娜則望向他處，並煞有介事地忙著爲他們兩人的茶添糖加奶水，然後舉起自己的茶杯啜了一口，自始至終都避開皮奧崔的掃視。皮奧崔開口的時候，語氣非常絕望：「那妳有什麼腹案，孩子？」

艾莉安娜放下杯子，說道：「你別擔心，不是漢佳建議的那一套。差遠了。你眼前這個女人建議的是，你直接把我的年紀告訴王子。今天就講。而且不要按照神符文島的算法來算我的年紀，而要按照他的農夫算法來算我的年紀。而且，就算以後不行，至少你今天要依著我，讓我穿得像個貴主，舉止也像個貴主，所以既然他侮辱我，說別的女子之美更勝於我，那麼我就要公開讓衆人知道他有多失態。我會達成你交代的使命，讓他拜倒在我的裙下；不過，甜膩的招式是不管用的，要馴服他，就得像對待狗那樣狠抽一鞭，讓他知痛。」

「艾莉安娜，不行。我不准妳這樣做。」那侍女發號施令道。

不過答話的卻是皮奧崔；他倏地站起，伸手直指著那侍女，說道：「妳這女人，給我出去！再不滾出去，就叫妳沒命。夫人，我說到做到；如果妳的僕人沒有馬上就走，我就把她給殺了！」

「你會後悔的！」漢佳咆哮道，但她說著便匆匆地離開房間。我聽到她離去時關上房門。

皮奧崔開口的時候，語調既緩慢又沉重，彷彿他這番話可以保護艾莉安娜不至於墜入深淵。「她無權命令妳。但是我有權命令妳，貴主。我不准妳這樣做。」

「你眞有權命令我嗎？」艾莉安娜針鋒相對地反問道；我一聽，就知道皮奧崔輸了。

門上響起敲門聲；進來的人是艾莉安娜的父親。阿肯才剛跟他們兩人打了招呼，艾莉安娜便說她得去換衣服，以便稍後與王子騎馬出遊，然後便告退了。艾莉安娜一走，阿肯便開始說起有一船貨物遲遲不到的事情；皮奧崔嘴裡應著，眼睛卻不時望著艾莉安娜的房門。

過了一會兒，我小心地鑽進我自己的僕人房，然後更加小心地走進黃金大人那寬敞且溫暖的大客廳。他每天早上差人送來足夠我們兩人享用的豐盛早餐，此時他正單獨坐在桌前吃他自己的那一份；如今全堡上下的人一定都在納悶，黃金大人天天獨享如此有份量的早餐，不知如今他的腰圍寬廣到了什麼程度？

我悄悄地走進他的客廳裡時，他揚起金黃色的眼睛，打量了我一番。「嗯，坐，蜚滋。我就不跟你說早安了，因爲現在已經不早了。是什麼事情讓你陰鬱不開，要不要跟我說說？」

撒謊也沒用。我拉開椅子，在他對面坐下來，一邊將餐點叉到我自己的餐盤上，一邊告訴他晉責在社交圈闖下的大禍。晉責的事情是瞞不住的；昨晚圍觀的人想必很多，所以就算弄臣沒有親眼看到，別人也早就轉述給他聽了。至於蕁麻，我則隻字未提。是因爲我擔心他與切德的看法一致嗎？我說不上來，我只知道我想將蕁麻的事情藏在心裡。我也沒提我從窺孔裡看到的事；那事有點蹊蹺，我還是想個清楚再跟人提起吧。

我講完故事之後，弄臣點頭說道：「昨晚我去聽外島的吟遊歌者唱歌，所以不在賭桌邊；不過我還沒離開，那件事情便傳到了我耳裡。今早王子也已經邀我與他騎馬出遊了，你要不要一起去？」我點了點頭，弄臣露出笑容。然後黃金大人以餐巾輕拍嘴唇。「天啊，天啊，他可闖下社交大禍了。這事會絕對是上好的閒聊題材哪。眞不曉得王后與她的顧問要如何扭轉局勢？」

眞是大哉問。不過我知道切德一定會利用這場大禍所掀起的混亂，去測試衆人對王室的忠誠。弄臣與我將餐點一掃而空。我將餐盤端回廚房，並逗留了一會兒。沒錯，僕人之間已經把這事聊開來，並推測小優小姐與晉責王子之間的關係絕不僅是一盤石子棋的輸贏而已；有人聲稱，他數天前看到這兩人在覆雪的花園中散步；又有個女僕聲稱，歇姆西公爵聽到這個消息很高興，還引述公爵的話，說公爵認爲這兩人若要結爲連理，也不會有什麼阻礙。我心中一沉。歇姆西公爵的勢力很大；他若是開始運作，爭取衆貴族支持他姪女與王子配成一對，那麼別說是訂婚大典，就連我們與外島的結盟也將告終。

我在廚房裡還看到一件令我百般狐疑的事情。貴主的侍女，就是跟皮奧崔大吵一架的那個人，匆匆地經過廚房門口，走進大庭。她穿得很暖，厚斗篷與靴子一應俱全，彷彿她要冒著寒冷在雪地裡走上半天。當然，有可能是她的女主人差遣她到公鹿堡城去辦事，但若是要上市集購物，總得帶個籃子，而她卻兩手空空，再說她也不像會被女主人派出去跑腿的僕人。我既疑惑又擔憂。要是沒答應王子我會陪他一道騎馬，我一定會跟上去；然而我哪兒也不能去，只能急忙上樓去換騎馬的裝束。

我回到黃金大人的房間時，發現他幾乎已經打扮妥當。我不禁納悶，遮瑪里亞的貴族是不是眞的都穿得這麼華麗。一層又一層的綾羅綢緞裏住了他修長的身形，另有一件厚暖的毛皮斗篷披在椅背上等著他。弄臣這個人一向怕冷，而黃金大人顯然也沿襲了弄臣的弱點。此時他一邊把毛皮領口翻出來，一邊揮手叫我回自己的房間去，又叮嚀我動作要快，而他自己則繼續攬鏡自照。

我瞄了一眼，看到擺在我床上的那幾件衣服，不禁抗議道：「可是我已經穿戴整齊了呀。」

「你這身打扮跟我想的差遠了。我最近注意到，宮裡有幾名年輕的貴族也有樣學樣，找了保鑣型的僕人來擺派頭；然而我們今天就要讓大家認清此風源出於我，而且模仿者怎麼也比不上創始者。去著裝吧，湯姆・獾毛。」

我一臉怒容地瞪著他，而他則笑臉相迎。

這套衣服是僕人藍，質地、剪裁縫工都是上好的。我認出這是史寬頓的手工；唉，如今史寬頓已經量好我的尺寸，黃金大人便可恣意地用時髦的衣衫來打扮我了。這料子很暖，由此可以看出弄臣頗為我的舒適著想；此外他也好心地多留點餘裕，讓我仍得以自由行動。不過我的手臂一伸進那件怪異襯衫的袖管裡，袖管的摺子便撐了開來，露出摺子裡深淺不一的藍色料子，其效果就如同鳥兒展翅露出彩羽一般。我穿上衣服的時候，注意到有些地方做了隱密的小口袋；我對這些口袋非常讚賞，但是一想到黃金大人要怎麼吩咐裁縫，我心裡便畏縮了起來。有口袋雖好，但我寧可沒人曉得我需要這些祕密口袋。

此時黃金大人像是猜到我的心思似的，從隔壁房間對我說道：「你會注意到，我已經吩咐史寬頓多加幾個小口袋，以便你幫我帶幾樣雖小卻不可或缺的東西，例如嗅鹽、胃腸藥、理容用品，和額外的手帕等；而且我還量了精確的尺寸給他。」

「是的，大人。」我正經地答道，將我自己需要的東西塞進這些祕袋裡。我拿起冬天用的厚斗篷時，發現斗篷下面放了一把劍。這劍的護手與劍鞘裝飾之華麗，使我目瞪口呆，不過我抽出劍來才發現，這劍刃殺氣騰騰，重量分布極佳，用起來很順手。我嘆了一口氣，抬起頭來，發現弄臣就站在我的門框裡。他看到我臉上的表情，心裡很是高興，臉上笑嘻嘻的。我搖了搖頭。「我的劍法配不上這把劍。」

「唯有惟眞的劍才配得上你。那把劍不過是充充數罷了。」這麼大的情義，如果還道謝就顯得淺薄了。這劍雖是給我的，但是他看著我扣上繫劍的腰帶時，其喜悅之情，卻絲毫不下於我。

我們走到大庭等待王子，而聚集在此的人比我原先想像的多得多。已經有不少貴族在等待王子；年輕的儒雅．貝馨嘉也在其中，而且與小優小姐談得正熱切。她對在一旁等待的馬群做了個手勢；那陣勢絕對比她原先下的賭注大得多，她是不是不太高興呢？小優小姐身邊的那兩名年輕女子正在婉言安慰她；從站姿看來，她們必是她的密友。黃金大人走上去時，她們都親切地跟他打招呼。我突然想到，在她們眼裡，黃金大人不過比她們大了幾歲，而且又是個英俊、多金、行事有異國風味，才二十出頭的外國貴族。所有的女人都圍攏到他身邊講話，此外有三名貴族青年——其中一人臉型酷似歐姆西公爵，顯然是近親——在附近留連不去。小優小姐顯然已經是她的小宮廷的中心了；她若眞能贏得王子的心，那麼這幾個忠誠的朝臣必會跟著雞犬升天。

他們的坐騎則由僕人拉著。儒雅的馬鞍後有個給貓坐的坐墊，但是儒雅的貓並未坐在墊子上。據說儒雅把他的貓留在長風堡；這點我很懷疑，因爲沒有一個原智者會志願與自己的牽繫伴侶分開這麼久；他的貓八成是在公鹿堡附近的山野中巡行，而且儒雅必定經常去探望牠。我下定決心，下次儒雅與他的貓密會時，一定要跟去瞧瞧。我若是與儒雅和他的貓起一點小衝突，說不定可以逼他講出一點原智圈子的近況，以及他和花斑幫往來的消息。

但此時我無暇多想。黃金大人與和王子一同騎馬的同伴聊得起勁，我則從一名馬廄幫手手中接過麥爾妲和黑瑪的馬轡，站在旁邊等待。如果我大剌剌地瞪視那些貴族男女就太過失禮，不過我只要研究一下衆人的坐騎，也可以推測出王子邀了誰同行。那匹穿著華麗馬衣的母馬，非王后的坐騎莫屬；我也認出了切德的馬。除了王子的馬之外，另外還有三匹佩飾特別豐富的馬兒；這麼看來，阿肯・血刃和皮奧崔舅舅也都會來。那匹鬃毛上繫著鈴鐺的紅棕色母馬，必定是爲貴主準備的。

此時，門口附近爆出一陣講話聲與笑聲，原來是主要人物到了。王子一身亮麗的公鹿堡藍，衣服的鑲邊則是代表他母親的白狐狸毛。王后的衣服也是藍白兩色，而斗篷上則有金杖花的花紋；不過雖然金杖花的豔麗色彩與冬日的藍白兩色非常搭配，但是王后衣裝的簡明線條，仍與朝臣的華服成了明顯的對比。切德一身深淺不同的藍色、黑色飾邊，非常優雅，而且只搭配銀飾。王子露出笑容，不過從他沒有走上前去與年紀相仿的同伴們聊天，而是逗留在高階上與母親和切德低語來看，就知道他已經被嚴飭了一番。他並未對衆人表示他是因爲輕率地與人對賭，可是又賭輸了，所以才有這次騎馬出遊；也許他希望由於他避而不談，衆人就不會將昨晚那幾盤石子棋的輸贏看得那麼重了。小優小姐笑吟吟地望著王子，霎時間，兩人四目相對；王子彬彬有禮地對她點點頭，接著目光便飄到儒雅臉上，接著又以無分軒輊的態度，跟儒雅點了個頭。小優小姐的臉頰是不是變得比方才更暈紅了一點？王子直到母親與切德下台階時，才一起走下來，而且走下來之後，也一直留在母親身旁。

接著幾名外島商人陪著阿肯・血刃出現了；他們穿的是公鹿堡服飾，而且還是最奢華的式樣，蕾絲與緞帶因而如同彩旗一般地四處飄搖，而原先那些帶著濃濃外島風味的厚重毛皮，已經被來自繽城和遮瑪里亞，甚至更遙遠的港口的鮮明衣料所取代。珂翠肯、切德與晉責殷勤熱忱地跟他們打招呼，他們一邊大肆讚揚好天氣、彼此的華服等，一邊等待貴主與皮奧崔。

這一等就沒完沒了。

這絕不是意外，而是精心估量的策略，故意要讓大家惶惶等待。珂翠肯不時回頭望著門；切德的客套話逗得晉責哈哈大笑，但他的笑聲卻顯得虛假；阿肯皺起眉頭，粗聲粗氣地對身邊的男子講了幾句話。貴主耽擱得如此之久，未免使衆人心裡浮出一個念頭：那就是貴主故意藉此來顯示她對王子的不滿。爲了羞辱王子，她故意讓王子當著所有朋友與家人的面，苦等著她出現。除此之外，如果她使自己的父親在王后面前感到尷尬，是不是也會造成雙方的摩擦？就在切德與珂翠肯商量要不要派個僕人去問問貴主是否同行時，皮奧崔出現了。

皮奧崔的服飾與其他外島人恰恰相反；他身上不見本地的流行，而是回復爲徹底的家鄉風格，然而這一身打扮的效果並不顯得野蠻，反而顯得純粹。他穿著皮褲，披著毛皮斗篷，戴著象牙、金子與翠玉首飾；其簡單的搭配顯示出這與浮誇炫耀無關，他已經準備好了，隨時要騎馬旅行或打鬥均可。皮奧崔出現在高階上站定，彷彿占據了舞台的中心。他的神情毫無喜悅，只見決心。他雙手交叉抱胸，一語不發地站著，而衆人也跟著安靜下來，每一雙眼睛都盯著他看。當他開口講話時，語氣很平靜，雖和藹，但卻容不得異議。

「貴主希望我對各位說明，在神符群島，年齡的算法與別人不同；貴主擔心，若是枉顧這個差別，那們人們可能會錯估貴主在我們外島人心中的地位。以我們的標準而言，貴主絕不是孩童，而且就算是以你們的標準，恐怕也不算是孩童了。比起你們和煦、宜人的土地而言，我們神符群島的生活比較嚴苛；因爲嬰兒在一歲之前多有夭折，嬰兒出生後的頭十二個月，我們不將孩子當作是家中的新成員；而且在孩子熬過第一年之前，我們也不替孩子取名字。因此，就我們神符群島的算法，貴主現在只有十一歲，將近十二歲；不過若是按照你們的算法，貴主現在是十二歲，將近十三歲，差不多與晉責王子的年紀相當。」

此時皮奧崔身後的門開了。貴主不勞僕人伺候，自己將門關上，走了出來。她在皮奧崔身邊站定，衣著風格與他相同，完全放棄了公鹿堡細緻精美的那一套。她穿著有斑點的海豹皮皮褲，紅狐狸毛皮做的背心；她的斗篷長只及膝，整件都是白鼬毛做的，而白鼬那一點黑黑的尾尖則彷彿流蘇般地迎風飄搖。她一邊拉起兜帽，一邊對底下眾人露出冷冷的笑容；兜帽的帽緣鑲著狼毛。臉埋在兜帽深處的貴主有感而發地對我們說道：「沒錯，我的年紀差不多與晉責王子相當。在我們家鄉，不但年齡的算法與貴國不同，而且身分的認定也與貴國不同。因為，雖然我在一歲之前，既沒有取名字，也不算歲數，但我仍是貴主。不過據我了解，晉責王子若不到十七歲，不能算是做國王，甚至連王儲都稱不上；我這樣說，可對嗎？」

站在王后上方高階上的貴主裝作不甚確定的模樣，對王后問道。王后則略顯不悅地仰頭答道：「貴主，這點您說得沒錯；我兒須到十七歲大，才能冠以國王的頭銜。」

「我懂了。這與我家鄉的風俗大有不同。這也許是因為，在我家鄉，我們比較信任血統的力量；也就是說，我們認為一個女孩從呱呱墜地的那一刻開始，就已經具全了她將來會成為什麼人物的條件，所以我們從嬰兒一出生，就賜予她相配的頭銜。然而在你們貴國的農夫世界中，卻要等著孩子長大成人，才判定他是否具全血統的優點。我懂了。」

這話還不大能算是侮辱，還差一點。貴主有外國口音，構句又有點古怪，所以這話可能不過是她在表情達意的時候，不幸把話講得像是在侮辱人罷了。不過我敢說她這話絕非無心之過，而且我也敢說，她隨著皮奧崔一起走下台階時平靜、清楚地講的那幾句話，也是刻意要讓眾人聽入耳中。「這麼說來，也許我應該等到王子眞正繼任國王之後才嫁給他？許多人都希望能承繼王位，只是在登上寶座之前就被人推翻了。也許應該要把婚禮延後，直到他的人民判定他足堪重任之後再舉行。」

珂翠肯的笑容沒有消失，但是卻越來越僵硬。切德瞇起眼睛。不過晉責卻無法控制臉上冒出紅暈；他一語不發地站著，臉頰隨著貴主的輕蔑嘲諷而漲得更紅。我心裡想道，貴主的報復也夠俐落的了，王子所受到的屈辱絕對不下於她，而且在場圍觀的人還與昨晚大同小異。不過如果我以爲她這樣就算做是扯平，那我就大錯特錯了。

王子走上前去，彬彬有禮地扶她上馬的時候，貴主對王子搖搖手，說道：「還是讓我舅舅來吧。我舅舅無論是對女人還是對馬都經驗豐富；如果我需要人扶的話，還是由我舅舅扶我最安全。」然而當皮奧崔上前的時候，她卻笑著說，她自己就能上馬，叫皮奧崔放心。「因爲我已經不是小孩子了，你是知道的。」然後她便自己攀上了馬，雖然我敢說那匹高頭大馬一定比外島人用的耐操勞矮馬高大許多。

她一上馬，就騎上前去與王后並行，並與王后聊了起來。那兩名衣裝富麗卻式樣簡潔的女子，與其他人昂貴奢華的打扮，恰成了強烈的對比。她們的服裝似乎使她們二人自成一格，同時也格外彰顯出在場眾人之中，唯有她們二人能夠實實在在地領略到冬天騎馬的樂趣。不管是王后或是貴主，若是碰巧坐騎摔跛了，都能輕鬆自若地一路從雪地裡步行回來。她們雖不刻意，卻依然使得周遭那些打扮得繁複紛雜的貴族們顯得既愚蠢又浮誇。想到這裡，我的眉頭不禁皺了起來。貴主既然彰顯了家鄉的風俗，又呼應了王后的簡單衣著，就等於是取得了與我們王后不相上下的地位。

晉責轉頭朝他的年輕朋友們瞄了一眼；我看到他的目光與儒雅四目相對，而且儒雅挑起眉頭，詢問他要不要一起同行。不過在母親嚴厲的目光之下，王子乖乖地騎在貴主的左手邊。不過貴主對他視而不見，只偶爾幾次轉過頭去跟晉責講一、兩句話，然而從她的神情看來，彷彿她是客氣地把圈外人拉進談話圈裡，免得失禮似的；而且晉責還來不及說個字，頂多點個頭、笑一下，貴主便又對他不理不睬了。

他們三人身後是切德、阿肯·血刃與皮奧崔·黑水。黃金大人置身於王子的年輕朋友之間，而我則跟在他們之後；他們簇擁在一起，一邊騎馬，一邊吱吱喳喳地講話。我敢說晉責一定很清楚，衆人的目光都在盯著他的背，而且他們正在談論王子的未婚妻如何地冷落他。黃金大人巧妙地引導衆人的談話，他鼓勵衆人多談，卻不做出任何有可能會使談話偏離主題的評論。我注意到小優小姐與朋友們交談愉快，對儒雅大人也親切周到，不過她的目光卻經常懷疑地斜睨著飽受怠慢的王子。我不禁納悶道，不知她的這個野心是出自於她自己，還是她大伯，也就是歐姆西公爵的心裡。

在這一趟騎馬出遊之中，最令我不安的，莫過於晉責突然衝破我的精技牆，闖入我思緒中的那一刻。她太過分了！我昨晚只不過是隨口說說，可是她卻弄得彷彿我故意羞辱她似的；早知如此，昨天不如乾脆侮辱她算了！

他爆發這個思緒已經夠驚人的了，但是更驚人的是，黃金大人竟因此而縮了一下，回頭朝我瞄了一眼，而且眉毛還挑起來，好像他以爲是我在跟他講話。不僅如此，有所反應的還不只是黃金大人而已，雖然他的動作最爲極端；那一大群騎馬出遊的男女之中，有好幾人突然四下張望，彷彿他們聽到遠處的叫聲一般。我吸了一口氣，把我的思緒縮到如針尖一般大小，對那少年技傳。

安靜。控制住你自己的情緒。艾莉安娜無從得知你是不是故意要羞辱她；況且有可能會認定你是在故意羞辱她的，亦不僅艾莉安娜一人。你自己去想一想，與儒雅同行的那幾個年輕女子是什麼想法。不過就當下而言，你想想這個吧：你在情緒起伏的時候就控制不住自己的精技；既然如此，就別在情緒起伏的時候施展精技。

晉責在我嚴厲的教訓之下低下了頭。我看到他緩緩地吸了一大口氣，然後挺起肩膀，在馬鞍上坐直了起來；接著他四下望望，彷彿在享受冬日的美景。

看他這樣，我心也軟了，於是稍加安慰道：我知道她這樣太過分。不過有的時候，身爲王子，或身爲男人，都不免承受非分的責難。難道對艾莉安娜而言，你昨晚的舉動就不過分嗎？你就靜下心來度過這一切吧。

他點了點頭，轉頭答覆貴主簡短的問話。

我們並未在雪地裡待很久，不過我敢說晉責一定覺得怎麼老是騎不完。他很有男子氣概地受了責罰，不過到了下馬時，我們兩人的眼神交會了一剎那，我看到他臉上鬆了一口氣。好了。終於熬過去了。他已經爲自己昨晚的失言陪罪，如今一切總算可以回到正軌。

其實從此以後，一切就改觀了，但是這句話我忍住沒說出來。

當天下午安排了餘興節目，是由人穿著遮瑪里亞人的戲服演戲，而不是用木偶來表演。在我看來，由人來演戲，說什麼也不可能演得像，但是黃金大人開導我，說他在南方的大城看過許多這種由人演出的戲，而且他們會使出許多高明的技巧，讓觀衆看不出破綻。他似乎樂於見到當天下午有這個餘興節目來引開人們對於王子之事的注意，不過載著演員的船終於進港，似乎使他更爲高興。由於繽城與恰斯國持續交戰，使得船隻往來大受影響。目前恰斯國的艦隊顯然是暫時被擊退了，因爲今天有兩艘從南方上來的船靠岸，而且聽說之後還有別的船會陸續進港。我注意到，黃金大人一聽到這個消息，臉就亮了起來。他不屑地對朋友們說，這場戰爭使他大大不便，因爲這一來他的杏桃白蘭地便無法如期供應；不過我卻注意到，逃過恰斯國侵凌的那些船隻，除了白蘭地以外，往往也爲他捎來一包包的信件，而且弄臣一收到信就立刻拿進他的私室展閱。我懷疑他所關心的，絕對是比源源不絕的白蘭地與金錢更重要的事情，不過他對信件內容閉口不談，而且我也知道最好什麼都別問；因為我一對任何課題表示好奇之意，弄臣就會迅雷不及掩耳地切斷資訊流。

因此那一整個下午，我都站在他的身後，待在黑暗的大廳裡。台上演的故事具有十足的遮瑪里亞風格，整齣戲又是祭司，又是貴族，又是密謀，而且到了最後，那位遮瑪里亞神祇終於恢復了秩序，並主持了正義。與其說這場戲讓我看得興味濃厚，不如說這場戲讓我看得昏花茫然。人怎麼能扮演不同的角色？這我真的適應不來。木偶並無自己的人生，每一個木偶雕來，為的就是木偶要演的那場戲。然而此時飾演僕人的那個人，在戲剛開始時，飾演的卻是祭司；真把我給攪糊塗了。不過我之所以難以將心思都放在劇情上，除了因為難以接受眞人所飾演的角色之外，另外還有個原因，那就是王子的悲傷心境，有如瘟疫般朝我蔓延過來。他倒不是刻意施展精技，而是他的心情像是水一般，雖然封在皮囊裡，但皮囊表面仍不免有水氣滲出來。台上的演員做手勢、走台步、講台詞，但是坐在母親身邊的王子卻孤獨且悲慘地體驗他在社交圈中的不快。最近這一個月以來，公鹿堡裡歡樂的聚會不斷，所以王子與許多同齡的人混得很熟；他透過儒雅，開始探索男子之間的堅固情誼，以及與女子打情罵俏的風騷。如今為了他母親致力建立的政治聯盟，這一切都必須禁絕。我感覺得到他心裡在想著這眞是太不公平，然而卻不得不如此。他與艾莉安娜貴主有婚約，然而光有婚約的羈絆是不夠的，晉責必須表現得彷彿他是自願受到這個婚約所羈絆。

只是他並不情願受到這個婚約所羈絆。

晚上的時候，黃金大人放了我幾個小時的假。我換回舒適的衣服，朝公鹿堡城的「籬笆卡豬」而去。今天在堡裡看了這麼多之後，我倒寧可對幸運任性地與絲凡佳交往的事情多容忍一點了。我一邊走在落雪紛紛的街道，一邊想著，有些事情王子不能做，然而幸運卻大可自由沉溺於其間，也許這樣世界才會平衡吧？

「籬笆卡豬」很安靜。我因為常來，所以已經認得出哪幾個是這酒館的常客了。此時酒館裡泰半是常客，生客倒沒幾個；這一定是因為風雪太大，所以今晚許多人就不出門了。我環顧室內，沒看到幸運的蹤影。我心裡暗暗高興，說不定此時幸運在家裡，而且已經上床睡覺了呢；也許他對於大城裡的新鮮生活已經煩膩，所以正嘗試著好好安排自己的生活。我在幸運與絲凡佳愛坐的那個角落坐下來；一名少年為我倒了杯啤酒。

此時一名中年男子走進酒館來，打斷了我的冥想。他既未披斗篷，或穿著外套之類的保暖外衣，頭上也沒戴帽子，以至於黑髮上沾著雪花。他生氣地甩了甩頭，將頭髮和鬍子上的雪花和水滴甩下來，怒目望著我坐的這個角落。他看見我坐在這裡似乎有點驚訝，然後便轉過身，氣憤地低聲對店老闆問了番話；但是店老闆只是聳聳肩；接著那名剛進來的男子握起拳頭，要求對方給個交代，那店老闆連忙朝我做了個手勢，並低聲地講了什麼話。

那人轉過身來凝視著我，眼睛專注地眯了起來，大踏步地朝我走過來。他走近之後，我站起身，不過還是謹慎地讓一張桌子阻隔在他與我之間。他雙手用力往斑駁的木桌上一拍，逼問道：「他們在哪裡？」

「誰呀？」我嘴上雖這麼問，心卻往下一沉。我知道他問的是誰；因為絲凡佳遺傳了父親的眉毛。

「你明知道我問的是誰。老闆說你在這裡跟他們見過好幾次面。我女兒絲凡佳，還有那個生著妖魔眼、把我女兒從家裡誘拐走的小畜生。老闆說，那人是你兒子。」聽賀瓊恩先生的語氣，彷彿我是他父親有什麼不對似的。

「他有名字的。叫做幸運。而且他是我兒子沒錯。」我突然氣了起來，不過這是清澈如冰的冷酷怒

氣。我非常輕微地移動重心，將臀部附近的衣物拉開一點。如果賀瓊恩衝上來，那麼他第一個就會遇上我的劍。

「你兒子。」他輕蔑至極地說道。「換做是我，一定羞愧得不敢認他。他們上哪裡去了？」

我突然察覺到，他的口氣不但憤怒，同時還很失望。是這樣啊。絲凡佳不在家裡，而且她與幸運兩人都不在這裡。在這種下大雪的昏黑夜裡，他們會上哪兒去？至於他們去做什麼，那就不問可知了。我心裡一沉，但仍平靜地說道：「我不知道他們上哪兒去了，不過幸運是我兒子，這沒什麼好羞恥的。再說，依我看來，這也不是我兒子『誘惑』你女兒什麼的；他們之間若有什麼，也一定是你的絲凡佳帶壞我兒子。」

「你好大膽子！」他一邊吼道，一邊掄起看來有百斤力道的拳頭。

「輕一點說話，拳頭也放下來。」我冷冷地建議道。「這一來是可以挽救你女兒的名譽，二來可以挽救你的性命。」

由於我的站姿，使他的目光落到貼在我臀部的醜劍上；他雖然怒氣未消，但卻稍微節制了一下。

「你克制一點。然後我們坐下來，以父親的身分，談談我們彼此都很關心的課題。」

他慢慢地拉開一張椅子，目光一直盯著我。我慢慢地歸座，朝店主人做了個手勢。最討厭的是其他客人一直盯著我們看，不過我也拿他們沒辦法。過了一會兒，一名少年匆匆地跑到我們桌邊，將一杯啤酒放在賀瓊恩先生面前，接著便一溜煙地跑了。絲凡佳的父親輕蔑地望著那杯啤酒。「你真的認為我該坐下來跟你喝酒嗎？我得趕快去把我女兒找出來。」

「這麼說來，絲凡佳現在不在家。」我推論道。

「沒錯。」他皺起嘴，接著勉強地說了一段話，然而此語一出，便將他的自尊撕去了幾分。「絲凡佳跟我說她要上樓去睡覺，過了不久，我發現她還有事情丟著沒做，便叫她下樓來。她久久不出聲，我爬上梯子一看，原來她不在閣樓裡。所以我馬上就到這裡來了。」這番話似乎使他怒氣解消，如今他口氣裡只剩下身為父親的失望和恐懼。

「連帽子也來不及戴、斗篷也來不及穿。我懂了。還有沒有別的地方是她可能會去的？祖母家、朋友家之類的？」

「我們在公鹿堡沒親戚。我們去年春天才搬來這裡。況且絲凡佳也不是那種會跟別的女孩子交朋友的人。」他每多說一句話，便少一分怒氣，多一分喪氣。

我就此推測，幸運絕不是第一個贏得她芳心的年輕人，而且這也不是她父親第一次在入夜後出門尋覓女兒了；我將這個心得擺在心裡，拿起啤酒，一口喝乾。「我只知道另外還有一個地方可以碰碰運氣。我在堡裡工作，所以我兒子在城裡寄宿；走吧，我們一起去問問看。」

他的啤酒一口也沒喝，但是我起身，他也跟著起身。一室眾人的眼光，都盯著我們兩人的動靜。到了酒館外，只見一片漆黑，風雪交加。他拱著背、抱著胸。我揚起聲音壓過風聲，問了個我怕得不敢問，但是一定得問的問題：「你完全反對幸運跟你女兒交往嗎？」

四下黑暗，我看不見他的表情，但是他的聲音清朗有勁。「反對？我當然要反對！那小子心虛無膽，連當面跟我報上姓名和意圖的勇氣都沒有！但就算他來找我好了，我還是反對到底。他跟絲凡佳說他是個學徒……怎麼，如果他真的是學徒，那麼他怎麼不住師傅家？再說他若真的是學徒好了，那麼他都還不能自立，就動腦筋追女孩子，這是什麼居心？他拿什麼追女孩子？他根本就配不上絲凡佳。」

看來無論幸運怎麼做，都難以扭轉這人對他的印象了。

從酒館到吉娜家不過短短幾步路。我敲敲門，心裡既擔心連這裡也找不到幸運跟絲凡佳，也很怕跟吉娜面對面。過了好一會兒，吉娜才從屋裡喚道：「誰呀？」

「湯姆・獾毛。」我答道。「還有絲凡佳的父親。我們在找幸運跟絲凡佳。」

吉娜只開了上半部的門，此舉清楚地道出我在她心裡的地位淪落到什麼地步。她泰半望著賀瓊恩先生，沒怎麼看我。「他們不在這裡。」吉娜簡潔地說道。「雖然我擋不住絲凡佳到我這裡來敲門找幸運，但是我打從一開始，就不准他們兩個一起窩在我這裡。」接著她以斥責的眼光怒視著我，說道：「我整個晚上都沒見到幸運。」她兩手叉在胸前；用不著她提醒，她早就警告過我事情會演變到這個地步，因爲她那銳利的目光已經把狠話說盡了。我突然畏縮得不敢與她四目相接。自從她看到月桂偎在我懷裡的那一晚開始，我便一直避著不敢來找她。我覺得很羞愧：我起碼也該跟她解釋一下，但是我卻一直避而不談，這種行爲既怯懦又幼稚。

「那，我最好還是去找他們吧。」我喃喃地說道，突然感到十分窘迫。我不但對兒子的行徑感到羞愧，也對自己的行徑感到羞愧。我傷了吉娜的心，而今晚我突然必須面對自己的過失。原來我之所以不敢面對吉娜，不是表面上那些冠冕堂皇的大道理，而是因爲我心裡害怕，因爲我知道吉娜會變成一個我無法控制的面向。就像我管不住現在的幸運一樣。這個眞相彷如箭矢一般的直朝我射來。

「可惡！可惡！他毀了我女兒！」賀瓊恩突然怒氣高漲，然後便轉身大步走入大風雪之中。從吉娜門裡漏出來的光線映照下，我看到他轉過頭來，掄拳作勢地對我說道：「你把你兒子管好，讓他離我女兒遠一點！你把你那個妖魔眼的兒子管好，別讓他來沾染我家的絲凡佳！」之後他便走了，再走沒幾步，他便消逝在吉娜的門漏出來的亮光之外，沒入黑暗與失望之中。

我深吸了一口氣。「吉娜，我今晚非得找到幸運不可。可是我想——」

「這個嘛，你我都知道，你今晚是找不到幸運的了。也別想找到絲凡佳。我敢說他們今晚一定不想讓別人找到。」她頓了一下，但是我還來不及吸一口氣再說話，她便平淡地接口道：「依我看來，羅力‧賀瓊恩說得沒錯，你是該把幸運管緊一點，別讓他沾惹絲凡佳。這對大家都有好無壞。但是你要怎麼做，這點我不知道。你最好是別讓你兒子像這樣四處撒野，湯姆‧獾毛。而且希望現在對幸運而言時猶未晚。」

「幸運這孩子很乖的。」我聽到這幾個字從我口中流了出來；這話聽起來很虛假，像是沒盡力管好兒子的男人所用的藉口。

「他的確乖。所以你才不該把這孩子放掉呀。晚安，湯姆‧獾毛。」吉娜關上門，也關上了她的光亮與溫暖。我站在黑暗中，任由冷風狂吹。雪花竟找到縫隙鑽進我衣領裡了。

有個暖暖的東西猛地撞上我的腳踝。開門，貓要進門。

我彎身拍拍牠，牠的毛皮上散落著冰冷的雪花，但體熱從毛皮間散發出來。*茴香，你得自己找路進去了；這扇門再也不會爲我而開了。再會吧。*

*笨蛋。你只要好好地請她開門就行啦，像我這樣。*牠以後腿站立，勤奮地以前爪摳著木門，同時喵喵地叫著。

牠的摳門聲與喵喵聲伴著我走入寒冷與黑暗之中。我聽到身後的門開了又關，所以我知道茴香已經進了門。我踽踽地走回公鹿堡，心裡只覺得自己連貓都不如。

繽城音訊

古諺有云：「恰斯在望，乘風破浪。」這話是實在的經驗談。船一經過自古便以邪惡著稱的恰斯國港口及都市之後，便應掛上所有風帆，加速前進。恰斯國以南的海岸被人稱爲「天譴海岸」，此名毫不爲過。雨河舀出來的水，不但會使水桶腐爛生蟲，還會使船員喉嚨發炎；此地生長的果實，觸摸會使手上長膿生瘡，入口會使嘴部潰爛。過了雨河之後，千萬別取內陸的水飲用；因爲雨河以南的內陸水，放一天就變綠，放三天就長滿黏膩的毒蟲了；水桶一旦裝過這種水就會臭壞，永遠不能再用。寧可讓船員的飲食配給短缺一些，也不可讓船員因爲任何理由而上岸。就算爲了躲避暴風雨，而在看似安全的小海岬裡歇息一天也不行；果眞如此，船員睡了會作惡夢，醒了會看到幻影，而且船上的謀殺、自殺，以及毫無理由可言的叛變便將層出不窮。看似在呼喚著你的平靜海灣，可能潛藏著一群凶猛的大海蛇，入夜之後便凶多吉少。水妖乘在浪頭上，露出酥胸，以甜言蜜語呼喚著你，然而貪求與水妖尋歡而跳入海中的船員，便被藏在水下一口利齒的水妖伴侶當作是大餐吃了。

恰斯國以南的這一大片海岸上，唯一安全的港口就是繽城。在繽城下錨絕無問題，不過你得當心，因爲停靠在他們碼頭上的那些有魔法的船，可能會對用普通木料製造的船隻感到不屑，並對你的船出口大罵。最好是避免當地人的碼頭。不妨將你的船在商人灣裡下錨，並且僱小船將食物補給等送上來。繽城的水和食物可以信任，不過有些舖子裡賣的水有些詭異，喝了可能會爲旅程帶來厄運。在繽城，不管什麼都可以買賣，所以在繽城交易的商品，與世界上其他地方大大不同。但你最好勒令船員留在船上，只由船長和大副上岸跟當地人往來；至於對當地風俗渾然不知的水手，還是別讓他們沾到繽城的泥土比較好，因爲繽城的泥土會迷幻那些心靈與智力略遜之人。俗話說：「只要是你想像得出的東西，在繽城一定有人賣。」實如其言。然而人們想像出來的東西，並不一定都於人有益，所以繽城所賣的東西，許多都於人無益。在繽城，有時候會在夜晚碰見神祕人物，對其要多加注意；這種戴面紗的人物，碰上了就會走霉運，尤其是船長若在回船的路上碰上了，更是厄運連連。所以船長若是在回船途中碰上面紗人，最好當晚待在岸上，隔天再回船。在遭此令人不快的預兆之後，隔日一旦返回船上後，應立刻就開航。

過了繽城之後，避開安全的沿岸水道，寧可英勇地迎向暴風雨與可怕的天候，也不要招惹海盜、海蛇、水妖，及其他水中生物，至於此地的海底時時變動、海流湍急危險，那就更不用說了。你靠岸的下一站，就選在熱鬧的遮瑪里亞港口吧。在遮瑪里亞靠港時，也必須將船員管緊一點，因爲遮瑪里亞人是會把水手騙走賣掉的。

——班羅普船長所著之《商船海員必讀》

我在精技塔的桌上留了一張紙條給晉責王子，上面只簡單地寫了兩個字：「明天」。早上的崗哨還沒換班，我就已經站在晉達司師傅的屋宅外頭等了。窗子裡的燈火映在外面的雪地上；學徒們摸著黑，嘎吱嘎吱地踩過木板步道，或是提水，或是搬柴，以便供師傅家裡和作坊裡使用，並將罩著木頭堆的帆布上以及走道上積的雪給掃開。我伸長了脖子探看幸運的蹤影，但是他卻不在其中。

天色都亮了，幸運才現身。我只需要看一眼，就知道他昨晚是怎麼度過的了。他眼裡仍有一絲迷惘，彷彿他還不太明瞭自己怎麼會有這種好運，而他的步伐則是近乎喝醉酒的踉蹌。莫莉第一次與我共度良宵的隔天早上，我眼裡也露出他這般喜不自勝的神采嗎？我努力鐵了心，提高聲音喚道：「幸運！跟你說句話。」

他笑吟吟地走上來見我。「不過我不能久留喔，湯姆，因為我已經遲了。」

我們頭上的天色白中帶藍，空氣清爽冷冽，而我兒子笑逐顏開；然而我背叛了這一切美好，開口說道：「我知道你為什麼會遲到。絲凡佳的父親也知道。昨天晚上我們到處找你們。」

我本以為他會羞愧得無地自容，然而他卻笑得更燦爛了——是男人之間你知我知的那種笑容。「唔。還好你們沒找到我們。」

我心裡突然升起一股狂暴的衝動，想要一拳打掉他臉上那種開心的表情。這孩子就站在起火的穀倉旁，然而他卻絲毫不擔心大火會不會波及自己或是絲凡佳，只是一味地因為濃濃的暖意而歡欣鼓舞。我突然領悟到，我最氣的是幸運並未考慮到他這是在讓絲凡佳涉險。我開口的時候，已經動了肝火。

「看來，賀瓊恩先生也沒找到你們。不過我敢說，絲凡佳回家的時候，賀瓊恩先生一定在等她。」

我講這話是為了掃他的興，但是我並未成功。「她知道她父親會等她。」幸運平靜地說道。「不過她認為這很值得。你別那麼嚴肅嘛，湯姆。她父親那一關，絲凡佳自有應變之道。你放心吧，一切都好得很呢。」

「這事如何評判還不知道呢，但『好得很』絕不在其中。」我說得一肚子火。他怎麼可以對這些事情滿不在乎？「你腦子要動一動呀，孩子。她父母親知道女兒自己選定了人家，會怎麼對待她？她的日子還能怎麼過下去？況且若是她肚子大了起來，你要怎麼辦？」

他臉上的笑意終於消退，不過他仍站著筆直，面對著我。「那是我的事情，輪不到你煩惱吧，湯姆。我都這麼大了，我的人生自有主張。不過，為了讓你放心，我就告訴你吧，絲凡佳說，女人家自有辦法避孕；至少也避到我們準備好了，我能娶她入門之後再說。」

也許天神對人類的懲罰，就是讓人類目睹孩子墜入當年使自己吃了大虧的同一個陷阱，以此讓人們親眼面對自己犯下的過錯吧。莫莉與我共享的甜蜜時光，每一刻都是有代價的；當時的我，以為這代價無他，不過是保持我們的戀情不致曝光而已，況且這代價是我們兩人一起分擔。然而我敢說，當年莫莉對這事情看得比我清楚多了，因為她必須為此付出代價，而且她付出的代價比我大得多。要不是因為博瑞屈收容且保護了她們母女倆，那麼不只莫莉，恐怕連我女兒都必須一起為我們當年的行徑付出代價。然而，說不定如今我女兒仍在為我當年的作為付出代價，這是身為布穀鳥的後代*的風險，畢竟她跟那幾個弟弟大不相同。我不知道我能不能說動幸運，也不知道他聽不聽得進去；說起來，當年我自己也是把惟真和博瑞屈的諄諄相勸當作是耳邊風。我按捺自己的怒氣，將我對他們兩人的擔憂講出來。

*譯注：布穀鳥在其他鳥的鳥巢中產卵，自己不育雛。

「幸運，你好好聽我說。女人家避孕，既不安全也不可靠；不管怎麼避孕，都不免要冒險，並付出相當的代價。每次她跟你撒謊，她就得私下捫心自問：我這次會不會懷孕？我會不會使家門受辱？不管你犯了什麼錯，我都不會把你趕出家門，這你是知道的，但是絲凡佳的人生就沒有這麼肯定了。你應該要保護她，而不是讓她涉險。你這等於是在要求她為了與你在一起的歡愉而賭上她人生的一切。況且未來的變化是好是壞不知道，萬一絲凡佳的父親把她趕出去呢？萬一她父親打她呢？萬一她的朋友排斥她、對她指指點點呢？這種事情，你怎麼負起責任？」

他皺起眉頭，臉色沉了下來。這孩子難得牛性，但此時他已經冥頑不靈了。他吸了好幾口氣，每一口都比上一口更長，最後一股勁兒地把話爆出來：「如果他把絲凡佳趕出門，我會盡我一切力量照顧她。如果他敢打絲凡佳，那我會殺了他。如果她朋友背棄她，那麼他們根本就不算是朋友。你不用擔心，湯姆．獾毛。這些事情我自會打點。」他咬牙切齒地說出最後那幾個字，彷彿我光是講出我所擔心的事情，就等於是背叛他似的。他轉過身去，說道：「我現在是大人了。我自會決定我的人生要怎麼走。但現在很抱歉，我得去上工了。我敢說晉達司師傅已經等著要訓我一頓，教我要好好守時了。」

「幸運。」我猛然叫住他。那孩子被我嚴厲的口氣嚇了一跳，轉過身來面對著我；我則逼著自己把我知道自己非說不可的話說完。「跟女孩子做愛並不會使你變成大人。你無權做這種事，除非你們已經能夠公開宣布你們有長久的打算，而且也有能力撫養因此而孕育的小寶寶。你不應該再跟她見面了，幸運。至少不能偷偷摸摸地跟她見面。你若是不正大光明地拜訪絲凡佳的父親，她父親就永遠不會把你看做是男人。而且——」

幸運走掉了。我話才說了一半，他就轉身走開。我目瞪口呆地站在原地望著他的背影。我一直期望著他會停下腳步，跑回來求我原諒，並請我幫助他將人生回復到正軌上。然而他卻頭也不回地大步走進晉達司師傅的舖子裡。

我在雪地裡站了很久，心中不但不平靜，而且還怒火中燒，熱得彷彿足以將這一片大地上的寒意通通驅走。這是我第一次對幸運如此生氣；他竟然連我講道理都聽不下去，我簡直想把他抓起來，揍到他回神爲止。我想像自己衝進舖子裡，把幸運拖出來，逼他面對自己的所作所爲。

然而我終究還是轉身悄悄地走開了。我在他那個年紀時，難道就聽得進道理嗎？不，當年的我也聽不進道理，就連耐辛夫人苦口婆心地一再跟我解釋爲什麼我必須跟莫莉保持距離才行，我也照樣我行我素。然而這樣的體會，既不能稍微減少我對幸運的怒火，也不能稍微緩和我對自己年少時光的遲來輕蔑，反而只使我萌生出一股無力感，因爲我竟必須目睹養子做出與我年少時同樣愚蠢且自私的行徑；幸運跟當年的我一樣，深信他們的愛情抵得過所冒的風險，至於會不會因此而生下孩子、孩子會不會爲他們的縱慾付出代價，則根本不予考慮；而我眼看著這一切即將再度重演，卻無力挽回。我突然想起驅動弄臣的那一股熱情；他相信白色先知與催化劑的巨大力量，將足以一肩挑起世界的未來，把世界從目前的軌道推入更好的軌道中；他相信我們的某些作爲，能夠預防別人再度犯下過去的錯誤。

等到我走進公鹿堡、爬上精技塔的時候，我已經沒那麼氣憤不平了，但是那股厭惡且沉重的感覺仍驅之不去，使我一點也提不起勁來。我發現晉責已經因爲等得不耐煩而離開，心裡鬆了一口氣。他只在我寫的那兩個字下畫了一道橫線；這孩子也學會含蓄的作風了。也許我至少還能成功地讓這個年輕人免於重蹈過去的覆轍。然而這個雜思卻只使我覺得自己怯懦；難道說我要放棄幸運，任由他因爲自己判斷錯誤而自食惡果嗎？不，我告訴自己，我絕不放棄他。但即使下了這個決定，我仍茫茫然，不知如何使幸運回心轉意。

我回到黃金大人的房間時，正好趕上與弄臣一起吃早餐。不過我進門時，他並未進餐，而是坐在桌邊，若有所思地以拇指和食指轉動一個袖珍玲瓏的花束。那幾朵以黑蕾絲與白緞帶紮成的花，眞是個難能可貴的禮物；在這沒有鮮花的隆冬中，恰可用這束花以假亂眞，而且這個色彩與當年弄臣冬天穿的那套小丑服正好彼此呼應。弄臣發覺我盯著花束看，對發愣的我微微一笑，小心地將花束別在胸前。不過當他朝身前的食物一揮，並開口招呼我時，便全然是弄臣的模樣了。「快坐下來吃早餐吧，切德派了任務給我們呢。今天清晨，一艘載著繽城使節團的船靠港了，而且這艘船還不是普通的船，而是繽城特有的『活船』，所以船首刻的那個人頭，不但會講話，還會擠眉弄眼。這應該就是名爲『金色黃昏』的那艘船。繽城的活船從未來過公鹿水域這麼遠的地方呢。『金色黃昏』上載了『繽城商會』派來的使節團，十萬火急地要求盡快覲見珂翠肯王后。」

這個消息使我大吃一驚。六大公國與繽城之間的接觸，通常僅限於個別商人之間的買賣，而非統治繽城的議會與瞻遠家族之間的正式往來。我努力回憶這個城邦國家是否曾在黠謀國王在位的時候派出使節團正式來訪，但最後還是放棄了；畢竟我年少時一向不將這些事情放在心上。我在桌邊坐了下來，並問道：「所以你會到場？」

「切德顧問建議我們兩人都要到，不過當然不是公開的囉，所以要煩你帶我從切德的迷宮裡走過去。這是切德親自來這兒跟我說的。說眞的，能再度得見這密道迷宮，我還頗爲興奮；畢竟過去我只曾在跟珂翠肯逃離公鹿堡與帝尊的那一晚，對密道匆匆一瞥而已。」

我驚訝得說不出話來。弄臣知道密道網絡是在所難免，不過我實在沒想到切德會允許他使用密道。

「王后也同意嗎？」我盡量周全地問道。

「王后也同意，雖然有點勉強。」然後他撤除了黃金大人那種高高在上的態度，並補充道：「由於我曾經在繽城待過一段時間，又明瞭繽城商會的概況，所以切德希望我能評估他們的言語態度，以助他深入了解。至於你呢，當然就是切德額外的耳目，幫他多多關照，以免遺漏了什麼微妙的細節。」他一邊說，一邊靈巧地將其中一個餐盤化爲我的個人餐盤，並殷勤地幫我們兩人盛盤；他大方地在我們的餐盤裡放了燻魚、軟乳酪、新鮮麵包與奶油。桌子中央有一壺蒸騰的熱茶，所以我回自己房間找杯子。我一邊拿著杯子走回來，一邊對弄臣問道：「王后爲何不乾脆在她接見繽城人的時候邀請你列席？」

弄臣一邊聳聳肩，一邊叉起燻魚。過了一會兒，他評論道：「繽城人首次謁見，王后便邀請外國貴族列席，你不覺得繽城人會很不以爲然嗎？」

「是有可能，但也可能一點也不在意啊。我相信繽城商會一定有幾十年沒派正式使節團來六大公國了。況且如今我們的王后來自群山，而群山完全在繽城的知識範圍之外，所以這位群山女子到底會斬雞頭以待貴客，還是會撒下玫瑰花瓣相迎，對他們而言都是一樣的；不管王后怎麼做，他們都會認定這是王后的風俗，而既是王后的風俗，他們就會彬彬有禮地接受。」我啜了一口茶，特別強調道：「所以就算是第一次覲見，王后就邀請外國貴族到場，繽城人也會視爲理所當然。」

「也許吧。」他勉強地說道。「但我另有理由不想公開出席。」

「比如說什麼理由？」

他好整以暇地將一小口食物切得更小，慢慢叉起來吃掉，接著啜了一口茶，坦承道：「他們有可能會發現，我跟他們見過的任何遮瑪里亞貴族世家的人都長得不像；繽城商人與遮瑪里亞的生意往來，畢竟比六大公國與遮瑪里亞的生意往來多得多。他們萬一看出破綻而拆穿我的假身分，那就不妙了。」

這個理由我可以接受，至於這是否爲弄臣不願與繽城使節團見面的唯一理由，我就有所保留了。我並未問弄臣是不是怕被人認出來。弄臣曾經跟我說，他在繽城待過一段時間；如今他雖然穿著貴族服飾，然而以他如此特殊的相貌，任何在繽城見過他的人都可能會認出他來。此時的弄臣很不自在，我好久沒見他這樣了。我換了個話題。

「那麼使節團覲見王后的時候，還有誰會『公開』列席？」

「我不知道，不過據我猜測，代表各大公國，此刻又正巧在公鹿堡的人，應該都會到場。」他又叉起一小口食物，邊想邊嚼，嚥了下去，補充道：「我們到時看了就會知道。那個場合可能很微妙。我知道雙方之前已有書信往來，只是時有時無。要不是恰斯國又掀起戰火，這個使節團早該在幾個月之前就抵達。繽城與恰斯國之間的戰爭，使得修克斯公國以南的航路通通斷絕。我猜王后與切德早就不期望繽城使節團能成行，而且今早船的抵達一定使他們感到很意外。」

「他們要傳達什麼消息？」弄臣講的這些事情，我都是第一次聽說。

「繽城已經與王后聯絡過，希望能與六大公國結盟，一勞永逸地解決掉恰斯國；爲了吸引王后，他們決定提供六大公國在繽城經商的特殊利益，並要加強雙邊關係。珂翠肯認爲這是空談。在恰斯國停止騷擾進出繽城的船隻之前，根本沒有自由貿易可言；而無論六大公國有沒有參與作戰，與繽城一起攻下恰斯國，恰斯國被擊敗之後，繽城一定會再度與六大公國有生意往來。繽城一定要有貿易往來才能生存，畢竟他們甚至連糧食都必須仰賴進口。所以，如果冷靜分析便會發現，六大公國若是參戰，有可能使六大公國與恰斯國之間原本便不和的關係更加交惡，然而參戰的利益卻少得可憐；既然如此，王后便婉言拒絕捲入繽城與恰斯國之間的戰事。但現在繽城商會暗示他們可以給六大公國額外的好處，而這個好處不但巨大，而且少有人知，所以不能形諸文字以書信傳達；這就是這個使節團成行的原因。這個計策頗爲高明，因爲此舉挑起了王后與麾下諸貴族的好奇；他們一定在引頸企盼繽城使節團會帶來什麼驚人的條件。我們是不是應該快快吃飽，好過去瞧瞧？」

我們迅速地瓜分了餐點，之後我將裝著早餐碗盤的大托盤端回廚房去。廚房裡已經忙得不可開交；

這一群意外冒出來的代表團必定要以挖空心思的午餐招待，另外還得準備一場不同凡響的盛宴為他們洗塵。廚房裡爭執吵鬧不斷，而老廚子莎拉甚至起身走到爐子前，聲稱說今天她要親自下廚，讓那些繽城人永遠也沒機會可說六大公國的食物無一能入得了口。我趕快離開動盪不安的廚房，匆匆地回到黃金大人的房間。

我發現門是鎖著的。我敲了門，又輕輕叫了一聲，門才打開來。我一進去隨即將房門鎖好，接著便目瞪口呆地站在原地。站在我身前的是弄臣；而且還不是穿著黃金大人服飾的弄臣，而是跟我們兩人年少時幾乎一模一樣的弄臣。他穿著窄管褲以及全黑的束腰外衣，而身上唯一的裝飾，就是那個單耳耳環跟那束黑白相間的花束；就連他的便鞋也是黑的。唯有他成人的身材與髮膚眼的顏色與當年不同。恍惚中，我還以為他會拿著鼠頭權杖指著我，或是做個後空翻呢。他見我睜大了眼睛，以幾乎算是窘迫的口氣說道：「黃金大人的衣服若是穿進你們的密道，必定搞得骯髒不堪，再說我還是穿簡單的衣服，行動起來比較安靜。」

我沒回應，而是點了兩根蠟燭，將預備的那兩根蠟燭交給弄臣。我領著他走進我的房間，關上房門，觸動了通往密道的暗門，領著他走進切德的迷宮。「王后在哪裡接見他們？」我現在才想到要問。

「在西接待廳。切德叫我跟你說，西接待廳的密道在外牆那一邊。」

「切德還不如告訴你從這裡到西接待廳怎麼走，這還比較有用。算了，我們會找到路的。」

我的樂觀並不穩固。那一帶如迷宮般的密道，我之前從未探索過；我先找到了接待廳樓上的房間，又找到了接待廳隔壁的房間，直到我們兩人都心灰意冷了，我才想到，我必須先走到樓下，再從樓下穿到外牆邊。這裡的密道有一處轉彎，收得非常窄，我勉強才擠了過去。等到我們抵達間諜站的時候，弄臣與我渾身都已纏著厚厚的蜘蛛網。此處唯一的窺孔是一條水平的縫隙。我先將燭光遮好，才將遮住我們這邊窺孔的牛皮拉開。我們肩並肩地站著，一人只能用一隻眼睛看窺孔。弄臣就在我耳邊呼吸，聲音有些大。透入我們藏身處的聲音很微弱，我必須很專注才能聽得梗概。

我們已經遲了。王后已正式歡迎了繽城使節。我看不見珂翠肯，也看不見切德；我猜珂翠肯大概坐在高台的王座上，王子坐在她身邊，而切德則站在高台次一階。我們的觀察站俯瞰全廳，所以位置應該是在王后與王子上方。六大公國的大公與女大公，或是其代表人坐在大廳後方。椋音當然也在其中；這麼重要的聚會，是不可能不找個吟遊歌者來記錄傳頌的。她的服飾精美，臉上卻顯得肅穆；這有些奇怪，我本以為她會對這場聚會興致勃勃，可是此時她卻近乎心不在焉、鬱鬱寡歡。我不禁納悶她到底有什麼心事，但隨即又趕緊堅決地將自己的注意力轉回重要之事上。

我們視野的中央站著四名來自繽城來的大使。繽城是素以富裕與經商聞名的城市，因此繽城的代表不是公爵與領主，而是商人；然而那一身富麗豪華的衣著，使他們與任何貴族不相上下。他們的衣服上裝飾的珠寶，在幽暗的大廳中閃閃發亮，有些珠寶似乎並非反射亮光，而是本身就會發光。一名矮小女子穿著如同水一般柔軟細膩的衣料；一名男子肩上棲著一隻渾身為深淺不同的紅、橙彩羽，而碩大的鳥喙則為藍黑二色的鳥兒。

在這幾位令人嘆為觀止的商人身後又站著另一排人。後面這一排人大概是僕人，服飾均非常高雅；他們手上捧著放禮物的木箱和櫃子。其中兩人顯得格外突出。一個是臉上畫著重重刺青的女子；那些刺青毫無技法可言，既不對稱，也看不出是什麼圖形，只能說是她臉頰上有一連串的黑墨塗鴉罷了。我知道那表示她曾經為奴，而那一個個的刺青，就是買下她的家族之紋章；不知道她到底做了什麼事，竟然易手得如此頻繁。另一名奇怪的僕人不但以兜帽蓋住頭，更以面紗遮面；他的罩布精美華麗，面紗織工細膩，但是圖案繁複，所以我無法看出他的五官長相，而且他連手上都戴著手套，彷彿他決意不讓人看到他的皮膚。這人使我覺得渾身不自在，而我決定將他盯緊一點。

我們正好趕上了獻禮這一段。禮物一共有五樣，一樣比一樣稀奇。他們獻禮時，將王后讚美得天花亂墜，又以諂媚奉承的頭銜相稱，彷彿光靠好聽話和恭維，就可以收買我們王后的好感。那些場面話我並不相信，不過禮物我倒很感興趣。第一樣禮物是個高高的玻璃瓶，裡面裝著香水。刺青女將香水捧到王后身前，一名高個子女子則解釋道，其香味可以讓人做好夢，就連最難以安眠之人也可恬然入夢。到底能不能做好夢，我無法保證，不過瓶塞才掀起片刻，整間大廳內便瀰漫著特殊的香氣，甚至連弄臣與我的藏身處都聞得到；那香味不甚濃重，反而比較像是夏日花園中微風拂過的清香。但即使香味清淡，大廳後方的貴族聞到這罕有的奇香時仍不禁動容；他們笑逐顏開，緊鎖的眉頭也放鬆下來。就連我都覺得憂心減輕了幾分。

「迷藥？」我輕輕地對弄臣說道。

「不，只是香水而已。那香味出自於一處格外宜人的所在。」他的臉上綻放出若有似無的笑容。「我小時候就知道這個古老的香味了。這種香水因為稀有而經由買賣，傳到遠方。」

第二名僕人走上前去，將他抱著的箱子放在王后腳邊，打開箱蓋，從中取出一組簡單的風鈴；這風鈴看來與一般花園裡掛的風鈴並無二致，只不過它是玻璃製，而非鐵製。那僕人將風鈴按住，等鸚鵡男點了個頭，這才輕巧地一搖。風鈴顫抖低吟，每一個音符都清脆甜美，而且本應是隨意的響聲，卻化成了盪漾的曲調。我還覺得聽不夠，那僕人便突然制住風鈴，但接著他再度輕輕一晃，於是風鈴又瀉出悠揚的樂聲，而且與第一曲截然不同，就像營火的劈啪聲與潺潺的流水聲大異其趣一般。他任由風鈴演奏，而風鈴也不停地吟唱下去。等到那僕人終於將風鈴按住時，那鸚鵡男才說道：「群山王國與六大公國最尊貴的夫人，公正的珂翠肯王后，我們希望這樂聲能討您的歡心。無人知道這風鈴裡藏了多少曲

調，因為每一次放開風鈴時，都會奏出不同的樂曲。貴國的土地廣大無邊，而您的品味也必然深奧精微，然而我們仍希望，您會認為這樣的薄禮還配得上您。」

珂翠肯一定是做出了接受禮物的姿態或手勢，因為接著那僕人便將風鈴收入箱中，並將箱子呈上前去。

第三樣禮物是一塊很長的布料，與那女人身上穿的布料類似，但是色澤不同。這布料原本收在一個小盒中，然而那矮小女子與鸚鵡男走上前去，從僕人手中將布料拿出來，一摺一摺地將布料打開之後，那布料竟大到足以蓋住公鹿堡大殿的長桌，而且還足以垂到地上。他們將布料一搖，那布料的色澤便從藍色變為深紫再轉為夏日晴空的淡藍。接著那兩人輕鬆地將布料折回一小塊，收回小盒中。這禮物也獻給王后了。第四樣禮物是一組大小不等的鈴；這組金屬製成的鈴最特別的地方是，當鈴聲響起時，鈴的表面會閃閃發光。「六大公國的統治者，暨群山王國的繼承人，高貴賢淑的珂翠肯王后，這叫做『濟德鈴』。」那矮小女子對王后稟報道。「這項珍寶只有繽城才有，別處是找不到的。即使在我們繽城，『濟德鈴』也很罕見；而我們相信，除非是我們繽城最難得的寶物，否則是配不上您的。然而不只『濟德鈴』，連這個也很稀有。」她招手要那面紗男走上前來。「公正的珂翠肯王后，這是火焰寶石。稀有中的稀有，正足以與難得的王后相配。」

那面紗男走向珂翠肯與晉責所在的高台時，我緊張得肌肉都繃緊。我提醒自己切德也在場，別多慮，然而我的胃還是擔心得絞得緊緊。那老刺客一定跟我一樣提防；他不會讓王后或王子有受傷之虞的。儘管如此，我還是送出一個微小的精技思緒給王子。

小心提防。

一定。

我沒料到王子會回答；而且他不是謹慎地針對我一人送出思緒，而是廣泛地散發他的思緒。當我看到那面紗男抽動了一下，彷彿被人刺中時，我緊張得連頸背的毛髮都豎起來了。他突然靜止不動；我察覺到他發散出什麼無形的東西，但我說不出那到底是什麼。

噓。我以細如絲的思緒對王子警告道。千萬別動。

我眞的很想看看那面紗男的表情。他在盯著王子嗎？還是他在掃視廳堂高處，尋找我的所在？不管他是什麼人，他的自我控制能力是一流的。他將自己突然的停頓，不著痕跡地化爲儀式般的刻意停頓。他將箱子放在身前地上，手輕輕一碰，那箱蓋便似乎自動開啓。他彎下身，拿出一個小盒子，打開盒蓋時，露出一條鑲滿珠寶的金項圈。他將禮物展示給王后，將金項圈舉高，讓圍觀的貴族瞧個仔細；此時那人將高舉的金項圈一搖，於是所有的珠寶彷彿活了過來，頓時在幽暗的廳堂中散發出不屬於人間的光輝。然後他轉過身去面對王后，讓王后仔細打量；這時我聽到弄臣輕輕讚嘆這首飾之美。雖然面紗遮臉，模糊了聲音，但那人仍以年輕，甚至近乎童稚的聲音清楚地說道：「藍色者乃是最稀有的火焰寶石，最謙和、最高貴的王后。我們特別選了藍色的火焰寶石，以便與公鹿公國的顏色相配。此外我們也爲王后統治下每一位尊貴且高雅的公國之尊貴且高雅的統治者，準備了相配的火焰寶石。」

大廳後方響起了讚美的喘氣聲，因爲面紗男又從箱子裡拿出了五個盒子。他逐一打開盒子，對衆人展示盒中以細銀圈，而非粗金圈製成的項鍊；每一個細銀圈上只鑲著一顆寶石，儘管如此，仍美得令人屏息。他們一定將六大公國研究得很透徹，因爲寶石的色彩不但與每一個公國相配，就連代表畢恩斯公國的淡黃，與代表法洛公國的銘黃也分得很清楚。王后接受了她的金項圈之後，那罩著面紗的僕人走向群聚的貴族，莊重地對各公國的代表人深深鞠躬，並獻上繽城的大禮。我注意到，雖然那人服飾很不尋常，但是每個人都毫不遲疑地接受了他獻上的禮物。

我趁那人獻禮給各大公國時，仔細地打量縯城的使節團。「誰是領袖呢？」我低聲自問，因爲那幾人似乎彼此不互相統屬。弄臣則把我的話當作是我在問他。

「那兩個女人之中，有個綠眼睛、個子比較高的是不是？」弄臣輕輕地用氣音在我耳邊說道。「她名叫瑟莉拉，出身於遮瑪里亞，原來是遮瑪里亞大君沙崔甫王的隨侍大臣；這也就是說，她是統治遮瑪里亞全境的統治者之顧問，在某特定領域自成一家，而她的專長在於她對於縯城與縯城周遭的區域瞭若指掌。她之所以來到縯城，是因爲某個古怪的機緣，而之後她便在縯城長住下來。據說瑟莉拉惹怒了遮瑪里亞大君，而且大君氣到二話不說，便將她放逐到縯城；也有人說，大君之所以跟瑟莉拉勢不兩立，是因爲她曾試圖奪權。然而瑟莉拉不將放逐當作是懲罰，反而以縯城爲家，並逐漸爬到爲大商家做專業調停人的地位。雖然她與遮瑪里亞大君乃是近親，但是由於她對縯城與遮瑪里亞瞭若指掌，所以讓縯城在與遮瑪里亞訂定協約時占了上風。」

「噓。」我趕快要他停下來。我很納悶他怎麼會知道這麼多，也很想問個仔細，但是他的話可以稍等一等；眼下我必須將會場上的每一個細膩變化都看個清楚。弄臣閉口不言，不過我可以感覺他非常興奮。我們一起靠到狹窄的窺孔上，他那冰冷的臉頰與我的臉頰貼在一起。他一手攀在我肩上，使自己冷靜下來，不過我感覺得出他強自按捺住內心的激動。這場聚會顯然對他另有深意。我打算等一下再問他是怎麼回事。現在我只專心觀察大廳的動靜；我眞希望我能看到王后、切德與晉責王子對這些事態做何反應。

王后對這些禮物表達感謝，並歡迎縯城使節團來訪。王后用詞簡單，並不以浮誇溢美的讚詞與頭銜來回應，而是眞心眞誠地講話。縯城使節團到訪的時間一延再延，如今他們終於來到，王后至爲歡迎，她希望使節團停留在公鹿堡期間一切愉快，並希望這次使節團的到來，代表日後六大公國與縯城之間的溝通會更加開放。高個子女子瑟莉拉安祥尊貴地站著，專心地聆聽王后講話。刺青女抿著嘴，顯然是有話憋在心裡。站在刺青女隔壁的男子眼神則是焦慮不安；那人胸寬腰直，臉上飽經風霜，短而捲的頭髮貼在頭上；他顯然是習於體力工作，以及迅速辦成的事情，而不是這種好整以暇的外交辭令和宮廷儀節，所以他一邊等著王后講完話，一邊不自覺地握拳、放鬆、握拳、放鬆，而停在他肩頭的那隻鸚鵡則不安地動來動去。另外那個瘦削且看來拘泥的男子，則似乎跟瑟莉拉是同一種態度，無論王后要迅速進展，還是緩緩行之，他都可以配合。

珂翠肯講完後，瑟莉拉發表感言，感謝王后與六大公國如此殷勤的招待。瑟莉拉表示，有機會在我們平靜的土地上暫住，遠離恰斯國強加於繽城的戰火與暴行，使節團之人都很珍惜；她闡述繽城人的苦楚：恰斯人不時攻擊繽城船隻，使得所有貿易都受到影響，然而貿易乃是繽城的命脈；又解釋繽城唯有靠貿易才有足夠的糧食，所以繽城人苦不堪言。她也提起恰斯人掠劫散布在外的繽城屯墾區之事。

「繽城沒有散布在外的屯墾區呀。」我以氣音對弄臣說道。

「有，只是數量不多；繽城人口因爲被解放的奴隸而增多，所以人們努力到外面去開墾可以耕作的土地。」

「被解放的奴隸？」

「噓。」弄臣答道。他說得沒錯。我現在應該要專心聆聽，有問題稍後再問。我將額頭抵在冰冷的石牆上。

瑟莉拉迅速地細數繽城與恰斯國之間的爭端。這些事情我泰半早已熟知，而且有不少跟六大公國與南邊的惡鄰之間的糾紛頗爲類似。恰斯人掠劫鄰邦，與鄰邦爭執國土，騷擾並搶劫路過的商船，對於試著跟恰斯人做生意的商人課徵荒謬的高關稅等等，這些都是熟得不能再熟的牢騷了。不過接下來，瑟莉拉描述繽城人如何起而與腐敗的恰斯人對抗：繽城人解放了境內所有奴隸，讓他們享有自由之身，而且有機會成為繽城的公民；此外，繽城再也不許任何奴隸船在城內靠岸，無論這奴隸船是要往北開到恰斯國，還是要往南開到遮瑪里亞；繽城跟俗稱「海盜群島」之地締結了新盟約，而根據這個盟約，駛往繽城的奴隸船，貨物會被充公，船上的奴隸則就此得到自由。

繽城與恰斯國之間的衝突，主要即在於此舉破壞了恰斯國的奴隸買賣；而這個爭端，又使得繽城與恰斯國之間的邊界到底劃在哪裡的老問題，更為緊繃。瑟莉拉希望，無論是在解放奴隸，或是在邊界衝突方面，六大公國都能體認繽城的立場具有正當性；她知道修克斯公國歡迎逃亡的奴隸以自由人的身分在修克斯定居，而恰斯國老是聲稱某些邊界的土地並非修克斯公國所有，也令修克斯公國煩不勝煩。既然如此，那麼六大公國是否會應允之前委派的使節，對高貴賢淑的王后所做的提議？也就是六大公國不但與繽城結為聯盟，並在這場戰爭中，支持繽城對抗恰斯國？果真如此，繽城與其盟邦會讓六大公國好處連連；六大公國最大的好處，就是與繽城公開貿易，並參與繽城與俗稱的「海盜群島」簽訂之有利盟約；至於今日獻上的禮物，不過是六大公國之人所能得到的所有好處之中一小部分罷了。

珂翠肯王后嚴肅地聽她講完。然而瑟莉拉一直講到最後卻也未提出什麼新條件；切德以他身為顧問的身分，嚴正地指出這一點。繽城商人的貿易奇蹟舉世皆知，而且名不虛傳，但即使為了這些好處，六大公國也不能就此貿然參戰。最後切德指出：「我們高貴賢淑的珂翠肯王后必須時時將六大公國人民的福祉放在心上。你們也知道我們與恰斯國的關係，頂多也只能說是不大平靜。我們與恰斯國之間糾紛也很多，然而我們仍盡量忍耐，以免六大公國與恰斯國之間爆發全面戰爭。俗諺有云『與恰斯國打仗，不是有無，而是遲早的問題』，這是大家都知道的。恰斯人就是好生事端；但是戰爭既昂貴、破壞力又大。晚一點打仗，總比現在就打來得好。我們為什麼要冒著恰斯人怒火橫生的危險，去代繽城出頭？」

切德故意停頓片刻，把話講得更明白。「您方才所言，乃是無論繽城與恰斯國的戰事誰贏誰輸，六大公國都穩穩可以得到的好處；除此之外，您到底要爲六大公國開立什麼條件？」

大廳後面有幾名公爵嚴肅地點點頭。大家都知道生意人就是如此；他們只知道要如何討價還價，以及要如何談成生意；他們認爲切德一定會出價，所以切德也不會讓他們失望。

「賢淑端莊的王后，尊貴的王子，睿智的顧問，以及衆位大公、女大公，我們所開的條件是……」瑟莉拉突然無法繼續；方才切德問話的方向，顯然使她亂了腳步。「我們所開的條件至爲微妙，這樣的條件最好是先在私下多方考量，再與衆貴族商議。也許您最好是……」瑟莉拉並未回頭掃視後方貴族的反應，但是她說到這裡已經詞窮。

「繽城的瑟莉拉，您直言無妨；繽城有何提議，都請您此刻公開道出，以便衆貴族、顧問與我得以自由討論。」

瑟莉拉的眼睛睜得大大的，像是吃了一驚。我不禁納悶，她竟然會因爲王后坦率的答案而如此驚恐，眞不曉得遮瑪里亞是什麼樣的地方？瑟莉拉尷尬地支支吾吾，而肩上停了隻鸚鵡的那名男子則突然清了清喉嚨。瑟莉拉以警告的眼神瞪了他一眼，但是那人照樣往前踏了一步。「高貴賢淑的王后，容我大膽地向您稟報。」

珂翠肯近乎困惑地答道：「請說。您是商人喬班，是嗎？」

喬班鄭重地點了點頭。「所有六大公國的統治者，暨群山王位的繼承人，高貴賢淑的珂翠肯王后，我正是喬班沒錯。」那年輕人胡亂拼湊珂翠肯的頭銜，顯見這些文字遊戲對他而言相當陌生，不過雖然瑟莉拉生氣地瞪著他，他仍決定硬著頭皮講下去。「我相信您既身爲人、身爲王后，便一定會體會坦率的好處。這次我們來訪的行程一拖再拖，我一直十分著急；如今我聽說貴國也跟我們繽城一樣，對於恰斯國無甚好感，所以我大膽期待，您一聽到我們的提案，便會擊節讚賞。」

他清了清喉嚨，接著便迫不及待地說道：「我們來此，是希望與六大公國結盟，以擊退我們共同的敵人。我們已經與恰斯國交戰三年了；三年來，我們的力量幾乎耗盡，而我們原本希望迅速結束爭端的希望也破滅了。恰斯人非常頑固，而且越挫越勇。他們靠著戰爭而繁榮，酷愛掠劫與破壞，與我們繽城人恰恰相反。繽城的繁榮要靠和平與自由通行的海域；我們仰賴貿易，貿易不但是我們繽城人的生計，連我們每日的食糧都有賴於此。儘管我們繽城人有魔法也有奇蹟，但是光靠魔法與奇蹟，無法餵飽繽城的孩童；畢竟我們沒有廣袤的腹地，所以無處耕種，也無處放牧。恰斯人之所以攻打繽城是出於貪婪；他們會將繽城人殺光，以便占有我們擁有的一切，但是他們無法理解繽城人是用什麼方式擁有如此繁榮盛景；然而他們在試圖占據繁盛繽城的同時，便已經將之破壞殆盡了。不過我們所擁有的珍寶，是他們拿不走的，而且至今仍然存在，那就是……」那男子突然住口，就像是撞上沙洲的船。

珂翠肯等了一會兒，彷彿要讓喬班有機會把話講完，但是那男子乾脆無助地兩手一攤。「我是個商人兼水手，高貴賢淑的王后。」他彷彿突然想起來似的，在話尾補上了這麼一句敬語。「我之所以大膽發言，是因爲我們有這個需要，不過我並未解釋清楚。」

「您有何所求，商人喬班？」珂翠肯王后的問句很簡單，但依然優雅。

那男子的眼睛突然亮了起來，彷彿王后的坦率令他信心大增。「我們知道貴國的修克斯公國與恰斯國交界，而且修克斯公國對恰斯國的警戒，使得恰斯人不敢放鬆。」他突然轉身，對大廳後面的貴族攤開雙臂，深深一鞠躬。「僅此表達我們對修克斯公國的謝意。」

修克斯公爵嚴肅地點了個頭，接受喬班致謝；接著喬班轉回來，面朝王后。「然而光這樣是不夠的；我們希望貴國能派艦隊與大軍從北面對恰斯國施壓，將那些從中作梗，不讓繽城與六大公國之間自由貿易的船艦擊沉。我們可以……多少年來，恰斯國迫使南北的鄰國與它紛爭不斷，如今我們可以一次做個了結。」他突然喘了口氣。「我們可以徹底瓜分恰斯國的土地，終結彼此之間古老的衝突。如果恰斯人不肯好好做我們的鄰居，那麼乾脆就讓他們變成我們的屬地。」

出身於遮瑪里亞的瑟莉拉突然插話道：「商人喬班，你說得太過分了！公正且高貴的珂翠肯王后，我們不過是來給貴國建言，不是來提議兩國一起征服恰斯國。」

瑟莉拉的話聲一歇，喬班便抬起下巴搶著說道：「我才不做建言哩。我來這裡，是為了要跟潛在的同盟交涉，而我的目標，是要一勞永逸地解決不斷與鄰國作對的恰斯國。我這些話，乃是許多商人的心聲。」他與珂翠肯四目相交時，那藍眼睛炯炯發光。他坦白且熱忱地說道：「讓我們徹底瓜分恰斯國，把他們的國土一分為二。這對我們彼此都有好處：繽城將擁有耕地，而且免除了恰斯國的騷擾；而修克斯公國則可擴張領地，此外，日後修克斯公國的隔鄰不再是心腹大患，而是貿易夥伴。此舉將可讓六大公國大舉擴張往南的貿易。」

「徹底瓜分恰斯國？」我從珂翠肯的口氣裡聽出她從未將此事列入考慮，而且這種舉動與她所受的群山教養背道而馳。不過大廳後方的修克斯公爵則咧嘴而笑；他巴不得跟恰斯國打一仗，這把復仇之火在他心裡燃燒已久；接著他開口呼應戰事，然而這態度顯得有些逾越。「瓜分恰斯國之事，法洛也該有一份。此外似乎也應將群山王國的伊尤國王，也就是您的父親算進來，因為群山王國也與恰斯國交界，而且從各個角度來看，伊尤國王都不是挺喜歡恰斯人。」

「夠了，修克斯。」王后制止道，不過我倒沒想到她的口氣會這麼溫和。也許這其中有我所不知的歷史也說不定；群山王國與恰斯國之間的邊界糾紛有多嚴重？是不是珂翠肯在這方面早有宿怨，只是我不知道而已？不過她在答覆繽城使節團的時候，態度卻冷淡自制。「您們提議將你們的戰爭分給我們一

份，言外之意，彷彿戰爭是買賣的商品，而我們垂涎不已。但是您們想錯了。我們已經打過戰爭，而如今我們正努力與往日的敵人交好。貴國與恰斯國之間的戰爭，我們一點也不動心。貴國提議的條件是，如果我們協力擊敗恰斯國，就可取得恰斯國的土地；然而這場戰爭既遙遠，勝敗之勢也難以判斷；況且統治恰斯國所帶來的負累，可能遠大過其所帶來的利益，因爲敗戰的人民很少會心甘情願地接受外人的統治。貴國又提議，如果我們聯手擊敗恰斯，就可讓我們往南的貿易通行無阻；然而繽城一向就讓六大公國通行無阻地往南做生意，我倒看不出這算是什麼新條件。不過我再問你一次：爲什麼我們該考慮與繽城聯盟？」

我注意到繽城使節們彼此使眼色，心裡不禁暗笑。原來如此。原來瓜分恰斯國領土的提議，並不是他們的底線。不過無論他們深藏不露的是什麼大好條件，若非必要，他們畢竟是不會透露出來的。我倒覺得他們沒什麼好可憐的。誰教他們要挑起她的好奇心，使得王后忍不住想探看他們的口袋有多深呢。

商人喬班做了個小手勢，將手心翻上來，彷彿意指自己既然交涉失敗，便請下一人上場。

然後，繽城商人同時往左右兩邊退，讓全身上下毫不透風的那男子直接與王后相對。他們似乎已經有了默契。

我迅速地糾正我對那面紗男子的印象：他不是僕人。也許這一群人裡面誰都不是僕人，就連那個曾經爲奴的刺青女子也一樣。那面紗男子突然踏了上來，我緊張得一縮，唯恐那人要對王后或王子不利；不過他什麼也沒做，只不過是將他的兜帽往後一拉，而他那與兜帽相連的蕾絲面紗，也跟著甩到頸後。見到此景，我不禁倒抽一口氣，不過有些人——也包括切德在內——的反應，就不像我這麼細微了。

「艾達神，發發慈悲呀！」我聽到那老刺客叫道，大廳後方也響起恐懼與驚嚇的叫聲。

這位使節非常年輕，比晉責跟幸運都年輕，不過卻跟他們兩人一樣高。他的眼睛與嘴巴周圍都是鱗片，那可不是用油彩畫上去的，下巴垂下一綹稀疏的鬍鬚。他站得非常直挺。我本以為戴著兜帽使他看起來更高，此時才發現他手腳的骨架長得很不自然，不過他整個人仍散發著優雅，而非讓人難以入眼。他不卑不亢地直視著珂翠肯，以男童的高昂嗓音說道：

「我名叫瑟丹．維司奇，出身於在繽城經商的維司奇家族，並由在雨野原經商的庫普魯斯撫養長大。」對我而言，他這段自我介紹的後半段，根本就毫無道理可言。雨野原根本無人居住。雨野河兩岸盡是沼澤與溼地；恰斯國與繽城的邊界之所以自古就未劃定，原因之一便在於兩國對於這條大河與兩岸的沼澤地都無可奈何。可是這少年接下來所說的話，卻更加離奇。「瑟莉拉是繽城商會的代表，而您已經聽過瑟莉拉的意見；繽城有不少公民是曾經為奴的刺青人，而我們這裡也有刺青人的代表；除此之外，我們也有繽城商人的代表，以及所有活船的代表。我則是雨野原商人的代表，不過我同時也代表婷黛莉雅，婷黛莉雅是世界上最後一條眞龍，而她立誓在我們有需要的時候起而襄助繽城。我在此代表婷黛莉雅傳話。」

他一提起那條龍的名字，我便打了個哆嗦。而我也明白自己為何會有此反應。

「恰斯人不斷騷擾繽城人，已經使婷黛莉雅感到厭煩了。恰斯國此舉，使繽城人分心，因而無法將婷黛莉雅交代給繽城人的一件重要大事做好。」他雖是人，但是他講話的口氣，卻顯出對身為人類的那些微不足道顧慮感到不屑，彷彿他不是人類；這既毛骨悚然，卻也激勵人心。他朝全場掃視了一圈，這時我才察覺，他眼裡的確有一道淡淡的藍光，並不是我想像出來的。「六大公國若是能幫助繽城擊退恰斯國，並終止這場戰爭，那麼婷黛莉雅將會保佑諸位；況且現在婷黛莉雅的後代日日長大，並且益添美麗與智慧，所以未來不但婷黛莉雅會保佑六大公國，連婷黛莉雅的後代也會保佑六大公國。您若是幫助繽城，那麼龍群會起而保護六大公國的傳說，便再也不是傳說，因為眞龍龍群將應召而來。」

全場衆人驚訝得說不出話來。不過我敢說繽城人一定誤以爲這反應代表著驚喜。此時王后臉上必定是驚駭非常，但是商人喬班卻魯莽地對王后咧嘴而笑，還大著膽子補充道：「您若是對我們存疑，我也不會怪您。不過婷黛莉雅可是實有其事，我有多眞實，牠就有多眞實。若不是因爲婷黛莉雅必須照顧後代，牠早就在幾年前迅速解決恰斯人對我們的騷擾了。您難道沒有聽說商人灣大戰的流言，什麼一條銀藍兩色的繽城龍，如何將恰斯艦隊驅離我們的海域云云？當天我人就在商人灣，與入侵我們碼頭的恰斯人作戰；而那些流言既不是虛傳，也不是胡謅，而是千眞萬確的事實。繽城有個稀罕且神奇的盟友，也就是世上最後眞龍。而您若是幫助我們擊退恰斯國，那麼婷黛莉雅也會變成六大公國的盟友。」

我想喬班一定沒想到，他這番話竟然會變成點燃珂翠肯怒火的火花；我猜他大概無法了解，珂翠肯對六大公國之龍的感情有多深。

「最後眞龍！」珂翠肯叫道。我聽到她的禮服在走動時發出的窸窣聲。她大步走到繽城使節面前，在最矮的台階上停住。我們那深明事理、端莊高貴的王后，此時竟以大到全廳都聽得見的暴怒聲音吼道：「好大膽，竟敢說這種話！你竟敢將古靈的龍群斥爲無稽的傳說！我自己親眼見過爲了保護六大公國而衝上天空的龍，而且不是一條龍，是一群龍；不僅如此，我自己就是乘著龍回到公鹿堡來的，難道這龍會是假的嗎！在這大廳裡，所有成年人都曾親眼見過我們的龍展開翅膀、飛過海面，將困擾我們甚久的紅船盡數驅散。而你竟敢含沙射影地說我們的龍是假的？那少年還能以他年少無知爲推辭，或許我們經歷紅船之戰時，他尚未出生，而且他可能對古靈之龍知之甚少；至於你，就只能說是對我們的歷史一無所知了。什麼最後眞龍，說得跟眞的一樣！」

我心裡想道，就算有人當面侮蔑王后，也不至於引起她如此震怒；在場衆人大概都不知道，王后要維護的乃是她的夫君，惟眞國王的榮譽。平日平靜溫和的王后，竟如此嚴厲斥責外國使節，就連我們的貴族之中也不免有人驚訝得目瞪口呆，不過他們感到意外，並不表示他們的意見與王后相左。大家聽了王后的話均點頭稱是；幾名公爵與女公爵還站了起來，而畢恩斯的女大公更是將手放在劍柄上。有鱗少年嘴巴張開，備顯失望地環視全場；而瑟莉拉則因為喬班的失言而翻白眼。繽城來的使節們出於本能地彼此站得更靠近了些。

那有鱗少年走上前一步，離王后更近。切德斥令那少年不得再上前，不過年輕人什麼也沒做，只是單膝跪下，抬起頭來，對王后說道：「如果我出言冒犯，還請您多見諒。我只是說出我所知道的而已。如您所言，我年紀還小，不過我親耳聽到婷黛莉雅悲傷地跟我們說，牠是世界上最後眞龍。如果事實並非如此，那麼我一定會歡欣喜悅地將這個天大的好消息告訴牠。求求您，讓我看看六大公國的龍，讓我們跟牠們談一談，我會跟牠們解釋婷黛莉雅的需要。」

珂翠肯的肩膀仍因為方才的激動而起伏不已；此時她終於吸了一口氣，讓自己平靜下來，而當她開口的時候，又與平常無二了。「不知者不罪，所以我對您個人並無嫌惡。至於您要求跟我們的龍談一談，那是不可能的；因為牠們是六大公國的龍，所以牠們只保護六大公國。閣下，您未免太僭越了。不過因為您年紀尙輕，所以我原諒您。」

那少年照樣單膝跪著，並以一點也不屈服順從的目光，懷疑地直視著王后。

這時必得靠切德出來平息全場。他走到繽城使節團前面，說道：「我們既對各位的話存疑，那麼各位恐怕也可能懷疑吾后之言。您先是提及世上最後眞龍，然後又說這最後眞龍的後代如何如何；我聽得一頭霧水：為何繽城人不將牠的後代算做是『眞龍』？如果繽城龍實有其事，那麼牠為何未與衆位同行？牠若一起前來，不但可讓我們瞻仰，也更有助於本國與貴國結盟，不是嗎？」切德嚴厲的綠眼睛掃視繽城衆使節。「朋友們，您所開立的條件非常特殊。聽起來各位有不少難言之隱。然而，若是隱瞞不

說，那麼繽城不但會失去盟邦，還會失去我們的尊敬。請各位稍作拿捏吧。」

雖然我望著切德的背影，但我知道此時他必定抬起了下巴思索著。接著他朝王后瞄了一眼；我雖不知王后做何表情，但她的表情使切德下了決心。「各位大人，各位夫人，我建議我們暫時休會。且讓我們公正且高貴的王后與我們的貴族商討繽城的提案。我們已經爲各位準備了房間，還請各位盡情享受我們的招待。」之後切德又補充了幾句話，我聽出他口氣裡有一絲若有似無的笑意。「我們公鹿堡的每一位吟遊歌者，都樂於以歌曲或是講故事的方式，讓各位了解六大公國之龍的事蹟。也許稍後我們會面時，彼此的性情都會因爲聽了歌曲，以及充分的休息而變得非常平和。」

既然顧問如此堅決地辭客，繽城使節們也只得退場了；接著退場的是王后與晉責王子。切德則混在貴族之間；他似乎在安排時間，好讓衆人一起坐下來討論繽城的提議。修克斯大公走來走去，顯得十分興奮，而畢恩斯女大公則靜靜地站著，她叉手抱胸，似乎一點也不爲所動。我站直起來，把窺孔的遮皮放下來。「走吧。」我低聲地對弄臣說道，而他則無言地點了點頭。

我再度拿起蠟燭，艱難地在公鹿堡石牆之間的狹窄密道通行。我並未直接帶弄臣回到我的房間，而是將他帶入切德的塔樓。弄臣一走進去便停住了腳步；他閉上眼睛，過了好一會兒，才睜開眼睛，吸了一口氣，哽咽地說道：「這房間跟當年差不了多少嘛。」

我用手上的蠟燭點燃擺在桌上的蠟燭，又在火爐裡添了一根柴。「我猜切德大概是在黠謀國王遇害的那天帶你來過這裡。」

他緩緩地點了點頭。「在我跟著黠謀國王那些年，不時會碰到切德，並與他講話。第一次見到切德時，我才到堡裡不久。切德會在晚上時到來，與黠謀國王聊天；有時候還賭骰子玩。你知道嗎？他們兩人最常做的事情，就是人手一杯白蘭地，坐在火爐前，聊著王國當下所面臨的各種事故。我就是在他的爐前夜談中，第一次聽到有你這個人物的存在。我心裡不斷思索，而等到我想出他們講的話對我而言有何意義的時候，我差點就暈了過去。我雖在旁邊聽，但是他們倒未特別注意我；他們認爲我不過是個小孩子，可能還認爲我缺乏眞正的才智，而且一開始時，我裝出一副對六大公國的語言不太靈光的模樣。」他搖了搖頭。「那一段時光眞是奇妙呀。我發覺到如此重要的徵兆，然而由於有黠謀國王的庇護，所以那是我這一生中最接近眞正童年的時光。」

我找出兩個杯子，又拿出切德正在喝的那瓶白蘭地，將酒杯和酒瓶放在桌上，幫我們兩人倒了酒。弄臣挑起眉毛說道：「現在就喝酒未免太早了吧？」

我聳聳肩。「我倒覺得現在好像已經不早了。我今天一大早就趕到城裡去看幸運。」我心裡又沉重起來，心事重重地坐下。「弄臣，你會不會渴望回到過去，重新有一番作爲好讓事情改觀？」

他坐了下來，但是並不碰酒杯。「凡是人，都不免鑽進這死胡同裡去啊，說起來還眞是愚蠢。你到底在煩什麼，蜚滋？」

所以我就告訴他了，就像我年幼時那樣，一股腦兒地傾訴，把我所有的恐懼和失望都丟給他，彷彿他總有辦法從中理出個頭緒來。「弄臣，回顧過去，有時我不免會感覺到，當我最篤定這樣做一定錯不了的時候，往往就因此而犯下大錯。好比說，在擇固和端寧刺殺黠謀國王之後追捕他們，並且當著諸大公的面殺了他們。你瞧瞧因爲這事而起的連鎖反應，把我們弄到什麼地步。」

他點了點頭，此時我正爲自己添滿酒，而他接著便催促道：「還有呢？」

我一口飲盡，決定把話說出來。「還有與莫莉上床。」我嘆了一口氣，但卻沒有因此而比較輕鬆。「當時我覺得絕對錯不了。多甜蜜、多眞實、多珍貴！在我人生中，唯一完全屬於我的，就是這一段情了。但要不是我……」

弄臣等我開口。

「要不是我……要不是我讓莫莉有了孩子，她也用不著離開公鹿堡，以遮掩她懷孕的事情。要不是我讓莫莉有了孩子，就算我犯了別的天大錯誤，她也能把自己照顧得很好。要不是我讓莫莉有了孩子，博瑞屈就不會覺得他非得去找莫莉，非得看著莫莉把孩子生下來不可；要不是博瑞屈去找她，他們就不會墜入愛河，結婚生子。要不是踏錯了一步，我本來是可以在龍群驚醒之後回到莫莉身邊的；要不是一步錯、步步錯，我現在何至於此？」

我並未痛哭失聲，這種痛苦欲哭也無淚。這痛苦潛藏已久，唯一不同的是，此時我終於大聲地道出內心的苦楚：「這都是我自己造成的，這都是我自作自受啊。」

他傾身過來，將他那修長且冰涼的手搭在我手上。「那是死胡同呀，蜚滋。」他柔聲說道。「況且你將自己的力量看得太重，卻又將接連發生的事件看得太輕。甚至你也將莫莉的力量看得太輕了。就算你能回到過去，重新下個不同的決定好了，然而肇生此因之後，事情會做何演變，又有誰料得到？放開吧，蜚滋，往事如雲煙。幸運今日所作所為，並不是在懲罰你過去的行徑；今天幸運之所以選了這條路，並不是因為你的緣故。不過你身為父親的責任仍在，你仍應該努力將他拉回正途。難不成你還以為，就因為你過去犯過跟幸運一樣的錯誤，所以你現在就沒資格糾正他？」他吸了一口氣，問道：「難道你從未考慮要將莫莉與蕁麻的事情告訴他？」

「我……沒有。我不能說。」

「噢，蜚滋。又是祕密，又是這個不能說、那個不能說的……」他悠悠地說道。

「繽城的龍，不也藏了許多少有人知的祕密嗎？」我淡淡地答道。

弄臣放開了我的手。「什麼？」

「有天晚上，我們在喝酒，你跟我講了個故事；你說什麼海蛇把自己封在繭裡，而破繭而出時便化身爲龍，只是不曉得因爲什麼緣故，有的幼龍破繭而出時，卻既小又孱弱。而且你還因此而怪罪你自己。」

他往後靠到椅背上；此時他臉上不是金黃，反而是面色如土了。「那天我們一整個晚上都在喝酒。喝了很多。」

「對，是喝了很多沒錯。就是因爲喝得醉了，才聊得起來呀；不過當時我的腦筋還算清楚，所以都聽進去了。」我等著弄臣開口，但他只是默默坐在椅子裡望著我。「怎麼樣？」我質問道。

「你想聽什麼？」他軟弱無力地問道。

「告訴我繽城龍的事情。繽城眞的有龍嗎？」

好半晌，弄臣才下定了決心；他坐起身，爲我們兩人添了酒。他將酒一飲而盡。「是啊。繽城龍跟六大公國的龍一樣眞，只是兩者各有所『眞』罷了。」

「這怎麼說呢？」

他深吸了一口氣。「我們在很久、很久以前爭辯過此事；記得嗎？當時我跟你說，世上一定曾經有有血有肉之龍，而精技小組就是因爲由此得到靈感，所以才創造出黑色石頭與記憶之龍。」

「那都是多少年前的事了，我幾乎都忘了我們曾聊過此事。」

「你用不著記得我們有沒有聊過，你只要知道我講得沒錯就行了。」他嘴角浮現出若有似無的笑容。「世上曾經有眞龍；而古靈就是因爲眞龍才應運而生的。」

「古靈就是龍啊。」我反駁道。

他微微一笑。「你這話是沒錯，蜚滋，但是這話該怎麼解釋，恐怕跟你心裡所想的大異其趣。我自己是以片斷的知識而拼湊出這個構想，雖然我至今仍未窺得全貌。你與我所驚醒的那些六大公國之龍……牠們並非天成，而是人造的；六大公國之龍是精技小組或古靈以記憶石雕出來的龍，牠們承繼了雕刻者所刻出來的形貌，因而活了過來；而活過來之後，牠們或成了龍，或成了有翼的野豬，或成了飛天的公鹿，或成了乘龍之女。」

他講得太快，快到我跟不上，不過我還是點點頭。「你繼續說。」

「古靈是因爲什麼因素而雕出這些石龍，將牠們的生命儲存於石龍之中呢？那是因爲古靈從眞龍得到靈感。龍的一生有兩個階段，跟蝴蝶一樣。龍生蛋，而從蛋裡孵出來的是海蛇；海蛇在海中悠游，等到牠們年歲已足、體型也與成年之龍相當後，便洄游至龍群代代相傳的家鄉。成年之龍會歡迎成熟的海蛇，並陪牠們溯河而上；到了河的源頭，海蛇以自己的唾液黏住沙子，爲自己織繭——這沙子，其實便是細碎的記憶石。成年之龍會幫助海蛇結繭；成年之龍吐出唾液，此時牠們自己的記憶亦隨之而出，而這有助於幼龍成形。這些繭沉睡一個冬天，仰賴成年之龍的保護，才不至於遭到獵食者的殘害。到了盛夏之際，龍孵了出來；龍破繭而出之前，已將繭幾乎吸收殆盡，所以也一併吸收了藏存於繭裡的記憶。於是幼龍現身，不但強壯，而且身形完整，足以保護自己、進食獵食，以及爲搶奪配偶一戰。最後龍會在遙遠的島上產卵。那個島就是異類之島（the Island of the Others）。而這蛋孵化之後，則爲海蛇。」

弄臣述說著，而我幾乎可以想像那情景。也許是因爲我的夢境爲這場景注入源源不斷的活水吧；畢竟我常常在睡夢中想像自己像惟眞那樣化爲龍，翱翔天際、四處獵食的情景。他的話不知怎地觸動了這些夢，而這些夢突然變得有如眞正的記憶，而非僅是睡夢所見。不過弄臣說完便又沉默起來。

「繼續說啊。」我催促道。

他貼在椅背上，嘆了一口氣。「但是很久以前，龍便因爲某種變故而滅絕了。到底是什麼樣的變故，我也說不眞切，不過大概是能在數日之內便將半壁江山都埋入地裡的大地震吧。大地震使海岸下沉，將港口碼頭淹在水裡，又扭轉河流水道。龍因此而滅絕，而且根據我的看法，這大地震連古靈也一併抹殺了。這一切都是推論，蜚滋；這是我將自己聽過、見過，以及將你告訴我和你寫在日記裡的片斷連貫起來而得的結果。你造訪過一個空無一人、地面裂開的城市；你以幻象想見一條龍降落在河裡，而且有個身形古怪之人在迎接那條龍。那種人曾經與龍群比鄰而居，而當橫掃兩族的大難來臨時，那些人爲了要多搶救幾個龍繭，所以將龍繭拖到他們的房子裡，而最後那些人竟與龍繭一起活埋了。那些人已然滅絕，不過包在龍繭裡面，未被陽光與溫暖喚醒的半成形之龍，則尙存一息。」

我像是孩子般，故事聽得入迷。

「最後，另外一族人找到了他們。出身於繽城商人旁系的雨野原商人，爲了尋寶而挖掘埋在地底的古代城市；噢，他們找到的寶物可多了。你今天所見那些獻給珂翠肯的寶物，像是火焰寶石、濟德鈴，甚至於那塊布料，都是從古靈的居所中挖出來的。除此之外，雨野原商人也找到了龍繭。他們原本以爲……誰知道他們一開始時將龍繭當作是什麼東西？那一個個龍繭，看來大概像是一大截、一大截樹幹吧，所以他們就把這樹幹稱爲『巫木』。他們劈開龍繭，將繭裡半成形的龍胎丟掉，直接把繭當作木料來用。而這『巫木』便是繽城人拿來建造『活船』的材料，這種古怪的船之所以如此活躍，根源在於此木原本是可以化爲龍的。據我猜測，大多數未成形的龍胎，早在繭被人劈開之前，就已經死去很久了。不過至少有一個龍胎沒死；這龍胎，又因爲我至今仍不十分清楚的連鎖變化而見到陽光，於是竟然就孵化了，這破繭而出的龍，便是婷黛莉雅。」

「牠一定虛弱且不成形。」我試著將弄臣這段話跟他先前提到的事情連起來。

「不，健壯得很，而且傲慢得不得了，與你最不願見到的傲慢人物不相上下。婷黛莉雅四處尋找龍族，但最後因失望而放棄；不過她雖未找到龍族，卻找到海蛇。這些海蛇不但年紀已大，而且體型巨大，因為——但這也是我推測的，蜚滋——因為摧毀了成年龍族的大地震，也一併改變了地形，使得海蛇無法回到祖傳的結繭之地。也不知道過了幾百年、幾千年，海蛇年年都試圖回歸，但是不但回歸不成，反而折損了許多海蛇。不過這一次，由於有婷黛莉雅的導引，又有繽城人疏浚河道讓牠們通行，所以終於有部分海蛇好不容易回到家鄉。海蛇在寒冬中結繭；可是牠們既垂老又虛弱，況且只有一條龍在看顧牠們、幫牠們結繭；許多海蛇在溯河時便已死亡，另有許多海蛇在繭中蟄伏，再也不會醒轉。盛夏來臨時，還能從繭裡孵出來的幼龍都很虛弱；這也許是因為海蛇太老，也許是因為牠們在繭裡待的時間不夠，又也許是因為海蛇在結繭之前的狀況就不怎麼好。那些小龍真是可憐，既不能飛，又無法獵食。婷黛莉雅矛盾得不得了，因為龍族是鄙視弱者的：若是無法自立自足，就任其滅絕。可是婷黛莉雅若是任由這些幼龍死去，那麼牠就注定終身孤獨，因為這一來，龍族中除了牠之外，再無其他，而牠也就別期望要重新繁衍龍族了。所以婷黛莉雅不停地為牠們獵食，帶獵物回來餵牠們吃；牠相信，若是牠能餵飽牠們，牠們說不定會化為成龍。所以婷黛莉雅希望，不，不是希望，牠命令雨野原商人要協助牠。可是雨野原商人也有自己的孩子要養活，況且又碰上一場阻絕貿易的戰爭。所以，他們都很艱難地奮鬥著。這就是我最後一次在雨野河見到的景況。那是兩年前的事情。但我看至今情況依然不變。」

我怔怔地坐了許久，想辦法理解他講的奇妙故事。我無法懷疑他；認識他多年來，他告訴我的古怪事情數也數不完。然而，就因為我相信他，我心裡的許多東西，突然化為新的形狀、產生新的意義。我努力將焦點集中於龍的故事對於目前繽城與六大公國的交涉有何影響。

「你剛才跟我講的事情，切德和珂翠肯知道嗎？」

他慢慢地搖了搖頭。「就算知道，也不是從我這裡聽去的。也許切德有別的管道吧。但這件事我從未在他面前提過。」

「艾達神、埃爾神在上，你怎麼不早跟切德說呢？弄臣，像他們早上那樣對待繽城人，實在太盲目了。」我心裡冒出了更糟的念頭。「你跟別人講過我們的龍嗎？繽城商人知道六大公國的龍是什麼情況嗎？」

弄臣再度搖了搖頭。

「幸虧你什麼都沒說，感謝艾達神。但是你怎麼不早點告訴切德這些事情？你為什麼將這些事情藏在心裡，無論對誰都一字不提？」

他坐在椅子裡望著我，良久沉默不語，久到我以為他是不會回答的了。等到他終於開口的時候，口氣非常無奈。「我是白色先知。我這一生的目的，就是要將世界推入更好的軌道中。然而……然而我不是催化劑；該造成變化的人不是我，而是你啊，蜚滋。我若是把我知道的事情告訴切德，一定會使切德對待繽城人的態度產生轉變；然而我卻無法確知，這個轉變到底會使我必須做的事情順利進展，還是會使我必須做的事情橫生阻撓。我不知道該走哪一條路才好；我這輩子從未像現在這麼徬徨過。」

他停頓不語，彷彿期望我能講幾句話讓他定心，但是我卻不知道該說什麼才好；時間一分一秒地過去，我們兩人都不說話。最後弄臣交握雙手，放在大腿上。「我在想，我在繽城時可能犯了個嚴重的錯誤。而且我唯恐我在繽城以及……其他地方的那幾年間，並未正確地完成我人生的使命。我看自己過去的路可能走偏了，所以我現在該做的事情也因此而受到扭曲。」他突然嘆了一口氣。「蜚滋，我一向是感覺得到我的人生路該怎麼走的——倒不是我感覺得到漸進的演變，而是我感覺得到此時與彼時的片刻景象。你說，我心裡最眞實的感覺是什麼？到目前為止，我一直都覺得不對勁，不該把這件事情告訴切德。我一直沒說。今日，此刻，我覺得時機已到，可以讓你知道這些了。所以我才將之說出來。所以我

已經把決定權交到你手上了。改變者，你要說，還是不說呢？全由你決定。」

我覺得有些奇怪，夜眼替我取的名字，竟由人聲清朗地講了出來，弄得我渾身不自在。「怎麼，難道你做重大決定的時候，一向都靠『感覺』嗎？」我的口氣比我預想中的還要尖銳，不過弄臣並未因此而畏縮，反而平淡地直視我的眼睛，反問道：

「不靠感覺，不然要靠什麼？」

「靠你的知識呀，靠徵兆與跡象、前兆式的夢境呀，或是靠你的預言呀……這……我也不知道你得靠什麼；但是你總不能光靠你的感覺。埃爾神的卵蛋，這算什麼？說不定你『感覺』到的，不過是早餐吃的魚有點霉壞，如此而已！」

我低下頭埋在手裡，開始思索。他把決定權交給我。我該怎麼辦呢？我方才還在數落弄臣有話憋著不說，此時卻突然發現，要不要把這事告訴切德的決定，困難得我無法招架。切德知道這些事情之後，他對於繽城人的態度，以及他對於雙方聯盟的態度，會起什麼轉變？繽城人講的是眞龍啊。值得爲贏得眞龍的庇佑而打一仗嗎？若是不跟繽城結盟，而繽城卻打了勝仗，又有一大群人任繽城人驅使，那會怎麼樣？那麼是不是該告訴珂翠肯？然後這幾個問題又周而復始，可是答案卻很可能南轅北轍。我不禁大聲歎氣。「你何必把決定權交給我呢？」

我感覺到他伸手放在我肩上，我抬起頭來，發現他似笑非笑地望著我。「因爲自從我在花園裡找到一個男孩子，跟他說：『蚩滋逢治妃狗發作，只費肥油』，並把決定權交給他以來，他一向處理得很好啊。」

我斜眼瞪著他。「可是當年你是跟我說，你做了個夢，所以來告訴我啊。」

他露出謎樣的笑容。「那是我夢到的沒錯，我還把這句話寫在紙上呢。不過那時我才八歲哪。我一直等到時機成熟，才把這件事告訴你。而且你當時就知道，身為我的催化劑的你，應該要怎麼做了。而現在我也相信，你知道這些之後，就知道該怎麼做了。」

「我當時根本看不出自己在做什麼。我從未想過那件事會影響得如此深遠。」

他靠在椅背上，露出高傲的笑容。「你看吧。」他突然坐直起來，對我問道：「當年你在花園裡聽了我這句話之後，是如何決定接下來你該怎麼做的？」

我搖了搖頭。「我哪有什麼決定？只是該怎麼做，就怎麼做罷了。如果說我真有什麼決定性的因素的話，那一定是基於六大公國的最佳利益所做的考量；除此之外，別的我就顧不到了。」

我在葡萄酒架開始移動，露出酒架後甬道的前一刻，便轉過頭去望著那個出入口；切德走了進來。他一臉煩躁，而且上氣不接下氣。他的眼神一下子便盯住了白蘭地，然後他二話不說便朝桌子走去，拿起我的酒杯一飲而盡，這才喘了一口氣，說道：「我剛剛就在想，你們兩個八成是躲在這裡。」

「才沒有躲呢。」我反駁道。「在這裡談事情，絕無走漏消息之虞，所以我們才來這裡的。」我起身讓出椅子；切德感激地坐了下去。他從密道走上來時，一定走得很急。「要是我們接待繽城商人的事情，也能保持這麼機密就好了。如今這事無人不談，而且已經鬧得沸沸揚揚。」

「談論的一定是我們到底要不要跟繽城人結盟，夾擊恰斯國。我來猜猜看。修克斯公國等不及明天就派艦隊去助戰，對不對？」

「修克斯嘛，我還應付得來。」切德煩躁地答道。「不對，這件事的發展有些古怪。珂翠肯才剛踏進她房間，我們才剛要開始剖析繽城提案時，就有個侍童來敲門了；原來是皮奧崔·黑水與貴主要求立即面見王后——不是請求，而是要求。」他頓了一下，讓我們兩人考慮一下這個嚴重性。「既然他們講得十萬火急，那我們除了馬上接見之外，還能怎麼辦？王后擔心的是，晉責會不會又弄出什麼事故冒犯到貴主？不過他們兩人一走進珂翠肯的私人接待室，皮奧崔便說道，他與貴主二人對於我們竟然接待繽城商人派來的使節，感到至爲失望。他們兩人看來都火冒三丈。不過最耐人尋味的是，皮奧崔堅定地宣布，如果六大公國跟『那些養龍的』結盟，他就終止這樁婚事。」

「皮奧崔．黑水與貴主去找你們談婚事的成與不成，不是阿肯．血刃？」這點我非得問個清楚不可。

幾乎就在我提問的同時，弄臣也同樣熱切地問道：「養龍的？黑水把他們稱之爲『養龍的』？」

切德望望我，又望望弄臣，向我答道：「血刃沒來。」又對弄臣答道：「確實來說，是貴主把他們稱之爲『養龍的』。」

「當時王后怎麼說？」我問道。

切德長長地吸了一口氣。「我原本希望她會說我們需要時間考慮。不過昨天貴主羞辱晉責王子的事情，珂翠肯顯然是氣在心裡，只是我先前沒看出來罷了；有時候我會忘了，珂翠肯不但是個王后，也是個母親。她立刻強硬地對貴主與皮奧崔說，六大公國與繽城之間的協議，取決於六大公國的最佳利益，而非威脅，管他是誰的威脅。」

「然後呢？」

「然後他們就離開接待室了。貴主看來非常氣憤，像士兵一樣挺直了背走出去；而黑水則像是扛著重擔的人，彎腰駝背地離開。」

「按照計畫，他們不久就要回外島去了，不是嗎？」

切德沉重地點點頭。「是啊，他們再過幾天就要走了。誰知竟在他們返回外島的前夕發生這種事情，弄得大家措手不及。如果王后不趕快回絕繽城人，那麼貴主啓程之後，這樁婚事還能不能成功就未可知了；這麼一來，我們為了鞏固雙方關係所做的一切努力便盡付流水，甚至可能會使情勢惡化。不過我總覺得，繽城商人的事情不該急於一時半刻之間做下決定；他們的提案必須細細考慮才好。說到龍……他們是以此要脅嗎？還是以此來嘲諷我們的龍？又或者這根本就是個瘋狂的提案，他們只是因為急需援助，所以編了個天花亂墜的故事？這幾個面向都必須釐清才行。我得派一些間諜去收買情報。我們可不能在掌握自己的事實來源之前，就貿然做下決定。」

弄臣與我對看了一眼。

「什麼事？」切德質問道。

我吸了一口氣，將謹慎持重拋到九霄雲外。「有件事情必須跟你和王后說。晉責可能也一起來聽比較好。」

12 潔珂

我不是懦夫。國王之令，我一向無有不受。我曾爲了席達大公、爲了我恰斯國的榮耀，而出生入死十數次，再怎麼危險的境況，我也甘之如飴。然而不幸的是，當尊貴高雅且神聖公正的席達大公怪罪我等未能拿下繽城港之時，他所用爲判斷基礎的報告，乃是出自於未曾在繽城前線打仗者之手；因此，就算最尊貴榮耀且最神聖公正的席達大公竟因此而導出有瑕疵的結論，也無可苛責。不過，以下我將致力糾正這些報告之錯誤。

瓦廷文書寫道：「訓練有素的戰艦船隊竟被奴隸與漁夫打敗。」這與事實相去甚遠。我們的船艦因爲暗夜與偷襲，而非眞正交戰所受到的破壞，絕大多數的確是奴隸與漁夫所爲；然而既然眾船長未收到報告，不曉得繽城商人有這種手法高強的的破壞勢力供他們驅使，那麼怎能指責我們未能提防偷襲？就此而言，我認爲過錯不在眾船長，而在於我們派至繽城的密探、文書和監察官疏忽職守，沒有提供完整的情報，而非戰士之錯。那些人就算是處以吊刑，也是死有餘辜。許多英勇的戰士因此而白白送死，就因爲他們的報告太過粗陋。

瓦廷文書還指出，有些繽城倉庫裡存放的寶物，未及確實上繳，便進了船長的私庫，所以我們雖然戰敗，但那些船長依然有不少私財。這實在是欺人太甚。我們的戰艦上滿是我們爲您而辛苦裝載上船的戰利品，然而繽城的死忠份子放火延燒，所以連船帶貨都沒入海中，爲什麼文書就是不肯相信？另外有些報告指出，有些繽城人寧可先殺死妻小再自殺，也不願活著面對我們的掠奪戰士；由於恰斯艦隊聲名遠播，所以我認爲這個報告毫不爲過。

但是瓦廷文書最嚴重也最偏頗的錯誤，在於他否認龍的存在。容我以最有禮、最謙恭的態度請問：瓦廷文書的報告到底有何根據？能夠回到恰斯海岸來的船長，每個人都稟報曾看到藍銀相間的龍；每個船長皆是如此，無一例外。爲什麼船長所言被斥責爲懦夫的托詞，而聲音尖細的宦官所言，卻被奉爲圭臬？當時的確有龍出現，而且打得我們的艦隊無力招架。您的文書昏庸愚昧地指出，繽城現龍之事無可證明，而聲稱繽城有龍的報告乃是「懦夫的托詞，這場戰役原本必勝無疑，但是這些懦夫卻落荒而逃，而且他們之所以倉皇逃走，說不定只是爲了中飽私囊，不肯將寶物獻給席達大公的障眼法。」然而我們在這場戰役中傷亡慘重；瓦廷文書的證據，難道會比這數百名永遠魂歸異鄉的男子更切實嗎？

——史賴克船長對於自己獲判死刑的申訴狀，原文爲恰斯文，切德．秋星翻譯

直到數小時之後，我才疲倦地鑽入密道，朝黃金大人的房間而去，因爲王后與切德聽得欲罷不能。先前切德拒絕召請晉責王子前來，他說：「他知道我們彼此認識已久，而且交情匪淺；但如果我們繼續

加深他這個印象，恐怕不太明智。至少現在還不行。」

回想起來，我倒覺得切德想得周到。眞要追究起來的話，切德算是我的叔公，只不過我從未將他當叔公看待；他是我心目中永恆的導師。然而他雖老，而且同我一樣傷痕累累，但我們兩人的面容仍因爲是近親而有些相似之處。晉責早就說過他懷疑我跟他有點親戚關係，所以最好還是別讓他同時看到切德與我，以免他越往那方面去想。

我與切德和王后長談許久。在此之前，切德從無機會同時詢問我們二人有關於六大公國之龍的種種特性；他一邊啜著他那個難聞至極的藥湯，一邊鉅細靡遺地以他那瘦骨嶙峋的手抄寫筆記；最後他寫得累了，便將筆遞給我，並要求我邊講邊寫。切德提的問題一向精確周密，此時也不例外；而今日唯一不同的是，他的行爲舉止顯得非常熱切。對他而言，在鮮血、精技與原智的滋潤下而新生的石龍，展現出精修之精技力的高深莫測。切德認爲，也許當年人們之所以發展出這種魔法，是爲了要逃避死亡；而我則在他的眼裡看到了想要求得長生的飢渴。

珂翠肯聽了皺眉頭。我的推論是，她寧願認爲，以往的精技小組雕刻石龍時，心中乃是以六大公國的蒼生爲念；她大概深信，先於惟眞的石龍，也是爲了崇高的目的而做的。當我反駁這個說法，並提出精技小組很可能是因爲精技癮頭所驅使，才雕刻那些石龍時，他們兩人都皺起眉頭瞪我。

哦，他們兩個聽得皺眉瞪我之處可多了。對於我轉述繽城之龍的消息，他們先是懷疑，繼之則因爲我沒有早早告訴他們而感到惱怒。至於爲什麼我要爲弄臣遮掩，以免他們怪罪弄臣，這個我也說不上來。我並未直接撒謊——我在切德門下那麼多年，早就知道這樣做容易露出破綻——而是迂迴地讓他們認爲，龍的故事，是弄臣在第一次到小屋去拜訪我時跟我說的。我一肩挑起了沒有早早稟報消息的責任。我聳聳肩，不甚在意地說，繽城遠在天邊，我之前並未想到那些遙遠的故事會影響到這裡；他們相信了我的說法，所以我甚至用不著補上一句，當時我只覺得那些故事穿鑿附會太多。至於要不要將繽城之龍的故事信以爲眞，他們兩人則一直搖擺不定。

「這樣一來，我們的龍的意義又不同了。」珂翠肯沉思道。

「而且照這樣考慮起來，那面紗男子的話並沒有那麼無禮。」我大著膽子補上一句。

「大概吧。不過他竟敢懷疑我們的龍不是眞龍，我到現在都還覺得很生氣。」

切德清了清喉嚨，說道：「親愛的，此事應該到此爲止，不宜追究。去年我弄到一些文件，裡面提到有一條龍保護繽城，抵禦恰斯艦隊的入侵。當時我只覺得這個故事荒誕不經，十足是敗戰之軍用以逃避責任的藉口；我的推測是，由於我們的眞龍事蹟流傳甚廣，所以恰斯人事實上雖是敗在戰略的疏忽，卻藉口說他們是敗於繽城的龍。當時我要是循線追查下去就好了；如今只能慢慢再想辦法多收買些情報了。不過就目前而言，且讓我們多加追索我們自己的消息來源。」他清了清喉嚨，盯著我瞧，彷彿懷疑我隱匿了什麼重要情報。「弄臣跟你講的那些埋在地底下的城市……那些城市會不會跟你去過的那個荒蕪城市有所關聯？」切德特地提起這個問題，彷彿這個問題比王后覺得自己受到冒犯的事情更爲重要。

我聳聳肩。「我無從得知。我去過的那個城市並非埋在地底下。不過那個城市因爲大地震而裂成兩半，就像是有人用斧頭把蛋糕劈開；而地裂之後，河水灌入，把裂縫填滿了。」

「地震將此地的城市一分爲二，就可能將他處的城市埋入地裡啊。」切德大聲地推論道。

「或者是引起火山爆發。」珂翠肯補充道。「這種故事，我在群山王國聽多了。大地震搖，於是火山甦醒，冒出岩漿和灰燼，有時候會遮蔽得天空一片漆黑，而且大地上盡是令人窒息的煙霧；但有時候，就只不過是一團混著石頭的泥漿水，慢慢地從山上流下來，填滿了整個山谷，甚至還溢到平原上。還有些故事說，有個小鎮位於大湖邊的山谷裡，大地震的前一天，小鎮上一切完好，生氣蓬勃；但是地

震過後兩日，抵達那小鎮的旅行者，卻發現街上的人都死了，而他們的家禽家畜也死在他們身邊；他們的屍體上皆無外傷，那情景彷彿是他們站著站著，然後就突然倒地死了。」

此語一出，我們三人都沉默了下來。然後切德又教我重新把弄臣跟我講的繽城之龍的故事說一遍。切德問了很多六大公國之龍的問題，不過泰半我都答不出來：我所驚醒的龍群中，會不會有從海蛇而化生出來的龍？如果繽城那些從海蛇化生出來的龍攻擊六大公國，我們能不能激起六大公國之龍起而保護我們？還是說，六大公國之龍反而會與披著鱗甲的龍族站在同一陣線？對了，說起鱗甲，那個蜥蜴似的少年可有什麼線索？弄臣對那種鱗甲人知道多少？

等到他們終於肯放我走，以便他們彼此商量之時，我覺得彷彿已過了數頓飯之久。我從密道離開了珂翠肯的私室，再從我自己的房間走出來時，發現黃金大人不在房裡，於是便去廚房找東西填肚子。廚房裡人人疲於奔命、忙成一團，所以我也不願進去攪和，乾脆到守衛的食堂去碰運氣，結果我弄到了麵包、乳酪與肉可吃，啤酒可喝，而這些其實就足以滿足我的靈魂了。

我爬上樓梯時，心裡盤算著，堡裡因為繽城使節團而大開筵席，黃金大人一定是與公鹿堡裡的眾貴族去赴宴了，而我說不定可以趁此小睡一番。我知道我應該打扮妥當，下樓去站在他身後，觀察晚宴的情景，不過我覺得此時心中已經滿載，再也塞不進別的情報了。我已經將消息轉達給珂翠肯與切德知道，就讓他們去處理吧。我仍為了幸運的事情傷透腦筋，這個難題，我眞想不出該怎麼解決才好。

那就睡覺吧，我堅決地對自己說道；至少睡著時什麼也不用想，等到睡醒了，說不定腦袋會比較清楚一點。

我在黃金大人的房門上敲了敲，然後開門進去；這時一名原本坐在火爐邊的年輕女子站了起來。我四下環顧，心想一定是黃金大人開門讓她進來的，但卻不見黃金大人的蹤跡；也許他正在與客廳相連的那幾個房間裡吧，不過把客人獨留在客廳裡，實在不像是他的作風，再說若是有人來訪，他必定會擺出點心或是葡萄酒待客，然而此時桌上什麼食物酒品都沒有。

這女子與尋常人大不相同；別說她衣著奢華，光是她的身材就夠驚人了。她至少跟我一樣高，長長的金髮，淡棕色眼睛，手臂與胸膛都如戰士般健壯，而她的衣服又特別突顯了她的壯碩體型。她穿著高及膝蓋的黑靴，而且黑靴之上不是裙子而是緊身褲；她的上身是象牙白的亞麻襯衫，披著裝飾繁複的柔軟母鹿皮背心。她的襯衫袖子上全打了摺，袖口綴著蕾絲，不過這蕾絲並未多到影響手的動作。她這身衣裝的剪裁非常簡單，然而不但質料極盡華麗之能事，再加上豪奢的繡花裝飾，更見其富麗堂皇。她兩耳各戴了好幾個耳環，有的是木質，有的是金子；我還認出那些螺旋狀的木質耳環，乃是出於弄臣的手工。她頸上與手腕上也戴了金飾，不過那些金飾都很簡單，而且我敢打賭，她之所以戴那些首飾，不是為了炫耀，而是因為自己看了喜歡。她的臀上一邊掛著一把平實的長劍，一邊掛著一把實用的小刀。

在初見面的第一刻，我們兩人目光相遇，而且彼此都很驚訝；接著她的目光以我熟悉得不能再熟悉的方式朝我身後探望；等到她的目光重新與我相遇時，臉上頓時綻放出敵意全消的笑容。她的牙齒非常雪白。

「您一定是黃金大人。」她一邊朝我走過來，一邊伸出一手來與我相握。她這身打扮雖然異國味十足，但是她講起話來，卻是修克斯公國的口音。「我是潔珂。琥珀可能在您面前提過我的事情。」

我無暇多想，糊塗地跟她握了個手。「小姐，真是抱歉，但是您認錯人了。我是服侍黃金大人的僕人，我叫湯姆·獾毛。」她的手上有硬皮，而且握手的手勁很大。「方才我沒在房間裡招呼您進門，真是抱歉；我不曉得黃金大人約了訪客。您要不要喝點什麼或吃點點心？」

她不在乎地聳了聳肩，放開了我的手，走回火爐前。「我並未與黃金大人相約。我問了僕人，一路找到這裡來；我在門上敲了敲，沒人應，所以就進來等了。」她坐下，蹺起腿來，露出你我何必見外的笑容，對我問道：「好啦，琥珀近來如何？」

這氣氛不大對勁。我朝與客廳相連的那幾扇門瞄了一眼。「我不認識什麼什麼琥珀。您是怎麼進來的？」我橫身擋在潔珂與房門之間。她看來氣勢凌人，不過她的頭髮和衣服仍一絲不苟；然而她若是對弄臣有什麼不利，弄臣鐵定會在她身上留下掙扎的痕跡，況且房裡的家具什物也沒打亂。

「我是開了門走進來的。門又沒鎖。」

「門隨時都是上鎖的。」我盡量讓自己的語氣顯得輕快，不過我心裡卻越來越擔憂。

「唔，可是今天沒鎖呀，湯姆，再說我有要事與黃金大人商討。他跟我很熟的，我看他必不介意我開了門就進來；這一年來，我在琥珀的撮合之下，幫黃金大人處理了許多生意。」她歪著頭，眼珠子滴溜流轉，轉到我身上來。「況且你說你不認識琥珀，我是壓根不信。」她將頭撇到一邊，斜睨著眼，挑剔地上下打量我，然後咧嘴笑開。「你知道嗎，我覺得你還是棕眼睛比較好看。比典範號上幫你配成藍眼睛合適多了。」我錯愕地盯著她，而她的笑容更見燦爛。這種感覺彷彿是被一隻體型碩大，但卻友善得過頭的豹子盯上似的；她不但毫無敵意，反而像是故意忍住，不讓自己朗聲大笑出來，不僅如此，還故意要弄得我渾身不自在，只不過她的態度頗爲和善，顯然是要尋我開心罷了。這是什麼道理，我實在百思不解。我心裡掙扎，想不出我到底是應該把她趕出去，還是將她拘留在此，等黃金大人回來處置比較好。我越來越擔心黃金大人在我不在的時候出事，巴不得立刻衝進他的臥室和廁所去瞧瞧。

此時我突然聽到他的鑰匙轉動門鎖的聲音，這才鬆了一口氣。我三兩步走到門邊，幫他開了門，並在他尚未踏進房裡之前便宣布道：「黃金大人，您有訪客。潔珂小姐在等您。她說她是——」

我還來不及多講幾句話警告他，他便魯莽失態地衝進房裡，而且馬上就反身將房門關緊，彷彿潔珂小姐是一隻隨時都可能會溜到走廊上的小狗；除此之外，他還把門上了鎖，這才轉身面對潔珂。他望著那位不速之客時，臉色十分蒼白；我已經多年沒看過他這麼慌張了。

「黃金大人？」潔珂叫道。她怔怔地瞪著黃金大人，良久良久，才爆出爽朗的大笑，一邊笑，一邊握起拳頭搥自己的大腿。「不過，這也對呀。黃金大人！我怎麼就沒猜到？我應該一開始就看穿了才對！」她朝著黃金大人走上去，自信滿滿地認爲她一定會受到熱烈歡迎，並熱情地與黃金大人互擁，然後才退開一步。她抓住他的雙肩，目光則在他臉上與頭髮上梭巡。看在我眼裡，只覺得黃金大人似乎驚訝得茫茫然，但是潔珂臉上的笑容絲毫沒有減退。「眞是太棒了。要是我不知情的話，一定怎麼猜都猜不到。可是我還是不懂。弄出這個幌子眞有必要嗎？這樣你們兩人不是更難以廝守嗎？」她的眼神從黃金大人飄到我身上；所以她問的那個問題，顯然是指我們兩人。她的言外之意再明顯也不過，雖然我猜不出她所說的「幌子」所指爲何。我頓時臉上一熱，漲紅起來。我等著黃金大人開口跟她澄清，可是他卻緘口不言。她一定是被我臉上的表情嚇到，因爲她接著便將目光轉回黃金大人身上，不解地問道：

「琥珀，我的好友。我來看你，你不高興嗎？」

黃金大人的臉似乎凍住了。他的下巴雖動了，卻過了好久才說出話來；他的聲音低沉平靜，不過好像仍有點喘不過氣來。「湯姆．獾毛，晚上不用你服侍了。你退下吧。」

自從我化身爲黃金大人的僕人以來，就屬此刻最難把持住這個身分；不過我感覺到黃金大人急於退守到尋常的主僕對應上。我咬緊牙關，僵硬地鞠了個躬，心裡仍因爲潔珂暗指我們兩人的關係而氣憤不已。我回答的時候，聲音十分冰冷：

「如君所願，黃金大人。我將藉這機會休息一下。」我轉身走回自己的房間。我在經過桌前時，拿了一根蠟燭，開了房門，走進自己的房間，然後將房門關上——只留了一小縫。

接下來我所做的事情實在不太光明正大。我該怪罪是切德把我訓練得太好嗎？是可以，不過若是這樣說，未免太不誠實。其實我是義憤塡膺。潔珂顯然認定我倆是情侶，可是黃金大人竟然也不糾正她的錯誤觀念。從潔珂的言行舉止看來，她的錯誤觀念之來源，正是黃金大人；而他爲了某些個人目的，任由潔珂繼續抱持這個錯誤的想法。

另外就是潔珂看我的眼神，彷彿她對我無所不知。她顯然認識黃金大人，只不過他們是在外地相識，而且他用的是別的名字；而我則很確定我從未見過潔珂。這麼說來，無論潔珂對我知道多少，都是弄臣告訴她的。我爲自己偷聽他們講話找個了冠冕堂皇的理由，那就是我有權知道弄臣是怎麼跟陌生人說起我。尤其是因爲他不曉得跟這個陌生人說了什麼，竟使她用那種古怪的神情打量我，又對我露出那種「你我何必遮掩」，令我氣得忿忿不平的笑容來。弄臣到底是怎麼跟她說的，竟使她誤解得這麼深？這是何必？他怎麼會做出這種事情？我的怒火不斷升高，但是我強捺住心頭的不滿。事情總有個理由；他會這麼說，必有其重要目的。一定有。我相信自己的朋友，不過我有權聽聽他到底是怎麼跟她說的。我將蠟燭放在桌上，人在床上坐下來，緊握雙手放在大腿上。我強迫自己拋開所有的情緒；而且無論我的處境多麼不堪，我都必須理性判斷。我凝神傾聽。他們微弱的談話聲，傳進我緊繃的耳裡。

「妳來這裡做什麼？妳怎麼不讓我知道妳要來？」弄臣的口氣裡不只是驚訝或厭煩，幾乎可說是失望。

「我怎麼通知你呀？」潔珂開心地反問道。「恰斯人把往北走的船通通擊沉了；從你寫給我的信看來，我寫給你的信，至少有一半下落不明。」然後又補了一句：「所以啦，你就承認了吧。你就是黃金大人，對不對？這一陣子以來，我其實是在處理你的事務？」

「對。」他的口氣有點氣惱。「而且我在公鹿堡只用這個名字。所以如果妳時時將此謹記在心的話，我會感激不盡。」

「但是黃金大人，之前你卻跟我說，你要到公鹿堡來拜訪老朋友，又說你我之間的一切通信都要透過你這位老朋友轉交。還有，我在繽城和遮瑪里亞處理的那些生意，以及我四處打探然後寫信通知你的那些消息呢？那些原來也都是你要的，對不對？」

他的口風很緊。「如果妳一定要知道的話，就算是吧。」但接著他便懇求道：「潔珂，妳以爲我背叛了妳，但我沒有。妳是我的好友，所以我並不以騙妳爲樂。但這一切乃是不得不爲；妳把這一切稱之爲『幌子』，然而這幌子卻絕對不能少。而且我不能跟妳解釋原因，也不能告訴妳全部的實情，頂多只能再三地說，這一切都是不得不爲。如今我的命都在妳手上了；妳若是哪一天在酒館將此事說了出來，那我的後果便不堪設想，還不如妳現在就一刀割斷我喉嚨吧。」

我聽到潔珂靠在椅背上的聲音，而她講話的時候，口氣有些氣憤。「你先是欺騙了我，現在更當面侮辱我。我們都一起經歷過那麼多大風大浪了，如今你眞的還懷疑我管不住自己這一張嘴嗎？」

「我既無意騙妳，也無意侮辱妳。」某個人答道；聽到這聲音，我頸背的頭髮都豎起來了，因爲那既不是黃金大人的聲音，也不是弄臣的聲音。這個嗓音較爲柔細，而且毫無遮瑪里亞口音。我推測道，這應該就是琥珀的聲音了。我還以爲我認識他呢，誰知他還有這一面，而且我還全然不知。「其實只是……妳來了我好意外，把我給嚇壞了。我進門來的時候，妳笑吟吟地望著我，我還以爲是誰跟我開這麼大的玩笑哩……啊，潔珂，我眞的無法向妳解釋，只能把一切寄託在妳身上，也寄託在我倆的交情上了。如今妳既然闖進了我設的局裡，我恐怕非得爲妳分派角色不可；在妳待在堡裡的這段期間，妳一定得當我是眞正的黃金大人，而妳就是我在繽城與遮瑪里亞的代理人。」

「這再容易也不過，因爲我的確一直把你當作是黃金大人，也以黃金大人在繽城與遮瑪里亞的代理人自居呀。再說你提到我倆的交情時，的確是一片眞心。你竟認爲我們兩人之間有必要使出這些障眼法，我還是有點心痛，不過我應該是可以原諒你啦。但這到底是怎麼回事，我眞的很納悶。你的男人，他叫……湯姆．獾毛是不？他一進門，我就認出他的臉了，而且衷心爲你高興。你照著他的臉，刻出了典範號船首的人頭，所以你別在我面前推託說你對他沒放什麼感情。當時我心裡就想：『哇，他們終於團聚了。』可是接著你就吼著叫他走開，彷彿他眞是個僕人似的……事實上，他的確向我介紹他是『服侍黃金大人』的僕人。這是何苦呢？這樣你們兩人不是更煎熬嗎？」

接下來是長長的沉默。我沒聽到腳步聲，不過我聽出了酒瓶碰撞酒杯的聲音；潔珂與我仍在癡癡等待他的回答，但我猜他是走去幫自己和客人倒酒了。

「我是很煎熬沒錯。」弄臣以琥珀的聲音答道。「但他倒沒什麼煎熬，因爲他一無所知。妳瞧我，我眞是個大傻瓜呀，祕密怎能透露出去，甚至還讓它成形呢。我太虛榮了。」

「何止太虛榮？簡直是虛榮得無以復加！你照著他的模樣刻出了活船的船首人頭，還期望別人都別猜出他在你心裡是什麼地位？啊，我說朋友呀，別人的人生、別人的祕密，你樣樣都處理得順利妥當，怎麼碰到你自己的祕密，你就……唔，而且他還連你愛著他都不知道？」

「我想他是故意視而不見吧。也許他懷疑……唔，我敢說，如今他既跟妳聊過，那是必定會起疑心了。可是起疑歸起疑，他會丟著不去管它。他那人就是那樣。」

「那他可眞是可惡的大傻瓜。不過雖然可惡與傻瓜兼而有之，但是挺英俊就是了。可惜鼻梁歪了。我敢打賭，他打斷鼻梁之前一定更帥氣。是誰壞了他那張臉哪？」

隔壁傳來乾咳般的笑聲。「我親愛的潔珂，這人妳是見過的。像他那樣的人，誰能壞得了他的臉？他就算打斷鼻梁，也不是爲我決鬥呀。」輕輕地嘆了一口氣。「好了，好了，我希望我們別談他了，如果妳不介意的話。跟我講別的事情嘛。典範近來如何？」

「典範。你問的是活船典範號，還是幼主典範？」

「兩個我都想知道。」

「這個嘛，關於海盜群島的王位繼承人，我知道的也只是市井傳言而已。那少年活潑強壯，相貌跟柯尼提國王一模一樣，而且他母親對他寵愛備至——說得更確實一點，是整個渡鴉船隊都對那孩子寵愛倍至，視之如珍寶。他的中間名便是『渡鴉』，你知道吧；全名叫做典範．渡鴉．大運王子。」

「那典範號呢？」

「跟以前一樣鬱鬱寡歡，不過又有點不太一樣；不是以前那樣一發作起來，就怎麼勸都勸不回來的陰鬱；現在的典範，比較像是夢想要成爲詩人的青年那種苦悶不開。就因爲這個緣故，所以我總覺得，現在的典範情緒一低落起來，比以前更討人厭。當然啦，這也不能全怪典範。奧爾琵雅懷孕了嘛，所以這船滿腦子想的都是這個新生兒。」

「奧爾瑟雅懷孕了？」這個「琥珀」一聽到這種事情，就像女人家一樣地激動起來。

「是啊。」潔珂肯定道。「而且奧爾瑟雅因此而氣極了，雖然貝笙樂得每天爲那未出世的孩子想新名字。老實說，我認爲若說奧爾瑟雅因爲懷孕而大怒，那麼這話只對了一半。奧爾瑟雅跟貝笙是在雨野原商人大堂結婚的……這我寫信告訴你了，不是嗎？因爲奧爾瑟雅對貝笙非常怠慢，使得她甥女麥爾妲丟盡了臉，所以我看這婚禮倒像是爲了要安撫麥爾妲而辦的，而不是因爲奧爾瑟雅本人有意結婚。如今奧爾瑟雅懷了孩子，每天清晨都大吐特吐，而且每逢貝笙跟她獻殷勤，就把貝笙臭罵一通。」

「可是奧爾瑟雅一定知道她終究會懷孕的吧？」

「我看那倒不見得。那些商人呀，原本受孕就難，就算懷孕，也有半數不足月就流產了。就說她甥女麥爾妲吧，她就流掉了兩胎。我看奧爾瑟雅之所以氣惱成這樣，只有一半是因爲懷孕而起；她若是知道這些嘔吐與腹絞痛，將可換來新生的寶寶，讓她在人前人後炫耀一番，那麼這一切的不適，她不但會優雅地接受，甚至還會大表歡迎。但是奧爾瑟雅的母親要女兒回娘家產子，典範堅持寶寶一定要在他的甲板上誕生，而貝笙則就算奧爾瑟雅上樹生子也無所謂，只要事後他有個寶寶可以逗弄、可以誇耀，那就行啦；衆人不斷地給她建議，只激得她罵得更凶。所以我才跟貝笙說：『你千萬別再跟她提起懷孕的事了。就假裝你沒注意到她有什麼異狀，並且如常地對待她才好。』可是貝笙就說：『這我怎麼辦得到？她起帆降帆的時候，纜繩都磨到她肚子上了。』不過當然啦，貝笙講這話的時候，奧爾瑟雅人就在附近，而且她一聽到，就用一串下流話罵得貝笙連耳朵都紅起來。」

他們兩人就這樣如同市井的婦人一般東家長、西家短地聊了起來。他們起勁地談著誰懷了孕、誰沒懷孕卻巴不得懷孕、遮瑪里亞的港口與宮廷動態、海盜群島的政治圈近況，以及繽城和恰斯國的戰爭。要不是我早就知道隔壁的人是誰，不然光是聽他們講話，我根本無法猜出那是什麼人物。琥珀與黃金大人或弄臣毫無相似之處。這轉變竟如此徹底。

這是當晚第二件令我頭皮發麻的事情。他不但將我的事情講給陌生人聽，而且還詳細到潔珂認得出我的臉，又堅信我是他的情人，然而除此之外，他還有別的身分——或許是別的許多身分也不一定——而我對那些身分毫不知悉。這感覺眞是奇怪；朋友之間若有什麼祕密沒說出來，總讓人覺得像是背叛。

我孤獨地坐在燭光之中，思索著弄臣到底是什麼人。我將多年來蒐集的點滴線索湊在一起，仔細考慮。我已經不曉得多少次將自己的生命託付給他；他看過我所有的日記，我去哪裡做了什麼都要仔細探問，而我也全盤托出。然而他拿什麼來回報我？不是謎語，就是祕密，而且他對自己的事情總是避而不談。

我對弄臣的感覺跟冷卻的柏油一樣，越是冷卻，就越是堅硬。我越去想，就越覺得不平。他將我排除在外。對於這種事情，人的心只會生出一種反應；從現在開始，我也要將他排除在外。我站了起來，走到我的房門前將門關緊；雖不至於故意關得很大聲，但卻毫不在意他是否注意到方才房門有個縫。我按下開啓密門的機關，走到對面牆壁，然後推開密門，走進公鹿堡裡的間諜密道。我眞希望只要我將密門關上，就可以把我的部分人生拋在腦後。我一邊走開，一邊努力將剛才的事情丟開。

人生中少有比男人的尊嚴更脆弱的東西。這個侮辱使我既痛苦又憤怒；在我爬上樓梯時，只感到心頭越來越沉重。我又將內心的不平處重新數了一次。

他怎麼敢讓我陷入這個尷尬的處境？我們爲了尋找晉責王子而拜訪長風堡時，他便作踐了自己的名聲。他吻了儒雅．貝馨嘉，刻意製造出社交風波，一方面爲的是誤導貝馨嘉夫人，使她以爲我們來訪另有他意，另一方面爲的是使貝馨嘉夫人立刻將我們驅離貝府。直到如今，儒雅都還鄙夷地躲著他，而且我還知道，儒雅的行爲引發了熱切的流言與猜測，因爲人人都十分好奇黃金大人個人的癖好到底爲何。我知道我已經努力正言正行，以免沾惹閒言閒語；但如今重新考慮起來，連王子都不禁直接問我，而且我也終於聽出在蒸氣浴室衝撞我的那個守衛的言外之意了。我滿臉漲得通紅。潔珂雖然保證她口風很緊，然而她會不會四處亂傳，使我碰上更尷尬的情況？根據潔珂的說法，弄臣照著我的相貌，刻出了某一艘船的船首人頭頭像。我覺得他對我實在太不尊重；他怎麼可以沒問過我，就將我的臉刻在船頭上？還有，他在雕刻人頭的時候，到底跟周遭的人講了什麼話，才使得潔珂如此揣測？

我仔細一想，做出這種事情，無論與弄臣的性格，或是黃金大人的性格都不相符；這麼說來，可見得這事是這個我完全不曾聽聞，名叫琥珀之人所爲了。

這麼說起來，我對他實在是認識不清。而且是從來就沒有認識透徹過。

我懷著這個心情，怯怯地感覺到，我已經越來越接近自己之所以如此傷痛的核心了。發現這一生最眞誠的好朋友竟然是個不折不扣的陌生人，這彷彿是一把刀子插進了我心坎裡。這輩子我多次被人遺棄，如今還被好友遺棄；他是我在黑暗中踩錯的一步，他那些溫暖的承諾與友誼全都是假的。我對自己搖了搖頭。「白癡。」我低聲罵自己。「你注定孤獨。趕快習慣吧。」不過接下來，我想也不想，便探向那一度曾經給我如許安慰之處。

然而我什麼也沒探到，而且接著便苦苦思念夜眼，苦思到心頭絞痛起來。我閉上眼睛，走了兩步，在貴主房間外的情報站板凳上坐了下來。我眨眨眼睛，想要拒絕睫毛上那幾滴傷心男孩淚水的存在。孤獨啊。到頭來總是以孤獨收場。這孤獨像是疫病，不斷擴散；我母親因爲缺乏勇氣、不敢反抗她父親而拋棄了我，而我父親則是寧可拋棄王位與莊園，也不願承認他有我這個兒子。

我將頭靠在石牆上，強迫自己鎭定下來。調勻呼吸之後，聽到隔牆傳來的輕微聲響。我長嘆一口氣；然後，不爲別的，就是爲了要逃避我自己的人生，而把眼睛靠上窺孔，並豎耳傾聽。

貴主坐在房間中央的一張矮凳子上。她抱著手肘前後搖動，低沉地嗚咽。眼淚滑過她臉頰，從她的下巴滴下來，而她緊閉的眼裡仍不停流出淚水。她背上披著一條溼毯子。在如此劇痛之下，她仍安靜地不出一點聲響，使我不禁納悶，她是不是受到她父親或皮奧崔的責罰了。

就在我滿心狐疑之際，皮奧崔進來了。一看到皮奧崔，艾莉安娜爆出短短的一聲抽噎；皮奧崔緊咬著牙關，在聽到這抽噎聲時，他的臉繃得更緊，也變得更慘白。他拿著斗篷，不過他的斗篷捆成了個包袱，不知包著什麼東西。他三步併作兩步地衝過去，將沉重的斗篷包袱放在地上，在艾莉安娜身邊跪了下來，低聲問道：「是哪一條？」

她艱難地喘了口氣，接著吃力地說道：「大概是那條綠海蛇吧。」然後又吸了一口氣，說道：「我也說不上來。只要其中一條燒起來，別的也跟著一起燒起來了。」她的手舉到嘴邊，用力地朝拇指肉上咬了下去。

「不行！」皮奧崔叫道。他將溼毯子水淋淋的縫邊拉過來，對摺，交給艾莉安娜；然而皮奧崔還得用力扳著艾莉安娜的手，才能將她的拇指扯出來；接著緊閉雙眼的艾莉安娜緊緊地咬上毯子的縫邊。艾莉安娜的手無力地掉落在她身邊時，我看到她拇指上出現了清楚的齒痕。「抱歉我去了這麼久。我必須祕密行事，以免別人注意到我的行蹤、對我問東問西。再說我想找些新鮮乾淨的。來吧，轉過來對著光。」皮奧崔對艾莉安娜說道。他按著艾莉安娜的雙肩，將她轉了個方向，使她背朝著我；艾莉安娜任由背上的溼毯子滑到地上。

她的腰際以下穿著母鹿皮做的皮褲，以上則裸露在外，由肩至腰，盡是大片刺青。這十分驚人，不僅如此，那刺青圖案更是我前所未見。我知道外島人有刺青的習俗，他們以刺青來彰顯自己的氏族、彰顯勝利的戰役，而女子甚至藉此註記她已婚生子，以表彰自己的身分；不過不管是哪一種刺青，都與皮奧崔的氏族刺青，也就是他額頭側邊那個線條簡單的藍色圖形，差不了多少。

但是艾莉安娜背上的刺青則大不相同。她背上的刺青極美，色澤豔麗，圖案清晰明顯。那色彩有著金屬般的色澤，在燈光下看來，彷佛磨亮的刀刃般反射光芒。那一條條在她的肩膀、背脊與肋骨間糾結騰躍的蛟龍與海蛇，無不通體晶亮，閃閃發光；其中一條自她頸背而起，蜿蜒而下，與其他龍蛇纏攪在一起的碧綠海蛇，尤其鼓凸，彷佛燙傷的水泡一般。說也奇怪，那條鼓凸的海蛇顯得特別可愛，因爲此時那海蛇像是困在她的皮膚下，如同想要從蝶蛹中掙脫出來的蝴蝶。皮奧崔一見，發出憐惜的叫聲。他打開斗篷包袱，露出一堆新下的白雪，他拿了一把雪按在那條海蛇的頭上；接著我便聽到烤熱的刀刃浸到水裡的嘶嘶聲，使我大吃一驚。那把雪立刻溶化，順著艾莉安娜的背脊流下來。方才那一接觸，使艾莉安娜驚叫出來，不過她的叫聲中既帶著驚訝，也帶著寬慰。

「好了。」皮奧崔粗嗄地說道。「一會兒就好了。」他將斗篷鋪開，把白雪鋪平。「躺上來。」皮奧崔吩咐道，扶著她從凳子上起來；他輕輕地將艾莉安娜的背靠到雪床上時，她因為皮膚的燒燙得到紓解而抽噎起來。現在我看得到她的臉了，而此時不但大顆汗水從她額頭上滴下來，眼淚也兀自從臉頰上滑落。她緊閉雙眼，一動也不動地躺著，她那初隆起的胸部，隨著她抽噎的呼吸上下起伏。過了一會兒，她開始冷得發抖，但即使如此，她仍躺在雪床上不動。皮奧崔撿起毯子，以水罐裡的新水將毯子沾溼，然後將溼毯子放在艾莉安娜身邊。「我要出去多弄點雪。」他對艾莉安娜說道。「如果妳身下的雪化了，妳就改用這條溼毯子蓋住。我會盡快回來。」

原本緊咬牙關的艾莉安娜鬆口沾溼了唇，哀求道：「快去快回。」

「一定一定。」皮奧崔說著便站起來，嚴肅地、一字一句地說道：「妳受了這麼大的苦，我們獨角鯨的祖先會賜福給妳的。那些不知變通的瞻遠人，去死吧。還有那些養龍的，也一併去死好了。」

貴主一邊在雪床上左右滾動，一邊說道：「我只希望……要是能知道她到底想要怎樣就好了。我們都做了這麼多，她還要怎樣呢？」

皮奧崔為了要找個東西裝雪，而在房裡來回走動。他先拿起垃圾桶，又放了下去，此時他手裡拿著貴主的斗篷，氣憤地答道：「她想要怎樣，妳我都心知肚明。」

「我還沒成人呢。」艾莉安娜平靜地答道。「這不合母親們的規矩。」

「這根本就違反我的規矩。」皮奧崔進一步說道，彷彿就此事而言，非他本人首肯，否則不能成事。「我絕對不會讓妳遭人濫用。一定有別的方式。」接著皮奧崔勉強地問道：「漢佳來過沒？她有沒有說妳為什麼會受到這麼大的折磨？」

她的頭部抽動了一下，這就算是點頭了。「她堅持我必須跟他緊緊相連在一起；既然如此，我就非得在離開之前，張開大腿迎接他不可。」艾莉安娜從牙縫間吐出了這幾句話。「我甩了她一巴掌，她就走了。之後，痛楚足足增加了四倍。」

皮奧崔的表情因爲憤怒而凍結起來。「現在她人在哪裡？」

「她不在這裡。她剛才是帶著斗篷出去的。她也許是想避開你的火爆脾氣吧，不過我看她是又進城去弄什麼詭計了。」艾莉安娜緊閉的牙關彎成笑容。「她走了更好。我們的處境已經很艱難了，更別提還得向外人解釋你爲何在盛怒之下殺了我的侍女。」

我想艾莉安娜這番話，就算沒有讓皮奧崔平靜下來，至少也喚起皮奧崔多加重視現實面。

「現在那個臭婊子躲起來了也好。不過妳勸我要多克制，會不會嫌太晚了一點？我說小戰士呀，妳可繼承到妳舅舅的火爆脾氣了。妳動手打她，實在算不上明智，但是我也找不到理由來指責妳的不是。那個沒靈魂的臭婊子。她還當眞以爲，若要綁住男人，除此之外沒別的招式。」

艾莉安娜竟笑出聲來，眞是難以置信。「她太沒見識了，舅舅。就我所知，要綁住男人，方法絕不只如此。男人是可以靠榮譽來綁住的，即使沒有愛情也一樣。現在我靠的就是這個了。」她因爲劇痛而皺起眉頭。「求你再多弄些雪回來。」她喘氣道，而皮奧崔則猛然點個頭，便出去了。

我望著皮奧崔離去。此時艾莉安娜慢慢地坐了起來，將溶化中的白雪掃成較窄的長條雪床。她背上的刺青仍閃耀發光，而龍蛇周圍的赤裸皮膚，則因爲寒冷而變得通紅。她小心地在新做的雪床上躺了下來，吸了一口氣，舉起雙手，將手背貼在額頭上；我記得有個卷軸上曾經提起，這就是外島人祈禱的姿勢。然而艾莉安娜並未求神，只是一再地重複說道：「我的母親、我的妹妹，這都是爲了妳們；我的母親、我的妹妹，這都是爲了妳們。」不久後，她的話就變成隨著她呼吸起伏的單調吟誦聲。

我坐回凳子上，整個人在顫抖；這不但是出於對她的勇氣的敬畏，也是出於對她所受折磨的憐惜。我開始揣想道，我看到的這一幕，不知做何解釋，又有何重要意義？我的蠟燭燒得只剩一半了。我拿起蠟燭，慢慢地爬上切德的塔樓；我既疲累又消沉，現在只想找個熟悉的地方，尋找一絲溫暖。然而我走進塔樓時，發現房間空空如也，火也已經燒盡了。椅子邊的桌上擺著一只有酒漬的玻璃杯。我一邊清理壁爐裡的餘燼，一邊喃喃地數落阿憨做事太不小心，然後重新生了火。

接著我拿出紙筆，把我剛才所見寫出來，又順便提起艾莉安娜、皮奧崔與那名侍女之前的衝撞場面。那個侍女應該派人看緊，這是再明白也不過的了。我將新寫的墨跡用布吸乾，將報告留在切德的椅子上，希望他今晚會到塔樓裡來看看。我苦澀地反覆思索，只覺得切德竟未安排一個讓我直接聯絡他的辦法，真是有夠愚蠢。我知道我剛才看到的事情很重要，希望切德知道那是怎麼一回事。

然後我不情不願地循著原路走回我自己的房間。我靜靜地在房裡站了好一會兒，並凝神傾聽。外頭什麼聲響也沒有。就算潔珂與黃金大人還在，那麼他們不是默默在客廳坐著，就是到他的臥房去了。不過從潔珂說起我的情況看來，他們不太可能一起待在他的臥房裡。過了一會兒，我將房門打開了一小縫；客廳暗暗的，壁爐的灰燼已經堆高起來，以方便明日加柴就能起火。很好，反正我現在既不想跟潔珂，也不想與黃金大人碰頭。我知道我有話想對他們兩個說，但是我的心情尚未平復到可以鎮靜地把話說出來的程度。

所以我拿了斗篷，就離開了黃金大人的房間。我決定出去走一走。我需要離開堡裡一段時間，離開這些剪不斷理還亂的密謀與欺瞞。我覺得我快要被謊言淹死了。

我下了樓梯，朝僕人的出入口而去。但是我剛踏進樓下的廳堂，就感到一陣原智感應的起伏。我抬起頭來，繽城來的那個面紗人正從廳堂的另外一端朝我走來。雖然他的五官藏在面紗之後，但是我仍隱約看到他眼裡發出來的藍光。我的頸背一下子緊繃起來；我很想轉開，甚至快步走開，反正要避開他就是了——只是這種行爲會讓別人覺得非常古怪。我鼓起勇氣，心智堅定地朝他走去；我垂眼望著地上，然而當我大著膽子抬起頭來看他的時候，我發現他竟在瞪我。我們彼此走近之後，他放慢腳步；他走得更近之後，我低下頭來，以顯示僕人對大人物的尊重；但是就在我幾乎要與他擦身而過時，他停了下來，對我招呼道：「嗨。」

我凍住了，並且立刻變成標準的公鹿堡僕人。我深深一鞠躬，說道：「晚安，大人。有什麼我可以爲您效勞之處嗎？」

「我……有……你應該幫得上忙。」他說話的時候，將面紗和兜帽都推到頸後，露出長著鱗片的臉；我忍不住呆呆地凝視著他。近看之下，只覺得他的面容比我早先看到的更爲驚人。我之前高估了他的年紀；他一定比幸運或晉責小了好幾歲，不過我猜不出他的確實年齡。他那高大頎長的身材，跟他男童般的臉孔很不相配。他臉頰與額頭上的銀鱗，使我想起貴主背上那閃閃發光的刺青。我突然想起，有時黃金大人會按照遮瑪里亞人的風俗化妝，而他在臉上塗抹的奇怪圖形，正是在模仿這樣的鱗片；這倒是個有趣的小小心得，我將這個心得跟弄臣從不肯花工夫解釋給我聽的重要大事擺在一起；無疑地，當他認爲如果跟我多作解釋將有益於他的目的之時，他就會跟我解釋。這點無庸置疑。我心中的苦澀感源源湧出，就像傷口般不斷冒血。但是那個繽城人一邊後退，一邊招手要我走近一點。我很勉強地跟了上去。他一眼瞄到旁邊有個小接待室，便做手勢要我進去。我緊張得不得了。我像標準僕人般再問了一次：「有什麼我可以爲您效勞之處嗎？」

「我……我是說……我覺得我好像應該認識你似的。」他一邊說著，一邊湊近看著我。但我只是一臉茫然地瞪著他看，所以他又試了一次。「你知道我的意思吧？」他似乎是想要跟我搭起話頭。

我想不出別的話，所以只能跟他說：「您在說什麼，大人？您需要什麼幫助嗎？」

他回頭望望身後，更急切地跟我說道：「我服侍大龍婷黛莉雅。我是跟繽城使節團來的，我是雨野原的代表。雨野原之人是我的親族；但是我服侍大龍婷黛莉雅，所以我事事皆以婷黛莉雅所關切者爲先。」他講這話，似乎是要跟我傳達什麼重要訊息。

我希望我內心的感覺沒有寫在臉上。我內心很困惑，然而我之所以困惑，不是因爲他講的話很古怪，而是因爲他一提到婷黛莉雅的名字，我全身上下就激起一股古怪的感覺。婷黛莉雅啊。這個名字我以前聽過，不過他提起這個名字時，彷彿是尖銳的夢境刺入了清醒的世界；我再度感覺到風從我翼下吹過，而我嘴裡則品嘗著清晨薄霧的滋味。然後那霎時的記憶便逝去了，徒然留下曾經在片刻之間寄身在他人身上的那種不舒服之感。我只想得出這句話可以回答他：「大人？您需要我如何協助？」

他熱切地瞪著我，而我恐怕也用同樣熱切的眼神回敬了他。他下頦垂下的「垂鬚」有著鋸齒狀花紋；那花紋實在太規律，不可能是疤痕，也不可能是不自然的皮膚增生所致，反正就是看來理所當然，就像是人應該會有鼻子與嘴巴一樣。他嘆了一口氣；而我清楚地看到，他嘆氣的時候，鼻孔閉緊了一下。他顯然打算重新來過，因爲此時他露出笑容，溫和地問道：「您有沒有夢過龍？不管是夢見飛龍，還是……自己變成龍什麼的？」

他差一點就擊中了。我急切地點點頭，露出僕人因爲大人物肯紆尊降貴地跟自己講話而備受抬舉的模樣。「噢，我們不都做過這種夢嗎，大人？我是說，我們六大公國的人都夢過。我這個年紀的人，都見過龍群爲了保護六大公國而出動的景象呢，大人；所以因此而偶爾夢到龍，也是理所當然吧。那場面眞是壯觀，大人。當然也很嚇人，又很危險。不過龍群是不會長久地跟我們待在一起的，只是龍群的偉大卻常留我輩心中，大人。」

他對我笑笑。「的確。壯觀，偉大。我從您身上體會到的，似乎也是如此。」他又朝我端詳了一番，而且我感覺到，他並不是以目光打量我，而是以眼裡的藍光打量我。

我望向他處，避開了他的目光。「有這種感覺的，不只我一人哪，大人。在我們六大公國，見過飛龍在天的場面之人可多著呢。而且有的人看到的龍比我還多，因爲當時我住在我父親的農場上，離公鹿堡很遠。我父親種燕麥兼養豬。我知道得不多，別人可以多告訴您好多故事。不過就算只對龍群匆匆一瞥，也足以讓人的靈魂燃燒起來了，大人。」

他輕輕做了個手勢，表示那些無足輕重。「我相信龍群一定令人感動異常，就算匆匆一瞥也是一樣。但我講的不是那些；我講的是眞龍，會呼吸、會覓食、會長大繁殖，就像是尋常生物的眞龍。您有沒有夢過眞龍？一條名叫婷黛莉雅的眞龍？」

我搖了搖頭。「我的夢做得不多，大人。」我停頓了一下，刻意讓停頓的時間延長更久，久到令人有點不自在。接著我又對他鞠了個躬，問道：「那麼，大人到底需要我如何協助？」

他的眼神變得非常遙遠，遠到我心想他大概已經完全忘記我了。我有點想乾脆溜掉，把他一個人丟在那裡，但空氣中卻有種奇怪的氛圍使我不敢走開。那彷彿是魔法的輕聲哼唱？不對，不全然是，應該說是類似一個人感受外界事物——而且不是色聲香味觸，而是用以接收魔法或散發魔法的感應——的那種無言震動。原智低語，而精技則如樂曲；然而這種魔法似乎跟原智與精技有一點關聯，卻又自成一格。這魔法沿著我的神經線路而行，那毛骨悚然的感覺，使我頸後的毛髮都豎直起來。那人的目光突然轉回我臉上，並對我指責道：「牠說你在說謊。」

我在受到如此大的冒犯之餘，只能怒斥道：「大人！」因爲此時我感覺到無以名之的恐懼。有個什麼東西氣憤地抓住了我，彷彿有隻巨大的利爪橫掃而過。我心底有個直覺，警告我千萬別貿然升高精技牆，因爲任何強化精技牆的舉動，都會立刻使我暴露在她身前。因爲攫住我的，絕對是個「她」。我吸了一口氣，提醒自己只是個僕人；不過任何公鹿堡的僕人，受到外國人如此的言詞污衊，都會採取正當的反擊。我挺直了腰桿。「我們王后的牢房挺不錯的，大人，全六大公國的人都知道。也許就您的感覺而言，我們王后的牢房好得過了頭；到我們這裡來的外國人常會有的心態，這是大家都知道的。您最好是回您的房間歇息一下。」

「您得幫我們才行。您一定得叫牠們幫幫我們啊。」他像是沒聽到我的話，只是一味地將他的話倒出來。「這事說來令牠傷心欲絕。牠日復一日地努力餵養牠們，然而婷黛莉雅力有未逮；牠隻身照顧不來那麼多幼龍，可是那些幼龍又無力覓食；所以這工程折磨得婷黛莉雅既瘦小又疲累。那些幼龍卻依然羸弱，且無法長到正常體型，這一切使得婷黛莉雅失望透頂。千萬別讓牠變成龍族中碩果僅存者！如果你們這些六大公國之龍乃是眞龍的話，就請牠們來幫助我們吧；至少，至少，您也要說動王后，教她一定要與繽城結盟，幫助我們打敗恰斯人。婷黛莉雅言必有信，牠將恰斯人的船隊擋在雨野河之外，不過除此之外，牠能做的就不多了。婷黛莉雅不敢飛遠去保護繽城，因爲這一來，幼龍就活不成了。求求您，閣下！如果您還有良心的話，就勸您的王后跟我們結盟吧；千萬別讓眞龍因爲人類一直惡行惡狀地爭執，而永遠消失在這個世界上。」

他上前一步，想要抓住我的手。我趕緊退開。「大人，恐怕您是喝多了。您一定把我錯認成哪個有權勢的大人物，但您看錯人了，我不過是公鹿堡裡的小小僕人而已；而且現在我必得趕快去辦我家大人交代的任務了。晚安，大人。晚安。」

他還怔怔地瞪著我，我便一邊連連鞠躬、點頭，一邊匆匆地離開那接待室；我一走入廳堂，便三步併做兩步地匆匆走開。我知道他走到接待室門口望著我的背影，因爲我感應得到他那藍色的目光。我樂得轉過轉角，走進廚房側門，更樂得關上門，讓他與我之間多一層阻擋。

外頭在下雪，碩大的雪花在黃昏中緩緩飄降。我隨便跟門口值班的守衛點了個頭，便出了城堡，走上通往公鹿堡城的漫漫長路。我心裡倒沒想到要去城裡的什麼地方，只想快快逃出城堡。我在逐漸暗下的天色中踏著厚雪而行。我心裡該想的事情太多了：艾莉安娜的刺青該做何解釋；弄臣的事、潔珂的事，以及潔珂因爲弄臣以前說過的什麼話而篤信我與他是戀人；還有龍的事、有鱗男孩的事，以及切德和珂翠肯應該如何應付繽城人與外島人。然而我進城之後，幸運的事情便爬上心頭。我將幸運當作是自己的親生兒子，我卻沒把他帶好。公鹿堡裡的事情再怎麼重要，我也不能因此而忽略了幸運。我心裡考慮著該怎麼做才能讓他轉回正途。幸運必須收心，好好地在他師傅的舖子裡求表現；他必須將絲凡佳放在一邊，直到他有能力供養妻子爲止；而且他最好跟他師傅住在一起……我真的要逼迫幸運過著一絲不苟的生活，遵守一切秩序——就算他遵守這一切秩序，也無法確保他一定會成功，或一定會幸福？

我把最後面這個想岔了的念頭丟到一邊；這個念頭使我大怒，接著我便將怒火轉到兒子身上。我真該照著吉娜建議的去做。我應該跟他訂下牢不可破的規矩，而且只要他膽敢有違我意，就給他一番教訓；例如，不給他零用錢，也不去看他，除非他肯再度乖乖守規矩；我應該逼他搬出吉娜家，並告訴他，若是不肯搬去跟師傅同住，就得自己打算了。我得逼他嚴守規矩。接著我不禁皺起眉頭。是喔，難道這一招用在當年的我身上就有用嗎？話雖如此，我總得想辦法讓幸運明白事理啊。

我身後的路上響起了馬蹄聲，打斷了我的思緒。我心裡立刻想起了月桂的警告。我走到路邊，讓那騎士先行，一手則輕輕放在小刀上。我心想這位騎士應該會直接閃身而過，不至於跟我多聊。直到那馬走近，在我面前停下來，我才認出坐在馬鞍上的是椋音。她坐在馬上俯瞰了我一會兒，然後才露出笑容。「上馬吧，蜚滋，我載你去公鹿堡城。」

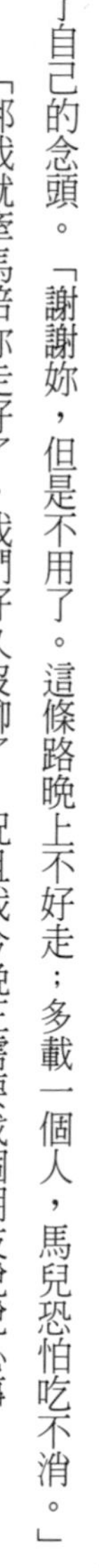

人心一寂寞起來，哪裡求得安慰，就不管三七二十一地往哪裡去；我驚覺到這一點，所以及時勒住了自己的念頭。「謝謝妳，但是不用了。這條路晚上不好走；多載一個人，馬兒恐怕吃不消。」

「那我就牽馬陪你走好了。我們好久沒聊了，況且我今晚正需要找個朋友說說心事。」

「我想今晚我寧可不要人陪，椋音。」

她沉默了一會兒。那馬不停地亂動，而椋音又拉馬拉得太緊。當她開口的時候，她毫不隱藏不耐的情緒。「今晚？既然你明明意指『我寧可永遠獨自一人，也不要妳陪我』，又何必特別說是『今天』？何必費事找什麼藉口，你就直說你到現在都還沒原諒我，而且你永遠也不會原諒我，不就好了嗎？」

這倒也是眞的；我到現在都還沒原諒她，不過若這樣明說就太失禮了。「事情都過去了，又有什麼重要的？我們何不放開算了？」我答道，而這的確也是事實。

她嗤聲道：「啊。我懂了。那沒什麼重要的。我沒什麼重要的。我也不過就走錯了一步，沒跟你講那件其實跟你不相干的事情而已，你就決定不但永遠都不原諒我，而且還永遠都不跟我講話了？」她的怒火直線上升。我站在路邊，抬頭望著她發飆。殘餘的日光照在她臉上；我從未見過她顯得這麼老態、這麼疲憊，而且還這麼生氣。我怔怔地承受她的怒火。「所以我就問我自己，到底爲什麼會這樣？爲什麼『湯姆·獾毛』一下子就看輕我了？也許這是因爲你並不把我看在眼裡，從頭到尾，你只巴望著我直接帶到你家門裡的那件便利小事——而我原本還以爲那是我們在友誼、好感與……是啊，甚至可說是愛情之中，彼此都樂此不疲的樂趣呢。但是你欺騙你自己，說你再也不要我的任何一切了，然後便乾脆把我一腳踢開，又把舊日的一切情誼全部抹得一乾二淨。而到底爲什麼會這樣呢？啊，我承認，這事不值得我多想，但是我卻想了很多，而且我認爲我已經找到答案了。你會這樣做，大概是因爲你已經找到其他紓解慾望的出口了吧？你的新主人是不是教你什麼不同凡響的遮瑪里亞招式呀？還是我想錯了，我根本在多年前就想錯了；說不定弄臣真的是男人，而你不過是重拾斷袖之癖而已？」她又在拉馬轡了。「我看到你真的會想吐，蜚滋，而且你令瞻遠家族蒙羞。我很高興你丟開了這個姓氏。如今我看出了你到底是什麼人，我真希望當年我沒跟你上床。這麼多年來，當你閉上眼睛的時候，你看見的到底是誰的臉龐呢？」

「當然是莫莉的臉龐了，妳這個娼婦。從頭到尾都只有莫莉。」這不是真的；我講這話，既不是為了騙她，也不是為了要騙自己，而是因為她說了這些不堪的話之後，我唯有說這句話才能傷她最深。說真的，她也沒壞到該受我言語譏刺的地步，況且我竟然如此濫用莫莉之名，真令我感到羞恥。不過今晚我心中沸騰的怒氣，總算找到一個目標。

她深深地吸了幾口氣，彷彿我朝她潑了一盆冷水似的。然後她尖聲大笑。「而且無疑地，當你的黃金大人騎在你身上的時候，你叫的也是莫莉的名字吧。噢，是喲，那場面我可以清楚想見。你真是病態啊，蜚滋。病態得要命。」

她不留給我任何回擊的機會，便粗暴地驅馬在雪地中奔跑。我在那殘忍的一剎那間，竟祝願她的馬摔倒，而她則跌斷脖子。

然後，就在我最需要憤怒的時候，憤怒卻棄我而去。我孤獨地站在路旁，只覺得昏軟、難過，又抱歉。為什麼弄臣對我做出這種事來？為什麼？我繼續踏雪朝城裡去。

但是我並未去「籬笆卡豬」，反正我去那裡也碰不到幸運或絲凡佳。我信步走到「狗與哨子」，也就是當年莫莉與我常去的那家老酒館。我坐在角落，望著老闆來來去去，並喝了兩大杯啤酒。這酒很好，遠比當年莫莉與我坐在這裡的時候，我能買得起的劣酒好得多了。我一邊喝酒，一邊緬懷過去的時光。至少莫莉是真心愛我的。但是那些回憶所帶來的安適感卻逐漸消逝。我努力回想當年的時光：十五歲的我墜入情網，並打從心裡認定這份愛情不但帶著智慧，也塑造了運勢。往事歷歷，所以我的思緒又轉到幸運的處境上。我問自己，在我與莫莉共枕之後，可有人能勸得動我，告訴我與莫莉共枕，既非我的權利，也非我命運注定嗎？就算有人這麼說，恐怕也勸不動我吧。我又喝了一大杯啤酒之後，爲此下了結論；那就是最好一開始就禁止幸運跟絲凡佳見面。當時吉娜就告誡我應該要採取這個作法，但我卻不以爲意。這就好像當年博瑞屈和耐辛告誡我，說我不該跟莫莉交往。博瑞屈與耐辛是對的；我應該早早就承認他們的確有遠見。要是當下我能向博瑞屈和耐辛坦承這一點的話，我一定會低下頭來認錯。

而一夜無眠，以及這漫漫長日所遇上的各種令人心神不寧的事故，再加上三大杯啤酒所產生的智慧，促使我深信，我應該馬上就去找吉娜，告訴她我早就該聽她的勸。至於爲什麼跟吉娜坦承告白，會讓事情有個轉機，這我也說不上來；不過就算動機模糊，仍未使我打消主意。我在靜謐的夜色中朝吉娜家而去。

雪已經停了，此時的雪像是一條乾淨且平滑的毯子般蓋滿公鹿堡城。家家的屋頂上都積了一層白雪，街道上雜沓的馬跡人跡亦被溫柔地鋪平蓋過，所有的罪惡皆隱藏不見。我走過靜謐的街道時，腳下的靴子發出嘎吱嘎吱的聲音。走到吉娜家門前的時候，我幾乎已經恢復理性，不過我還是敲了門。也許是因爲我迫切需要朋友吧，不管是什麼朋友都好。

我聽到吉娜的貓從她大腿上蹦到地上的聲音，接著是吉娜的腳步聲。她打開門的上半部，問道：「誰呀？」

「是我。湯姆・獾毛。」

她將門的上半部關起來。感覺上，她彷彿花了大半天才打開整扇門的鎖，開門讓我進去。「進來吧。」吉娜說道，但是聽她的口氣，我到底進不進去，她並不在乎。

我站在屋外的雪地，說道：「我不用進去。我只是想來告訴妳，我早該聽妳的勸的。」她斜睨地瞄了我一眼。「你喝醉了。進來吧，湯姆．獾毛。我可不想讓晚上的冷風灌進我屋子裡。」

所以我還是進去了。茴香已經占據了吉娜留下的溫暖座位，不過牠還是坐起來，不以爲然地看著我，問道：有魚嗎？

沒魚，抱歉。

「抱歉」有什麼好？「抱歉」又不是魚。牠重新蹺縮起來，將臉藏在尾巴裡。

我對吉娜坦承道：「道歉的確沒什麼好，不過我現在也只能向妳道歉了。」

吉娜冷酷地望著我。「這個嘛，就算沒什麼好，至少也大大勝過你最近的種種作爲。」

我靴子上的雪化了，水流到地板上。爐火劈啪作響。「幸運的事情被妳說中了。我早該把幸運拉住的，但我卻什麼也沒做。我早該聽妳的勸的。」

過了一會兒，吉娜說道：「你要不要坐一下？你如果現在就走回城堡去，恐怕不太好。」

「我只是微醺而已！」我反駁道。

「我看你現在根本就不夠清醒，所以也看不出自己醉得多厲害了。」吉娜答道。就在我努力分析吉娜這話是什麼意思時，她又補了一句：「把你的斗篷脫了，然後坐下來。」接著她先拿開這張椅子上的毛線活兒，又將蜷在另外一張椅子上的貓趕下去，才能讓我們兩人坐下來。

有好一陣子，我們兩人只是默默地望著爐火，最後吉娜說道：「有件事情得跟你說。是絲凡佳的父親的事情。」

我很勉強地迎向她的目光。

「絲凡佳的父親跟你很像。」吉娜平靜地說道。「他這個人，就算有了不快，怒氣也是逐漸升高，不會馬上發作。目前他只覺得爲他女兒發生這種醜事而感到傷心；但是等到絲凡佳的戀情變成衆人茶餘飯後的話題，就會有人拿這事來跟他開玩笑了。到那時候，他的傷心就會轉變成羞愧，而再過不了多久，羞愧就會轉變成惱怒。不過呢，他絕對不會把氣出在絲凡佳身上。他會找上幸運，他會把過錯都推到幸運身上，指責幸運甜言蜜語地誘騙了他女兒。到那時候，他不但義憤塡膺，還火冒三丈。而他這個人又壯得跟牛一樣。」

我坐著沒作聲，於是她又補了一句：「這些我都跟幸運說過了。」茴香走過去，閃身跳到她大腿上，並將她的毛線活兒撥到一旁。吉娜心不在焉地拍拍茴香。

「那幸運怎麼說？」

吉娜不屑地哼了一聲。「他說他不怕。我跟他說，這跟怕不怕沒關係。況且有的時候，『笨』與『不怕』就像是同一個樹叢裡長出來的枝椏，系出同源，大同小異哪。」

「想必他聽了一定大樂。」

「我講完他就出去了。到現在都還沒看到他回來。」

我嘆了一口氣，我才剛開始暖起來呢。「他出去多久了？」

她看著我，搖了搖頭。「你現在出去追他也沒用。都過了好幾個小時了；他出去時，太陽都還沒下山呢。」

「再說我也不知道該從何找起。」我坦承道。「我昨晚就沒找到他，不曉得他們到底躲在哪裡；不過此時他們大概又去哪裡私會了吧。」

「大概吧。」她平靜地應和道。「昨晚別說是你了，連羅力・賀瓊恩也找不到他們。所以他們目前大概挺安全的。」

「賀瓊恩先生怎麼不管好他女兒呢？他女兒若是不在晚上四處遊蕩，也不會生出這麼多問題來了。」

吉娜瞇著眼打量我。「別說別人，只要你能把你兒子管好，別讓他在晚上四處遊蕩，那麼人人都會省事不少，湯姆・獾毛。」

「我知道，我知道。」我無力地承認道。過了一會兒，我補充道：「眞的不該讓妳碰上這種事情的。」

過了一會兒，其餘的思緒直逼到我舌尖，我勉強地指出：「絲凡佳的父親若是要找幸運，必定會上妳這兒來找他。」我皺起眉頭。「我不是故意要讓妳惹上麻煩，吉娜。一開始的時候，我只是想跟妳交個朋友。如今一切亂糟糟，這都是我不好。」我反覆思索著自己所下的結論。「我看我最好還是去面對羅力・賀瓊恩吧。」

「你還眞是執迷不悟啊，湯姆・獾毛。」吉娜厭惡地說道。「你能對羅力・賀瓊恩說什麼？你這人是怎麼搞的，怎麼把天下一切不順遂的事情都往自己身上攬？就我記得的是，我是先認識幸運，然後才認識你的；絲凡佳與家人搬來公鹿堡城之前如何，我是不清楚，但是她自從在此落腳之後，便常與男人眉來眼去；再說幸運也不是什麼純情種子，你是沒跟賀瓊恩的女兒打情罵俏，但是幸運可殷勤得很。所以說，你就別再哀嘆你把一切弄得一團糟了，你應該開始要求幸運，叫他爲自己負起責任。」她坐到椅子深處，彷佛自言自語地說道：「你啊，不必把衆人的責任往自己身上攬，光是你自己搞壞的事情就清理不完了。」

我訝異地瞪著她。

「這道理很簡單。」她平靜地說道。「幸運得多學學因果報應這種事。既然你一直聲稱這一切都是錯在於你這個父親不夠盡心，那麼幸運就無須坦承這裡面有好大一部分是他自己種下的因。當然了，現在他還不把這看作是問題，但是當他突然體會到這事非常棘手的時候，他一定會立刻跑去找你，看看你能不能幫他解決；而且到時候，你一定會幫他，因爲你認爲這一切的錯都在你。」

我一動也不動地坐著，努力釐清吉娜這一番話的條理，最後我不禁問道：「那不然我該怎麼辦？」

她無奈地笑了出來。「我也不知道，湯姆・獾毛，但是你眞的不該跟幸運說這一切都是你的錯。」她抱起貓，將貓放在地上。「不過，有一件事是我該做的。」她走進她的臥室，過了一會兒，拿了個錢袋出來；她將錢袋遞給我，我沒伸手去接，她則搖著錢袋說：「拿去吧。幸運在我這兒吃住也花不了多少錢，這裡是剩下沒用到的，現在我還給你了。今晚幸運回來的時候，我會趕他出去，叫他別留在我這兒，因爲我可不希望麻煩找上門來。」她看到我臉上的表情後，朗聲大笑道：「這就是因果啊，湯姆。幸運得自己體會因果才行。而且當幸運去找你哭訴的時候，你應該讓他處理自己的問題才好。」

我想起清晨我與幸運談話的情景，沮喪地說道：「我看他大概是不會來找我哭訴了。」

「那更好。」吉娜嚴厲地說道。「你就讓他自己去處理吧。他已經習慣睡屋子裡了；所以要不了多久，他就會領悟到，他最好還是住到學徒宿舍去。而且依我看，你還是讓幸運自己去求晉達司師傅收容他，這樣比較明智。」茴香又坐回她的大腿上；吉娜將毛線放在貓身上，然後從毛線團裡扯了一些毛線出來，而散落的毛線則鋪在懶躺著的茴香身上。

一想到驕傲的幸運得忍氣吞聲地跟他師傅說好話，我便不禁一縮。但是過了一會兒，我突然覺得寬心多了。幸運有能力爲自己求情；我用不著代替他去跟他師傅低聲下氣。我想吉娜也從我臉上看出了我的心情。

「天底下那麼多問題，並非都是你一個人的錯，獾毛；是誰的責任，就讓誰去扛吧。」她這句話讓我咀嚼良久，最後我感激地說道：「吉娜，妳是眞正的朋友。」

她斜睨了我一眼。「這麼說，你是終於想通了是不是？」

聽到她那口氣，我不禁畏縮，但我還是點點頭。「妳是眞正的朋友，可是妳還在氣我不檢點。」

她點了點頭，但是並未看我。「天底下那麼多問題，但有的問題是你自己的，與別人無關。」她期待地望著我。

我吸了一口氣，迎向她的目光。我安慰自己，我會盡量說實話；不過雖然有這一丁點安慰，我心裡仍忐忑不安。

「那個女人，那天晚上待在『籬笆卡豬』的那個女人；這個嘛，我們不是……我的意思是說，她只是個朋友而已。我沒跟她上床。」這幾個字像是破碎的陶杯般從我嘴裡吐出來，掉在我倆中間的地上，碎片滿地，無人理會。

我們兩人久久不語。吉娜望望我，望望爐火，又望望我。她眼裡仍有些許的怒氣與傷痛，不過她嘴角卻也浮現一抹若有似無的微笑。「我懂了。唔，知道也好。如今你可有兩個不跟你上床的朋友了。」

她的意思再明顯也不過；今晚她不會給我床第之間的慰藉，而且以後大概也不會給了。我不能假裝我一點失望之情都沒有，不過除了失望之外，我也覺得寬心；若是吉娜邀請，我也一定會拒絕。然而拒絕女人會有什麼因果，我今晚在來城裡的路上就已經上了一課。所以我慢慢地點了點頭。

「燒水壺裡的水還是熱的呢。」吉娜指出。「如果你要待下來，就幫你我泡壺茶吧。」吉娜這話不是原諒我，而是再度給我機會與她爲友。我則是樂於從命。我起身去找茶壺跟茶杯。

考驗

描繪地圖與海圖之人一定要將此謹記在心：描繪大地的地圖，一定要以陸地動物的皮革爲底，而且海上的狀況，必須一筆帶過；描繪大海的海圖，一定要以海洋動物的皮革爲底，而雖然陸地的界限不得不標示，然而海圖乃是奉獻給大海的圖，所以海圖上若是註記陸上地形的細節，就是不敬的罪過。同樣地，若是在奉獻給大地的地圖上，註記海上狀況，也會得罪開天闢地之神。

神符群島乃是神所創。神在久遠之前，便將各島嶼寫在海上；神符群島的每一個島嶼，都是神的符文，所以當你在大海之圖上描繪神符群島的各島嶼時，皆須以陸地動物的血來描繪；而且你在標示何處有好港口、何處有豐富魚產、何處有隱而不見的暗礁等種種屬於大海的性質時，則必要以海洋動物的血來描畫。這是因爲神創造出來的世界便是如此，人類何德何能，怎可逆天而行？

神符群島的一座座島嶼，是神所寫的符文字母。海上有多少島嶼，我們無法確知，因爲我等不過是區區人類，不足以得知神能寫出多少符文字母，也不足以得知神在大海的表面上灑落了多少符文字母。神將某些島嶼覆以冰雪，對此我們理應尊重；因此，覆蓋著這個島嶼之符文字母的冰雪，便應一併畫出，而且這冰雪必須以那片冰雪上的生物之血畫出，但是冰雪上的飛禽類不能用。以海豹血來畫冰雪足矣，不過仍以白熊血爲最佳。

如果要畫出天際的景象，便只能以海鷗皮爲底，並以飛鳥之血爲墨。

這些都是流傳已久的原則。凡是有好母親教養的女人家，皆已熟悉這些原則；我之所以不厭其煩地寫下這些原則，只是因爲我們兒子的兒子，以及他們的後世子孫越來越愚蠢、越來越不將神的意旨放在心上；要是我們不提醒這些人，這些原則乃出於神之口，所以我們應該習知這些原則，那麼這些人有可能會將眾人一起捲入災禍之中。

——《繪圖指南》，切德・秋星譯自外島卷軸之譯本

能夠跟吉娜重修舊好，讓我覺得輕鬆多了。那天晚上，我既沒沾到她的床，也沒與她吻別；雖然我的身體嚣嚷抗議，但至少我心裡因爲這兩件小事而備覺舒坦。我離開她家時，下定決心要好好維持我們這一段曾經破損的友誼，而且要將之保持在我有能力處理的範圍之內。我想，吉娜大概仍然覺得，我這種態度是因爲我對她不信任，不過我這個人本來就是如此——至少切德是這麼說的。

接下來這三天，我只覺得度日如年。我的人生仍然一團糟。幸運那邊毫無消息；我唯恐兒子晚上要露宿在雪地裡，同時又不屑地告訴自己，幸運這孩子精明得很，怎麼會讓自己淪落到那個地步？王后與切德每日與各公國的領袖開會，討論繽城提議要與六大公國結盟的事情，但他們倒沒找我去商量。繽城使節團不但出席公鹿堡的大小場合，還殷勤地與各公爵與女公爵周旋，又致贈了許多貴重的禮物；而我

們舉辦餐宴、安排餘興節目以款待遠來賓客之際，既不能對繽城人失禮，又不能因此而冷落了外島人。至於我們的安排算不算成功，就一言難盡了。奇怪的是，阿肯・血刃與隨行的那些外島商人，不但對繽城人大感興趣，還公開地跟繽城人說，由於外島的貴主要與晉責王子聯姻，所以外島與繽城的貿易往來可望大幅擴張。不過，大部分場合都不見艾莉安娜與皮奧崔・黑水的蹤影；偶爾出現時，艾莉安娜也嚴肅寡言。

貴主與皮奧崔兩人都竭盡全力地避免與繽城商人接觸。艾莉安娜對於那名覆鱗的少年，也就是瑟丹・維司奇，顯得尤其嫌惡；有次我還親眼見到，維司奇經過艾莉安娜身邊時，艾莉安娜竟忍不住退開一步；不過這到底是她本人對維司奇鄙夷到了極點，還是另有原因，就很難說了，因爲過後艾莉安娜僵直地坐在椅子上，額頭上迸出汗水；再過不久，皮偶戲才演到一半時，皮奧崔便以艾莉安娜疲憊不適，他又必須收拾行李爲由而雙雙離席；這等於是大刺刺地提醒我們外島衆人立刻就要離去，再不與之修好就來不及了。而這都是因爲繽城使節團來訪，並提議與六大公國結盟的時機實在太不湊巧。

「要是繽城人晚一個星期到，那麼他們抵達的時候，外島人早就走了。是啊，而且我敢說，我們一定能將王子與貴主之間的小小過節修補完好，然後把他們高高興興地送走；如今的形勢，卻是除了王子對貴主失禮之外，又因爲我們拒絕中止與繽城人會談，而使雙方關係雪上加霜。這一來，我們之前與外島人談好的事情，可能都會籠上疑雲。」

有天晚上，我們坐在火邊喝酒，而切德便乖戾惱怒地講出了這一番話。切德之所以如此氣憤，原因很多。椋音想要塞張紙條給切德，託他帶給我；她是私下託切德的，但即使如此，她竟示意她知道切德與我之間有所關聯，這實在是欠考慮到了極點。然而切德卻把錯怪到我身上來了。切德當場就婉拒了，而椋音則說：「那麼，就煩請你跟他說，我要跟他陪個不是。那天我跟丈夫吵了架，所以很期盼有他這樣的朋友安慰我。我在前往公鹿堡城買醉的路上碰到他，然而我還沒出堡就喝多了酒，我自己也知道當時我說的話很過分。」

我正聽得目瞪口呆，切德便委婉地問道，椋音跟我是不是有什麼「安排」；我惱怒地答道就算我們有什麼安排，也不干別人的事，不過我們之間並無瓜葛。而切德則說，只有傻子才會故意挑起吟遊歌者的怒火，使我大感意外。

「我並未故意惹惱椋音。這一切都是因爲自從我發現她是有夫之婦之後，便不肯與她有染而引起的。畢竟我有權決定要跟誰睡覺，不是嗎？」

我本以爲切德聽到這番剖白會大吃一驚，而且我還希望切德會因此而尷尬到日後再也不會刺探我的隱私，不過他卻只是舉起手來往腦門上一拍。「噢，當然了，你一發現她是有夫之婦，一定會甩開她，這點她應該毫不意外——誰教她全都沒想到呢？不過……蜚滋，你到底了不了解這事對她而言有何意義？你想一想。」

要不是切德顯出一副要積極開導我的模樣，否則我一定會覺得他管太多閒事；不過他的問法實在太熟悉，熟悉到我知道他之所以這樣問，無非是要藉此起個頭，以便替我上一課，如此而已。以往切德教我如何將人爲何做某事的所有可能動機都盤算清楚，而不是想當然耳地以我心裡的靈感當作是答案時，就常常用這樣的問法誘我深思。「難道說，她是因爲我發現她身爲有夫之婦，還與我同床共枕而瞧不起她，所以感到羞愧？」

「不對。你想一想，孩子。你眞的因此而瞧不起她嗎？」

我不情不願地搖了搖頭。「我只覺得自己很傻，切德，而且就某個角度而言，我甚至不感到意外。椋音對於這種事情從不放在心上；這是我打從剛認識她時就知道的了。我從來也沒期望她會爲我而改變她的吟遊歌者作風；我只是不想跟她那種作風有什麼牽扯，所以跟她分手，如此而已。」

他嘆了一口氣。「蜚滋啊，蜚滋，你最大的盲點，就是你想像不出別人看你的角度，到底與你看自己的角度有何不同。你再想想，在椋音心中，你是什麼人，你是什麼身分呢？」

我聳聳肩。「就是蜚滋啊。私生子。她認識了十五年的人。」

切德臉上擴散出小小的笑容，他以柔和的口氣說道：「不對。對她而言，你是瞻遠家族的蜚滋，也就是未獲認可，但實爲王子的那個人。她還沒認識你，就已經幫你編了一首歌了。爲什麼？因爲你帶給她無限的想像空間。你是瞻遠家族的私生子啊；倘若駿騎認了你這個兒子，你就有機會登上王位了。然而，雖然父親不認你這個兒子，又對你不聞不問，但是你仍然血統尊貴，也仍是鹿角島之塔大戰的英雄。帝尊將你扔進地牢，將你折磨而死，但你死後則成爲冤魂厲鬼，使得帝尊雖竊得國家，卻不得安寧。椋音陪你去拯救國王，然而最後結果雖是衆人始料未及，但是仍以勝利收尾。而她不僅目睹這一切，還身在其中。」

「瞧你把那些泥塵、痛苦與不幸都抹去之後，這故事聽起來還眞是精采啊。」

「就算有那些泥塵、痛苦與不幸，這故事照樣精采；不但精采，還尊榮顯耀，這可是足以讓任何吟遊歌者奠定一世英名的絕妙故事，只是椋音不能唱出來罷了，因爲這個故事不准外流。所以椋音的偉大冒險、她的絕妙好歌，都封鎖在她的記憶之中；不過，她至少知道她在這個偉大的故事裡占了一席之地，因爲她在『皇家私生子』的人生中享有一席之地；她成爲皇家私生子的情人，共享皇家私生子的祕密。我想，她多少期待總有一天，當你回到公鹿堡來的時候，你會再度成爲宮廷密謀與驚奇探險的中心人物，而且到那時候，她仍會與你分享這一切，再度沐浴在榮耀光輝之中，並使衆人刮目相看。她可是『原智小雜種』的吟遊歌者情婦啊；她要是能將這首歌唱出來，那麼她的名聲，也將隨著這個故事而永遠流傳下去，只是這個故事，椋音絕對唱不得。而她若是悄悄地將這個故事編成歌曲、寫爲長詩之類的，你也無須驚訝。她自認爲是你人生故事的一部分，並分享你人生的光輝；然而你卻將這一切自她手上拿走。你不但甩掉她，而返回公鹿堡的時候，竟變成卑微低下的僕人；你竟以令人失望的音符結束自己的人生故事，這也就罷了，更糟的是，你這番行徑，使椋音這個人變得無足輕重。她可是個吟遊歌者啊，蜚滋，難不成你還期望她會優雅和善地接受這一切？」

突然之間，我對椋音有了不同的看法；她爲何對幸運那麼殘忍、爲何對我語出譏刺，都有了不同的意義。「可是我不是用這個角度看待我自己的，切德。」

「這我知道。」切德備加溫和地說道。「但是你可想得出，椋音是可以用這個角度來看你的？而且你打破了她的夢想？」

我緩緩地點點頭。「但這點我無能爲力；我絕不會跟有夫之婦上床，而且我不可能以瞻遠家的蜚滋駿騎身分重回公鹿堡——要是我膽敢這麼做，恐怕會被人吊死。」

「你這話正確。我也認爲你不能再以蜚滋駿騎的身分出現了。至於另外那個理由嘛……容我提醒你，椋音知道我們很多底細，我希望你繼續維持她對我們的善意。」

我還想不出要怎麼回話，切德便質問我，爲什麼繽城使節團離去之前，我都不能替晉責王子上精技課。其實這個問題王子已經問過了。我照著我跟王子說的，又跟切德講了一遍：繽城使節團裡的那一名有鱗少年似乎能察覺到精技的交流，所以在那些繽城商人離去之前，我們的課程將僅限於師生一起翻譯經卷。王子對於這種凡俗的課程內容很不耐煩，而我對於那名罩著面紗之商人的疑慮，則使得王子與切德兩人備感好奇。切德已經把瑟丹・維司奇與我的對話，拿來反覆研究過三次了，但是無論是他或我，都無法從中探究出個所以然來。我逐漸發現，有時候，與其餵給切德一些他無法捉摸的消息，還不如從

頭到尾都別跟他提的好。好比說，我跟切德提起貴主背上有龍蛇刺青，就是一個例子。

切德聽我說過之後，自己去情報站的窺孔後看了好幾個鐘頭，也沒瞥見貴主的刺青；再加上貴主並未抱怨身體欠佳，所以切德也沒辦法派個療者去貴主房間一探究竟，證實一下我所見爲眞。王子幾次邀請艾莉安娜騎馬出遊或是打獵，她都故意推辭，因此王子也無從觀察她是否隱忍著疼痛不講；況且王后也不敢頻頻催促貴主應邀赴約，以免讓人覺得六大公國之人比外島人更急於讓王子與貴主聯姻。結果到了最後，衆人一無所獲，只能以我眼見口說爲憑。這件事情使大家如同墜入五里霧中；而且除此之外，貴主的貼身侍女漢佳也非常可疑。

漢佳那女子簡直是一團謎。她提到的「夫人」所指爲誰，我們無法得知，只能臆測這「夫人」大概是艾莉安娜必須言聽計從的年長女性親戚。客氣謹愼地直接探尋，結果是毫無斬獲；而且切德的間諜又連連失手：切德的間諜兩次一路跟蹤漢佳到了公鹿堡城，但是兩次漢佳都在密切跟監之下失去蹤影，一次是隱沒於市場的人潮中，另一次竟是過個轉角，人就不見了。漢佳在公鹿堡城跟誰見面，我們毫無頭緒；我們甚至連她去城裡辦的事情重不重要都無從得知。爲了處罰人，而使人身上的刺青發熱腫脹，這種神祕的術法我們前所未聞。說起來，有這個未現形的力量，敦促貴主必須與王子聯姻，我們應該感到欣慰才對，但我們不但高興不起來，反而因爲這種處罰的慘痛殘忍而感到寒心。「你確定黃金大人對此一無所知？」切德突然質問道。「我記得他曾在晚宴上對衆人說，他有段時間曾以研究外島的歷史與文化做爲消遣。」

我誇張地聳了聳肩。

切德不屑地斥道：「你到底問了他沒有？」

「沒。」我簡短地答道；接著我看到切德眉頭皺了起來，於是趕快補充道：「我不是跟你說了嘛。

他成天窩在臥室裡，很少出來；甚至餐點都是由侍童送進臥房。而且他的臥房不但用窗簾密實地遮了起來，還連床帷都拉上，將床嚴嚴地罩住。」

「可是你認爲他沒生病？」

「他沒說他生病，但是他給侍童的印象就是他病懨懨的，而且任由侍童在堡裡到處散播消息。有時候我在想，他之所以僱了阿俠來當他的侍童，有一半是因爲他若想散布什麼謠言，也不必親自動口，只需要告訴阿俠就行了。所以依我看來，他不是生病，而是想在繽城人在堡裡時避避風頭，因爲他在繽城的時候，他的身分絕對不是弄臣，也不是黃金大人；他大概是擔心，萬一繽城使節團裡的誰把他認了出來，會對於他在宮裡的活動造成困難。」

「唔，這樣說起來也是合情合理。不過這對我而言，眞是他媽的太不方便了。你聽著，蜚滋，難道你就不能進他臥房裡跟他講講話？你也不必多問，只要問他說，瑟丹．維司奇這人有精技天賦，他有什麼看法，這樣就行了。」

「他自己都沒有精技天賦了，怎麼可能察覺到維司奇周遭的奇怪氛圍？」

切德放下手裡的酒杯。「這麼說來，你還沒問他，對不對？」

我拿起杯子啜口酒，替自己爭取一點時間，然後一邊放下杯子，一邊答道：「沒錯，我是還沒問。」

切德斜睨著我，過了好一會兒，才大吃一驚地說道：「你們兩個是哪裡鬧得不愉快了，是不是？」

「還是聊別的吧。」我生硬地說道。

「啊。還眞是機緣巧合，什麼事情都碰在一起了。先是繽城商人碰上了外島人，而在這當下，你還有空惹惱王后跟前的當紅吟遊歌者，然後又爲了什麼不值一哂的細故跟弄臣吵嘴，結果弄得你們兩人什

麼用處都派不上。」話畢，切德無奈地往椅背上一靠，彷彿我們之所以有齟齬，純粹是爲了要讓他不方便似的。

「我看他未必能提出什麼高見。」我答道。這三天以來，我一共跟弄臣講不到十個字，但是這點我不想跟切德說。弄臣若沒注意到我的冷淡便罷，就算有注意到，他也視而不見。他給湯姆・獾毛下了命令：凡有來客，一律擋在門外，等到他人安適一點之後再說；而我不但依令而行，還盡量少待在我們的大房間裡。不過有幾次，我回到房裡時，發現房裡有些小小跡象，足以顯示出有人來過，而且來過之人絕不只是會在房裡清理東西的阿俠而已。我不在的時候，潔珂來過，又走了，因爲潔珂搽的香水味道濃郁，飄浮在我們的房間裡，久久不散。

「唔，那也不無可能。」接著切德皺著眉頭對我說道：「不管你們兩個在鬧什麼意見，你都該盡快跟弄臣修好。在這節骨眼上，你跟他鬧翻了，那你還有什麼鳥用？」

我吸了一口氣，以免怒氣上升。「我近來掛心的事情可多了，可不是只有這一件而已。」我爲自己開脫。

「才不呢！我們每個人都有很多掛心的事情。你那小子如何？前兩天他不是到堡裡來找你嗎？他還好吧？」

「稱不上好。」前兩天，有個廚房幫手來敲門，告訴我有個年輕人要找我，現在那人站在廚房外的空地上。我連忙前去，來人果然是幸運，看來既憤怒又害臊。任我怎麼說，他都不肯進屋子裡，就連守衛室也不肯進去，雖然我再三保證，守衛絕不會介意他進去待一會兒，因爲近來我經常窩在守衛室裡，所以守衛見到我已是司空見慣了。幸運不想占用我太多時間，因爲他知道我自己的工作忙得很。聽到這話，我心裡便愧疚起來，因爲我一直很忙，忙得沒空去城裡看他，雖然我明明知道自己應該常去看看他。等到幸運鼓起勇氣來，說出吉娜已經將他趕出去，以及原因為何之時，我原本堅定的決心又開始動搖了。

他說話的時候，眼睛望著我身後的暮色。「所以啦，我既沒有錢，過去這兩晚，就只能隨便找個有遮蔽的地方過夜了，但我總不能整個冬天都這樣過啊。所以，我沒別條路，只能像別人一樣搬進學徒宿舍去住了。只是……晉達司師傅一直希望我搬進去，而且一提再提，但我老是回絕，所以我若現在去求晉達司師傅，會顯得很古怪。」

這我以前倒不知道。「晉達司要你搬進宿舍？為什麼他會開口？你住外頭，他就不用幫你打理早餐、晚餐，這樣他不是可以省一點開支嗎？」

幸運侷促地扭來扭去，最後深吸了一口氣。「每次我事情做得不好，他就叫我搬進宿舍。他說，只要我晚上睡個好覺、跟別人一樣早起，只要我準時上床，那麼工作自然會有進步。」他的目光望向遠處。接著他以粗魯的自豪態度補充道：「他說，若不是我早上往往睡眼惺忪的話，他其實覺得我資質不錯，大有潛力。我一直都強調，閒暇時間怎麼安排，我自知分寸，不會耽擱正事，而事實也的確如此。噢，我是遲到過一、兩次，但是自從我到公鹿堡以來，我每天都去上工，一天也沒缺過。」

他說得很急切，彷彿我可能不會相信他似的。其實我真的懷疑他到底是不是常常遲到，但是這話我擺在心裡，沒說出來。

我故意等了好一會兒，才緩緩地說道：「既然如此，那還有什麼難的？既然晉達司跟你提過好幾次了，想必你若如他所說的搬進宿舍，他一定很高興。」

幸運沉默不語，但耳朵微微地紅了。我等著他開口。最後他鼓起勇氣，說道：「我在想，你能不能走一趟，親自跟晉達司說你已經決定了，最好還是讓我搬進宿舍。這樣最簡單。才不會顯得奇怪。」

我講得很慢，因爲我也不知道講這些話算不算明智。「你是說，這樣『才不會』像是你屈服於晉達司的建議而不得不搬進宿舍？還是這樣『才不會』像是吉娜因爲你把麻煩招到了她門前，所以將你趕了出去？」

幸運整張臉漲紅起來，所以我知道我說中了他的心事。他轉過身去，打算要走開；我伸出一手拉住他的肩膀，他想甩掉我的手，但是我卻抓得更緊。看來我每日去練武場報到，總是有一點成果的；現在就算是扭著身體要甩開我的年輕人，我也制得住了，眞是頗有成效。我拉住他，直到他不再反抗爲止；他雖未試圖揮拳揍我，卻也不肯轉過身來面對我。我說話的聲音很輕，只有他一人聽得見，其餘轉過頭來看我們兩人演什麼好戲的人是聽不見的。「兒子啊，要找晉達司的話，你自己去。也許別的學徒會嘲笑你一陣子，說你是被父親逼得不得不住進宿舍；但如果你去找晉達司，跟他說你自己想通了，還是搬進宿舍最好，那麼長期而言，晉達司會比較尊重你。而且你也應該還記得，吉娜不只是對你很好，而是對我們兩人都很好，她的善意款待是金錢買不到的，況且你我都只是普通人，她還對我們禮遇有加，你可別因爲她不想惹麻煩，就將她當成壞人。難道說，她不僅要成爲我們的朋友，還得付出惹麻煩上身的代價？」

話畢我便鬆開手，任由他掙脫我的束縛，大踏步地走開。我還沒去城裡看幸運，不知道他近況如何；但我必須讓他去理清自己的人生事務。只要幸運肯接受他們的條件，那麼他要有頓熱食、有個蔽身之處是不難的。我也只能做到這麼多，別的就要看他自己了。我將自己的思緒拉回與切德談話的現場。

「城裡的生活，幸運是有點難以調適。」我坦白地對那老刺客承認道。「他過慣了鄉下生活；在鄉下的時候，他愛幾時起床就幾時起床，愛幾時就寢就幾時就寢，只要他能把雜務做完就行。鄉下生活比較單純，既不必那麼費勁，又自在得多。」

「而且我可以想見，鄉下的生活，不但啤酒比較少，連女孩子也比較少。」切德順著我的話尾補了一句，而且據我推測，他嘴上也許不多說，但他可能心知肚明。不過切德說話的時候帶著笑，而我也不想深究了；之所以不想深究，不只是因為他並非要以此來羞辱幸運或我，也因為我看到這老人仍與以往一樣銳利而感到寬心。感覺上，彷彿公鹿堡的機密謀算越多，切德就越有活力。「唔。你知道，無論你的幸運惹上什麼麻煩，你都可以找我幫忙。如果有需要的話。而且是沒有交換條件的。」

「我知道。」我聽到自己答道，語氣有點粗魯無禮，不過切德也不想追究，畢竟我們兩人都得為晚上的大場面預作準備。既是為外島人餞行的正式宴會，所以切德的穿戴打扮絕對不能馬虎；他希望今晚的招待與大禮足以彌補裂痕，並在明日外島人上船之際訂下婚約。至於我呢，我必須備齊一切補給，走到情報站，從窺孔的有利位置密切觀察，把可能會逃過切德眼睛的細微動靜記下來。

切德回他自己的房間去著裝，而我為晚宴所做的準備，則與他大大不同。我拿了許多蠟燭，從他的舊床上拿了個枕頭、一條毯子，又帶了一瓶葡萄酒與一堆點心；我看這頓餐宴勢必要吃上好幾個小時，而且這次我決心要把自己弄得舒服些。近日來，天氣更加沁寒，所以密道裡冷颼颼，不大好受。

我找了一條布，把這些糧食補給包起來；我捆紮這些東西的時候，吉利不斷來鬧場，所以我不得不幾次將吉利抓到一邊去。近來這隻小黃鼠狼變得頗為熱絡，每當我們在密道裡碰上，便抽動鬍鬚、上下嗅聞地歡迎我。牠雖然酷愛打獵，更四處遺留了不計其數的戰利品，以昭顯牠堅強的實力，但牠卻仍經常跟我乞討葡萄乾或是麵包屑，使我大為驚訝。而且這些食物，牠要來了也不吃，而是珍而重之地藏在卷軸架後或椅子底下。牠的心靈像是蜂鳥一般靈動，既好奇，又靜不下來。牠跟大多數動物一樣，對於動物與人之間的牽繫絲毫不感興趣。我們彼此之間以原智感應探觸是常有之事，但從來沒有深入過。不過，牠對於我的行徑仍頗為好奇，所以我從狹窄的密道走向會場的時候，牠也追根究柢地跟了過來。

我來得很早，餞別宴還沒開始我就到了。我在半路上找到一張搖搖晃晃的凳子，就一併帶了過來；此時我將墊子鋪在凳子上，食物放在身邊滿是灰塵的地上，再將點著的蠟燭和備用的蠟燭放在食物後頭，然後披上毯子，穩坐在窺孔之前。這個窺孔的位置還不錯，看得到王座的高台和幾乎三分之一的大廳。

大廳裡一應都是冬日應景的布置；門口與火爐爐台上點綴著長青樹的枝葉與花環，賓客三三兩兩地進門，而吟遊歌者們則奏起輕柔的音樂。這一切的一切都令我想起王子的訂婚典禮，只是觀看的角度不同罷了。長桌上鋪著繡花桌巾，麵包、果醬與酒杯已經放在桌上等待貴客；大廳裡飄著甜美的燻香，這是繽城商人致贈的禮物。這次各大公與女大公進場時比較隨興，不像訂婚大典時的正經八百；據我猜測，這是因爲近來盛大的排場不勝枚舉，就算是貴族們恐怕也煩膩了。我注意到，繽城使節團進場的時候，並未擺出什麼高姿態，而且座位離外島人所坐的高台非常遠。我心裡納悶道，不曉得這個距離是否足以預防雙方因爲摩擦而爆出火花。

我還來不及細想，阿肯·血刃的特使團便進場了。這些人似乎個個神采飛揚，而且再度穿上了豪華的公鹿堡服飾。綢緞與天鵝絨取代了厚重的毛皮，蕾絲則運用得絲毫不知節制，而色彩則偏好紅橙黃之類。說也奇怪，但這樣的服飾跟這些外島男女，還眞的頗爲搭配；他們粗魯且不知節制地採用我們的服飾，但是此舉反而使這些外島人穿出了自己的風格。況且他們既然多少仿效六大公國的作法，就表示不久之後，雙方便可門戶大開，貿易暢行無阻——如果阿肯·血刃得以遂行其願的話。

但是血刃一行人之中，卻獨獨不見皮奧崔·黑水與艾莉安娜兩人的蹤影。

當王后與王子進場，而切德亦步亦趨地隨行在後，一起走向高台之時，皮奧崔與艾莉安娜兩人仍未出現。我注意到王后的眼睛因爲失望而瞪得大大的，但是她絲毫沒有讓失望之情影響到她臉上的笑容。

王子的表情依然尊嚴肅穆，顯然他還沒注意到這場盛會雖是爲了替他未婚妻餞行，但是他未婚妻卻仍未現身。瞻遠家族的人就坐之後，現場氣氛變得有些尷尬。通常王后就坐之後，便會命令僕人倒酒，然後全場向貴賓敬酒。就在尷尬的氣氛升高到衆人開始竊竊私語之時，皮奧崔出現在大廳門口。他仍穿著外島的皮衣皮褲、戴著項鍊，但以往他盛裝時所搭配的華美毛皮與前臂上的厚重金飾，今日則通通不見。他站在門口，全場因爲他的出現而譁然，而他則等到衆人的低語聲又復沉靜之後，才一語不發地讓到一旁，讓貴主入場。貴主的皮背心毛皮鑲邊，大概是雪狐吧；背心上以象牙色的珠子嵌出她的母系家族標誌，也就是獨角鯨。她穿著海豹皮做的皮裙與平底鞋，手腕與手指上不戴任何首飾。她的頭髮往後梳，如黑瀑般洩下，而頭上則戴著奇異的藍色頭飾，有點像是王冠。這個景象彷彿似曾相見，但我卻想不出曾在哪裡見過。

她在門框裡站了一會兒，直接迎向珂翠肯王后的目光，而且此後兩人便四目交鎖，不曾旁觀。她昂著頭，慢慢地走向大廳另一端的高台，而皮奧崔也隨行在後。皮奧崔任由貴主先行，稍微保持一段距離，以免搶了她的風采，但是仍近得足以保護貴主，不讓她受到任何危險的威脅。這段路雖長，但是這一路上，艾莉安娜的眼神卻從未須臾離開過王后；就連她走上高台的台階時，兩人的眼神也仍緊緊鎖住；等到她終於走到王后身前時，她肅穆地朝王后欠了個身，但是她並未垂下頭，也沒有移開眼神。

「妳來了，我眞的好高興。」王后和藹地輕聲說道，她的語氣裡透出眞誠的歡迎之意。

就在那一刻，我彷彿看到貴主的臉上閃過一絲疑惑，但接著她便硬下心腸。當她開口說話時，她那年輕的聲音既清晰，咬字又清脆，而且傳得既長又遠；她的話雖是對王后說的，但是打從一開始，她就是要講得衆人皆知。「我來了，六大公國的珂翠肯王后。但是我內心疑慮已起，往後我會不會眞的成爲令郎之妻，就不得而知了。」話畢她轉過身來，眼神慢慢地掃過在場衆人。她的父親坐得直挺，我推測

貴主這番話大出阿肯．血刃的意料之外，但是他努力要掩飾自己的驚訝。王后乍聽之下也很訝異，然後這訝異的表情，便由冷淡且合禮的面具所取代。

「您這番話令我失望，神符群島的艾莉安娜．黑水貴主。」珂翠肯只說了這幾個字；她並未提出任何問題，所以也無須艾莉安娜辯解。於是艾莉安娜遲疑了，因為她必須摸索著找個辦法來將她預先想好的說辭說出來。我猜她原本期望這番話會激怒王后，並使王后質問她原因何在；如今這番開場白沒了，所以艾莉安娜沒有別的選擇，只能將自己的說辭調整一番，以配合王后遺憾且不失禮的態度。

「我發現這個婚約不如我們母屋的期待，然而不合我們母屋的期待，就不合我的期待。我聽人說，我乃是許配給國王，來到此地卻發現，我許配的對象，只不過是個王子，連『王儲』都不是——也就是說，用貴國的話來講，我所許配的對象，連學習擔任國王的資格都沒有。這與我的期待相去太遠。」

珂翠肯並未立刻回答，而是等到那少女的聲音散去之後才回答，而且王后的回答簡單明瞭，彷彿在解釋道理給懵懵懂懂的小孩子聽，所以那個效果，就像是成熟且耐心的女人在對任性固執的小女孩兒訓話似的。「艾莉安娜貴主，長輩沒教您本國國王繼位的習俗，真是太可惜了。晉責王子至少要到十七歲，才能冠以『王儲』的頭銜；而他成為王儲之後，何時會加冕為國王，則要由諸大公來決定。依我看來，以王子而言，這個學習期用不了多久。」珂翠肯一邊講話，一邊以眼神瞄過諸位大公與女大公；這番話肯定了諸大公在王位繼任上所扮演的角色，也等於是彰顯了諸大公的地位，這點他們心裡有數，所以他們聽了王后的話，都嚴肅地點點頭。珂翠肯三兩下便化解了艾莉安娜的質疑。

艾莉安娜大概也察覺到自己的時機一點一滴地流逝；她回答的時候，不但有一點尖銳，而且稍急了一點，顯得不夠從容。「可是，如果我現在接受我與晉責王子的婚約，等於是在賭運氣，因為我可能會把自己的人生，跟一個永遠都無法繼任為國王的王子結合在一起，這點是誰都無法否認的。」

珂翠肯趁著艾莉安娜爲了繼續講下去而吸一口氣之際，插話說道：「那種可能性微乎其微，艾莉安娜貴主。」

這時我感覺到晉責的榮譽感不斷勃動，就像我知覺到自己的五官感受一樣地清楚；他外表如群山人一樣冷靜，但是底下的瞻遠家族火爆脾氣卻蠢蠢欲動。我們兩人之間的精技牽繫，隨著他怒火高漲而勃動不止。

穩住。讓王后處理就好。我盡量將我對晉責的技傳做得細微如絲。

的確是非得任由母后去處理不可。晉責魯莽地答道。就算我再怎麼嚥不下這口氣，也得忍耐下去。這就好像這樁婚約雖是由別人說定，但我仍必須忍耐。

晉責的技傳既沒準頭、勁道又過大；但這不是因爲他做不來，而是他正在氣頭上，所以根本未曾加以控制。我擔憂得瑟縮了一下，然後趕快打量一下那個罩著面紗的繽城商人動靜。瑟丹·維司奇坐得直挺；雖說繽城的所有代表，都專注地看著這場餞別宴的變化，所以維司奇的熱切態度，並沒什麼特出之處；不過他動也不動地坐著，彷彿身上的每一個毛孔都在傾聽似的。我實在擔心他。

「不過呢！」貴主再度開口，而且這次她的家鄉口音特別突出。我看得出她已經不復原本的沉著自信，但是她仍頑固地挺進。這些說辭，她一定在自己房間裡演練過千百遍，但如今臨場演說時，卻既無抑揚頓挫，也無手勢之助，只是把字說出來罷了。無疑地，許多人一定以爲這是貴主爲了悔婚而出此下策，不過我卻懷疑她另有所圖。

「不過呢，如果要我接受貴國的繼位習俗，並就此許諾嫁給一名可能永遠無法繼任爲王的王子，那麼最公平的作法，就是王子也要遵行我們家鄉的婚嫁習俗。」

在場賓客眾多，我無法顧及每一人的反應，但是我第一個先看阿肯·血刃的表情。我敢說，他女兒

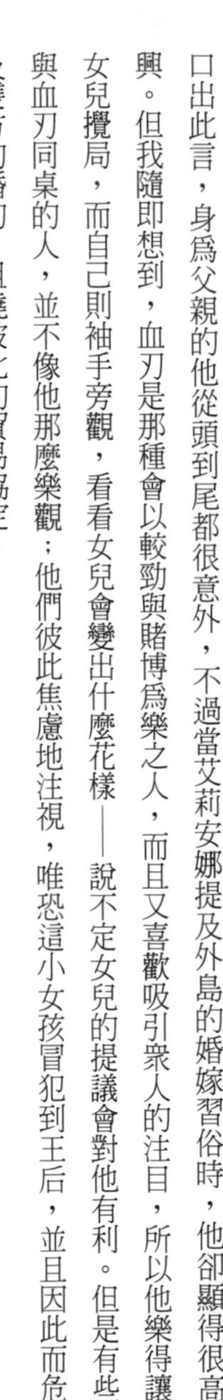

口出此言，身為父親的他從頭到尾都很意外，不過當艾莉安娜提及外島的婚嫁習俗時，他卻顯得很高興。但我隨即想到，血刃是那種會以較勁與賭博為樂之人，而且又喜歡吸引眾人的注目，所以他樂得讓女兒攪局，而自己則袖手旁觀，看看女兒會變出什麼花樣——說不定女兒的提議會對他有利。但是有些與血刃同桌的人，並不像他那麼樂觀；他們彼此焦慮地注視，唯恐這小女孩冒犯到王后，並且因此而危及雙方的婚約，阻撓彼此的貿易協定。

王子的臉開始漲紅；我看得出，也感覺得到他內心掙扎著要維持住沉著的表象。珂翠肯則幾乎是毫不費力地便維持自己一貫的沉著與安祥。

「這也許是可以接受的。」王后平靜地說道，而她那沉穩的語氣，再度使艾莉安娜看來像是個被大人寵壞的小孩。「您可願意把這習俗解釋給我們聽？」

艾莉安娜貴主似乎也知道自己並不是表現得很好。她站挺起來，並且深吸了一口氣，這才答道：「在我們家鄉，我們神符群島的習俗是，如果男子想要娶某一女子為妻，而女子的母親們對於男子的家世或是性格卻有所疑慮，那麼母親們可能會提議男子必須通過考驗，以證明此人的確配得上這個母屋的女人。」

這就是了。這實在是奇恥大辱，就算王后當場撕毀婚約與盟約，也沒有哪個大公或女大公會責怪王后的不是；不會的，他們絕不會責怪王后的不是，可是其中幾人的臉上，卻因為榮譽與貿易利益可能難以兩全而顯得矛盾；諸大公與女大公眼波流轉，默默地以眼神彼此商量，表情僵硬、嘴巴緊閉。但是王后還來不及吸一口氣答話，貴主便繼續補充道：

「而我隻身來到此地，無法由母親代我發言，所以我親自提議，晉責王子應通過考驗，以證明他配得上我。」

我早在珂翠肯仍是群山王國的犧牲獻祭之女時就認識她了；那時她還不是六大公國之后。我認識她的時候，她正處於從少女轉變爲女人及王后的時期。別人與珂翠肯相識的時間也許比我久，或者近年來與她相處的時間比較多，但是我認爲，由於我早早認識珂翠肯，所以比較能看清她的心事，這是別人所不及的。我從她嘴唇輕微的顫動，看出了她心裡非常失望；多久以來，衆人爲了六大公國與外島之間的結盟所做的一切努力，卻因爲少女衝動且魯莽的言語而化爲烏有。這是因爲，珂翠肯不可能讓她兒子配不配得上艾莉安娜這一點受到質疑；而艾莉安娜若是看不起晉責，就等於是看不起六大公國；這種事情無可忍受，這不只是因爲珂翠肯有著身爲母親的驕傲，同時也因爲此舉等於貶損了與六大公國結盟的價值。我屏住呼吸，等著聽珂翠肯要如何與外島決裂。我專注地觀察王后臉上的表情，以至於我只從眼角餘光捕捉到切德在晉責一躍而起之際，徒勞無功地抓住那少年的肩頭。

「我願意接受考驗。」王子以年輕的聲音吼道；他違背了一切禮儀規則，不坐在椅子上，反而站起來走到貴主身前，彷彿這眞的是情侶之間的衝突。他這番舉動，似乎將王后排除在外，好像這個新局之中，沒有王后置喙的餘地。「貴主，我之所以願意接受考驗，不是爲了要證明我配得上您；我絕不是爲了對您或對任何人證明我自己的價值而接受這個考驗。我之所以接受這個考驗，乃是因爲我不願見到兩國人民爲了追求和平所做的種種協商，竟因爲一名驕傲自大的少女對我產生懷疑而破壞殆盡。」

不但晉責的驕傲感激升，就連艾莉安娜也不遑多讓。「對我而言，您因何而接受考驗無關緊要。」艾莉安娜說道，霎時之間，她那清脆咬字與準確的發音又回來了。「只要能達成任務就行。」

「那麼任務是？」晉責追問道。

「晉責王子。」王后叫道。聽到這口氣，做兒子之人都應該了解到這幾個字的意義；珂翠肯嘴上叫的是兒子的名字，實際上則是命令兒子閉上嘴，並退到後面去。但是王子彷彿沒聽到母親喚他；他全副

注意力都集中在那個曾經羞辱過他，而且又在他試圖道歉的時候加以輕蔑的少女。

艾莉安娜吸了一口氣。她一開口，我便從她的語氣與措辭中聽出，這一番演說絕對是預先準備好的。艾莉安娜躍身而起，就像聞到確實氣味的獵犬一般，直朝獵物追去。

「您對我們神符群島所知甚少，王子，而且對於我們的傳說所知更少。許多人會說，那條名為『冰華』的龍，只不過是傳說而已，但我跟您保證，『冰華』非常眞實，就跟飛過我們的村落，奪取村人記憶與感知的六大公國龍群一樣眞實。」這些惡毒的話，只會在聽到此言的六大公國人心中，激起更惡毒的記憶：她怎麼有臉去抱怨我們的龍荼毒外島百姓？若不是多年來外島人劫掠與冶煉不斷，我們也不至於召喚龍群以抵禦外侮。此時的她如同走在薄冰之上，而且黑水已經淹過她走過的足印。我猜是當下那種戲劇化的氣氛救了她；要不是因為衆人都急於知道冰華到底是怎麼一回事——就連繽城商人都突然變得格外認眞——一定早就喝令她住口了。

「根據我們的『傳說』，有一條名為『冰華』的黑龍，沉睡在艾斯雷弗嘉島上的冰河核心之中。冰華長睡不醒，只為著有朝一日，神符群島的人民有需要而將牠喚醒。一旦喚醒冰華，牠便會躍離冰河的包覆，前來解救神符群島的人民。」艾莉安娜停頓了一會兒，目光慢慢地掃過全場衆人，以冷淡且不帶感情的聲音繼續說道：「當然，當貴國的龍飛過我們神符群島時，冰華應該要醒來解救我們，不是嗎？當時我們對冰華需求之殷切，自不待言，但是我們的英雄卻缺席了。因此，冰華跟任何棄自身責任於不顧的英雄一樣，死也不足惜。」接著她轉頭對晉責說道：「把冰華的頭帶來給我。只要你帶來冰華的首級，便足以顯得你與冰華大不相同，你的確是個配得上我的英雄，因此我無論如何，都會嫁予您為妻，就算您永遠不會成為六大公國的國王也一樣。」

我清楚地感覺到晉責立刻就要開口回應。我嚴厲地命令道：不行。這是自從我意外地將禁止反抗的精技指令烙印在他心中以來，首次全心全意地希望那個精技指令能夠繼續留在他心中發揮全部的功效。

而那個精技指令的確還在。我感覺到他像是隻落網的兔子，拚命地跟我以精技指令施加的限制對抗；但晉責不是兔子，即使在驚惶與憤怒之中，他仍能探究自己到底是哪裡被人制住了，而且他想得快、動作也快。他抬起頭來，一下子就追蹤到是我圈制住了他。

他一下子便切斷了我們兩人之間的牽繫，雖然這樣做並不容易。在我們之間失去牽繫的前一刻，我還清楚地感覺到汗水從他的皮膚上滲出來；然而於我而言，那感覺就如同有人把我的頭舉高，重重地摔在鐵砧上。那刺激之大，使我痛得瑟縮，但是我已無暇多考慮疼痛，因爲我突然感知到，那繽城商人蕾絲面紗之後的眼睛，再度射出淡藍色的光芒，而且他不是在盯著王子，而是盯著我藏身的這個外人無法得見的窺孔。我眞的很想知道，在那一刻他到底是什麼表情。即使我祈禱那人之所以望向我，不過是個無法解釋的巧合，但我仍恨不得自己能夠閉上眼睛、蜷伏起來，以避開他那燒灼的目光。

但是我不能閉眼，也不能蜷伏，因爲我有任務在身，不只因爲我是瞻遠家的人，同時也因爲我是切德額外的眼睛。我繼續緊盯著大廳的動靜。我的頭痛得要命，而且瑟丹·維司奇的視線又繼續穿過這堵理應能藏住我蹤跡的石牆，朝我射來。此時，晉責開口了。

他以低沉如惟眞的聲音隆隆地說道：「您的考驗，我接下了！」

一切都在片刻間發生。我聽到珂翠肯倒抽了一口氣，然而她還來不及想出要怎樣拒絕才好。晉責說完之後，全場都愣住了；外島來的人，包括阿肯·血刃在內，一想到六大公國的王子要屠殺他們的龍，不禁擔憂得相互對視；而六大公國這一方，諸大公顯然是在想道，其實王子用不著接下這個遠在天邊的考驗。我看到切德瑟縮了一下，但過了一會兒，那老刺客的眼睛睜得大大的，綻放出希望的光彩，因爲全場爆出歡呼聲，不只是六大公國的諸大公在叫好，就連外島人也不例外；這個年輕人如同蠻牛般高喊

說他要接下考驗的熱忱，強烈到蓋過了在場每一個人的理智。就連我心中也湧出一股驕傲的感覺：這名年輕的瞻遠王子是可以拒絕這個考驗的，而且拒絕的理由十分正當，絲毫無損於他的榮譽；但是他不但沒有拒絕，反而毫不遲疑地接了下來，所以外島人輕蔑地認為晉責配不上他們貴主的想法不攻自破。如果我想得沒錯，那麼此時外島人可能已開始下注，賭這少年必定會失敗了；不過就算晉責失敗，光是他願意接下艾莉安娜提出的考驗，便足以使外島人開始對他另眼相看。也許他們的貴主根本不是下嫁給農夫王子，說不定這少年體內還有一些熱血。

就在這時候，我第一次注意到繽城商人的臉上露出焦慮，甚至可說是恐懼的神色。那個罩著面紗的商人不再看著我所藏身的牆壁了；瑟丹．維司奇狂亂地比著手勢，焦急嚷著要讓同桌之人聽到他說的話，因為此時公鹿堡大廳已經歡聲雷動。

我的眼角瞥見椋音．鳥囀。她已經跳上桌面，她的頭像狂轉的風信標一般，望向四面八方，努力將每一個人的反應攝入眼中；此時此刻應該編一支歌曲做為紀念，而且此曲必出於椋音。

「而且！」王子對鼓鬧的大眾叫道。他眼睛周圍的線條使我覺得有點不大對勁。

「艾達神，發發慈悲呀。」我祈禱道，雖然我明知無論哪個神明都不能令他懸崖勒馬。他的眼裡透出狂野且頑固的光芒，所以我心裡十分害怕，不知道他會說出什麼話來。他這一吼，大廳裡的喧嚷便一下子靜了下來。當他再度開口之時，聲音並不大，為的只是要讓貴主聽到，不過由於全場鴉雀無聲，所以他的聲音傳得很遠。

「而且我也有一項對您的考驗。因為我必須證明自己配得上艾莉安娜貴主，而此時艾莉安娜貴主並無成為王后的遠景，只是願意嫁給我而已，所以我認為她必須證明她自己夠資格成為六大公國之后。」

這回輪到皮奧崔跳了起來，臉色刷白，因為王子的話才剛講完，艾莉安娜便立刻接口道：「是什麼考驗，您請說！」

「我會說！」王子深吸了一口氣。那兩個年輕人的眼神交鎖在一起。雖然身處於大庭廣衆之中，但那互相凝視的眼神，彷彿世上除了他們兩人之外再也沒有別人；他們的眼神並非僵硬，而是充滿活力，好像他們在這場意志之爭當中，才第一次發現對方的存在。「您可能知道，我父親出門探尋古靈之時，也『只是』王儲而已；古靈何在，無人知曉，然而我父親全憑一股勇氣，便出門尋找古靈，冀望喚醒古靈起而幫助六大公國，以結束貴國人民逼至城下的戰爭。」王子停頓片刻，我猜他是想要停下來看看他這番話是不是已經讓對方心領神會；不過艾莉安娜仍然冷淡沉默而執拗頑固地凝視著他。晉責迅速接口道：「然而我父親出門日久，卻杳無音訊，因此我母親便出門尋找父親——那時我母親雖困於公鹿堡中，但已是名正言順的六大公國之后了；她只帶著幾個人同行，歷經千辛萬苦地找到我父親，並幫助我父親喚醒六大公國的龍群。」講到這裡，王子再度停頓，然而艾莉安娜仍拒絕說出一字一語。

「在我看來，既然我父親出門尋龍之時，我母親亦不落人後，而且還與我父親協力喚醒了龍群，以證實她身爲王后的確名實相符；那麼您在我屠殺貴國的黑龍時，扮演與我母親相仿的角色，可說是再合適不過。與我同行吧，艾莉安娜貴主；與我分享苦難，並見證您交付與我的重任；而且，如果事實證明黑龍乃是傳說，事實上並無黑龍可屠，也請您一併見證。」晉責突然轉身面對大衆，並高聲說道：「各位眼見耳聽爲憑，往後可別讓任何人說，屠殺冰華，乃是六大公國之人一廂情願；既然貴國的貴主將屠龍重任交付給我，那麼就讓貴主與我同行，以見證這一切吧。」接著他轉頭望著艾莉安娜，以甜蜜的口吻呢喃道：「如果她敢去的話。」

艾莉安娜的嘴唇不屑地噘起。「我敢。」

就算艾莉安娜在這兩個字之外還說了別的話，衆人也聽不見了，因爲她的聲音方息，全場便爆出喧嚷嘈雜的聲音。皮奧崔呆呆地站著不動，臉色蒼白，像是凍結成冰，但是除了皮奧崔之外，每一個外島人，包括艾莉安娜的父親在內，都樂得大拍桌子，並以鄉音高聲唱起激昂的曲調；那歌曲讚頌的是決心與嗜血，在外國人的宮殿中商議同盟時唱這種歌曲似乎不合時宜，反倒比較適合即將要去行搶劫掠的水手高唱。六大公國的諸大公則大聲叫囂，唯恐自己的聲音被別人蓋過去；他們的評論，似乎從貴主活該接受王子不懷好意的考驗，到貴主既然能勇敢地回應，那麼她也許眞的是有王后風範的外島少女也說不定。

在這一切之中，王后直挺挺地站著，不發一語地望著自己的兒子；我看到切德的嘴巴動了動，彷彿在勸王后什麼話。珂翠肯聽了只是嘆氣。我想我猜得出切德說的是什麼：他大概是說，事情已成定局，再也無法改變；如今王子既然要往前衝，那麼六大公國也只能跟上去了。站在切德與珂翠肯身邊的皮奧崔，則極力掩飾內心的絕望。而站在他們三人面前的王子與貴主，則繼續以眼神互相對決。

接著王后開口了，她的聲音很輕，似乎只爲了要平息大廳裡如雷的聲響。「各位貴賓，各位大人，各位夫人，請聽我說。」

嘈雜的聲音逐漸退去，最後連外島人拍桌子的聲音也慢慢放輕。珂翠肯吸了一口氣，我從她的表情中看出她堅定的決心。她轉過身，不是朝著阿肯．血刃，而是朝著如今情勢大明之後，浮現出來的眞正權力中心。王后看似望向貴主，但我知道她的眼神其實是在看著皮奧崔．黑水。「那麼，我們就此說定。晉責王子與神符群島的艾莉安娜．黑水貴主訂下婚約；只要晉責王子能將黑龍冰華的首級帶到貴主面前，並由艾莉安娜貴主隨行，見證王子完成這項使命。那麼，這樁婚事就這樣確定了。」

「就這樣定了！」阿肯．血刃吼道，絲毫沒有察覺這樁婚事從頭到尾都不是他有權置喙的。

皮奧崔嚴肅且沉默地點了兩次頭；而艾莉安娜貴主則昂起頭來，平靜地對王后應和道：「就這樣定了。」於是婚事就此敲定。

「把酒菜送上來！」王后突然命令道。一場盛宴就這樣匆促開始，似乎有違往例，不過我猜王后實在是需要坐下來了，而且她可能也想喝口酒定定心。我自己則是全身發抖，這不但是因爲我擔心接下來會發生什麼場面，也因爲晉責切斷精技牽繫時用了蠻勁，使我頭痛欲裂。捧著美食勝饌的侍者魚貫進場，在切德示意之下，吟遊歌者們突然奏樂唱歌。所有人都坐了下來，就連椋音也優雅地從桌面上走下來，躍入在一旁等待的丈夫懷中；她的丈夫與眾人一樣大樂且陶醉地將她舉起，輕輕地放在地上，看來無論兩人之前有什麼不快，現在都已經和好如初了。

我心裡納悶晉責是如何跳脫我的精技指令的掌控，而此時晉責彷彿讀出我的心思，突然將他的思緒逼入我的腦海之中。*湯姆・獾毛，稍後你再跟我報告這是怎麼一回事。*然後他便像來時一樣突然地消失。我踉踉蹌蹌地追上去，但怎麼追就是追不上；我知道他人就在那裡，不過我就是找不到門把來打開他的心房。我深吸了一口氣。這實在不是什麼好兆頭。他在生我的氣，而他既然氣我，那麼我們之間的信任，恐怕也變得殘破不成形了。往後要教他只怕會更困難。我將毯子裹得更緊了一點。

底下的大廳之中，只有繽城商人保守自抑；他們低聲談話，而且只跟自己人談，不與同桌其他人聊天。但即使如此，也無法阻止他們將自己的餐盤裝得滿滿，並且一再添酒。坐在繽城商人之間的瑟丹・維司奇似乎若有所思；他自己的餐盤與酒杯都空無一物，而他似乎正茫茫地瞪著虛空。

但是除了繽城商人之外，每一張桌子的人都高談闊論，人人都像是剛從戰場上回來的士兵一樣好胃口。眾人的興奮感顯而易見。事情已經完成。至少此時此刻，六大公國之人與外島人彼此意見一致。這是王后所促成的，一點也錯不了，不過王子也有功勞。眾人朝王子望去的目光，似乎比以往更有讚許之意。這個年輕人顯然證明了他的確精神可嘉，而不但國內的貴族如此認爲，就連外島人都有同感。

眾賓客開始進餐飲酒。一名吟遊歌者唱出悠揚的曲調，而談話聲則隨著人們開始取食而漸低。我打開我的餐巾，取出麵包、冷肉與乳酪。那隻小黃鼠狼神奇地出現在我的身邊，牠的小爪子攀住我的膝蓋，我掰了一塊肉給牠。

「敬王子與貴主！」大廳裡有人叫道。

眾人隨之舉杯叫好。

我也舉起我的酒瓶，嚴肅地笑著，喝了一口酒。

（上冊畢）

◎敬請期待《刺客後傳2黃金弄臣（下）》

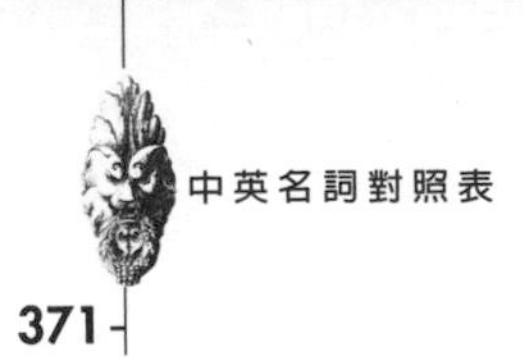

中英名詞對照表

A

Advantage 優典

Advice To Merchant Mariners 商船海員必讀

Althea 奧爾瑟雅

Amber 琥珀*
（譯注：此名暗指弄臣髮色、膚色與眼珠都爲黃色。）

Antler Island 鹿角島

applewood 蘋果木

Arkon Bloodblade 阿肯・血刃

Ashlake 艾胥雷城

August 威儀

B

Banrop 班羅普

bard 吟遊詩人

Barley 大麥

Baylor 貝勒

Bear-Boy and the Princess, the 熊少年與公主

Bearns 畢恩斯

Beast Magic 野獸魔法

Bidwell 畢德威村

Bingtown 繽城

Bingtown Bay 繽城灣

Bingtown Council of Traders 繽城商會

Bingtown Traders 繽城商人

bit 馬銜

Black Rolf 黑洛夫

Blade Havershawk 布雷德・賀維薛克

Bluntner 布朗特納

bond 牽繫

bootjack 脱靴器

Bosk 波斯克

Boyo 波姚

Brant 黑雁

Brashen 貝笙

Brawndy 普隆第

Bresinga 貝馨嘉

Briggan 布利根

Bright 銘亮

Buck River 公鹿河

Buckkeep 公鹿堡

Buckkeep Town 公鹿堡城

Burrich 博瑞屈

C

Calendula　金盞花

Carolsin 凱洛辛

carryme 帶我走

catalyst 催化劑
Cateren 柯德仁
Celeffa 瑟娜法
Chade Fallstar 切德·秋星
Chalced States 恰斯國
Changer, the 改變者
Char 阿俠
Charl 查爾
Charm 護符
Chivalry 駿騎
City Guard 城市衛隊
Civil Bresinga 儒雅·貝馨嘉
Clarine 克萊伶
Clover 酢漿草
Cockle 扇貝
Companion 隨侍大臣
Convergence 會合
Councilor 私人顧問
covaria 柯法利叢
Cresswell 魁斯維
Cron Hevcoldwell 克倫·海寇維爾
Crossfire Coterie 火網小組
Crowsneck 鴉頸鎮
Cults and Heresies of the Southlands
南方各國的宗教教派與異教信仰
Cursed Shores, the 天譴海岸
Customs of Buck Duchy
公鹿公國之風土人情

D

Deerkin 鹿親
Delleree 黛樂莉
Delnar 戴爾納
Dignity 莊重
Dog and Whistle 狗與哨子
Doublet 無袖外套
Duties of A Skill Instructor
精技教學者之職責
Dutiful 晉責(王子)

E

Echet Hairbed 愛歇特·髮床
Eda 艾達
El 埃爾
Elderling 古靈
elfbark 精靈樹皮
Elliania 艾莉安娜
Erikska 艾芮絲卡
Esomal 艾娑茉
Eyod 伊尤(國王)

F

Faith 祈念
Falldown Street 掉落街
Farrow 法洛公國
Farseer 瞻遠
Fedois 費度依島
Fedwren 費德倫

Fennel 茴香
First Ford 第一渡口
Firwood 樅林莊園
Fisher 魚貂大人
FitzChivalry 蜚滋駿騎
Fleria 芙萊莉
Fletch 弗萊屈
Flourish 盛繁
Fool 弄臣
Four Masters 四大名師

G
Galen 蓋倫
Galeton 長風鎮
Garetha 嘉蕾莎
Gedrena 潔蓮娜
Geln 潔恩
Gilly 吉利
Gindast 晉達司
Girl on Dragon 乘龍之女
God's Runes 神符群島
Golden 黃金大人
Goldendown 金色黃昏
Grace 賢雅
Grayling 灰鱒家族
Great Sail fleet 大帆商隊
Grim Lendnord 葛林・連洪

H
Hammer 鎚子
Hands 阿手
Hap 幸運
Hartshorn 賀瓊恩
Harvest Feast 秋收宴
Hasty 急驚風
Hearthstone 爐前石
Hebben 海本草
Hedge Magics 鄉野術法
Hedge witch 鄉野女巫
Heffam 賀凡
Heliotrope 向日葵
Henja 漢佳
hetgurd 首領團
Hilda 希爾妲
Hjolikej 喬利凱吉島
Holly 荷莉
Hope 琋望
Hoquin 何昆
horseman 馬人

I
Icefyre 冰華
Icefyre's Lair 冰華之穴
Island Aslevjal 艾斯雷弗嘉島

J
Jamallia 遮瑪里亞
Jamallian 遮瑪里亞人
Jek 潔珂
Jhaampe 頡昂佩

jidzin 濟德鈴
Jimu 琴摩
Jinna 吉娜
Jorban 喬班
Jorepin Monastery 喬若平神廟
Jower 裘耳公爵
Justin 擇固

K

Kebal Rawbread 科伯・羅貝
Keep 城堡
Kelvar 克爾伐
Kennit 柯尼提
Keppler 科普勒
Kespin 柯士斌
Kettle 水壺嬸
Kettricken 珂翠肯（王后）
Khuprus 庫普魯斯
King's Man 吾王子民
King's Circle 吾王廣場

L

Lacey 蕾細
Lalwick 拉威克
Lane 私家小路
Laudwine 路德威
Laurel 月桂
Leggings 緊身褲
Leon 力昂
Linsfall 林法家族
liveship 活船
Lowk 洛克

M

Maiden's Chance 處女希望號
Maisie 梅喜
Malta 麥爾妲
Man's Flesh 人體
Marshcroft 池沼地
Meditation 靜坐
Merry 快活
Modesty 芊遜
Molly 莫莉
Moonseye 月眼城
Motherhouse 母屋
Mountain Kingdom 群山王國
Mountain Queen 群山王后
Mountains 群山山脈
My Adventure As A World Traveler 世界行旅見聞錄
Myblack 黑瑪

N

Narcheska 貴主（奈琪絲卡）
Narwhal 獨角鯨
Nat of the Fens 住在沼澤地的奈特
Neatbay 潔宜灣
Nettle 蕁麻
Newford 新渡河口
Nighteyes 夜眼

Nim 小敏
Nimble 敏捷
Nolus 諾勒斯

O

Oaks 橡林大人
Observation 心得
Oklef 歐克萊
Old Blood 原血者
Old Blood Tales 原血者傳奇
Otter 水獺
Out Islands 外島
Outilander delegation 外島特使團
Owan 歐萬

P

Padget 沛杰
Pale Woman 蒼白之女
Paragon 典範號
Paragon Raven Ludluck
典範・渡鴉・大運
Pard 小豹
Patience 耐辛（王后）
Peladine 佩娜汀
Pelious Island 沛利爾斯島
Peottre Blackwater 皮奧崔・黑水
Perceptive 明鑒
Piebald Conspiracy, The 花斑幫之陰謀
Piebald, Prince 花斑點王子
Piebald, the 花斑幫
Pirate Isles 海盜群島
Pocked Man 麻臉人
Preparing the Students 學員初階
Prokie 普羅基

Q

Queen's Garden 王后花園

R

Rain River 雨河
Rain Wild Traders concourse
雨野原商人大堂
Rain Wilds 雨野原
Rain Wilds River 雨野河
Raven 渡鴉
Reddy 瑞迪
Red Ship War 紅船之戰
Red Ships；Red-Ship Raiders
紅船劫匪
redspice 紅香
Regal 帝尊
Relditha Cane 蕾莉狄莎・坎恩
Rellie Cane 蕾莉・坎恩
Rippon 瑞本
Risk 風險
robe 袍子
Rogeon 洛吉翁島
Rory Hartshorn 羅力・賀瓊恩
Rosemary 迷迭香
Rowdy 擾弟

Rowell 羅威爾
Rufous 盧夫司
runes 符文
Rurisk 盧睿史

S

Sa 莎神
Sacrifice 犧牲獻祭
Sara 莎拉
Satrap 沙崔甫王
Scrandon 史寬頓
Scroll 卷軸
Scyther 釤鐮大人
seacrepe 海皺紗
Sealbay 海豹灣
Seawatch Tower 望海塔
sedgum 薩根
Selden Vestrits 瑟丹・維司奇
Sendalfijord 沙達峽灣
Senna 先納
Serene 端寧
Serilla 瑟莉拉
Shadow Wolf 影狼
Shemshy 歇姆西
Shield 強盾
Shoaks 修克斯
Shrewd 黠謀（國王）
Sidder 席達
Silvereye 銀眼
Sindre 辛德蕾
Six Duchies 六大公國
Six Duchies Governance
六大公國治國經
Sixfinger 六指
Skill 精技（n.）；技傳（v.）
Skill one 精技人
Skillmaster 精技師傅
Skill-pillar 精技石柱
Skill-Road 精技之路
Slek 史列克
Slyke 史賴克
smoke 燻煙
Solem 莊重
Solicity 殷懇
Solo 精技獨行者
Spice Island 香料群島
Springfest 春季慶
Stablemaster 馬廄總管
Starling Birdsong 椋音・鳥囀
Stone game 石子棋
Stuck Pig 籬笆卡豬
Svanja 絲凡佳
Swift 迅風
Swoskin 索司金
Sydel 惜黛兒
sylvleaf 西薇草
synxove 欣曉薇花

T

The Brief Reign of Verity Farseer
惟眞・瞻遠的短暫統治
The Circle of Magic 魔法體系
The Cult of the Bastard
皇家私生子宗派
The Making of Guides 繪圖指南
The Others 異類
Thick 阿憨
Three Sails Tavern 三帆酒館
Thrift 節儉
Thyme 百里香
Tilth 提爾司
Timbery 廷貝利城
Tinnitgliat 婷妮格莉亞
Tintaglia 婷黛莉雅
Tom Badgerlock 湯姆・獾毛
Tradeford 商業灘
Trader Bay 商人灣
Travels In the North Lands 北國之行
Treenee 樹膝
Truna 提烏那鎮

V

Valsop 弗索
Vance 小優
Verdad the Flayer 開膛手弗達德
Verity 惟眞
Verity's Reckoning 惟眞之願
vision 幻象

W

water maiden 水妖
weasel 黃鼠狼
Web 羅網
Wertin 瓦廷
Wess 魏斯
West Port 西港
White 白者
White Prophet 白色先知
Whitecap 白帽
Wiflen 魏弗倫
Wild-eye 狂眼
Wim 老溫
Winfroda 溫弗達
Winterheart 冬之心
Wisdom 睿智（國王）
Wisenose 靈鼻
Wit Magic 原智魔法
witch's butter 巫婆油
Withywoods 細柳林
Witness Stones 見證石
wizardwood 巫木
Women's Garden 女人花園
Wrecked Red Ship 紅船劫後

奇幻基地書籍目錄

http://www.ffoundation.com.tw/

BEST 嚴選

書　號	書　名	作　者	定價
1HB004X	諸神之城：伊嵐翠	布蘭登・山德森	520
1HB009	最後理論	馬克・艾伯特	320
1HB013	刺客正傳 1：刺客學徒（經典紀念版）	羅蘋・荷布	299
1HB014	刺客正傳 2：皇家刺客（上）（經典紀念版）	羅蘋・荷布	320
1HB015	刺客正傳 2：皇家刺客（下）（經典紀念版）	羅蘋・荷布	320
1HB016	刺客正傳 3：刺客任務（上）（經典紀念版）	羅蘋・荷布	360
1HB017	刺客正傳 3：刺客任務（下）（經典紀念版）	羅蘋・荷布	360
1HB018	2012：失落的預言	麥利歐・瑞汀	320
1HB019	迷霧之子首部曲：最後帝國	布蘭登・山德森	380
1HB020	迷霧之子二部曲：昇華之井	布蘭登・山德森	399
1HB021	迷霧之子終部曲：永世英雄	布蘭登・山德森	399
1HB025	方舟浩劫	伯伊德・莫理森	320
1HB027	血色塔羅	尼克・史東	380
1HB028	最後理論 2：科學之子	馬克・艾伯特	320
1HB029	星期一，我不殺人	尚—巴提斯特・德斯特摩	320
1HB030	懸案密碼：籠裡的女人	猶希・阿德勒・歐爾森	320
1HB031	迷霧之子番外篇：執法鎔金	布蘭登・山德森	320
1HB032	2012：降世的預言	麥利歐・瑞汀	320
1HB033	彌達斯寶藏	伯伊德・莫理森	320
1HB034	颶光典籍首部曲：王者之路（上）	布蘭登・山德森	499
1HB035	颶光典籍首部曲：王者之路（下）	布蘭登・山德森	499
1HB036	懸案密碼 2：雉雞殺手	猶希・阿德勒・歐爾森	320
1HB037	末日之旅・上冊	加斯汀・柯羅寧	399
1HB038	末日之旅・下冊	加斯汀・柯羅寧	399
1HB039	懸案密碼 3：瓶中信	猶希・阿德勒・歐爾森	380
1HB040	刀光錢影：戰龍之途	丹尼爾・艾伯罕	380
1HB041	懸案密碼 4：第 64 號病歷	猶希・阿德勒・歐爾森	380
1HB042	皇帝魂：布蘭登・山德森精選集	布蘭登・山德森	320
1HB043	第一法則首部曲：劍刃自身	喬・艾伯康比	380
1HB044	第一法則二部曲：絞刑之前	喬・艾伯康比	380
1HB045	第一法則終部曲：最後手段	喬・艾伯康比	450
1HB046	刀光錢影 2：國王之血	丹尼爾・艾伯罕	380
1HB047	末日之旅 2：十二魔・上冊	加斯汀・柯羅寧	380
1HB048	末日之旅 2：十二魔・下冊	加斯汀・柯羅寧	380

書號	書名	作者	定價
1HB049	陣學師：亞米帝斯學院	布蘭登．山德森	320
1HB050	太和計畫	馬克．艾伯特	360
1HB051	刀光錢影 3：暴君諭令	丹尼爾．艾伯罕	380
1HB052	血戰英雄	喬．艾伯康比	420
1HB053	審判者傳奇：鋼鐵心	布蘭登．山德森	320
1HB054	懸案密碼 5：尋人啟事	猶希．阿德勒．歐爾森	380
1HB055	北方大道．上冊	彼德．漢彌頓	420
1HB056	北方大道．下冊	彼德．漢彌頓	420
1HB057	刺客後傳 1：弄臣任務（上）（經典紀念版）	羅蘋．荷布	360
1HB058	刺客後傳 1：弄臣任務（下）（經典紀念版）	羅蘋．荷布	360
1HB059	刺客後傳 2：黃金弄臣（上）（經典紀念版）	羅蘋．荷布	360
1HB060	刺客後傳 2：黃金弄臣（下）（經典紀念版）	羅蘋．荷布	360
1HB061	刺客後傳 1：弄臣命運（上）（經典紀念版）	羅蘋．荷布	450
1HB062	刺客後傳 1：弄臣命運（下）（經典紀念版）	羅蘋．荷布	450

謎幻之城

書號	書名	作者	定價
1HS005Y	基地（紀念書衣版）	以撒．艾西莫夫	280
1HS007Y	基地與帝國（紀念書衣版）	以撒．艾西莫夫	280
1HS010Y	第二基地（紀念書衣版）	以撒．艾西莫夫	280
1HS010Z	基地三部曲（紀念書衣版）	以撒．艾西莫夫	840
1HS000U	基地三部曲（經典書盒版）	以撒．艾西莫夫	840
1HS011Y	基地前奏（紀念書衣版）	以撒．艾西莫夫	420
1HS012Y	基地締造者（紀念書衣版）	以撒．艾西莫夫	420
1HS012Z	基地前傳（紀念書衣版）	以撒．艾西莫夫	840
1HS000V	基地前傳（經典書盒版）	以撒．艾西莫夫	840
1HS013Y	基地邊緣（紀念書衣版）	以撒．艾西莫夫	420
1HS014Y	基地與地球（紀念書衣版）	以撒．艾西莫夫	450
1HS014Z	基地後傳（紀念書衣版）	以撒．艾西莫夫	870
1HS000W	基地後傳（經典書盒版）	以撒．艾西莫夫	870
1HS000Z	基地全系列套書 7 本（紀念書衣版）	以撒．艾西莫夫	2550

日本名家

書號	書名	作者	定價
1HA026	艾比斯之夢	山本弘	380

幻想藏書閣

書　號	書　　名	作　　者	定價
1HI001C	靈魂之戰 1：落日之巨龍	瑪格麗特・魏絲等	480
1HI002C	靈魂之戰 2：隕星之巨龍	瑪格麗特・魏絲等	480
1HI003X	靈魂之戰 3：逝月之巨龍（新版）	瑪格麗特・魏絲等	480
1HI004	黑暗精靈 1：故土	R・A・薩爾瓦多	380
1HI005	黑暗精靈 2：流亡	R・A・薩爾瓦多	380
1HI006	黑暗精靈 3：旅居	R・A・薩爾瓦多	380
1HI007	南方吸血鬼 1：夜訪良辰鎮	莎蓮・哈里斯	280
1HI010	南方吸血鬼 2：達拉斯夜未眠	莎蓮・哈里斯	280
1HI012	南方吸血鬼 3：亡者俱樂部	莎蓮・哈里斯	280
1HI029	南方吸血鬼 4：意外的訪客	莎蓮・哈里斯	280
1HI032	南方吸血鬼 5：與狼人共舞	莎蓮・哈里斯	280
1HI033	南方吸血鬼 6：惡夜追琪令	莎蓮・哈里斯	280
1HI034	南方吸血鬼 7：找死高峰會	莎蓮・哈里斯	280
1HI035	南方吸血鬼 8：攻琪不備	莎蓮・哈里斯	280
1HI036	黑暗之途 1：無聲之刃	R・A・薩爾瓦多	380
1HI037	南方吸血鬼 9：全面琪動	莎蓮・哈里斯	280
1HI038	邪馬台國戰記 II：炎天的邪馬台國(完結篇)	桝田省治	399
1HI039	南方吸血鬼 10：噬血王子的背叛	莎蓮・哈里斯	280
1HI040	黑暗之途 2：世界之脊	R・A・薩爾瓦多	380
1HI041	黑暗之途 3：劍刃之海	R・A・薩爾瓦多	380
1HI042	南方吸血鬼番外篇：我的德古拉之夜	莎蓮・哈里斯	299
1HI043	獵人之刃 1：千獸人	R・A・薩爾瓦多	399
1HI044	南方吸血鬼 11：精靈的聖物	莎蓮・哈里斯	280
1HI045	獵人之刃 2：獨行者	R・A・薩爾瓦多	399
1HI046	獵人之刃 3：雙劍	R・A・薩爾瓦多	399
1HI047	地底王國 1：光明戰士	蘇珊・柯林斯	250
1HI048	地底王國 2：災難預言	蘇珊・柯林斯	250
1HI049	地底王國 3：熱血之禍	蘇珊・柯林斯	250
1HI050	地底王國 4：神祕印記	蘇珊・柯林斯	250
1HI051C	龍槍編年史 I：秋暮之巨龍	崔西・西克曼&瑪格麗特・魏絲	480
1HI052C	龍槍編年史 II：冬夜之巨龍	崔西・西克曼&瑪格麗特・魏絲	480
1HI053C	龍槍編年史 III：春曉之巨龍	崔西・西克曼&瑪格麗特・魏絲	480
1HI054C	龍槍傳奇 I：時空之卷	崔西・西克曼&瑪格麗特・魏絲	480
1HI055C	龍槍傳奇 II：烽火之卷	崔西・西克曼&瑪格麗特・魏絲	480
1HI056C	龍槍傳奇 III:試煉之卷	崔西・西克曼&瑪格麗特・魏絲	480
1HI057	靈視者哈珀康納莉 I：觸墓驚心	莎蓮・哈里斯	280
1HI058	靈視者哈珀康納莉 II：移花接墓	莎蓮・哈里斯	280
1HI059	靈視者哈珀康納莉 III：草墓皆冰	莎蓮・哈里斯	280
1HI060	靈視者哈珀康納莉 IV：不堪入墓	莎蓮・哈里斯	280
1HI061	地底王國 5：最終戰役	蘇珊・柯林斯	250
1HI062	死亡之門 1：龍之翼（全新封面）	崔西・西克曼&瑪格麗特・魏絲	360

書號	書名	作者	定價
1HI063	死亡之門 2：精靈之星（全新封面）	崔西．西克曼&瑪格麗特．魏絲	360
1HI064	死亡之門 3：火之海（全新封面）	崔西．西克曼&瑪格麗特．魏絲	360
1HI065	死亡之門 4：魔蛟法師（全新封面）	崔西．西克曼&瑪格麗特．魏絲	360
1HI066	死亡之門 5：混沌之手（全新封面）	崔西．西克曼&瑪格麗特．魏絲	420
1HI067	死亡之門 6：迷宮歷險（全新封面）	崔西．西克曼&瑪格麗特．魏絲	420
1HI068	死亡之門 7：第七之門（完）（全新封面）	崔西．西克曼&瑪格麗特．魏絲	360
1HI069	南方吸血鬼 12：神祕的魔法鎖	莎蓮．哈里斯	280
1HI070	滅世天使	蘇珊．易	280
1HI071	天使禁區	麗諾．艾普漢絲	250
1HI072	南方吸血鬼噬血真愛全方位導覽特典	莎蓮．哈里斯	650
1HI073	御劍士傳奇 1：鍍金鎖鍊（全新封面）	大衛．鄧肯	360
1HI074	御劍士傳奇 2：火地之王（全新封面）	大衛．鄧肯	420
1HI075	御劍士傳奇 3：劍空(完)（全新封面）	大衛．鄧肯	420
1HI076	幸運賊	史考特．G．布朗	320
1HI077	歷史檔案館	薇多莉亞．舒瓦	320
1HI078	歷史檔案館 2：惡夢	薇多莉亞．舒瓦	320
1HI079	流浪者系列：傷痕者	賽爾基&瑪麗娜．狄亞錢科	380
1HI080	南方吸血鬼完結篇：吸血鬼童話	莎蓮．哈里斯	280
1HI081	尼爾女巫	薇多莉亞．舒瓦	300
1HI082	流浪者系列．前傳：守門者	賽爾基&瑪麗娜．狄亞錢科	360

BEST嚴選 059

刺客後傳2
黃金弄臣．上冊（經典紀念版）

原著書名／The Tawny Man Trilogy 2: Golden Fool
作　　者／羅蘋．荷布（Robin Hobb）
譯　　者／麥全
企劃選書人／楊秀眞
責任編輯／楊秀眞、王雪莉
行銷企劃／周丹蘋
業務企劃／虞子嫻
行銷業務經理／李振東
總　編　輯／楊秀眞
發　行　人／何飛鵬
法律顧問／台英國際商務法律事務所　羅明通律師
出版／奇幻基地出版
城邦文化事業股份有限公司
台北市 104 民生東路二段 141 號 8 樓
電話：(02)25007008　傳眞：(02)25027676
網址：www.ffoundation.com.tw
e-mail：ffoundation@cite.com.tw
發行／英屬蓋曼群島商家庭傳媒股份有限公司城邦分公司
台北市 104 民生東路二段 141 號 11 樓
書虫客服服務專線：(02)25007718．(02)25007719
24 小時傳眞服務：(02)25170999．(02)25001991
服務時間：週一至週五09:30-12:00．13:30-17:00
郵撥帳號：19863813　戶名：書虫股份有限公司
讀者服務信箱 e-mail：service@readingclub.com.tw
歡迎光臨城邦讀書花園　網址：www.cite.com.tw
香港發行所／城邦（香港）出版集團有限公司
香港灣仔駱克道 193 號東超商業中心 1 樓
電話／(852) 2508-6231　傳眞／(852) 2578-9337
e-mail：hkcite@biznetvigator.com
馬新發行所／城邦（馬新）出版集團　Cité (M) Sdn Bhd
41, Jalan Radin Anum, Bandar Baru Sri Petaling, Lumpur,
57000 Kuala Lumpur, Malaysia.
Tel: (603) 90578822　Fax:(603) 90576622
e-mail：cite@cite.com.my

封面設計／黃聖文
插畫繪製／郭慶芸（Camille Kuo）
書衣設計／楊秀眞
文字校對／金文蕙
排　　版／浩瀚電腦排版股份有限公司
印　　刷／高典印刷有限公司
■2005年（民94）4月29日初版五刷
■2023年（民112）8月16日二版2.6刷

售價／360元

國家圖書館出版品預行編目資料

刺客後傳2黃金弄臣．上冊／羅蘋．荷布（Robin Bobb）著; 麥全譯 - 初版 - 臺北市：奇幻基地：家庭傳媒城邦分公司發行；民103. 09
面：公分. -（BEST嚴選：059）
譯自：The Tawny Man Trilogy 2: Golden Fool
ISBN 978-986-7576-70-5
874.57　103004840

SBN 978-986-7576-70-5
AN 471-770-208-742-5

rinted in Taiwan.

廣　告　回　函
北區郵政管理登記證
台北廣字第000791號
郵資已付，免貼郵票

104台北市民生東路二段141號11樓

英屬蓋曼群島商家庭傳媒股份有限公司城邦分公司 收

請沿虛線對摺，謝謝

每個人都有一本奇幻文學的啟蒙書

奇幻基地官網：http://www.ffoundation.com.tw
奇幻基地粉絲團：http://www.facebook.com/ffoundation

書號：**1HB059**　　書名：刺客後傳 2 黃金弄臣．上冊（經典紀念版）

奇幻戰隊好讀有禮集點贈獎活動

活動期間，購買奇幻基地作品，剪下封底折口的點數券，集到一定數量，寄回本公司，即可依點數多寡兌換獎品。

點數兌換獎品說明：

- **5點** **奇幻戰隊好書袋一個**
- **10點** **2012年布蘭登·山德森來台紀念T恤一件**
  有S&M兩種尺寸，偏大，由奇幻基地自行判斷出貨
- **15點** **【蕭青陽獨家設計】典藏限量精繡帆布書袋**
  紅線或銀灰線繡於書袋上，顏色隨機出貨

兌換辦法：

2014年2月～2015年1月奇幻基地出版之作品中，剪下回函卡頁上之點數，集滿規定之點數，貼在右邊集點處，即可寄回兌換贈品。

【活動日期】：即日起至2015年1月31日

【兌換日期】：即日起至2015年3月31日（郵戳為憑）

其他說明：

＊請以正楷寫明收件人真實姓名、地址、電話與email，以便聯繫。若因字跡潦草，導致無法聯繫，視同棄權

＊兌換之贈品數量有限，若贈送完畢，將不另行通知，直接以其他等值商品代之

＊本活動限臺澎金馬地區讀者

【集點處】

1	6	11
2	7	12
3	8	13
4	9	14
5	10	15

（點數與回函卡皆影印無效）

個人資料：

姓名：＿＿＿＿＿＿＿＿＿＿＿＿＿＿＿＿ 性別：☐男 ☐女

地址：＿＿＿＿＿＿＿＿＿＿＿＿＿＿＿＿＿＿＿＿＿＿＿＿

電話：＿＿＿＿＿＿＿＿＿＿＿＿ email：＿＿＿＿＿＿＿＿＿＿＿＿

想對奇幻基地說的話：＿＿＿＿＿＿＿＿＿＿＿＿＿＿＿＿＿＿＿＿

＿＿＿＿＿＿＿＿＿＿＿＿＿＿＿＿＿＿＿＿＿＿＿＿＿＿＿＿＿＿

請剪下右側點數，貼於背面的集點處，集滿5點以上，即可寄回兌換抽獎